Przebudzenie w Niemczech

Najbardziej zaskoczył mnie chyba naród. Wszak ostatecznie uczyniłem naprawdę wszystko, co w ludzkiej mocy, by na tej ziemi, zbezczeszczonej przez wroga, zniszczyć podstawy jego dalszej egzystencji: mosty, siłownie, ulice, dworce, rozkazałem zniszczenie tego wszystkiego. Teraz wyczytałem też, kiedy to się stało – w marcu, i sądzę, że w tej kwestii wyraziłem się dostatecznie jasno. Zniszczone miały być wszystkie instalacje, wodociągi, sieć telefoniczna, gospodarstwa chłopskie, wszelkie wartości trwałe, wszystko, a kiedy mówiłem wszystko, miało to znaczyć: wszystko! W tej kwestii trzeba postępować skrupulatnie, nie ma prawa pojawić się przy takim rozkazie żadna wątpliwość, znane są wszak sytuacje, że gdzieś tam na posterunku prosty żołnierz, któremu ze zrozumiałych względów brakuje rozeznania na jego odcinku frontu, wiedzy o strategicznych i taktycznych uwarunkowaniach, że więc przychodzi taki i pyta: „No to jak, czy ja naprawdę muszę podpalić ten, dajmy na to, kiosk tutaj? Czy nie mógłby on wpaść w ręce wroga? Czy stałoby się coś złego, gdyby ten kiosk wpadł w ręce wroga?". Naturalnie, że by się stało! Wróg przecież także czyta gazety! Handluje nimi, i wyceluje ten kiosk przeciwko nam, ze wszystkim, co w nim zastanie! Należy zniszczyć wszelkie, podkreślam raz jeszcze, wszelkie wartości trwałe, i to nie tylko domy, także drzwi. I klamki. A potem jeszcze śruby, i to nie tylko te większe. Śruby trzeba wykręcić, a następnie bezlitośnie pogiąć. A drzwi zmielić, na trociny. A potem spalić. Inaczej bowiem wróg, jak gdyby nigdy nic, będzie sobie przez nie wchodził i wychodził, jak mu się żywnie spodoba. Ale z popsutą klamką i stertą pogiętych śrub oraz kupą popiołu to ja życzę panu Churchillowi wesołej zabawy! W każdym razie te wymogi to brutalna konsekwencja wojny, to było dla mnie od zawsze jasne, i dlatego też mój rozkaz nie mógł absolutnie brzmieć inaczej, nawet jeśli u jego podstaw leżało co innego.

W każdym razie na początku.

Trudno już było zaprzeczać, że naród niemiecki w ostatnim okresie epickich zmagań z Anglikiem, z bolszewizmem i imperializmem okazał się słabszy i tym samym z własnej winy utracił prawo do dalszej egzystencji, nawet na najbardziej prymitywnym poziomie myślistwa i zbieractwa, mówię to wprost: utracił. Przez to zaprzepaścił też wszelkie prawo do wodociągów, mostów, ulic. I do klamek. Dlatego wydałem taki rozkaz, a trochę także dla całości obrazu, gdyż naturalnie od czasu do czasu zdarzało mi się wtedy zrobić kilka kroków przed Kancelarią Rzeszy i wokół niej, i nieodwołalnie należy przyjąć do wiadomości rzecz następującą: Amerykanin czy Anglik, już tam oni ze swoimi latającymi fortecami wykonali za nas na znacznych obszarach sporo pracy w kwestii mojego rozkazu. Naturalnie w późniejszym okresie nie nadzorowałem jego realizacji we wszystkich szczegółach. Nietrudno zrozumieć, że byłem bardzo zajęty, rozbicie Amerykanina na Zachodzie, odparcie Rosjanina na Wschodzie, dalszy urbanistyczny rozwój światowej stolicy

Germanii, i tak dalej, ale z pozostałymi jeszcze klamkami niemiecki Wehrmacht według mojego rozeznania powinien był sobie dać radę. I w takim sensie ten naród właściwie nie miał już prawa istnieć.

Ale, jak stwierdzam obecnie, ciągle jeszcze istnieje.

I poniekąd jest to dla mnie niezrozumiałe.

Z drugiej strony: ja też istnieję, i sam tego za bardzo nie rozumiem.

1

Pamiętam, że się obudziłem, mogło być chyba wczesne popołudnie. Otworzyłem oczy, zobaczyłem nad sobą niebo. Było błękitne, lekko zachmurzone, powietrze ciepłe, i natychmiast uzmysłowiłem sobie, że jak na kwiecień jest zbyt ciepło. Można by niemal powiedzieć – gorąco. Było stosunkowo cicho, nie widziałem nad sobą żadnego wrogiego samolotu, nie słyszałem grzmotu dział, żadnych pocisków eksplodujących w pobliżu ani syren alarmowych. Zarejestrowałem także to: nie było Kancelarii Rzeszy ani bunkra Führera. Przekręciłem głowę, zobaczyłem, że leżę na ziemi na jakiejś niezabudowanej parceli, otoczonej ścianami sąsiednich domów, wybudowanych z cegieł, częściowo pomazanych przez jakichś brudasów, od razu się zdenerwowałem i spontanicznie postanowiłem wezwać Dönitza. W pierwszym momencie, jakby w półśnie, pomyślałem nawet, czyżby Dönitz też tu gdzieś leżał, ale potem zwyciężyła dyscyplina i logika, i błyskawicznie ogarnąłem niezwykłość sytuacji: zazwyczaj nie biwakuję pod gołym niebem.

Najpierw zacząłem się zastanawiać: co robiłem wieczorem poprzedniego dnia? Nadmierne spożycie alkoholu mogłem pominąć, w końcu nie piję. Przypomniałem sobie, że ostatnio siedziałem z Evą na sofie, przykrytej kapą. Pamiętałem także, że ja, czy też my, siedzieliśmy tam w niejakiej beztrosce i wedle mojej wiedzy postanowiłem, że sprawy państwowe raz mogą trochę poczekać, nie miałem żadnych dalszych planów na wieczór, wyjście do restauracji czy do kina z oczywistych względów nie wchodziło w rachubę, oferta rozrywkowa stolicy Rzeszy w tym momencie, w znacznej mierze również zgodnie z moim rozkazem, była już pomyślnie uszczuplona. Nie potrafiłem stwierdzić z absolutną pewnością, czy w najbliższych dniach do miasta wejdzie Stalin, na tym etapie działań wojennych nie można było tego całkowicie wykluczyć. Ale jedno mogłem powiedzieć z całym przekonaniem: podobnie jak w Stalingradzie, raczej na próżno szukałby tutaj kinematografu. Wydaje mi się, że trochę jeszcze gawędziliśmy, Eva i ja, pokazałem jej swój stary pistolet, dalsze szczegóły umknęły mi z pamięci, gdy się przebudziłem. Także dlatego, że odczuwałem ból głowy. Nie, przypomnienie poprzedniego wieczoru nie posunęło mnie dalej.

Postanowiłem zatem przejąć inicjatywę i zorientować się bliżej w mojej sytuacji. W życiu nauczyłem się obserwować, przyglądać się, dostrzegać nawet najdrobniejsze szczegóły, które niejeden magister po studiach lekceważy, wręcz ignoruje. Ja natomiast, dzięki długoletniej żelaznej dyscyplinie, z czystym sumieniem mogę powiedzieć o sobie, że w obliczu kryzysu zachowuję jeszcze zimniejszą krew, staję się jeszcze rozważniejszy, a moje zmysły się wyostrzają. Działam spokojnie, precyzyjnie, jak maszyna. Metodycznie podsumowuję informacje, którymi dysponuję: Leżę na ziemi. Wokół mnie walają się śmiecie, rosną chwasty, jakieś badyle, gdzieniegdzie krzaki, widzę też stokrotki i mlecz. Słyszę głosy, nie są zbyt odległe, jakieś okrzyki, powtarzający się odgłos zderzania ze sobą, spoglądam w kierunku tych dźwięków, pochodzą od kilku chłopaków, którzy grają tam w piłkę nożną. Mają chyba więcej niż czternaście lat, a więc to już nie pimpfy, moje najmłodsze zuchy, a na Volkssturm, obronę terytorialną, chyba jeszcze za młodzi, przypuszczalnie są w Hitlerjugend, ale najwidoczniej w obecnej chwili nie na służbie, zapewne wróg zrobił sobie przerwę na odpoczynek. Jakiś ptak porusza się wśród listowia, ćwierka, śpiewa. Dla co poniektórych to tylko oznaka pogodnego nastroju, ale w tej niepewnej sytuacji, zdany na jakąkolwiek, choćby najdrobniejszą informację, znawca natury i codziennej walki o przetrwanie potrafi wyciągnąć wniosek, że w pobliżu nie przebywają żadne drapieżniki. Bezpośrednio obok mojej głowy znajduje się kałuża, wydaje się w stadium wysychania, ostatni raz zapewne padało dosyć dawno. Na jej skraju leży moja wojskowa czapka z daszkiem. W taki sposób pracuje mój wyćwiczony umysł i tak też pracował w tej deprymującej chwili.

Usiadłem. Udało mi się to bez problemu, poruszyłem nogami, rękami, palcami, wyglądało na to, że nie mam żadnych obrażeń, stan fizyczny zadowalający, byłem też chyba całkowicie zdrów, pomijając ból głowy, nawet drżenie ręki jakby niemal całkowicie ustąpiło. Spojrzałem po sobie. Byłem ubrany, miałem na sobie uniform, żołnierski mundur. Nieco brudny, aczkolwiek nie zanadto, co oznacza, że nie byłem zasypany. Znajdowała się na nim ziemia, zdaje mi się też, że jakieś okruszki, ciasto czy coś podobnego. Materiał czuć było silnie paliwem. Niewykluczone, że benzyną, co mogło brać się stąd, że Eva być może próbowała wyczyścić mój mundur, tyle że użyła przesadnie dużo benzyny, można by pomyśleć, że wylała na mnie cały kanister. Jej samej nie było, wyglądało na to, że mój sztab w tym momencie także nie znajdował się w pobliżu. Otrzepałem z grubsza mundur, rękawy, gdy do moich uszu doszedł jakiś głos.

– Hej, stary, popatrz!

– Hej, a co to za sierota?

Zdaje się, że sprawiałem wrażenie osoby potrzebującej pomocy, tych trzech chłopaków z Hitlerjugend wzorowo to rozpoznało. Przerwali grę w piłkę, zbliżyli się z respektem, to zrozumiałe, przeżyć tak nieoczekiwane, z bliska, spotkanie z Führerem Rzeszy Niemieckiej, na tym ugorze, wykorzystywanym zazwyczaj na sport i wzmacnianie tężyzny fizycznej, pośród mleczy i stokroci, to również dla młodego, jeszcze nie w pełni dojrzałego mężczyzny niezwykła odmiana w jego rytmie dnia, mimo to niewielka gromadka przybiegła, podobna chartom, gotowa pomóc. Młodzież to przyszłość!

Chłopcy skupili się w pewnej odległości ode mnie, przyglądali mi się bacznie, po czym najwyższy spośród nich, widocznie führer ich gromady, zwrócił się do mnie:

– Wszystko okej, mistrzu?

Przy całym moim zaniepokojeniu zmuszony byłem zarejestrować kompletny brak Niemieckiego Pozdrowienia „Heil Hitler". Zapewne temu nader nieformalnemu zwróceniu się do mnie, pomyleniu „mistrza" i „Führera", winne było zaskoczenie. W jakiejś innej, mniej peszącej sytuacji mogłoby to ewentualnie wywołać mimowolną wesołość, jak to nawet podczas najsroższej stalowej nawałnicy w okopach zdarzają się najdziwniejsze figle, jednakże żołnierz musi wszak i w nadzwyczajnych sytuacjach wykazywać określone automatyzmy, to jest istota drylu – gdy takich automatyzmów brak, to cała armia nie jest warta funta kłaków. Powstałem, nie było to całkiem łatwe, najwidoczniej leżałem tu już od dłuższego czasu. Mimo to obciągnąłem bluzę od munduru, paroma lekkimi strzepnięciami oczyściłem z grubsza nogawki. Potem odchrząknąłem i zapytałem führera gromady:

– Gdzie jest Bormann?

– A co to za jeden?

To było niepojęte.

– Bormann! Martin!

– Nie znam.

– W życiu nie słyszałem.

– A jak on niby wygląda?

– Jak Reichsleiter, do pioruna!

Coś tu się absolutnie nie zgadzało. Wprawdzie, jak widać, znajdowałem się wciąż jeszcze w Berlinie, jednak najwyraźniej pozbawiony całego aparatu władzy. Musiałem dostać się pilnie do bunkra Führera, a obecna tu młodzież, tyle było dla mnie jasne, nie mogła stanowić wielkiej pomocy. Najpierw trzeba było odnaleźć drogę. Anonimowy teren, na którym się znalazłem, mógł być wszędzie w mieście. Ale potrzebowałem tylko wyjść na ulicę, podczas tej najwidoczniej przeciągającej się przerwy w wymianie ognia na zewnątrz będzie chyba dosyć przechodniów – ludzi pracy, taksówkarzy – żeby wskazać mi drogę.

Przypuszczalnie nie wydałem się młodym z Hitlerjugend dostatecznie bezradny, sprawiali wrażenie, jakby chcieli wrócić do gry w piłkę, w każdym razie ten najwyższy odwrócił się teraz do swych towarzyszy, dzięki czemu zdołałem odczytać jego nazwisko, które matka wyszyła mu na jaskrawej sportowej koszulce.

– Hitlerjunge Ronaldo! Jak dojść do ulicy?

Reakcja była mizerna. Muszę niestety stwierdzić, że oddział właściwie mnie nie posłuchał, ale jeden z dwóch młodszych, odchodząc, bez pośpiechu wskazał ramieniem na róg parceli, gdzie przy bliższym przyjrzeniu się faktycznie rysowało się jakieś przejście. W myślach odnotowałem sobie coś w sensie „usunąć Rusta", człowiek od 1933 roku sprawował swój urząd, a przecież, zwłaszcza w edukacji, na takie zaniedbania nie ma miejsca. Jak młody żołnierz ma odnaleźć zwycięską drogę do Moskwy, do serca bolszewizmu, jeśli nie rozpoznaje nawet swego własnego naczelnego wodza!

Schyliłem się, podniosłem czapkę i nałożywszy ją, zdecydowanym krokiem udałem się we wskazanym kierunku. Doszedłem do rogu, następnie wąskim przejściem podążałem między wysokimi murami, na których końcu widziałem prześwit. Płochliwy kot przemknął przy ścianie obok mnie, był łaciaty i zaniedbany, potem zrobiłem jeszcze cztery, pięć kroków i wyszedłem na ulicę.

Dech mi zaparło na widok potężnego naporu świateł i kolorów.

Przypomniałem sobie, że ostatnio widziałem to miasto całkiem szare od pyłu, czy też feldgrau, a także ze sporymi hałdami gruzów i uszkodzeniami. Jednakże teraz moje oczy niczego takiego nie ujrzały. Gruzy znikły, albo przynajmniej zostały starannie usunięte, ulice uprzątnięto. Zamiast tego na poboczach stały liczne, ba, niezliczone wozy we wszystkich kolorach, zapewne automobile, tyle że mniejsze, ale mimo to przy ich projektowaniu główną rolę musiały chyba odgrywać zakłady Messerschmitta, takie nowoczesne sprawiały wrażenie. Domy były porządnie pomalowane, na różne kolory, niektóre przypominały mi łakocie z czasów mojej młodości. Przyznaję, że zakręciło mi się trochę w głowie. Mój wzrok szukał czegoś znajomego, zobaczyłem odrapaną ławkę na pasie zieleni po drugiej stronie jezdni, zrobiłem parę kroków, i nie wstydzę się powiedzieć, że mogły one sprawiać wrażenie odrobinę niepewnych. Usłyszałem dzwonienie, tarcie gumy po asfalcie, a potem ktoś zaczął na mnie krzyczeć.

– Żyjesz, dziadu? Ślepy jesteś czy jak?

– Ja... proszę o wybaczenie... – usłyszałem siebie mówiącego te słowa, przerażony i jednocześnie z ulgą. Obok mnie stał rowerzysta, przynajmniej ten widok był mi stosunkowo znajomy, nawet w dwójnasób. Wojna jednak musiała trwać nadal, bo tamten dla ochrony nosił mocno chyba uszkodzony przez wcześniejsze ataki, właściwie zupełnie podziurawiony hełm.

– Jak ty w ogóle leziesz!

– Ja... przepraszam, muszę... usiąść.

– Lepiej się połóż. I to na dłużej!

Poszukałem schronienia na parkowej ławce, byłem zdaje się trochę blady, gdy na nią opadałem. Także ten młody człowiek najwyraźniej mnie nie rozpoznał. Znowu zabrakło Niemieckiego Pozdrowienia, reakcja cyklisty była taka, jak gdyby potrącił jakiegoś zwykłego, pierwszego lepszego przechodnia. I ten brak subordynacji zdawał się tu wszechobecną praktyką: jakiś starszy pan minął mnie, potrząsając głową, dama o obfitych kształtach z futurystycznym wózkiem dziecięcym – kolejny znajomy element, ale i to nie zdołało sprawić, by pojawiło się jakieś nowe wyjście z mojej rozpaczliwej sytuacji. Podniosłem się i podszedłem do niej, usiłując zachować zdecydowaną postawę.

– Przepraszam, zapewne to panią zaskoczy, ale... potrzebuję natychmiast najkrótszej drogi do Kancelarii Rzeszy.

– Pan jest od Stefana Raaba?

– Słucham?

– No tego z telewizji. Albo od tego drugiego, Kerkelinga? A może od Haralda Schmidta?

Winne było zapewne moje zdenerwowanie, ale trochę się rozgniewałem i chwyciłem ją za ramię.

– Kobieto, niech się pani weźmie w garść! Ma pani obowiązki jako towarzyszka narodowa! Jest wojna! Jak pani myśli, co Rosjanin z panią zrobi, jak się tu zjawi? Wierzy pani, że Rosjanin rzuci okiem na pani dziecko i powie, oho, cóż to za świeże niemieckie dziewczę, ale ze względu na dziecko zachowam moje niskie instynkty w spodniach? Dalsze istnienie Narodu Niemieckiego, czystość krwi, przetrwanie ludzkości rozstrzyga się w tych godzinach, w tych dniach, chce pani ponosić przed historią odpowiedzialność za kres cywilizacji tylko dlatego, że w swej niesłychanej tępocie nie jest pani gotowa wskazać Führerowi Rzeszy Niemieckiej drogi do Kancelarii Rzeszy?

Właściwie już mnie nie zdziwiło, że nie doczekałem się żadnej reakcji. Ta idiotka wyrwała swój rękaw z mojego uścisku, popatrzyła na mnie osłupiała i płaską dłonią wykonała kilka kolistych ruchów między swoją i moją głową, gest jawnej dezaprobaty. Trudno już było zaprzeczać, że coś się tu całkowicie wymknęło spod kontroli. Nie byłem traktowany jak głównodowodzący armią, jak Führer Rzeszy. Chłopaki od piłki nożnej, starszy pan, rowerzysta, kobieta z wózkiem – to nie mógł być przypadek. W natychmiastowym odruchu chciałem powiadomić organy bezpieczeństwa, by zadbały o przywrócenie porządku. Jednakże pohamowałem się. Nie miałem dostatecznej wiedzy o swoim położeniu. Potrzebowałem więcej informacji.

Mój z powrotem pracujący metodycznie umysł z lodowatą precyzją zrekapitulował stan rzeczy. Znajdowałem się w Niemczech, w Berlinie, nawet jeśli miasto wydawało mi się całkowicie obce. Te Niemcy były inne, ale w niektórych szczegółach przypominały Rzeszę, jaką znałem: byli jeszcze rowerzyści, były automobile, a więc przypuszczalnie były też gazety. Rozejrzałem się. W rzeczy samej, pod moją ławką leżało coś, co przypominało gazetę, jakkolwiek zadrukowaną nieco zbyt przesadnie. Pismo było kolorowe, zupełnie mi nieznane, nazywało się „Media Markt", mimo najszczerszych chęci nie mogłem sobie przypomnieć, żebym wydał zgodę na coś podobnego, zresztą nigdy bym jej nie wydał. Informacje w nim były całkowicie niezrozumiałe. Wezbrał we mnie gniew na to, jak w czasach deficytu papieru można bezpowrotnie trwonić cenne zasoby narodowe na takie idiotyczne paskudztwo. Funk może się szykować na reprymendę, kiedy już znowu zasiądę za swoim biurkiem. Ale teraz potrzebowałem gazety z wiarygodnymi informacjami, najlepiej „Völkischer Beobachter" albo „Stürmera", na początek zadowoliłbym się nawet bojowym organem obrońców Berlina „Panzerbär". Niedaleko znajdował się kiosk, i nawet z pewnej odległości zdawał się oferować zdumiewający asortyment. Można by pomyśleć, że znajdujemy się w czasach najgłębszego, najbardziej zgniłego pokoju! Podniosłem się niecierpliwie. Straciłem już zbyt dużo czasu, należało szybko przywrócić porządek. Oddział czekał na rozkazy, możliwe, że gdzie indziej stwierdzili już moją nieobecność. Ruszyłem żywo w stronę kiosku.

Już pierwszy rzut oka dostarczył interesujących informacji. Na zewnętrznej ścianie kiosku wisiały liczne kolorowe pisma w języku tureckim. Najwidoczniej niedawno przebywało tu wielu Turków. W czasie gdy leżałem bez przytomności, musiał mi umknąć dłuższy okres, w którym w Berlinie pojawili się licznie przybysze z Turcji. To dawało do myślenia. Ostatnimi czasy Turek, w gruncie rzeczy wierny pomocnik Narodu Niemieckiego, mimo naszych znacznych wysiłków wciąż pozostawał neutralny, nigdy nie udało się go nakłonić do przystąpienia do wojny po stronie Rzeszy. Teraz jednak wyglądało na to, że ktoś, prawdopodobnie Dönitz, podczas mojej nieobecności musiał przekonać Turka, by nas wsparł. A raczej pogodny nastrój na ulicach pozwalał wnioskować, że wkroczenie Turka do akcji przyniosło, jak się zdaje, zasadniczy zwrot w przebiegu wojny. Zdumiałem się. Owszem, zawsze respektowałem Turka, niemniej o takie osiągnięcia bym go nie podejrzewał, z drugiej strony z braku czasu nie byłem w stanie szczegółowo śledzić rozwoju tego kraju. Reformy Kemala Atatürka musiały mu nadać wręcz sensacyjny rozpęd. To był najpewniej ów cud, z którym Goebbels zawsze tak kurczowo wiązał swoje nadzieje. Serce zabiło mi gorącą ufnością. Opłaciło się, że ja, że Rzesza, także w godzinie rzekomej najczarniejszej nocy nigdy nie porzuciliśmy wiary w ostateczne zwycięstwo. Cztery czy pięć różnych kolorowych publikacji w języku tureckim dawało oczywiste świadectwo tej nowej, tej zwycięskiej osi Berlin–Ankara. Teraz, gdy moja największa troska, troska o pomyślność Rzeszy, w tak niespodziewany sposób zdawała się uśmierzona, musiałem się jeszcze tylko dowiedzieć, ile czasu straciłem w tym osobliwym stanie nieświadomości na leżącym odłogiem terenie między domami. Gazety „Völkischer Beobachter" nie zauważyłem, pewnie ludzie już wykupili, toteż rzuciłem okiem na następną, sprawiającą bardziej swojskie wrażenie, niejaką „Frankfurter Allgemeine Zeitung". Nie znałem jej, jednakże w porównaniu z paroma innymi, które tam wisiały, ten wzbudzający zaufanie, drukowany gotycką czcionką tytuł nawet mnie ucieszył. Pomijałem informacje, szukałem tylko aktualnej daty.

Widniało tam: 30 sierpnia.

2011 roku.

Spoglądałem na te cyfry z niedowierzaniem, wytrącony z równowagi. Skierowałem wzrok na inną gazetę, „Berliner Zeitung", także z nienagannym, niemieckim krojem liter, i poszukałem daty.

2011

Wyszarpnąłem gazetę ze stojaka, otworzyłem ją, przewróciłem na następną stronę i jeszcze jedną.

2011

Zobaczyłem, jak liczba zaczyna mi tańczyć przed oczyma, jakby szyderczo. Poruszała się z wolna w lewo, potem szybciej w prawo, następnie jeszcze szybciej z powrotem, jakby falując, jak lubią to czynić masy ludzkie w namiotach piwnych. Mój wzrok usiłował za nią nadążyć, pochwycić ją, a potem gazeta wyślizgnęła mi się z rąk. Czułem, jak padam głową w przód, na próżno szukając oparcia w innych gazetach na stojaku, czepiając się ich, padałem na ziemię.

A potem zrobiło mi się czarno przed oczyma.

2

Kiedy doszedłem do siebie, leżałem na ziemi. Ktoś położył mi na czole coś mokrego.

– Dobrze się pan czuje?

Nade mną pochylał się jakiś mężczyzna, mógł mieć czterdzieści pięć lat, a może i ponad pięćdziesiąt. Miał na sobie koszulę w kratę, proste spodnie, jakie nosi robotnik. Tym razem wiedziałem, które pytanie zadam jako pierwsze.

– Jaką dziś mamy datę?

– Mmm... Dwudziesty dziewiąty sierpnia. Nie, stop, trzydziesty.

– Którego roku, człowieku? – wychrypiałem, siadając. Mokra szmata spadła mi z nieładnym pacnięciem na kolana.

Mężczyzna patrzył na mnie ze zmarszczonym czołem.

– Dwa tysiące jedenastego – powiedział, mierząc wzrokiem moją bluzę. – A co pan myślał? Tysiąc dziewięćset czterdziestego piątego?

Szukałem właściwej odpowiedzi, potem jednak zdecydowałem się stanąć na nogi.

– Może powinien pan jeszcze trochę poleżeć – zasugerował mężczyzna. – Albo usiąść. Mam w kiosku fotel.

Z początku chciałem powiedzieć, że nie mam czasu na odpoczynek, ale musiałem przyjąć do wiadomości, że nogi odmawiają mi jeszcze posłuszeństwa. Poszedłem więc za nim do jego kiosku. Mężczyzna zajął miejsce na krześle w pobliżu niedużego okienka, przez które sprzedawał swój towar, i przyglądał mi się.

– Łyczek wody? Może chce pan trochę czekolady? Batonik müsli?

Kiwnąłem głową, oszołomiony. Wstał, przyniósł butelkę wody sodowej i nalał mi jej do szklanki. Z półki wziął kolorowy batonik, pewnie coś w rodzaju żelaznej racji, zawinięty w kolorową cynfolię. Otworzył folię, odsłonił coś, co wyglądało jak fabrycznie sprasowane ziarna, i wcisnął mi do ręki. Trudności z zaopatrzeniem w chleb zdaje się nie zostały jeszcze przezwyciężone.

– Powinien pan jeść więcej na śniadanie – powiedział. A potem usiadł z powrotem. – Kręci pan gdzieś tu w pobliżu?

– Kręci...?

– No, jakiś program dokumentalny. Film. Tu ciągle coś kręcą.

– Film...?

– Człowieku, nieźle pana trzepnęło. – Roześmiał się i wycelował we mnie ręką. – A pan tak zawsze chodzi?

Popatrzyłem po sobie. Nie mogłem stwierdzić nic niezwykłego, oczywiście pomijając kurz i zapach benzyny.

– Właściwie to tak – przyznałem.

Rzecz jasna, nie można było wykluczyć, że miałem obrażenia na twarzy. – Ma pan zwierciadło? – spytałem.

– Oczywiście – powiedział i wskazał ręką – koło pana, zaraz nad magazynem „Focus".

Podążyłem wzrokiem za jego palcem. Zwierciadło miało pomarańczową ramę, dla pewności napisał na nim „Zwierciadło" – „Der Spiegel", tak jakby bez napisu nikt tego nie wiedział. W jednej trzeciej tkwiło wciśnięte od dołu między jakieś magazyny. Spojrzałem w nie.

Moje odbicie było zdumiewająco nienaganne, nawet bluza wyglądała na uprasowaną – przypuszczalnie w kiosku panowało bardzo korzystne oświetlenie.

– Z powodu strony tytułowej? – spytał mężczyzna. – W co trzecim numerze dają na okładkę jakąś historię o Hitlerze. Myślę, że nie musi się pan przygotowywać jeszcze staranniej. Jest pan dobry.

– Dziękuję – odparłem z roztargnieniem.

– Nie, serio – mówił tamten – widziałem *Upadek*. Dwa razy. Ten Bruno Ganz w roli głównej był wspaniały, ale gdzie mu tam do pana. Cała postawa... można by pomyśleć, że jest pan nim.

Podniosłem wzrok.

– Że jestem kim?

– No, że jest pan Führerem. – Uniósł przy tym w górę obie ręce, złączył w każdej palec środkowy i wskazujący, zgiął je do przodu i strzepnął nimi dwa razy. Ledwo mogłem uwierzyć, ale najwyraźniej to było wszystko, co po sześćdziesięciu sześciu latach pozostało z dziarskiego Niemieckiego Pozdrowienia. Wstrząsające, ale bądź co bądź świadczyło to też o tym, że moja polityczna działalność przez ten czas jednak pozostawiła jakiś ślad.

Odgiąłem ramię do tyłu, odwzajemniając pozdrowienie.

– Ja jestem Führerem!

Znowu się roześmiał.

– Obłęd, to wygląda tak naturalnie.

Nie mogłem się w tym momencie zająć jak trzeba jego nachalną wesołością.

Stopniowo uzmysławiałem sobie własne położenie. Jeśli to nie był sen – a na to trwałby zdecydowanie za długo – to rzeczywiście znalazłem się w roku 2011. Zatem przebywałem w świecie, który był mi całkowicie nieznany, i musiałem przyjąć, że podobnie ja też stanowiłem dla tego świata element nowy. Jeśli ten świat choćby w niewielkim stopniu funkcjonował logicznie, to oczekiwał ode mnie, że albo mam sto dwadzieścia dwa lata, albo, co bardziej prawdopodobne, że już od dawna nie żyję.

– Gra pan też inne rzeczy? – spytał. – Widziałem już pana gdzieś?

– Ja nigdzie nie gram – odpowiedziałem, chyba nieco zbyt opryskliwie.

– Naturalnie, że nie – przytaknął i przybrał osobliwie poważny wyraz twarzy. Po chwili mrugnął do mnie porozumiewawczo. – Gdzie pan występuje? Ma pan jakiś program?

– Oczywiście – odparłem – od tysiąc dziewięćset dwudziestego roku! Jako towarzysz narodowy, członek wspólnoty rasy i krwi, chyba pan zna moje dwadzieścia pięć punktów.

Gorliwie kiwał głową.

– Mimo to nigdzie pana jeszcze nie widziałem. Ma pan jakąś ulotkę? Albo kartę?

– Niestety nie – odparłem ze smutkiem. – Wszystko zostało w centrum dowodzenia.

Próbowałem uzyskać jasność w kwestii, co powinienem zrobić w następnej kolejności. Wydawało się logiczne, że także w Kancelarii Rzeszy, a nawet w bunkrze Führera, pięćdziesięciosześcieletni Führer spotka się z niedowierzaniem, właściwie wręcz na pewno tak się stanie. Musiałem zyskać na czasie, przeanalizować swoje opcje. Potrzebowałem jakiegoś schronienia. Nagle uświadomiłem sobie z bolesną jasnością, że nie mam w kieszeni ani grosza. Na chwilę z niemiłym uczuciem przypomniałem sobie okres, gdy przebywałem w schronisku dla samotnych mężczyzn, w roku 1909. Był on konieczny, z pewnością, umożliwił mi zdobycie wiedzy, jakiej nie przekazuje żaden uniwersytet świata, a jednak ten etap wyrzeczeń nie był czasem, który bym mile wspominał. Przez głowę przemykały mi ponure miesiące, pomiatanie, lekceważenie, niepewność, lęk przed brakiem najpotrzebniejszych rzeczy, suchy chleb. Pogrążony w rozmyślaniach, nieobecny, ugryzłem te dziwne ziarna w cynfolii.

Smakowały zadziwiająco słodko. Obejrzałem dokładnie produkt.

– Ja też to lubię – rzekł handlarz gazet. – Chce pan jeszcze jeden?

Pokręciłem głową. Miałem teraz większe problemy. Musiałem sobie zabezpieczyć choćby najskromniejsze, najprymitywniejsze codzienne utrzymanie. Potrzebowałem kwatery, trochę pieniędzy, zanim zyskam jasność co do dalszych perspektyw, ewentualnie też jakiegoś zajęcia, choćby doraźnego, do czasu, aż będę wiedział, czy i w jaki sposób uda mi się podjąć z powrotem moją działalność rządową. Do tego momentu konieczna była jakaś forma zarabiania na chleb. Może jako malarz, może w jakimś biurze architektonicznym. Oczywiście, na początek nie pogardzę też pracą fizyczną. Naturalnie, dla Narodu Niemieckiego moja wiedza zostałaby z większym pożytkiem wykorzystana w jakiejś kampanii zbrojnej, ale bez znajomości aktualnej sytuacji było to iluzoryczne. Przecież nawet nie wiedziałem, z kim Rzesza Niemiecka obecnie graniczy, kto próbował te granice naruszyć, przeciwko komu trzeba było wycelować broń. Zatem na razie musiałem się chyba zadowolić zyskiem z pracy swoich rąk, może przy budowie terenu na defilady czy jakiegoś odcinka autostrady.

– A teraz zupełnie poważnie – do moich uszu dotarł głos handlarza gazet. – Jest pan jeszcze amatorem? Z takim numerem?

To znowu wydało mi się nader grubiańskie.

– Nie jestem żadnym amatorem! – poinformowałem go z naciskiem. – Nie jestem w końcu jednym z tych mieszczańskich nierobów!

– Nie, nie – łagodził mężczyzna, który w głębi swej istoty zaczął mi się wydawać całkiem przyzwoity. – Miałem na myśli, czym się pan zajmuje zawodowo?

Taa, czym ja się zajmowałem zawodowo? Co miałem mu powiedzieć?

– Chwilowo... chwilowo trochę się... wycofałem – opisałem ostrożnie swoją sytuację.

– Proszę mnie źle nie zrozumieć – zapewniał gorliwie sklepikarz – ale jeśli pan rzeczywiście jeszcze nie... no to przecież niebywałe! To znaczy, chciałem powiedzieć, że tutaj ciągle kręcą się jacyś ludzie, w całym mieście jest pełno agencji, facetów z filmu, gości z telewizji, ci zawsze się ucieszą z każdej informacji, z nowych twarzy. A skoro pan nie ma żadnej wizytówki – znaczy, jak mogę pana znaleźć? Ma pan telefon? Adres mailowy?

– Ee...

– Albo gdzie pan mieszka?

Zaiste, trafił tym w mój czuły punkt. Z drugiej strony nie wydawał się żywić wobec mnie jakichś niegodnych zamiarów. Postanowiłem zaryzykować.

– Sprawa z mieszkaniem jest chwilowo nieco... jak by to powiedzieć... niejasna.

– No tak, to może ma pan przyjaciółkę, u której pan mieszka?

Przez chwilę pomyślałem o Evie. Gdzie też mogła się podziewać?

– Nie – wymruczałem przygnębiony, co raczej mi się nie zdarzało. – Nie mam towarzyszki życia. Już nie mam.

– Och – powiedział sklepikarz. – Rozumiem. Sprawa jest jeszcze pewnie całkiem świeża.

– Tak – przyznałem. – To wszystko tutaj... jest dla mnie całkiem świeże.

– Nie najlepiej się działo w ostatnim czasie, co?

– To chyba słuszna uwaga – pokiwałem głową. – Atak z odsieczą grupy Steinera nie nastąpił, to niewybaczalne.

Patrzył na mnie lekko skonsternowany.

– Miałem na myśli pańską przyjaciółkę. Kto był winny?

– Nie wiem – przyznałem – w ostatecznym rozrachunku chyba Churchill.

Roześmiał się. Potem przyglądał mi się zamyślony przez dłuższą chwilę.

– Pana podejście mi się podoba. Niech pan posłucha, mam dla pana propozycję.

– Propozycję?

– Nie wiem, jakie ma pan wymagania. Ale jeśli nie szuka pan czegoś specjalnego, to może pan jedną czy dwie noce przespać tutaj.

– Tutaj? – Rozejrzałem się po kiosku.

– A może pan sobie pozwolić na apartament w Adlonie?

Chyba miał rację. Zakłopotany spuściłem wzrok.

– Ma pan przed sobą człowieka praktycznie bez żadnych środków do życia... – przyznałem.

– No właśnie. I nic dziwnego, jeśli ze swoimi umiejętnościami nie ma pan odwagi wyjść na zewnątrz. Nie może się pan ukrywać.

– Wcale się nie ukrywam! – zaprotestowałem. – To przez ten grad pocisków.

– Tak, tak. – Machnął ręką. – No więc jeszcze raz: zostanie pan tu dzień, dwa, a ja pogadam z jednym czy drugim klientem. Wczoraj przyszedł nowy numer „Współczesnego Teatru" i jedno z czasopism filmowych, wszyscy to teraz powoli odbierają. Może coś wypali. Tak całkiem szczerze, to właściwie nie musiałby pan niczego specjalnego potrafić, już sam mundur wyszedł panu super...

– To znaczy, że teraz tu zostaję?

– Na razie. W ciągu dnia będzie pan ze mną. Jakby ktoś przyszedł, to mogę pana od razu przedstawić. A jak nikt nie przyjdzie, to się przynajmniej pośmieję. No, chyba że może się pan zatrzymać gdzieś indziej?

– Nie – westchnąłem. – To znaczy, oprócz bunkra Führera...

Roześmiał się. Potem umilkł.

– Niech pan powie, nie splądruje mi pan chyba kiosku?

Spojrzałem na niego z oburzeniem.
– Czy ja wyglądam na zbrodniarza?
Popatrzył na mnie.
– Wygląda pan jak Adolf Hitler.
– No właśnie – powiedziałem.

3

Następne dni i noce miały być dla mnie ciężkim doświadczeniem. W warunkach urągających wszelkiej godności, ulokowany prowizorycznie między podejrzanymi publikacjami, wyrobami tytoniowymi, łakociami i napojami w puszkach, w nocy skulony na w miarę, ale nie przesadnie czystym fotelu, musiałem nadrobić wydarzenia ostatnich sześćdziesięciu lat, nie wzbudzając przy tym niepotrzebnego zainteresowania. Podczas bowiem gdy inni zapewne całymi godzinami albo i dniami głowiliby się bezowocnie nad naukowym zrozumieniem tych kwestii, nad daremnym rozwiązaniem zagadki tej równie fantastycznej, co niepojętej podróży w czasie, mój metodycznie pracujący umysł niezawodnie potrafił się przystosować do okoliczności. Zamiast płaczliwie biadolić, przyswajał nowe fakty i rozpoznawał sytuację. Zwłaszcza że – uprzedzając nieco wydarzenia – zmienione warunki zdawały się oferować znacznie więcej i znacznie lepszych możliwości. I tak na przykład miało się okazać, że w przeciągu ostatnich sześćdziesięciu sześciu lat liczba sowieckich żołnierzy na niemieckim terytorium Rzeszy, szczególnie w obrębie Wielkiego Berlina, znacząco spadła. Obecnie szacowano ich liczbę na trzydziestu do pięćdziesięciu ludzi, w czym ja błyskawicznie potrafiłem rozpoznać nadzwyczajny wzrost szansy na sukces dla

Wehrmachtu, w porównaniu choćby z ostatnimi szacunkami mojego sztabu generalnego, mówiącymi w przybliżeniu o dwóch i pół miliona żołnierzy nieprzyjaciela na samym tylko froncie wschodnim.

Toteż tylko przez krótką chwilę igrałem z myślą, że padłem ofiarą spisku, porwania, podczas którego tajne służby wroga być może spłatały mi kosztownego figla, aby w ten sposób, łamiąc moją żelazną wolę, skłonić mnie do ujawnienia cennych sekretów. Już same techniczne wymogi stworzenia zupełnie nowego świata, w którym ja mogłem się do tego jeszcze swobodnie poruszać – ten wariant sytuacji był niemal jeszcze bardziej niewyobrażalny niż rzeczywistość, którą w każdej sekundzie odkrywałem, którą mogłem chwytać rękami, widzieć oczami. Nie, w tym dziwacznym tu i teraz należało prowadzić walkę. A pierwszym krokiem do podjęcia walki ciągle jeszcze jest rozpoznanie.

Jak można się domyślić, zdobycie najnowszych wiarygodnych informacji bez koniecznej infrastruktury nastręczało znacznych trudności. Warunki po temu były jak najgorsze: odnośnie do polityki zagranicznej nie miałem do dyspozycji ani Abwehry, ani Ministerstwa Spraw Zagranicznych, w kwestii polityki wewnętrznej nawiązanie kontaktu z Gestapo na razie nie było proste. Także udanie się do biblioteki wydało mi się w najbliższym czasie nazbyt ryzykowne. Tak więc pozostawałem zdany na treść licznych publikacji, których wiarygodności naturalnie nie byłem w stanie zweryfikować, jak też na wypowiedzi i strzępy rozmów przechodniów. Wprawdzie handlarz gazet był tak miły, że umożliwił mi słuchanie radioodbiornika, który wskutek postępu techniki, jaki dokonał się ostatnimi czasy, skurczył się do niewyobrażalnie małych rozmiarów – tyle że od 1940 roku zwyczaje Radia Wielkoniemieckiego zmieniły się w sposób wstrząsający. Zaraz po włączeniu rozległ się jakiś piekielny hałas, przerywany co rusz niewyobrażalnym, całkowicie niezrozumiałym bełkotem. W miarę trwania audycji jej zawartość nic się nie zmieniała, jedynie częstotliwość zastępowania wrzasku bełkotem wzrosła. Pamiętam, że przez ileś minut na próżno usiłowałem rozszyfrować hałas wydobywający się z tego technicznego cuda, a potem z przerażeniem je wyłączyłem. Siedziałem chyba z kwadrans bez ruchu, niemal sztywny od doznanego szoku, w końcu postanowiłem zaprzestać na razie swoich prób z radiem. Tak więc ostatecznie zdany byłem z powrotem na dostępne produkty prasowe, których naczelnym celem nigdy nie było rzetelne objaśnianie historii i rzecz jasna nie mogło być nim i dzisiaj.

Wstępny ogląd sytuacji, który niewątpliwie musiał pozostać niekompletny, prezentował się następująco:

Turek chyba jednak nie przyszedł nam z pomocą.

W obliczu siedemdziesiątej rocznicy Operacji Barbarossa wielokrotnie informowano głównie o tym aspekcie niemieckiej historii. Operacja ukazywana była ogólnie w negatywnym świetle. Powszechnie twierdzono, że kampania nie była zwycięska, ba, że w ogóle cała wojna nie została wygrana.

Ja sam faktycznie uznawany byłem za zmarłego. Insynuowano mi, że popełniłem samobójstwo. I rzeczywiście, przypominam sobie, że teoretycznie rozważałem tę możliwość w kręgu osób zaufanych, i z pewnością w pamięci brakuje mi kilku godzin z niewątpliwie trudnego okresu. Ale koniec końców wystarczyło mi tylko popatrzeć po sobie, by poznać fakty.

Czyż nie byłem żywy?

Ale skądinąd wiadomo, co myśleć o naszych gazetach. Oto niedosłyszący notuje to, co mu opowiedział ślepy, wioskowy półgłówek to poprawia, a koledzy w innych wydawnictwach prasowych odpisują od nich. Każdą historię zalewa się od nowa tym samym zwietrzałym wywarem z kłamstw, by ją następnie zaserwować niczego nieprzeczuwającemu narodowi jako „pyszną polewkę". Choć także w tym wypadku gotów byłem jak najbardziej okazać coś w rodzaju wyrozumiałości. Fakt, że los w tak szczególny sposób ingeruje we własne tryby, zdarza się tak rzadko, że nawet dla najtęższych głów musi to być trudne do pojęcia, nie mówiąc już o przeciętnym reprezentancie tak zwanych pism opiniotwórczych.

Co się jednak tyczy wszystkich innych rzeczy, to mózgowi trzeba by przydać żołądek dzikiej świni. Należało ignorować błędne oceny prasy, militarne, historyczno-wojskowe, polityczne i w ogóle dotyczące każdego innego tematu, łącznie z gospodarczymi, dokonywane z nieświadomości czy złośliwości, inaczej człowiek myślący musiałby wręcz zwariować wobec takiego steku drukowanych bzdur.

Albo nabawić się wrzodów żołądka, patrząc na to, jak haniebnie ogłupiałe, przeżarte syfilisem mózgi z pozbawionej najwidoczniej wszelkiej kontroli państwa, podżegającej prasy, gryzmoliły sobie swój załgany obraz świata.

Wyglądało na to, że Rzesza Niemiecka ustąpiła miejsca tak zwanej Republice Federalnej, którą kierowanie według wszelkiego prawdopodobieństwa podlegało kobiecie („pani kanclerz federalnej"), aczkolwiek powierzane było już także innym panom.

Znowu istniały partie i oczywiście towarzyszące im nieuchronnie jałowe kłótnie. Wręcz niezniszczalna socjaldemokracja od nowa uprawiała swój bezpłodny proceder na grzbiecie doświadczonego ciężko narodu niemieckiego, znowu inne stowarzyszenia na swój sposób pasożytowały na bogactwie narodowym, uznania dla ich „pracy" – co może zaskakiwać – trudno się było doszukać nawet w większości zazwyczaj tak im sprzyjającej zakłamanej prasy. Zanikła natomiast wszelka działalność NSDAP, możliwe, że w obliczu niedającej się wykluczyć poniesionej klęski zwycięskie mocarstwa utrudniały aktywność partyjną, jeśli wręcz organizacja nie została zepchnięta do podziemia.

„Völkischer Beobachter" nie był powszechnie dostępny, w każdym razie kiosk nader liberalnego sprzedawcy gazet go nie prowadził, podobnie jak nie wystawiono w ogóle żadnych innych publikacji o charakterze niemiecko-narodowym.

Terytorium Rzeszy wyglądało na mocno okrojone, jednakże państwa ościenne w znacznej części pozostały te same, ba, nawet Polska najwidoczniej wiodła nadal swą sprzeczną z naturą egzystencję nieuszczuplona terytorialnie, a częściowo wręcz na dawnym obszarze Rzeszy! Przy wszelkiej trzeźwości w ocenie sytuacji nie zdołałem w tym miejscu powstrzymać niejakiego oburzenia, w pierwszej chwili rzeczywiście wykrzyknąłem w ciemność nocnego kiosku: – W tej sytuacji mogłem sobie przecież darować całą tę wojnę!

Reichsmark – marka Rzeszy – nie była już środkiem płatniczym, chociaż koncepcja, do której dążyłem, by uczynić ją walutą obowiązującą w całej Europie, zdaje się została urzeczywistniona przez innych, przypuszczalnie przez jakichś dyletantów bez żadnego pojęcia po stronie zwycięskich mocarstw. W każdym razie należności regulowane były aktualnie w sztucznej walucie zwanej „euro", której, jak można się było spodziewać, towarzyszyła najżywsza nieufność. Temu, kto to zarządził, ja od razu bym przepowiedział, że tak będzie.

Wyglądało na to, że panowało coś w rodzaju częściowego pokoju, jednakże Wehrmacht znajdował się niezmiennie w stanie wojny, tyle że obecnie nazywał się „Bundeswehra" i wydawał się godny pozazdroszczenia, co niewątpliwie spowodowane było postępem technicznym. Jeśli wierzyć publikowanym liczbom, to należałoby sądzić, że żołnierz niemiecki w polu był praktycznie nie do zranienia, straty występowały już tylko sporadycznie. Można sobie wyobrazić moją gorycz, gdy wzdychając, myślałem o własnym tragicznym losie, o gorzkich nocach w bunkrze Führera, kiedy przygnieciony zgryzotą dumałem nad mapami w centrum dowodzenia, zmagałem się z nienawistnym światem i z losem: w tamtym czasie na licznych frontach walki wykrwawiało się jeszcze ponad czterysta tysięcy żołnierzy, i to w samym tylko styczniu 1945 roku – a z tym nowym, fantastycznym wojskiem na pewno zepchnąłbym armie Eisenhowera do morza, hordy Stalina na Uralu i Kaukazie w przeciągu kilku tygodni zostałyby rozgniecione jak robactwo. To była jedna z niewielu naprawdę dobrych informacji, jakie do mnie dotarły: zdobycie w przyszłości przestrzeni życiowej na Północy, Wschodzie, Południu i Zachodzie z tym nowym Wehrmachtem wydawało mi się niemal równie łatwe do osiągnięcia, jak ze starym. Odpowiedzialna za to była najprawdopodobniej, przeprowadzona zresztą niedawno, reforma młodego ministra, który miał niechybnie format takich dowódców jak Scharnhorst, jednakże wskutek intrygi równie nieżyczliwych, co ograniczonych mędrców uniwersyteckich musiał ustąpić z placu boju. Wyglądało na to, że dziś jest chyba dokładnie tak, jak niegdyś na akademii wiedeńskiej, na której ongiś, z sercem przepełnionym nadzieją, składałem swoje szkice i rysunki: zżerani zazdrością ludzie małego ducha jak zawsze powstrzymują świeży, udowadniający nieustraszenie swą wyższość geniusz, gdyż nie mogą znieść tego, że jego blask w tak deprymująco jaskrawy sposób przyćmi ich własny, tlący się ledwo żałosny ogarek.

No tak.

W obliczu tych okoliczności, wymagających ogólnie pewnego przyzwyczajenia, mogłem też jednak zarazem nie bez zadowolenia skonstatować, że przynajmniej chwilowo nie istniało żadne bezpośrednie zagrożenie, aczkolwiek nie brakowało przykrych momentów. Jak przystało na umysł twórczy, ostatnio zwykłem długo pracować, ale także długo odpoczywać, aby utrzymać właściwą mi rześkość i szybkość reakcji. Kioskarz natomiast zgodnie z wymogami swej profesji otwierał swój kiosk już wczesnym rankiem, z którego to powodu także ja, który wszak przeciągałem swoje studia często do wczesnych godzin rannych, od tej pory nie mogłem już liczyć na krzepiący sen. Sytuację zaostrzał dodatkowo fakt, że ten człowiek już od rana miał irytującą wprost potrzebę gadania, podczas gdy ja o tej porze zazwyczaj potrzebuję pewnego czasu na dojście do siebie. Już pierwszego ranka wkroczył zamaszyście do kiosku z okrzykiem:

– No i co, mój wodzu, jak minęła noc?

Jednocześnie bez żadnej zwłoki energicznie otworzył okienko sprzedaży, a wyjątkowo jaskrawe światło oślepiająco zalało kiosk. Jęknąłem, zacisnąłem udręczone powieki i usiłowałem przywołać na pamięć okoliczności mojego tu przebywania. Na pewno nie znajdowałem się w bunkrze Führera, z całą wyrazistością stanęło mi to natychmiast z powrotem przed oczyma. W innej sytuacji mógłbym kazać tego ofermę niezwłocznie rozstrzelać w trybie doraźnym. Ten bezlitosny poranny terror był czystej wody działaniem na szkodę sił zbrojnych. Mimo to powstrzymałem się, uzmysłowiwszy sobie moją sytuację, ba, sam do siebie przemawiałem uspokajająco, że ten kretyn z racji swojego zajęcia zapewne nie miał alternatywy i na swój niezdarny sposób prawdopodobnie sądził, że robi to dla mojego dobra.

– Zaczynamy – zaskrzeczał w tym momencie sklepikarz. – Chodź pan, pomożesz mi! – Ruchem głowy pokazał przy tym kilka przenośnych stojaków na gazety, z których jeden już wysunął na zewnątrz.

Wzdychając, wstałem z wysiłkiem, i ciągle jeszcze niewypoczęty, spełniłem jego życzenie. To było zaiste paradoksalne: przedwczoraj jeszcze przesuwałem 12. Armię, a dziś regały. Moje spojrzenie padło na nowy numer „Zwierzyny i Psa". Zatem niektóre czasopisma nadal się ukazywały. A chociaż nigdy nie byłem zapalonym myśliwym, przeciwnie, zawsze patrzyłem krytycznie na polowania, to jednak w owej chwili owładnęło mną na moment pragnienie, by uciec od tej dziwacznej codzienności, powłóczyć się z psem na łonie natury, oko w oko z przyrodą, wraz z żywym stworzeniem śledzić stawanie się i przemijanie świata... Po chwili otrząsnąłem się ze swoich mrzonek. W ciągu kilku minut wyrychtowaliśmy wspólnie kiosk i można było rozpocząć sprzedaż. Sklepikarz wyniósł dwa składane krzesełka i ustawił je przed budką na słońcu. Zaproponował, żebym usiadł, a sam wyciągnął z kieszeni koszuli paczkę papierosów, postukał w nią, aż w otworze ukazało się kilka z nich, i podsunął mi.

– Nie palę – potrząsnąłem głową. – Niemniej dziękuję.

Wyjął jednego papierosa, wsunął go sobie do ust, wyciągnął z kieszeni spodni zapalniczkę i zapalił. Zaciągnął się, a potem z rozkoszą wydmuchał dym i powiedział:

– Aaa... a teraz kawa! Dla pana także? To znaczy, jeśli pan lubi. Mam tylko rozpuszczalną.

To mnie nie zaskoczyło. No tak, Anglik nadal blokował drogi morskie, „wolno" mi było poznać ten problem wystarczająco, było też absolutnie zrozumiałe, że podczas mojej nieobecności nowe kierownictwo Rzeszy, jakiejkolwiek by było natury czy jak by je nazywali, najpewniej nie radziło sobie z rozwiązaniem trudności – jeszcze dziś. Dzielna, zaprawiona w cierpieniach ludność niemiecka musiała więc, od tak dawna już, zadowalać się produktami zastępczymi. Nazywali ten erzac kawy chyba zbożówką, a mnie od razu przypomniał się znów zapychający słodki batonik z prasowanych zbóż, który tutaj z konieczności musiał wystąpić amatorsko w roli dobrego niemieckiego chleba. Biedny sprzedawca gazet wstydził się przed swoim gościem, gdyż ze względu na to, że żył w dławiącym uścisku pasożytujących na ludzkości Anglików, nie mógł mi zaproponować niczego lepszego. To było naprawdę oburzające. Wezbrała we mnie fala wzruszenia.

– To nie pana wina, dobry człowieku – uspokoiłem go. – I tak nie jestem amatorem kawy. Byłbym jednak wdzięczny za szklankę wody.

Tak więc swój pierwszy poranek w tej osobliwej nowej epoce spędziłem obok palącego sprzedawcy gazet, a towarzyszyło mi mocne postanowienie, by tak długo studiować ludność i z jej zachowań czerpać nową wiedzę, aż sklepikarz z uwagi na swe znajomości, o których napomykał, ewentualnie będzie mógł pośredniczyć w znalezieniu dla mnie jakiegoś skromnego zajęcia.

Pierwsze godziny pod kioskiem to czas prostych robotników i emerytów. Nie mówili dużo, kupowali wyroby tytoniowe, poranne wydania gazet, zwłaszcza jedna o nazwie „Bild" była rozchwytywana, głównie właśnie przez osoby starsze, przypuszczalnie dlatego, że jej wydawca zastosował niebywale dużą czcionkę, by również ludzie z kłopotami ze wzrokiem nie musieli rezygnować z lektury wiadomości. Znakomity pomysł, musiałem przyznać w duchu, nie wpadł na to nawet gorliwy Goebbels – takim zabiegiem bez wątpienia moglibyśmy wzbudzić jeszcze więcej entuzjazmu w tych grupach ludności. W ostatnich dniach wojny, które przeżyłem, to właśnie starszym członkom Volkssturmu brakowało zapału, woli walki i poświęcenia. Kto by się wtedy domyślił, że takie proste środki jak większa czcionka mogą wywołać taki efekt?

Z drugiej strony, brakowało także papieru. Ten Funk w sumie był jednak niepoprawnym głupcem.

Moja obecność przed kioskiem doprowadziła stopniowo do pierwszych kłopotów. Od czasu do czasu, zwłaszcza wśród młodych robotników, zdarzała się wesołość, częściej także uznanie, wyrażane w słowach „kuul" i „ekstra", niezrozumiałych, owszem, ale z ich mimiki można było wywnioskować niezaprzeczalny respekt.

– Dobre, prawda? – Sprzedawca gazet spoglądał promiennym wzrokiem na klienta. – Nie widać żadnej różnicy, co?

– No nie – powiedział klient, robotnik, mógł mieć ze dwadzieścia pięć lat, i złożył gazetę. – Ale czy to tak wolno?

– Co? – spytał kioskarz.

– No, tak w mundurze.

– A co można zarzucić mundurowi niemieckiego żołnierza? – spytałem podejrzliwie, z lekką irytacją w głosie.

Klient zaczął się śmiać, prawdopodobnie by mnie uspokoić.

– Jest naprawdę w porządku. Nie, mam na myśli, że robi to pan pewnie zawodowo, ale czy nie potrzeba jakiegoś specjalnego zezwolenia, jak się go nosi cały czas publicznie?

– Tego by jeszcze brakowało – odparłem oburzony.

– Myślałem tylko – powiedział tamten lekko przestraszony – ze względu na konstytucję...

To mi dało do myślenia. Nie miał nic złego na myśli, a faktycznie, konstytucja mojego munduru nie była najlepsza.

– No owszem, jest trochę brudny – przyznałem nieco zgnębiony – ale nawet brudny żołnierski strój zawsze jeszcze zasługuje na więcej szacunku niż każdy czysty frak tych zakłamanych dyplomatów!

– A właściwie dlaczego miałby być zakazany? – spytał przytomnie handlarz gazet. – Przecież nie ma na nim swastyki.

– Co to ma znowu znaczyć?! – wykrzyknąłem rozsierdzony. – Chyba i bez tego pan wie, w jakiej jestem partii!

Klient pożegnał się, potrząsając głową. Kiedy sobie poszedł, sprzedawca gazet poprosił mnie, abym z powrotem usiadł, i zwrócił się do mnie spokojnie.

– Trochę racji to on ma – powiedział życzliwie. – Klienci czasem naprawdę patrzą się dziwnie. Wiem, że traktuje pan swoją pracę bardzo poważnie. Ale czy nie mógłby pan włożyć czegoś innego?

– Mam wyrzec się swojego życia, swojej pracy, swojego narodu? Nie może pan tego żądać ode mnie – powiedziałem i znów poderwałem się z krzesła. – Będę nosił ten mundur aż do ostatniej kropli krwi. Nie mogę po raz drugi zadać ofiarom naszego Ruchu podłego ciosu nożem w plecy jak Brutus Cezarowi...

– Musi pan tak koniecznie za każdym razem strzelać z grubej rury? – zapytał kioskarz, też już nieco zirytowany. – Tu chodzi nie tylko o sam mundur...

– A o co?

– Te ciuchy śmierdzą. Nie wiem, z czego je pan uszył, przerabiał pan stary kombinezon pracownika stacji benzynowej czy co?

– Na polu walki prosty żołnierz też nie ma możliwości zmiany munduru, i ja także nie ulegnę dekadencji tych, którzy zadekowali się wygodnie na tyłach.

– To wszystko możliwe, ale niech pan pomyśli o swoim programie!

– Jak to?

– No, chyba chce pan dotrzeć ze swoim programem do ludzi, czyż nie?

– No tak, i co?

– Pomyślał już pan o tym, co się stanie, jak tu naprawdę wpadnie kilka osób i będzie chciało pana poznać? A pan będzie wtedy stał i tak woniał, że człowiek nie odważy się zapalić koło pana papierosa.

– A pan się przecież odważył – odparłem. Ale moim słowom zabrakło ich zwykłej ostrości, gdyż wbrew sobie musiałem przyznać mu rację.

– Ja jestem po prostu odważny. – Zaśmiał się. – No już, niech pan pójdzie szybko do domu i przyniesie sobie jakieś inne ciuchy.

I znowu pojawił się ten przykry problem mieszkaniowy.

– Mówiłem panu przecież, że obecnie jest to trudne.

– No, ale pana była może akurat jest teraz w pracy. Albo wyszła po zakupy. Czemu pan robi takie ceregiele?

– No dobrze – odparłem z ociąganiem. – To jest bardzo problematyczne. Mieszkanie... – Faktycznie miałem pewne trudności z argumentacją. Ale też sytuacja była dla mnie poniżająca.

– Ma pan chyba klucz?

Tym razem sam musiałem się roześmiać w obliczu takiej naiwności. Nie wiedziałem, czy w ogóle istniał jakiś klucz do bunkra Führera.

– Nie, ee, jak by to powiedzieć: kontakt się jakoś... ee, urwał.

– Ma pan zakaz kontaktowania się?

– Sam nie potrafię sobie tego do końca wytłumaczyć – przyznałem – ale chyba coś w tym rodzaju.

– Wielkie nieba, wcale pan na takiego nie wygląda – powiedział z pewną rezerwą. – Co pan nabroił?

– Nie wiem – odrzekłem zgodnie z prawdą. – Nie zachowały mi się żadne wspomnienia z ostatniego okresu.

– W każdym razie nie wygląda mi pan na osobę używającą przemocy – zauważył w zadumie.

– No, jednak – powiedziałem, poprawiając ręką przedziałek – w końcu jestem żołnierzem...

– No dobrze, panie żołnierzu – zgodził się sprzedawca gazet. – Dam panu jeszcze jedną propozycję. Ponieważ jest pan dobry, a ja wierzę w takich pasjonatów jak pan.

– Naturalnie – przytaknąłem jego słowom – jak każdy rozsądny człowiek. Należy dążyć do swego celu ze wszystkich sił, tak, z pasją. Letni, oszukańczy kompromis to źródło wszelkiego zła i...

– Już dobrze – przerwał mi. – No więc niech pan słucha. Przyniosę panu jutro parę używanych rzeczy ze swoich. Nie musi pan dziękować, ostatnio trochę przybrałem na wadze, guziki mi się nie dopinają. – Popatrzył przy tym niezadowolony na swój brzuch. – Ale na pana mogą pasować. Na szczęście nie pracuje pan jako Göring.

– A niby dlaczego miałbym to robić? – spytałem poirytowany.

– A potem od razu zaniosę pana mundur do czyszczenia...

– Munduru nie wypuszczę z ręki! – zaznaczyłem hardo.

– No dobrze – powiedział i naraz wydał mi się trochę znużony. – To niech pan sam zaniesie mundur do pralni. Ale chyba to pan rozumie, prawda? Że trzeba go od czasu do czasu czyścić.

Traktowali człowieka jak małe dziecko, to oburzające. Ale, tyle było jasne, to się nie zmieni, dopóki będę chodził usmolony jak dziecko. Skinąłem zatem głową.

– Tylko z butami może być kłopot – zafrasował się. – Jaki ma pan numer buta?

– Czterdziesty trzeci – odpowiedziałem potulnie.

– No to moje będą na pana za małe – rzekł. – Ale coś wymyślę.

4

Czytelnikowi należy okazać zrozumienie, gdy w tym czy też innym miejscu zakiełkuje w nim zdumienie tempem, w jakim przystosowałem się do mojej nowej sytuacji. Nie może być zresztą inaczej, by czytelnik, na którego przez lata, ba, dziesiątki lat mojej nieobecności chochlą demokracji wylewano nieustannie wypaczony, marksistowski obraz historii, by więc pływając w tym sosie, zdolny był jeszcze patrzeć dalej niż czubek własnego nosa. Nie chcę tu bynajmniej kierować żadnych zarzutów pod adresem uczciwego robotnika czy dzielnego rolnika. Bo dlaczego prosty człowiek miałby się oburzać, skoro wątpliwi specjaliści i uczone przybłędy z wyżyn katedry swoich rzekomych świątyń wiedzy przez ponad sześć dziesięcioleci głoszą, że Führer nie żyje? Kto by chciał mieć temu mężczyźnie za złe, że w samym środku codziennej walki o byt nie znajduje siły, by powiedzieć: „A gdzież on niby jest, ten nieżywy Führer? Gdzie on niby leży pochowany? Pokażcie mi go!".

I kobiecie naturalnie też.

Ale gdy potem Führer nieoczekiwanie zjawia się tam, gdzie był już zawsze, mianowicie w stolicy Rzeszy, wówczas dezorientacja w narodzie, ogólna niemożność poradzenia sobie z tym są równie straszliwe jak zdumienie tym faktem. I byłoby absolutnie zrozumiałe, gdybym i ja całymi dniami, a nawet tygodniami, trwał bez ruchu, zaskoczony, sparaliżowany w obliczu rzeczy niepojętych. Jednakże los sprawił, że jestem inny. W porę, pośród trudów i wyrzeczeń, w twardych, pouczających latach umożliwił mi wyrobienie sobie rozsądnych poglądów, poglądów, które wykute zostały w teorii, ale zahartowane na bezlitosnym polu walki na kształt doskonałego oręża, i dlatego, w sposób niemal niezmieniony od tamtej pory, mogły one kształtować mój dalszy rozwój i działalność, i nawet teraz nie potrzebowały żadnej nowomodnej czy pochopnej odnowy, lecz przeciwnie, dopomogły mi w zrozumieniu starej i zarazem nowej sytuacji. Tak więc w ostatecznym rozrachunku to właśnie myśl wodzowska wyrwała mnie z mego bezpłodnego poszukiwania wyjaśnień.

Podczas jednej z pierwszych nocy przewracałem się niespokojnie na swoim fotelu, nie mogąc zasnąć po wyczerpującej lekturze, dumając nad moim ciężkim losem, gdy nagle wstrząsnęła mną pewna myśl. Usiadłem raptownie, z oczami rozszerzonymi natchnieniem, wpatrzony w duże słoje z kolorowymi karmelkami i rozmaitymi innymi towarami. Był to, tak rysowało się to w mojej wyobraźni, jak odlany z połyskującego kruszcu sam los, który nieprzeniknioną ręką wmieszał się w bieg wydarzeń. Uderzyłem się płaską dłonią w czoło – to było tak oczywiste, że sam się zgromiłem, iż nie rozpoznałem tego wcześniej. Zwłaszcza że los nie po raz pierwszy szarpnął ster w swoją stronę, nadając wydarzeniom kierunek. Czyż nie to samo stało się w 1919 roku, na samym dnie niemieckiej niedoli? Czyż nie wyłonił się wtedy z okopów pewien nieznany nikomu kapral? Czyż mimo ciężaru jakże skromnego pochodzenia, spośród wielu, spośród tych wszystkich pozbawionych nadziei, nie objawił się talent oratorski, i to akurat tam, gdzie by się go najmniej spodziewano? Czyż w owym talencie nie objawiła się także zdumiewająca skarbnica mądrości i doświadczeń, zgromadzona w najboleśniejszych dniach wiedeńskich, owoc nienasyconej żądzy wiedzy, która dorastającemu młodzieńcowi o żywym umyśle od najwcześniejszej młodości kazała chłonąć wszystko, co wiązało się z historią i polityką? Najcenniejsza wiedza, składowana w pozornym bezładzie, jednak w rzeczywistości okruch po okruchu gromadzona pieczołowicie przez opatrzność w jednym, pojedynczym człowieku? I czyż ten jeden, ten niepozorny kapral, na którego samotnych barkach miliony złożyły swe nadzieje, czyż to nie on rozsadził pęta Wersalu i Ligi Narodów, z lekkością, którą obdarzyli go bogowie, wygrał wojny narzucone przez armie Europy, stając naprzeciw Francji, naprzeciw Anglii, naprzeciw Rosji, czyż ten niby to miernie tylko wykształcony mąż na przekór jednogłośnemu osądowi wszystkich tak zwanych fachowców nie poprowadził ojczyzny ku najwyższym szczytom chwały?

To właśnie ja.

Każde pojedyncze wydarzenie – grzmiało mi cicho w uszach – każdy z osobna faktyczny stan był w tamtych czasach bardziej nieprawdopodobny niż wszystko to, co przytrafiło mi się w ciągu ostatnich dwóch, trzech dni. Z ostrością brzytwy mój wzrok przewiercał się przez ciemność między pojemnikiem na lizaki i drugim, z cukierkami owocowymi, gdzie jasne światło księżyca chłodno jak lodowa pochodnia iluminowało błysk mojego intelektu. Z pewnością fakt, że samotny wojownik wyprowadził cały naród z trzęsawiska bezdroży, zadziwiający talent, to mogło się oczywiście zdarzyć raz na sto lub dwieście lat. Ale co zamierzał uczynić los, gdy ten drogocenny atut został już zgrany? Gdy w dostępnym materiale ludzkim nie znalazła się żadna mądra głowa, której można by przypisać konieczną przytomność umysłu?

W takiej sytuacji, chcąc nie chcąc, trzeba ją było ściągnąć z niewykorzystanej rezerwy przeszłości.

I bezsprzecznie stanowiło to coś w rodzaju cudu, którego jednak dokonać było bez porównania łatwiej, niż podołać zadaniu, by z dostępnej pośledniej blachy wykuć narodowi nowy, ostry miecz. I podczas gdy prawdy te w swej klarownej wyrazistości zaczęły uspokajać me rozgorączkowane myśli, w mojej tymczasem całkiem już obudzonej piersi wezbrała nowa troska. Ta prawda bowiem pociągała za sobą zarazem następną jak nieproszonego gościa: skoro los musiał uciec się do takiej – należało to bez ogródek nazwać po imieniu – kuglarskiej sztuczki, to sytuacja, chociaż na pierwszy rzut oka nie wzbudzała niepokoju, w rzeczywistości musiała być jeszcze bardziej katastrofalna niż wówczas. A naród w tym większym zagrożeniu!

To była owa chwila, w której z jasnością oślepiającą jak fanfara uświadomiłem sobie, że jest już za późno, by trwonić czas na akademickie rozważania, by pogrążać się w małostkowych przemyśleniach nad „jak" i „czy", gdy wszak „dlaczego" i „że" stanowiły daleko istotniejsze aspekty.

Należało wszelako odpowiedzieć na jeszcze jedno pytanie: dlaczego ja? Skoro przecież tylu wielkich mężów w dziejach Niemiec czekało na drugą szansę, by poprowadzić swój naród do nowej chwały?

Dlaczego nie jakiś Bismarck, nie jakiś Fryderyk II?

Jakiś Karol?

Jakiś Otto?

Odpowiedź na to pytanie po chwilowym zastanowieniu padła z taką łatwością, że niemal uśmiechnąłem się, wielce z siebie zadowolony. Oto bowiem owo herkulesowe zadanie, czekające na kogoś, kto mu sprosta, zdawało się zaiste odpowiednie, by najdzielniejszym nawet mężom, wielkim i największym Niemcom, unaocznić ich ograniczone możliwości. Samotny, zdany tylko na siebie, bez aparatu partyjnego, bez władzy rządowej – owo zadanie można było powierzyć jedynie temu, kto raz już dowiódł, że zdolny jest do uprzątnięcia demokratycznej stajni Augiasza. Pytanie, na które należało w tym momencie odpowiedzieć, brzmiało: czy chciałem wziąć na siebie ponownie, po raz drugi, wszystkie te gorzkie ofiary? Przełknąć wszystkie wyrzeczenia, tak, wręcz zdusić je w sobie ze wzgardą? Nocować w fotelu w sąsiedztwie kociołka z wodą, w którym za dnia podgrzewano do spożycia pospolite wołowe kiełbaski? I to wszystko dla dobra narodu, który już raz w zmaganiach o własne przeznaczenie zawiódł swego Führera? Cóż się bowiem stało z natarciem grupy armii Steinera? Albo z Paulusem, tym niegodziwym łajdakiem?

Teraz jednak należało powściągnąć urazę, oddzielić ściśle sprawiedliwy gniew od ślepej zajadłości. Tak jak naród musi wspierać swego Führera, tak Führer musi wspierać swój naród. Prosty żołnierz pod właściwym dowództwem zawsze dawał z siebie wszystko, i nie wolno mu czynić żadnego zarzutu z tego, że nie dane mu jest pomaszerować wiernie w sam środek nieprzyjacielskiego ognia, gdyż tchórzliwa, niepomna swych obowiązków generalska hołota kapitulacją wydziera mu spod kamaszy uczciwą żołnierską śmierć.

– Tak! – wykrzyknąłem zatem w ciemność kiosku. – Tak! Chcę! I będę! Tak, tak i jeszcze raz tak!

Noc odpowiedziała mi czarną ciszą. A potem niedaleko odezwał się jakiś samotny głos, wołający:

– Właśnie tak! Wszystko to dupki!

Powinno się to stać dla mnie ostrzeżeniem. Jednak gdybym już wówczas przewidział niezliczone trudy, te wszystkie bolesne ofiary, jakie przyszło mi ponieść później, okrutne męki nierównej walki – to wygłosiłbym swą przysięgę tym głośniej, ze zdwojoną siłą.

5

Już pierwsze kroki sprawiły mi trudność. Nie była to wszakże kwestia braku sił, w pożyczonym ubraniu czułem się zwyczajnie jak idiota. Spodnie i koszula mogły jeszcze ujść. Sklepikarz przyniósł mi parę czystych, niebieskich bawełnianych spodni, na które mówił „dżynsy", do tego czystą bawełnianą koszulę w czerwoną kratę. Liczyłem właściwie na garnitur i kapelusz, ale przyjrzawszy się uważniej sprzedawcy gazet, musiałem to później uznać za nierealistyczne. Ten człowiek w swoim własnym kiosku nie nosił garnituru, i na ile mogłem zaobserwować, także jego klientela raczej nie nosiła się po mieszczańsku. Kapelusze, to tylko tak dla uzupełnienia, jak widać na ogół były nieznane. Postanowiłem w miarę swoich skromnych środków nadać memu strojowi możliwie jak najwięcej godności, to znaczy, wbrew dziwacznemu wyobrażeniu kioskarza, by koszulę nosić po prostu wypuszczoną luźno na wierzch, wsunąłem ją wręcz szczególnie głęboko w spodnie. Te zaś, nieco za szerokie, udało mi się za pomocą paska porządnie umocować i podciągnąć jak trzeba do góry. Następnie przez prawe ramię przypiąłem koalicyjkę. Ogólne wrażenie miało wprawdzie niewiele wspólnego z niemieckim mundurem, ale w każdym razie odpowiadało przynajmniej obrazowi mężczyzny, który potrafi się przyzwoicie ubrać. Buty natomiast stanowiły pewien problem. Sprzedawca gazet, jak sam mnie zapewniał, z braku znajomych noszących pasujący numer, przyniósł mi oryginalną parę swego dorastającego siostrzeńca, przy czym wątpliwe jednak było, czy zasługiwały na miano butów. Były białe, ogromne, z potężnymi podeszwami, tak że człowiek wyglądał w nich jak klaun w cyrku. Musiałem się naprawdę powstrzymywać, by nie cisnąć tej kpiny, nie butów w głowę nierozgarniętego sklepikarza.

– Nie włożę tego – rzekłem dobitnie. – Wyglądam w nich jak pajac!

Tamten, chyba urażony, zrobił uwagę, w sensie, że jemu też się nie podoba mój sposób noszenia koszuli, ale okazałem mu wyrozumiałość. Owinąłem nogawki spodni ściśle wokół łydek i wsunąłem dżynsy w cholewki.

– Zdaje się, że za nic nie chce pan wyglądać jak normalni ludzie? – zapytał handlarz gazet.

– Dokąd bym zaszedł, gdybym zawsze robił wszystko tak, jak normalni ludzie? – odpowiedziałem pytaniem. – I gdzie byłyby Niemcy?

– Hm... – Rozbrojony sprzedawca gazet zapalił kolejnego papierosa. – Można na to i tak spojrzeć.

Złożył mój mundur i wsunął go do ciekawej torby. Uderzający był w niej nie tylko materiał, rodzaj bardzo cienkiego tworzywa sztucznego, zdaje się o wiele bardziej wytrzymałego i elastyczniejszego niż papier. Interesujący był nadruk: widniał tam napis „Media Markt", zapewne torba służyła wcześniej jako opakowanie tej gazetki dla idiotów, którą widziałem pod ławką w parku. To świadczyło o tym, że sprzedawca gazet w głębi swej istoty był absolutnie rozsądny – przydatną torbę zatrzymał, ale durną zawartość wyrzucił. Wcisnął mi torbę w rękę, opisał drogę do pralni i życzył radośnie: „Powodzenia!".

Wyruszyłem zatem, aczkolwiek nie od razu do pralni. Pierwsze kroki zaprowadziły mnie z powrotem na ów teren, gdzie się przebudziłem. Mimo absolutnej nieulękłości nie mogłem zaprzeczyć odczuwaniu niejasnej nadziei, że może jednak ktoś jeszcze z minionej epoki towarzyszył mi w dzisiejsze czasy. Odnalazłem znajomą ławkę, na której pierwszy raz odpoczywałem, bardzo ostrożnie przeszedłem przez ulicę, by pomiędzy budynkami wstąpić na drogę do owego ugoru. Tego późnego przedpołudnia było tam cicho, chłopcy z HJ nie grali w piłkę, pewnie siedzieli w szkole. Teren był pusty. Z torbą w ręce zbliżyłem się z wahaniem do prawie już wyschniętej kałuży, obok której się przebudziłem. Wszędzie było cicho, w każdym razie na ile jest to możliwe w wielkim mieście. Dało się słyszeć ciche odgłosy pojazdów, ale też trzmiela.

– Pst – syknąłem. – Pst!

Żadnego odzewu.

– Bormann – zawołałem teraz cicho. – Bormann! Jest pan tu gdzieś?

Powiew wiatru przeleciał przez teren, pusta puszka uderzyła z grzechotem o drugą. Poza tym nic się nie poruszyło.

– Keitel? – zawołałem teraz. – Goebbels?

Ale nikt nie odpowiadał. No dobrze. Tak było nawet lepiej. „Silny człowiek jest najsilniejszy, gdy jest sam". Jak niegdyś, obowiązywało to też w tej godzinie, teraz bardziej jeszcze niż kiedykolwiek. Zatem miałem już jasność. Sam musiałem uratować naród. Sam uratować ziemię i sam ludzkość. A pierwszy krok na drodze ku przeznaczeniu wiódł do pralni.

Z torbą w ręce wróciłem więc zdeterminowany do starej szkolnej ławki, na której pobierałem najcenniejsze lekcje swojego życia: na ulicę. Uważnie podążałem drogą, porównywałem pierzeje domów i ciągi ulic, badałem, ważyłem, ważyłem się, rozważałem. Pierwszy bilans wypadł przy tym absolutnie pozytywnie: kraj, albo przynajmniej to miasto, wyglądało na wolne od gruzów, uprzątnięte, ogólnie można mu było wystawić zadowalające świadectwo stanu przedwojennego. Nowe auta dla ludu, volkswageny, jeździły najwyraźniej niezawodnie, ciszej niż przedtem, aczkolwiek pod względem estetycznym nie zadowalały każdego gustu. To jednak, co od razu rzucało się bystremu spojrzeniu w oczy, to liczne denerwujące bazgroły na wszystkich ścianach. Oczywiście technika była mi znana, już wtedy w Weimarze komunistyczne pachołki smarowały wszędzie swoje bolszewickie brednie. I w znacznej mierze sam się też wszak na tym uczyłem. Ale wtedy jeszcze, bądź co bądź, hasła obu stron dawały się przeczytać. A teraz, jak stwierdziłem, liczne przesłania, które autor, jak widać, uznał za dostatecznie ważne, by oszpecić nimi fasady domów zacnych obywateli, były po prostu nie do odcyfrowania. Mogłem mieć tylko nadzieję, że przyczyną był brak kultury lewicowej z pewnością hołoty, ale podążając dalej drogą zauważyłem, że czytelność tych przesłań nic a nic się nie poprawia, musiałem zatem przyjąć, że być może kryją się za nimi tak ważne komunikaty, jak „Niemcy, zbudźcie się!" czy „Sieg heil!". W obliczu takiego dyletantyzmu zagotował się we mnie z miejsca potężny gniew. Toż tu wyraźnie zabrakło kierującej ręki, prężnej organizacji. Szczególnie irytujące było to w obliczu faktu, że niektóre z tych napisów wykonane były po części przy użyciu znacznej ilości farby, zadano też sobie przy tym niemało trudu. Czyżby podczas mojej nieobecności wymyślono osobne pismo do haseł politycznych? Postanowiłem zbadać rzecz dogłębnie i w tym celu podszedłem do pewnej damy, która prowadziła za rękę dziecko.

– Proszę wybaczyć, że przeszkadzam, łaskawa pani – zagadnąłem ją i wolną ręką wskazałem na pierwszy lepszy napis na murze – co tam jest napisane?

– A skąd ja mam wiedzieć? – spytała dama i obdarzyła mnie osobliwym spojrzeniem.

– A zatem i pani to pismo wydaje się dziwne? – dociekałem.

– Pismo, no właściwie też – odpowiedziała dama z wahaniem, a następnie pociągnęła dziecko dalej. – Ale czy z panem wszystko aby w porządku?

– Niech się pani nie martwi – odparłem. – Idę tylko na chwilę do pralni.

– Lepiej niech pan pójdzie do fryzjera! – zawołała kobieta.

Przekręciłem głowę na bok, przybliżyłem ją do szyby jednego z tych nowomodnych automobili i otaksowałem swoje oblicze. Przedziałek trzymał się, nawet jeśli nie doskonale, to przecież wcale dobrze, a wąsy trzeba będzie chyba za kilka dni nieco skrócić, ale ogólnie wizyta u fryzjera na razie nie miała decydującego znaczenia dla przebiegu wojny. Na dokładniejszą higienę ciała, kalkulowałem przy okazji, strategicznie najkorzystniejszy był zapewne następny dzień albo też wieczór. Tak więc ponownie ruszyłem w drogę. Mijałem całą tę wszechobecną propagandę na murach, która równie dobrze mogłaby się tam pojawić po chińsku. Co mnie jednak także uderzyło, to fakt, że ludność, jak się zdaje, w podziwu godnym zakresie wyposażona była w radioodbiorniki ludowe. Przy niezliczonych oknach przymocowane były talerze radarowe, bez wątpienia służące na potrzeby radia. I gdyby teraz udało mi się przemówić przez radio, wówczas zdobycie nowych, przekonanych towarzyszy narodowych nie powinno być chyba trudne. Czyż bowiem nie przysłuchiwałem się bezskutecznie jakiemuś programowi w radiu, który brzmiał tak, jakby grali tam pijani muzycy, a bełkocący spikerzy czytali coś, co tutaj było nabazgrane nieczytelnie na murach? Wystarczyłoby, żebym przemówił zrozumiałą niemczyzną, i to wszystko – drobiazg. Uskrzydlony, z otuchą w sercu, kroczyłem dziarsko i już z dość daleka dostrzegłem szyld „Yilmaz – blitzusługi pralnicze".

To było trochę nieoczekiwane.

Owszem, już te liczne gazety sugerowały istnienie tureckich czytelników prasy, aczkolwiek okoliczności, w jakich się tu zjawili, pozostawały niejasne. I oczywiście także podczas mojej pieszej wędrówki rzucił mi się w oczy jeden czy drugi przechodzień, którego aryjskie pochodzenie, delikatnie mówiąc, wydawało się wątpliwe nie tylko w czwartym i piątym pokoleniu, ale raczej aż do ostatniego kwadransa. Ale nawet jeśli nie było całkiem jasne, w jakiej funkcji występowali tu ci obcy rasowo mieszańcy, to ich działalność nie wyglądała na kierowniczą. Choćby z tego powodu trudno było sobie wyobrazić całkowite przejęcie średnich zakładów łącznie z ich nazwami, i choćby z racji propagandy gospodarczej nadanie „blitzusługom pralniczym" nazwy „Yilmaz" wedle mojego doświadczenia nie dawało się tak łatwo zrozumieć. Od kiedy to jakiś „Yilmaz" świadczył o czystych koszulach? Ten jakiś „Yilmaz" świadczył w najlepszym razie o mniej czy bardziej zadowalającej eksploatacji leciwego wózka zaprzężonego w osła. Tyle że w pobliżu nie widać było innej pralni, do której mógłbym się udać. No a poza tym chodziło też o to, by szybkością działań wywierać presję na przeciwnika politycznego. W tym sensie faktycznie miałem potrzebę błyskawicznego oczyszczenia garderoby. Niewolny od poważnych wątpliwości, wkroczyłem do środka.

Powitał mnie zniekształcony dźwięk dzwonka. W środku unosił się zapach środków czyszczących, było ciepło, zdecydowanie za ciepło na bawełnianą koszulę, ale do znakomitych mundurów Afrikakorps niestety nie miałem wszak obecnie dostępu. W lokalu nikogo nie było. Na ladzie leżał dzwonek, jaki często można spotkać w hotelach.

Nic się nie działo.

Słychać było wyraźnie zawodzącą orientalnie muzykę, być może w pomieszczeniu roboczym na zapleczu jakaś anatolijska praczka opłakiwała swą daleką ojczyznę – dziwne zachowanie, zwłaszcza skoro się miało szczęście mieszkać zamiast tego w stolicy niemieckiej Rzeszy. Zlustrowałem części garderoby wiszące równo w szeregu za ladą. Spowite były w przezroczysty materiał przypominający ten, z którego wykonano moją torbę. Ogólnie wyglądało na to, że wszystko w niego zawijano. Widziałem już raz coś podobnego w paru laboratoriach, jednak IG Farben w ostatnich latach osiągnęła chyba znaczny postęp w tej dziedzinie. Wedle mojej wiedzy wytwarzanie tego materiału uzależnione było w znacznej mierze od posiadania ropy naftowej i dlatego też odpowiednio kosztowne. Jednakże sposób, w jaki powszechnie obchodzono się tu z tworzywami sztucznymi, a także to, jak jeździło się automobilami, pozwalało sądzić, że ropa naftowa nie stanowiła już najwyraźniej żadnego problemu. Czyżby Rzesza utrzymała w swoich rękach złoża rumuńskie? Mało prawdopodobne. A może Göring znalazł w końcu nowe źródła na rodzimej ziemi? Ogarnął mnie gorzki śmiech – Göring! Prędzej niż ropę w Niemczech znalazłby złoto jeszcze we własnym nosie. Nieudolny morfinista! Ciekawe, co też się z nim stało. Bardziej prawdopodobne wydawało się to, że przerzucono się na inne zasoby, i...

– Już długo czeka?

Mężczyzna z południa Europy, o azjatyckich kościach policzkowych, wyjrzał z prześwitu między zapleczem a częścią dla klientów.

– I to bardzo! – powiedziałem gniewnie.

– Czemu nie dzwonek? – Pokazał ręką na dzwonek na swojej ladzie, uderzył w niego lekko płaską dłonią. Dzwonek zadzwonił.

– Zadzwoniłem *tutaj*! – oznajmiłem z naciskiem i otworzyłem drzwi wejściowe. Znowu rozległ się osobliwie zniekształcony dźwięk dzwonka.

– Musi dzwonek *tu* – powiedział obojętnie i ponownie uderzył w swój dzwonek na ladzie.

– Niemiec dzwoni tylko raz – rzekłem rozdrażniony.

– No to tu – powiedział ten mieszaniec niewiadomego stopnia trudniący się praniem i znowu zadzwonił płaską dłonią. Nagle poczułem wielką ochotę, by przysłać tu SA, żeby rozerwała mu na strzępy bębenek jego własnym dzwonkiem. Albo jeszcze lepiej: oba bębenki, wtedy mógłby w przyszłości wyjaśniać swej klienteli, gdzie mają machać, kiedy wchodzą. Westchnąłem. To było doprawdy przykre, że człowiek musiał się obywać bez najzwyklejszych kolumn pomocniczych. Rzecz musiała chyba poczekać, dopóki kilka spraw w tym kraju nie zostanie z powrotem uporządkowanych, ale w duchu zacząłem już sporządzać prowizoryczną listę szkodników narodu, a blitzpralnia „Yilmaz" figurowała na niej na pierwszym miejscu. Tymczasem jednak nie pozostawało mi nic innego, jak gniewnie odsunąć dzwonek z zasięgu jego ręki.

– Niech no pan powie – zapytałem ostro – czy czyści pan też ubrania? Czy też tam, skąd pan przybywa, działalność pralnicza to wyłącznie czynności dzwonienia?

– Co pan chcieć?

Położyłem na ladzie swoją torbę i wyjąłem z niej mundur. Pociągnął lekko nosem w powietrzu, a potem powiedział:

– Aha, pan człowiek ze stacji benzynowej. – I beznamiętnie wziął mundur do ręki.

W zasadzie mogłoby mi być obojętne, co sobie myśli jakiś obcy rasowo, pozbawiony prawa do głosowania osobnik, ale mimo to nie potrafiłem tak całkiem pominąć tego milczeniem. Zgoda, człowiek nie był stąd, ale czy to możliwe, żebym do tego stopnia popadł w zapomnienie? Z drugiej strony już dawniej naród znał mnie często tylko ze zdjęć w prasie, które ukazywały mnie zazwyczaj w szczególnie korzystnym ujęciu, z profilu. A spotkanie z kimś we własnej osobie ma jednak nieraz zaskakująco odmienne działanie.

– Nie – rzekłem zdecydowanym tonem. – Nie jestem pracownikiem stacji benzynowej.

Następnie spojrzałem w bok od niego w górę, by dzięki bardziej fotogenicznemu kątowi pokazać mu wyraźniej, kogo ma przed sobą. Czyściciel otaksował mnie niezbyt zainteresowany, bardziej dla przyzwoitości, jednakże nie wydałem się mu też całkiem nieznany. Pochylił się nad ladą do przodu i popatrzył na moje wsunięte nienagannie do kamaszy spodnie.

– No nie wiem... Pan sławny wędkarz?

– No teraz niech się pan wreszcie postara! – wykrzyknąłem energicznie, już porządnie rozczarowany. Nawet u sprzedawcy gazet, z pewnością też żadnego geniusza, mogłem liczyć na jakąś podstawową wiedzę. A tu coś takiego! Jak miałem powrócić do Kancelarii Rzeszy, jeśli moja osoba nikomu nic nie mówiła?

– Moment – powiedział ten napływowy kretyn – przyprowadzę syn. Ciągle patrzy telewizor, ciągle patrzy intanet, zna wszystkie. Mehmet! Mehmet!

Po niedługiej chwili wyłonił się ów Mehmet. Wyrośnięty, umiarkowanie schludnie wyglądający młodzieniec przyczłapał z zaplecza razem z jakimś kolegą czy bratem. Zespołu cech dziedzicznych tej rodziny nie należało chyba lekceważyć, obaj nosili stare ubrania po swoich starszych, najwyraźniej zaiste gigantycznych braciach. Koszule jak prześcieradła, niewyobrażalnie wielkie spodnie.

– Mehmet – powiedział jego rodzic i pokazał na mnie. – Znasz człowiek?

W oczach chłopca, którego trudno było już nazywać chłopcem, zapalił się błysk.

– Aj, człowieku, stary, jasne. To ten, co zawsze robi te numery o nazistach...

No, przynajmniej coś! Wprawdzie nieco prostacko sformułowane, ale koniec końców nie całkiem nietrafne.

– To się nazywa narodowy socjalizm – poprawiłem go życzliwie. – Albo polityka narodowosocjalistyczna, tak też można powiedzieć. – Usatysfakcjonowany spojrzałem z zadowoleniem na „pralnię Yilmaz".

– To ten Stromberg z „The Office" na Pro 7 – powiedział Mehmet z przekonaniem.

– Ekstra – odezwał się jego kolega. – Stromberg w waszej pralni!

– Nie – poprawił się Mehmet – to ten drugi Stromberg, z innego programu. Ten, co naśladuje pierwszego.

– Ale numer – kolega zmodyfikował lekko swą wypowiedź – drugi Stromberg! W waszej pralni!

Chętnie bym coś na to odpowiedział, muszę jednak przyznać, że najzwyczajniej czułem się zbyt wstrząśnięty. Kim to ja niby byłem? Tankstellenmann – Człowiekiem ze stacji benzynowej? Angelmann – Człowiekiem od wędkowania? Strommann – Człowiekiem od prądu?

– Dostanę autograf? – spytał Mehmet ucieszony.

– Aha, panie Stromberg, dla mnie też – poprosił kolega. – I fotkę!

Wymachiwał przy tym niedużym aparatem, jakbym był jakimś jamnikiem, a aparat szczególnie smacznym kąskiem.

Można się było załamać.

Dałem sobie wręczyć kwitek na odbiór, odcierpiałem pamiątkowe zdjęcie z tymi dziwacznymi typami i opuściłem pralnię błyskawiczną, uprzednio podpisawszy się na dwóch arkuszach papieru do pakowania podaną mi kredką. Podczas produkcji autografu wynikł drobny kryzys, kiedy wytknięto mi, że nie podpisałem się jako Stromberg.

– Nie, właśnie dobrze – uspokoił kolega, przy czym nie było jasne, czy chciał uspokoić Mehmeta, czy mnie. – Przecież to wcale nie jest Stromberg!

– Zgadza się – przytaknął Mehmet. – Pan to wcale nie on. Tylko ten drugi.

Muszę przyznać, że nie doceniłem ogromu swej misji. Wtedy, po wojnie, byłem przynajmniej anonimowym człowiekiem, jednym z narodu. Teraz byłem panem Strombergiem, ale tym drugim. Człowiekiem, który robi zawsze numery z nazistami. Człowiekiem, przy którym jest kompletnie wszystko jedno, jakie nazwisko umieści na kawałku papieru do pakowania.

Coś się powinno wydarzyć.

I to pilnie.

6

Na szczęście przez ten czas coś się faktycznie wydarzyło. Gdy pogrążony w myślach wróciłem do kiosku sprzedawcy gazet, zobaczyłem, że perswaduje coś dwóm innym panom w okularach słonecznych. Mieli na sobie garnitury, ale bez krawatów, nie byli starzy, mogli liczyć około trzydziestu lat, niższy z tej dwójki był może nawet jeszcze młodszy, przy czym z powodu odległości nie potrafiłem tego jednoznacznie ocenić. Mimo swego niewątpliwie eleganckiego garnituru starszy był, co dziwne, nieogolony. Gdy się nieco zbliżyłem, podniecony sprzedawca gazet przywołał mnie, machając ręką.

– Niech pan podejdzie, niech pan podejdzie!

I z powrotem odwrócony do tamtych panów, powiedział: – To on! Jest super. Obłęd! Całą resztę możecie panowie skreślić.

Nie pozwoliłem się popędzać. Prawdziwy wódz od razu dostrzega, kiedy inni próbują przejąć kontrolę nad sytuacją. Gdy inni mówią „szybko, szybko", prawdziwy wódz zawsze będzie się starał unikać przyspieszenia działań, pochopnych błędnych posunięć, wykazując się szczególną rozwagą tam, gdzie inni biegają tylko w panice jak spłoszone kury. Naturalnie zdarzają się też sytuacje, gdy pośpiech jest nieodzowny, powiedzmy, kiedy człowiek stacjonuje w domu, który płonie żywym ogniem, albo kiedy manewrem oskrzydlającym chciałby okrążyć większą liczbę angielskich i francuskich dywizji i zetrzeć je w proch. Ale takie sytuacje są jednak rzadsze, niż się sądzi, a na co dzień rozwaga – naturalnie zawsze w ścisłym powiązaniu ze śmiałą decyzją! – w dalece przeważających wypadkach ostatecznie bierze górę, tak jak w obliczu grozy w okopach często wychodzi cało ten, kto z chłodną głową, pykając fajkę, przekracza linie frontu, zamiast, podobny jakiejś praczce, jęcząc, miotać się na wszystkie strony. Z drugiej strony dym z fajki nie jest oczywiście żadną gwarancją przeżycia w sytuacjach kryzysowych, podczas wojny światowej zabijani byli rzecz jasna także palacze fajek i tylko kretyn mógłby przypuszczać, że dym z fajki ma jakieś działanie ochronne, nadto można też przeżyć w ogóle bez fajki, a nawet całkiem bez tytoniu, jeśli się, przykładowo, w ogóle nie pali, tak jak ja.

Takie były moje myśli, gdy handlarz gazet podszedł do mnie niecierpliwie, niewiele brakowało, a pchnąłby mnie jak muła do owej małej „konferencji". Może rzeczywiście trochę się opierałem, w końcu – nie narzekając na brak pewności siebie – w mundurze czułbym się jednak lepiej. Z tym wszakże nic się nie dało zrobić.

– To on – powtórzył kioskarz z niezwykłym u niego gorączkowym pośpiechem. – A to – wskazał ręką na obu panów – a to są ci ludzie, o których panu opowiadałem.

Starszy, z jedną ręką w kieszeni spodni, stał obok niedużego, wysokiego stolika i pił kawę z papierowego kubka, co już często widywałem w ostatnich dniach u robotników. Młodszy odstawił swój kubek, odsunął okulary słoneczne do nasady swych krótkich, potraktowanych zbyt dużą ilością pomady włosów i powiedział:

– A więc to pan jest tym cudownym chłopcem. Ale nad mundurem to musi pan jeszcze trochę popracować.

Przyjrzałem mu się równie krótko, jak powierzchownie, i zwróciłem się do sprzedawcy gazet:

– Kto to jest?

Kioskarzowi wystąpiły czerwone plamy na twarzy.

– Ci panowie są z firmy produkcyjnej. Zaopatrują te wszystkie wielkie stacje. MyTV! RTL! Sat I! Pro Sieben! Cały ten sektor prywatny! Można tak chyba powiedzieć, co? – Ostatnie pytanie skierowane było do obu panów.

– Można tak powiedzieć – przyznał starszy łaskawie. Następnie wyjął rękę z kieszeni, wyciągnął ją ku mnie i rzekł: – Sensenbrink, Joachim. A to jest Frank Sawatzki, pracuje ze mną we Flashlight.

– Aha. – Uścisnąłem mu rękę. – Hitler, Adolf.

Młodszy uśmiechał się, co wydało mi się niemal aroganckie.

– Nasz wspólny przyjaciel w rozmowie z nami wprost się nad panem rozpływał – oznajmił. – Niech pan posłucha! – Położył przy tym dwa palce nad górną wargą i powiedział: – Od godziny piątej czterrrdzieści pięć odpowiadamy ogniem!

Odwróciłem się do niego i zmierzyłem go uważnym spojrzeniem. Następnie pozwoliłem, by na chwilę zapanowała cisza. Cisza często jest niedoceniana.

– Tak – powiedziałem. – A więc chciałby pan pomówić o Polsce. Polska. No dobrze. Co pan dokładnie wie o historii Polski?

– Stolica Warszawa, napadnięta w tysiąc dziewięćset trzydziestym dziewiątym roku, podzielona na spółkę z Rosjanami...

– To – odrzekłem krótko – to jest wiedza książkowa. Byle mól książkowy może napchać się takich rzeczy. Niech pan odpowiada na moje pytanie!

– Ja przecież...

– Moje pytanie! Nie rozumie pan po niemiecku? Co! Pan! Wie! O! Historii Polski!

– Ja...

– Co pan wie o polskiej historii? Zna pan uwarunkowania? I co pan wie na temat polskiej zbieraniny narodowościowej? Co pan wie o tak zwanej niemieckiej polityce wobec Polski po roku tysiąc dziewięćset dziewiętnastym? I jeśli już mówimy o odpowiadaniu ogniem, wie pan w ogóle, gdzie ma być skierowany?

Zrobiłem krótką pauzę, by tamten mógł zaczerpnąć powietrza. Przeciwnika politycznego należy zaskoczyć we właściwym momencie. Nie wtedy, gdy akurat nie ma nic do powiedzenia. Lecz wtedy, gdy usiłuje coś powiedzieć.

– Ja...

– Jeśli już wysłuchał pan mojej przemowy, to z pewnością wie pan też, co jest dalej, prawda?

– To...

– Słucham?

– Nie jesteśmy tu przecież po to...

– Pomogę panu trochę: „Od tej chwili...", wie pan teraz, jak dalej?

– ...

– „Od tej chwili na każdą bombę odpowiadamy bombą". Niech pan to sobie zapisze, niewykluczone, że któregoś dnia ktoś pana jeszcze zapyta o słynne zdania historii. Ale może w praktyce jest pan lepszy. Ma pan do dyspozycji milion czterysta tysięcy ludzi i trzydzieści dni, aby podbić cały kraj. Trzydzieści dni, nie więcej, gdyż na Zachodzie zbroją się gorączkowo Francuzi i Anglicy. Gdzie pan zacznie? Ile grup armii pan utworzy? Ile dywizji ma nieprzyjaciel? Gdzie może pan napotkać największy opór? I co pan zrobi, żeby Rumun się nie wtrącał?

– Rumun?

– Pan wybaczy, szanowny panie. Naturalnie ma pan słuszność: kogo interesuje Rumun? Pan generał maszeruje sobie naturalnie cały czas na Warszawę, na Kraków, nie patrzy w lewo, nie patrzy w prawo, bo i po co, Polak to przecież łatwy przeciwnik, pogoda jest piękna, wojsko znakomite, ale uwaga! A to co takiego? Nasza armia ma nagle pełno małych dziurek między łopatkami, i z tych dziurek płynie krew niemieckich bohaterów, gdyż całkiem niespodziewanie w setkach tysięcy pleców niemieckich żołnierzy tkwią miliony rumuńskich nabojów. Hm, jak to się stało? Hm, jak to w ogóle możliwe? Czyżby nasz młody pan generał zapomniał w tym miejscu o polsko-rumuńskim sojuszu wojskowym? Czy pan w ogóle był w Wehrmachcie? Przy najlepszych chęciach nie jestem sobie w stanie wyobrazić, jak pan wygląda w mundurze. Dla żadnej armii świata nie znalazłby pan drogi do Polski, pan by nie znalazł nawet własnego munduru! Ja natomiast mogę panu w każdej chwili powiedzieć, gdzie jest mój mundur – tu sięgnąłem do kieszonki na piersi i płaską dłonią prasnąłem kwitek odbioru na stół.

– Proszę bardzo, w pralni!

W tym momencie ze starszego, z Sensenbrinka, wydobył się dziwny odgłos, a z dziurek jego nosa na moją pożyczoną koszulę i na koszulę kioskarza oraz jego własną trysnęły dwie ostre strugi kawy. Młodszy, skonsternowany, siedział obok, podczas gdy starszy zaczął kaszleć.

– To – charczał pochylony, dysząc spod stołu – to nie było fair. – Sięgnął do kieszeni spodni, wyciągnął chustkę do nosa i mozolnie oczyścił sobie drogi oddechowe. – Myślałem – rzekł charkotliwie – myślałem z początku, że to będzie taki numer wojskowy, trochę jak u tego szkoleniowca Schmidta z telewizji. Ale tą pralnią to mnie pan zastrzelił.

– A nie mówiłem panom – triumfował kioskarz. – Przecież panom powiedziałem: ten człowiek jest genialny. I naprawdę jest!

Nie wiedziałem dokładnie, jak mam zaklasyfikować fontannę z kawy i te komentarze. Żaden z tych ludzi z radia nie wydał mi się sympatyczny, tyle tylko, że w warunkach Republiki Weimarskiej też wszak nie było inaczej. Te śliskie piskorze z radia należało w pewnym nieuniknionym zakresie tolerować. Poza tym nie powiedziałem jeszcze w ogóle nic, w każdym razie nic z tego, co miałem do powiedzenia i co zamierzałem powiedzieć. Mimo to można było odczuć spore uznanie.

– Jest pan niezły – dyszał Sensenbrink. – Serio. Stworzyć dobrą bazę, a potem ciach!, rąbnąć. Obłęd. I to wyglądało tak spontanicznie! Ale naturalnie przygotował pan ten numer, tak?

– Który numer?

– No, ten numer z Polską! Czy może chce mi pan wmówić, że wytrząsnął go pan z rękawa?

Sensenbrink wydawał się rzeczywiście rozumieć coś więcej w tej materii. Nawet blitzkriegu nie wytrząsa się oczywiście z rękawa. Może nawet przeczytał książkę generała Guderiana.

– Oczywiście, że nie – zgodziłem się z nim. – Numer z Polską był zaplanowany we wszystkich szczegółach od czerwca.

– I? – dopytywał się dalej, po części z ubolewaniem, po części rozbawiony, wpatrując się w swoją koszulę. – Ma pan tego więcej?

– Jak to: więcej?

– No, jakiś program – dodał. – Albo inne teksty.

– Naturalnie! Napisałem dwie książki!

– Niewiarygodne – zdziwił się. – Mógł pan spokojnie przyjść wcześniej. Ile ma pan naprawdę lat?

– Pięćdziesiąt sześć – odpowiedziałem rzeczowo.

– Naturalnie. – Zaśmiał się. – A właściwie to charakteryzację robi pan sobie sam? Czy też ma pan charakteryzatora?

– Normalnie nie, tylko przy nagraniach filmowych.

– Tylko przy nagraniach filmowych. – Roześmiał się znowu. – Bardzo dobrze. Niech pan posłucha, chciałbym panu przy okazji przedstawić kilku ludzi w firmie. Gdzie mogę pana znaleźć?

– Tu – odpowiedziałem zdecydowanie.

Na co kioskarz natychmiast wpadł mi w słowo i dodał:

– Mówiłem panu przecież, że jego osobista sytuacja jest obecnie trochę... niejasna.

– A tak, prawda – przypomniał sobie Sensenbrink. – Jest pan akurat, jak by to powiedzieć, pozbawiony domu, ojczyzny...?

– Aktualnie jestem bez mieszkania – przyznałem – ale z pewnością nie bez ojczyzny!

– Rozumiem – powiedział Sensenbrink i zwrócił się rutynowo do Sawatzkiego: – Tak nie może być. Niech pan mu coś zorganizuje. Człowiek musi się przecież przygotować. Choćby był nie wiem jak dobry, jak się pojawi przed tą Bellini w takim stanie, to go odstrzeli, zanim się obejrzymy. Nie musi być od razu apartament w Adlonie, prawda?

– Wystarczy mi skromne schronienie – odparłem z aprobatą. – Bunkier Führera to też nie był Wersal.

– No dobrze – podsumował Sensenbrink. – I naprawdę nie ma pan żadnego menedżera?

– Żadnego co?

– Nieważne. – Machnął ręką. – To by było załatwione. Chcę doprowadzić tę sprawę właściwie jak najszybciej do fazy podjęcia decyzji, powinniśmy to przepchnąć jeszcze w tym tygodniu. Ale niech pan powie, do tego czasu dostanie pan z powrotem swój mundur?

– Może już dziś wieczorem – uspokoiłem go. – To jest mianowicie blitzpralnia.

Tamten dostał ataku śmiechu.

7

Pierwszy ranek w mojej nowej kwaterze, mimo że jak do tej pory przeżyłem już dość wstrząsających wydarzeń, stał się dla mnie jednym z najbardziej wyczerpujących w życiu. Wielka konferencja w firmie produkcyjnej opóźniała się, co mi nawet odpowiadało, w końcu nie byłem na tyle zarozumiały, by sądzić, że nie mam pilnej potrzeby uzupełnienia wiedzy na temat tej współczesności. Przypadek otworzył mi jednak nowe źródło takich informacji: odbiornik telewizyjny.

Kształt tego aparatu tak dalece różnił się od pierwszych projektów z 1936 roku, że z początku najzwyczajniej go nie rozpoznałem. Uznałem najpierw, że płaska, ciemna płyta w moim pokoju to zapewne rodzaj osobliwego dzieła sztuki. Potem jednak pomyślałem sobie, że z racji płaskiej formy służy on do wieszania na noc mojej koszuli, żeby się nie gniotła, bo w ogóle w tych nowoczesnych czasach niektóre rzeczy, zapewne z racji postępu wiedzy czy jakiejś namiętności do dziwacznego wzornictwa, wymagały oswojenia się z nimi. I tak dzisiaj wymyślono, że gościowi zamiast łazienki można wstawić do pokoju coś w rodzaju skomplikowanego ciągu do mycia, wanny w tym już w ogóle nie było, za to natrysk w formie szklanej kabiny umieszczono niemalże na środku pokoju. Jeszcze przez wiele tygodni uważałem to za oznakę skromności, wręcz ubóstwa, zanim się zorientowałem, że w kręgach dzisiejszej architektury takie rzeczy uchodzą za pomysłowe i szczególnie awangardowe. Tak więc potrzeba było właśnie przypadku, bym zwrócił uwagę na odbiornik telewizyjny.

Zapomniałem wywiesić na drzwiach tabliczkę „Nie przeszkadzać", toteż do pokoju weszła sprzątaczka, akurat gdy w kąciku kąpielowym pielęgnowałem swój wąsik. Kiedy odwróciłem się zaskoczony, ona przeprosiła, powiedziała, że przyjdzie później, a kiedy wychodziła, jej wzrok padł na aparat telewizyjny, na którym wisiała moja koszula.

– Czy coś nie w porządku z telewizorem? – spytała, i zanim zdążyłem odpowiedzieć, sięgnęła po nieduże pudełeczko i włączyła urządzenie. Natychmiast ukazał się obraz, który kilkakrotnie zmieniała, naciskając na guziki pudełeczka.

– Nie, działa – oznajmiła zadowolona. – Już myślałam...

Potem zniknęła, pozostawiając mnie zaintrygowanego.

Ostrożnie zdjąłem koszulę z aparatu. Następnie sięgnąłem po pudełeczko.

A więc to był dzisiejszy aparat telewizyjny. Czarny, bez żadnych wyłączników ani przycisków, nic tam nie było. Wziąłem pudełeczko do ręki, na chybił trafił wcisnąłem jedynkę, i aparat się włączył. Rezultat był rozczarowujący. Zobaczyłem kucharza, siekającego drobno warzywa. Nie mogłem uwierzyć: stworzono taką postępową technikę po to tylko, żeby jej używać do asystowania jakiemuś błazeńskiemu kucharzowi? Zgoda, nie każdego roku mogły się odbywać igrzyska olimpijskie, także nie o każdej porze, ale chyba przecież gdzieś w Niemczech czy ewentualnie wręcz w świecie musiało się dziać coś ważniejszego niż ten kucharz! Wkrótce dołączyła do niego jakaś kobieta, która zachwycona rozmawiała z kucharzem o jego siekaninie. Ze zdumienia otworzyłem usta. Oto narodowi niemieckiemu podarowana została przez opatrzność taka cudowna, wspaniała możliwość propagandy, a tu trwoniono ją po prostu na produkowanie pokrojonego szczypiorku. Byłem tak wzburzony, że w pierwszej chwili najchętniej wyrzuciłbym cały ten aparat przez okno, potem jednak zauważyłem, że nieduże pudełeczko ma znacznie więcej guzików, niż potrzeba do prostego włączania i wyłączania. Wcisnąłem więc numer dwa i natychmiast kucharz zniknął, by od razu ustąpić miejsca innemu kucharzowi, który z wielką dumą roztrząsał różnicę między dwoma gatunkami rzepy. Jakaś równie dziwaczna szczebiotka jak od tamtego pierwszego kucharza stała też obok drugiego i podziwiała mądrości tego „Liczyrzepy". Wytrącony z równowagi, wcisnąłem trójkę. Nie tak wyobrażałem sobie nowy, nowoczesny świat.

Liczyrzepa ustąpił miejsca jakiejś grubej kobiecie, która również stała przy kuchni. Tu jednakże przygotowywanie potraw było sprawą drugorzędną, kobieta nie mówiła też, co będzie dziś do jedzenia, lecz zamiast tego opowiadała, że nie może związać końca z końcem. To przynajmniej było dobrą wiadomością dla polityka – ten problem społeczny nie został zatem w ostatnich sześćdziesięciu sześciu latach rozwiązany. No cóż, czego się można było spodziewać po demokratycznych krzykaczach.

Zdumiewało jednak, że telewizja rozwodziła się o tym tak obszernie – w porównaniu z finałem biegu na sto metrów gruba biadoląca kobieta była wszak nader nieatrakcyjna. Z drugiej strony byłem wdzięczny już za to tylko, że wreszcie nikt nie poświęcał większej uwagi procesowi gotowania, a najmniej sama ta gruba kobieta. Jej troska skierowana była na jakieś młode, niechlujne stworzenie, które podeszło do niej z boku, mówiąc coś, co brzmiało jak „grmmmszl", a przedstawione zostało przez prezentera jako Menndi. Menndi, jak wyjaśniono, jest córką owej grubej kobiety, i właśnie straciła miejsce praktycznej nauki zawodu. Podczas gdy jeszcze się zdumiewałem, że tej Menndi w ogóle ktoś wcześniej zaoferował miejsce nauki zawodu, usłyszałem, jak odmawiała ona kategorycznie jedzenia z garnka, nazywając je bez ogródek „gównianym żarciem". Choć ta obdarta młoda osoba sprawiała nader niesympatyczne wrażenie, to jednak trudno się było dziwić jej marnemu apetytowi w obliczu obojętności, z jaką jej gruba matka otworzyła jakieś pudełko i niedbale wrzuciła jego zawartość do garnka. Człowiek się wręcz dziwił, że nie wrzuciła do niego także pudełka. Potrząsając głową, naciskałem kolejne guziki i trafiłem na trzeciego już kucharza, który siekał mięso, rozwodząc się nad sposobem, w jaki trzyma nóż, i dlaczego tak, a nie inaczej. Jemu także przydano do towarzystwa młodą, jasnowłosą pracownicę telewizji, która kiwała głową wyraźnie pod wrażeniem. Zirytowany wyłączyłem odbiornik i powziąłem postanowienie, że już nigdy na niego nie spojrzę, a zamiast tego zaryzykuję jeszcze jedną próbę z radiem, ale po starannym przeszukaniu pomieszczenia musiałem stwierdzić, że radia tam nie ma.

Jeśli jednak nawet w tej skromnej kwaterze brakowało radia, a był wyłącznie odbiornik telewizyjny, wówczas w sposób nieunikniony nasuwał się wniosek, że z tych dwojga aparat telewizyjny stał się ważniejszym medium.

Skonsternowany siadłem na łóżku.

Przyznaję, niegdyś byłem dumny z tego, że w trakcie długich, samodzielnych studiów doszedłem do takiego poziomu, iż z jasnością błyskawicy potrafiłem demaskować żydowskie krętactwa kłamliwej prasy we wszelkich jej przebraniach. Ale tu moja biegłość na nic mi się nie przydawała. Tu było tylko radio z niezrozumiałą chińszczyzną i telewizja kuchenna. Jaką niby prawdę chciałby tu ktoś zataić?

Czy istniały kłamliwe rzepy?

Czy istniał kłamliwy szczypior?

Ale jeśli to miało być medium tej epoki – a co do tego nie było wątpliwości – wówczas nie miałem wyboru. Musiałem się nauczyć rozumieć treści tego aparatu telewizyjnego, musiałem je w siebie wchłaniać, nawet jeśli byłyby duchowo tak ubogie i wstrętne, jak jedzenie z pudełka grubej kobiety. Z determinacją wstałem, w kąciku do mycia napełniłem wodą dzbanek, wziąłem szklankę, wypiłem łyk i tak przygotowany zasiadłem przed aparatem.

Ponownie go włączyłem.

Na pierwszym kanale kucharz od szczypioru skończył tymczasem przygotowywać swoje dania, zamiast niego jakiś ogrodnik wypowiadał się na temat ślimaków i możliwie najskuteczniejszych metod ich zwalczania, podziwiany przez kiwającą głową pracownicę telewizji. To oczywiście miało istotne znaczenie dla sprawy wyżywienia narodu, ale jako treść transmisji telewizyjnej? A może wydało mi się to zbyteczne także dlatego, że kilka sekund później inny ogrodnik obwieścił niemal dosłownie to samo, ale na innym kanale i w miejsce kucharza od rzepy. Wezbrała we mnie ciekawość, czy tamta gruba kobieta też nie przeniosła się tymczasem do ogrodu, by zamiast swej córki zwalczać ślimaki. Tak się jednak nie stało.

Aparat telewizyjny zorientował się najwidoczniej, że przełączałem się na inne programy, bo prezenter jeszcze raz streścił dla mnie to, co się wydarzyło do tej pory. Menndi, podsumował prezenter, straciła swe miejsce praktycznej nauki zawodu i nie chciała spożywać jedzenia ugotowanego przez matkę. Matka była nieszczęśliwa. Do tego ponownie pokazano te obrazy, które przecież sam widziałem kwadrans wcześniej.

– Dobrze, dobrze! – rzekłem głośno, żeby aparat telewizyjny też to usłyszał. – Ale nie musicie państwo przedstawiać tego tak obszernie, nie jestem przecież zdemenciałym starcem.

Naciskałem kolejne guziki. Coś tu ostatnio zaszło nowego. Kucharz od mięsa zniknął, także żaden ogrodnik nie wygłaszał już swoich mądrości, za to pokazano przygody jakiegoś adwokata, zdaje się coś w rodzaju serii epizodów. Adwokat miał wąsy jak Buffalo Bill, a wszyscy odtwórcy mówili i poruszali się tak, jakby era filmu niemego zakończyła się ledwie wczoraj. W sumie był to bardzo zabawny knot, podczas którego kilka razy nawet się roześmiałem, chociaż potem nie całkiem rozumiałem dlaczego – może po prostu z powodu ulgi, że choć raz nikt nic nie gotował ani nie zajmował się ochroną główek sałaty.

Naciskałem guziki dalej, już prawie mechanicznie, i trafiałem na kolejne inscenizacje. Wyglądały na starsze, jakość obrazu była bardzo nierówna, a pokazywały one życie na farmie, lekarzy, funkcjonariuszy policji kryminalnej – jednak w żadnym z tych przedstawień odtwórcy nie osiągnęli dziwacznego poziomu adwokata – Buffalo Billa. Ich celem zdawała się na ogół niewyszukana rozrywka w biały dzień. To mnie zaskoczyło. Naturalnie, ja także z radością spoglądałem ongiś na to, że akurat w ciężkim wojennym roku 1944 cudownie wesoły film *Feuerzangenbowle* zachwycił publiczność, odrywając też ludzi od spraw codziennych, ale przecież Heinz Rühmann bezsprzecznie w większości wypadków oglądany był w godzinach wieczornych. Jakże więc fatalna musiała być dziś sytuacja, skoro naród już przed południem naświetlany był muzą lekką wręcz jak hel? Zdumiewając się tym, szukałem w aparacie dalej i nagle zatrzymałem się zaskoczony.

Siedział oto przede mną człowiek, czytający tekst, który zdawał się zawierać jakby wiadomości, aczkolwiek trudno to było stwierdzić z całkowitą pewnością, bo podczas gdy człowiek siedział przy biurku i wygłaszał swoje relacje, na obrazie nieustannie przesuwały się paski z jakimiś napisami, jedne z cyframi, inne z tekstami, tak jakby to, co wygłaszał prezenter, było ostatecznie tak nieistotne, że w tym czasie równie dobrze można śledzić paski, albo na odwrót. Pewne było, że gdyby człowiek chciał nadążyć za tym wszystkim, to niechybnie doznałby udaru mózgu. Z piekącymi oczami przełączałem dalej, aczkolwiek tylko po to, by wylądować na kanale, który nadawał to samo, tyle że z paskami w innym kolorze i z innym prezenterem. Wytężając wszystkie siły, próbowałem przez jakiś czas przyswajać sobie to, co się tam działo. W końcu odbywało się tu coś ważnego, obecna niemiecka kanclerz coś najwyraźniej obwieściła czy powiedziała albo postanowiła, tyle że niemożnością było zrozumieć jej słowa. Kucnąłem tuż przed odbiornikiem, próbując niemal z desperacją zakryć rękami niegodne rojowisko słów, by skoncentrować się na treści wypowiedzi, jednak przez wszystkie niemal możliwe miejsca ekranu wciskały się nieustannie nowe bzdury. Godzina, kursy giełdowe, cena dolara, temperatury w najdalszych zakątkach globu, podczas gdy z ust prezentera rozpowszechniane były niewzruszenie najróżniejsze aspekty wydarzeń na świecie. Wyglądało to tak, jakby podawali informacje z jakiegoś zakładu dla obłąkanych.

I jakby jeszcze nie dość było tej niedorzecznej błazenady, co jakiś czas, równie często co niespodziewanie, reklama obwieszczała, w którym sklepie można nabyć wyjazdy wypoczynkowe po najatrakcyjniejszej cenie, twierdzenie, które zresztą w identyczny sposób wygłaszało mnóstwo sklepów. Nazw tych sklepów żaden normalny człowiek nie był w stanie zapamiętać, jednakże wszystkie one należały do jednej grupy, nazywanej WuWuWu. Mogłem mieć tylko nadzieję, że ostatecznie kryje się za tym współczesna nazwa mojej organizacji Siła przez Radość. Z drugiej strony było absolutnie niewyobrażalne, żeby tak tęgi umysł jak Ley stworzył coś, co brzmiało jak jakiś pimpf, który szczękając z zimna zębami, wychodzi z basenu.

Nie wiem już, jak w tej sytuacji znalazłem jeszcze siły na własne przemyślenia, po prostu – przeszyło mnie to jak nagłe olśnienie: ten zorganizowany obłęd był wyrafinowanym trikiem propagandowym. Nawet w obliczu najstraszliwszych doniesień naród nie powinien tracić ducha, gdyż przesuwające się ustawicznie paski z hasłami sygnalizowały uspokajająco, że to, co czytał akurat prezenter, nie jest na tyle ważne, żeby równie dobrze nie można się było zainteresować doniesieniami sportowymi. Pokiwałem z uznaniem głową. Z taką techniką za moich czasów można by było przekazać narodowi całe mnóstwo rzeczy. Może niekoniecznie Stalingrad, ale choćby, powiedzmy, lądowanie wojsk aliantów na Sycylii. I odwrotnie, w przypadku sukcesów własnego Wehrmachtu usuwałoby się szybko paski z hasłami i w panującą ciszę ogłaszało: Dzisiaj bohaterskie oddziały niemieckie zwróciły Duce wolność!

To dopiero byłby efekt!

Aby odpocząć, przełączyłem się z powrotem na spokojniejsze kanały, a z niejakiej ciekawości na kanał z grubą kobietą. Czy tymczasem skierowała ona swą zaniedbaną córkę do zakładu wychowawczego? Jak też mógł wyglądać małżonek owej kobiety? Czy był to jeden z tych rozlazłych cwaniaczków, którzy tak chętnie dekowali się w Narodowosocjalistycznym Korpusie Kierowców?

Program natychmiast rozpoznał mój powrót i zaczął pospiesznie streszczać dla mnie to, co się dotychczas wydarzyło. Szesnastoletnia Menndi, naglącym i przepełnionym powagą tonem relacjonował reporter, który występował już wcześniej, straciła miejsce nauki zawodu, a po powrocie do domu nie miała ochoty skosztować posiłku przygotowanego troskliwie przez jej matkę. Matka natomiast była nieszczęśliwa, mówił głos, i zwróciła się o pomoc do sąsiadki.

– No, za dużo to się nie posunęliście do przodu – zganiłem reportera, ale obiecałem mu zajrzeć później jeszcze raz, gdy wydarzy się nieco więcej. W drodze powrotnej do kanału informacyjnego odwiedziłem ponownie na krótko hołd złożony kinu niememu z Buffalo Billem. Tam również powitał mnie prezenter i opowiedział mi, czego rzekomy

„adwokat" dokonał w dotychczasowym przebiegu audycji. W zakładzie, gdzie odbywała naukę zawodu niejaka Sinndi, mająca szesnaście lat, doszło najwyraźniej do czynów moralnie nagannych. Sprawca, kierownik praktyk, był poszukiwany pośród nieustannego wygłaszania najokropniejszych bredni. Znowu uśmiałem się serdecznie, taki szmirowaty był ten knot. Aby jako tako uwiarygodnić tę skleconą naprędce historyjkę, trzeba by było pewnie jakiegoś obleśnego Żyda, ale skąd go dzisiaj wziąć, skoro Himmler przynajmniej w tym względzie okazał się niezawodny?

Przełączyłem się z powrotem na informacyjny chaos, a stamtąd dalej. Pokazywano tam obecnie panów grających w bilard, co ostatnio uchodziło za sport. Można to było stwierdzić, jak się zdążyłem zorientować, po nazwie kanału, przyklejonej w jednym z górnych rogów obrazu w aparacie. Kolejny kanał także pokazywał sport, tam jednak kamera śledziła ludzi podczas gry w karty. Jeśli to był dzisiejszy sport, to należało się obawiać o przydatność ludzi do służby wojskowej. Przez chwilę zastanawiałem się, czy taka Leni Riefenstahl mogłaby wyczarować coś więcej z tego monotonnego biegu wydarzeń, ale nawet dla największych geniuszy w dziejach istnieją granice ich sztuki.

Z drugiej strony zmienił się też może sposób robienia filmów. W każdym razie podczas moich poszukiwań natrafiłem na kilka kanałów wyświetlających coś, co na pierwszy rzut oka przypominało dawniejsze filmy rysunkowe. Choćby wesołe przygody Myszki Miki – te miałem jeszcze bardzo dobrze w pamięci. Jednakże to, co się tu rozgrywało, bardziej nadawało się do tego, by spowodować natychmiastową ślepotę. Zmieniające się ciągle mętne strzępy jakichś rozmów przerywane były jeszcze częściej wmontowanymi, potężnymi wybuchami.

Kolejne kanały robiły się naprawdę coraz dziwniejsze. Były takie, które wyświetlały same wybuchy bez filmu rysunkowego, przez krótki moment naszło mnie nawet podejrzenie, że może tu chodzić o coś jakby muzykę, zanim doszedłem do wniosku, że w gruncie rzeczy celem tego wszystkiego jest wyłącznie sprzedaż wyjałowionego z wszelkich wartości duchowych produktu o nazwie sygnał dźwiękowy. Do czego potrzebny był określony dźwięk, tego nie byłem w stanie pojąć. Czyżby ci wszyscy ludzie pracowali jako rekwizytorzy w filmie dźwiękowym?

Z drugiej strony sprzedaż za pośrednictwem odbiornika telewizyjnego nie była, zdaje się, niczym niezwykłym. Dwa czy trzy kolejne kanały nadawały nieprzerwanie wykłady obwoźnych handlarzy, jakich zna się z byle jarmarku. Odpowiednio pusta paplanina także tutaj przykrywana była pisanymi tekstami w każdym rogu aparatu. Sami sprzedawcy bezustannie łamali wszelkie podstawowe reguły poważnych występów, ba, nawet już nie dbali o wzbudzający zaufanie wygląd i także w zaawansowanym wieku nosili okropne kolczyki jak jacyś Cyganie. Podział ról odbywał się przy tym, jak można było poznać, zgodnie z tradycjami najgorszego szachrajstwa: zawsze w pobliżu znajdował się ktoś, kto kłamał jak najęty, drugi natomiast miał za zadanie stać obok i ze zdziwienia nie zamykać ust oraz wydawać okrzyki „Ho ho ho!" i „No nie!" albo też „To niewiarygodne!". Wszystko to razem było skończoną szmirowatą komedią i człowiek miał nieustannie ochotę rąbnąć porządnie w to towarzystwo z działa przeciwlotniczego 8,8 mm, żeby tym hochsztaplerom ich własne kłamstwa wytryskiwały z trzewi.

Mój gniew miał jednak ostatecznie swoje źródło w tym, że w obliczu tego zmasowanego obłędu obawiałem się, iż sam coraz bardziej wariuję. Toteż fakt, że próbowałem włączyć się z powrotem na kanał z grubą kobietą, równał się niemal ucieczce. Po drodze zahaczyłem o kanał, na którym wcześniej pokątny adwokat Buffalo Bill uprawiał swój niecny proceder. Obecnie nadawano tam dramat sądowy, którego główną odtwórczynię wziąłem początkowo za panią kanclerz z wiadomości, tamta jednak po niedługim czasie okazała się tylko bardzo do niej podobną matroną z sądu. Rozpatrywano akurat sprawę niejakiej Sinndi, która najwyraźniej oskarżona była z powodu rozlicznych nieprawidłowości w miejscu jej praktyki zawodowej.

Tych przewinień szesnastoletnia panna dopuściła się wszelako tylko z powodu swej skłonności do pewnego chłopca imieniem Enndi, który w tym samym czasie utrzymywał znajomość z trzema kolejnymi damami uczącymi się zawodu, z których jedna, zdaje się, była albo chciała zostać aktorką. Za przyczyną niewyjaśnionych okoliczności porzuciła jednak tę drogę kariery na rzecz dodatkowego zajęcia w środowisku kryminalnym i obecnie była wspólniczką w punkcie zakładów bukmacherskich. I taki to właśnie, wołający o pomstę do nieba bełkot tam wygłaszano, podczas gdy matrona w sądzie z absolutnie poważnym wyrazem twarzy kiwała na to głową, jakby te kompletnie niedorzeczne opowieści były czymś najnormalniejszym w świecie i zdarzały się właściwie codziennie. Nie mogłem tego po prostu zrozumieć.

Kto chciałby oglądać coś takiego dobrowolnie? No tak, może podludzie, którzy ledwie umieją czytać i pisać, ale poza tym? Już niemal otępiały powróciłem na kanał z grubą kobietą. Jej pełne przygód życie najwyraźniej zostało od mojej ostatniej tam bytności przerwane reklamą, której koniec jeszcze zdążyłem obejrzeć. W każdym razie prezenter nie darował sobie, by jeszcze raz mi wyjaśnić, że żałosne babsko utraciło wszelką kontrolę nad swoim niedorozwiniętym bękartem, tą flejtuchowatą córunią, i w ostatniej półgodzinie nie posunęło się do przodu dalej niż wałkowanie na wszystkie strony sprawy wyrzucenia tej małej idiotki z palącą bez przerwy sąsiadką. W końcu na cały głos zakomunikowałem odbiornikowi, że miejsce tego całego towarzystwa niewydarzonych osobników jest w obozie pracy, mieszkanie należy odnowić albo, jeszcze lepiej, wraz z resztą domu zburzyć i po wyrównaniu zrobić tam jakiś teren na parady, ażeby raz na zawsze wymazać te bezeceństwa ze zdrowego poczucia narodowego. Wyprowadzony z równowagi, wrzuciłem pudełeczko do kosza.

Jakże nadludzkie zadanie obrałem sobie za cel!

Aby choć trochę zapanować nad swym gniewem, postanowiłem wyjść na chwilę z pokoju. Nie na długo, rzecz jasna, nie chciałem się bowiem zbytnio oddalać od aparatu telefonicznego, ale przynajmniej pobiec co tchu do pralni, żeby odebrać mundur. Westchnąwszy, wkroczyłem do środka, pozwoliłem się powitać jako „pan Stromberg", odebrałem swój zaskakująco nienagannie wyczyszczony mundur i niezwłocznie ruszyłem w drogę powrotną. Ledwie mogłem się doczekać momentu, w którym znów stanę przed światem w ulubionym stroju. Ale oczywiście od razu po powrocie jako pierwsze otrzymałem od pomocy w recepcji wiadomość, że szukano mnie telefonicznie.

– Aha – rzekłem. – Naturalnie. Akurat teraz. A kto?

– Nie mam pojęcia – powiedziała pomoc, bezmyślnie wpatrując się w swój aparat telewizyjny.

– Jak to, nie zanotowała pani tego? – zgromiłem ją zniecierpliwiony.

– Powiedzieli, że zadzwonią później – próbowała usprawiedliwić swoje zachowanie. – Czy to było takie ważne?

– Tu chodzi o Niemcy! – rzekłem oburzony.

– Głupie – powiedziała, i znowu zaczęła się gapić na ekran aparatu. – A co z Henndi?

– Nie! Wiem! – wykrzyknąłem rozjuszony i gniewnie pomaszerowałem do swojego pokoju, by kontynuować studia telewizyjne. – Prawdopodobnie stoi przed sądem, bo straciła miejsce praktycznej nauki zawodu!

8

To jednak zdumiewające, jak moje zwykłe ubranie ułatwiało ludziom rozpoznawanie mnie. Już gdy wsiadałem do taksi, kierowca przywitał mnie z humorem, ale nadzwyczaj poufale:

– Witam, mistrzu! Z powrotem w kraju?

– W rzeczy samej. – Skinąłem mu głową i wymieniłem adres.

– Wszystko jasne!

Oparłem się na siedzeniu. Nie zamawiałem jakiejś specjalnej taksówki, ale jeśli to był przeciętny model, to siedziało się w nim wybornie.

– Co to za samochód? – spytałem od niechcenia.

– Merceedes!

Ogarnęła mnie fala nostalgicznych wspomnień, nagłe poczucie cudownego bezpieczeństwa. Pomyślałem o Norymberdze, o wspaniałych zjazdach partii, o jeździe przez cudowne Stare Miasto, o późnoletnim, wręcz wczesnojesiennym wietrze, który niczym wilk ocierał się o daszek mojej czapki.

– Też taki miałem – odezwałem się zadumany. – Kabriolet.

– I co? – spytał szofer. – Dobrze chodzi?

– Nie mam prawa jazdy – odparłem bez zastanowienia – ale Kempka nigdy nie narzekał.

– Führer, co kieruje państwem, a nie potrafi kierować pojazdem? – Szofer roześmiał się głośno. – Dobry żart!

– Ale stary.

Nastąpiła chwila ciszy. A potem szofer podjął na nowo rozmowę.

– I co? Ma pan go jeszcze? Ten wóz. Czy go pan sprzedał?

– Szczerze mówiąc, nie wiem, co się z nim stało – odrzekłem.

– Szkoda – powiedział szofer. – No a poza tym? Co pan robi w Berlinie? Koń Niemiecki? Krety?

– Krety?

– No, w jakim kabarecie pan występuje?

– Zamierzam niebawem przemówić przez radio.

– Tak myślałem – powiedział szofer, uśmiechając się, jak mi się wydało, z zadowoleniem. – Już znowu wielkie plany, co?

– Plany wykuwa los – oznajmiłem mocnym głosem. – Ja czynię jedynie to, co w tych i przyszłych czasach musi być uczynione dla zachowania narodu.

– Jest pan dobry, serio!

– Wiem.

– Miałby pan może chętkę na mały wypad do miejsc pana dawnej działalności?

– Może później. Nie chciałbym być niepunktualny.

To w końcu było powodem, dla którego wziąłem taksi. Sam, także z racji moich ograniczonych środków finansowych, zaproponowałem, że przybędę do budynku firmy na piechotę bądź tramwajem, jednakże Sensenbrink nalegał, bym zamówił taksówkę.

Patrzyłem przez okno, chcąc rozpoznać fragmenty stolicy Rzeszy. Nie było to łatwe, także dlatego, że szofer omijał główne ulice, by dojechać szybciej. Starych budynków prawie się nie widziało, parokrotnie zadowolony pokiwałem głową. Wrogowi rzeczywiście najwyraźniej nie pozostawiono praktycznie niczego. Do zbadania pozostało jeszcze, jak to się w ogóle stało, że niecałe siedemdziesiąt lat później w tym miejscu miasto wyglądało znów tak imponująco. Czyż Rzym nie sypał soli w zdobytą ziemię Kartaginy, by uczynić ją jałową? Ja w każdym razie w Moskwie wysypałbym całe pociągi soli. Albo w Stalingradzie. Z drugiej strony Berlin to oczywiście nie był warzywnik. Człowiek twórczy wprawdzie nawet na posolonej ziemi potrafi zbudować Koloseum, od strony czystej techniki i statyki budowlanej ilość wysypanej soli w ziemi jest zgoła całkowicie nieistotna. I oczywiście było też prawdopodobne, że wróg, stojący na ruinach Berlina, był pod wrażeniem, podobnie jak Awarowie na ruinach Aten. A następnie, podejmując rozpaczliwe wysiłki, by zachować kulturę, odbudował miasto na tyle, na ile potrafią to właśnie rasy drugiej i trzeciej kategorii. Dla wyćwiczonego oka już od pierwszego spojrzenia nie ulegało bowiem wątpliwości, że absolutnie przytłaczająca liczba wzniesionych budowli to twory pośledne. Straszliwa monotonia, która wydawała się jeszcze bardziej fatalna przez to, że wszędzie były wciąż te same sklepy. Najpierw myślałem, że kręcimy się w kółko, zanim się zorientowałem, że istnieją dziesiątki lokali z kawą jakiegoś pana Starbucka. Różnorodność piekarni zanikła, wszędzie tylko ujednoliceni rzeźnicy, odkryłem nawet więcej szyldów „Yilmaz – blitzusługi pralnicze". A do tego dochodziły jeszcze podobnie nijakie w formie domy.

Budynek firmy produkcyjnej nie stanowił tu wyjątku. Trudno było sobie wyobrazić, że za pięćset czy tysiąc lat ludzie będą się zatrzymywać z podziwem przed tym pozbawionym charakteru klocem czy raczej klocuszkiem. Byłem doprawdy zawiedziony. Dom wyglądał jak dawny gmach fabryczny, z tą potężną „firmą produkcyjną" chyba jednak nie działo się najlepiej.

Młoda, jasnowłosa, nieco zbyt mocno uszminkowana dama odebrała mnie przy recepcji i zaprowadziła do sali konferencyjnej. Wolałem sobie nie wyobrażać, jak to wyglądało wcześniej. Jeszcze teraz mury straszyły pustką, pokryte nagim betonem, gdzieniegdzie przedzielonym ścianą z surowych cegieł. Drzwi praktycznie nie było, co jakiś czas otwierał się widok na kilka obszernych pomieszczeń, w których liczne osoby w jasnym świetle jarzeniówek pracowały przy ekranach telewizyjnych. W sumie wyglądało to tak, jakby ledwie pięć minut temu pomieszczenia opuściły ostatnie robotnice fabryki amunicji. Nieustannie dzwoniły telefony – nagle uświadomiłem sobie, dlaczego naród zmuszony był wydawać majątek na sygnały dźwiękowe. Żeby w tym obozie przymusowym wiedzieć przynajmniej, kiedy dzwoni własny telefon.

– Domyślam się, że cała ta sytuacja tutaj to wina Rosjan – wyraziłem przypuszczenie.

– No, w pewnym sensie – powiedziała młoda dama, uśmiechając się. – Ale z pewnością czytał pan, że ostatecznie jednak niestety nie weszli. Teraz mamy szarańczę amerykańsko-chińską.

Westchnąłem. Tego się wszak zawsze obawiałem. No tak: brak przestrzeni życiowej, brak ziemi, która wyżywiłaby naród chlebem, a wtedy oczywiście mówi się, jedzcie szarańczę, jak jacyś Murzyni. Patrzyłem poruszony na tę młodą istotę, która niezrażona kroczyła dziarsko obok mnie. Odchrząknąłem, ale obawiam się, że w moim głosie słychać było lekkie wzruszenie, gdy powiedziałem jej:

– Jest pani bardzo dzielna.

– No jasne. – Uśmiechnęła się promiennie. – Nie chcę przecież być wiecznie asystentką.

Naturalnie. „Asystentka". Musiałaby wykonywać posługi dla Rosjanina. Nie potrafiłem sobie od razu wytłumaczyć, jak by do tego miało dojść w tym nowym świecie, jednakowoż to do niego podobne, do tego robactwa ludzkości. Nie chciałem sobie nawet wyobrażać, na czym miałyby polegać te „czynności" pod bolszewickim jarzmem. Zatrzymałem się raptownie i chwyciłem ją za ramię.

– Proszę na mnie spojrzeć! – poleciłem, a gdy odwróciła się do mnie nieco zaskoczona, spojrzałem jej głęboko w oczy i odezwałem się uroczyście: – Niniejszym obiecuję pani: otrzyma pani przyszłość godną pani pochodzenia! Zaangażuję się osobiście ze wszystkich moich sił, żeby pani ani żadna inna niemiecka kobieta nie służyły dłużej tym podludziom! Ma pani na to moje słowo, panno...

– ...Özlem – powiedziała.

Wspominam tę chwilę jeszcze teraz jako nader przykrą. Przez ułamek sekundy mój mózg szukał wyjaśnienia, jak uczciwa niemiecka dziewczyna mogła mieć na nazwisko Özlem, ale naturalnie nie znalazł żadnego. Zabrałem rękę z jej ramienia i odwróciłem się szybko, by pójść dalej. Najchętniej po prostu zostawiłbym tę fałszywą osóbkę, tak bardzo oszukany, tak bardzo zawiedziony się poczułem. Niestety, nie znałem drogi. Zatem podążałem za nią w milczeniu, postanowiwszy jednak, że w tych nowych czasach będę się miał jeszcze bardziej na baczności. Ci Turcy zdominowali już nie tylko branżę pralniczą, ale jakimś cudem byli wszechobecni.

Gdy wkroczyliśmy do sali konferencyjnej, Sensenbrink wstał, podszedł do mnie, wprowadził mnie niejako do pomieszczenia, w którym grupka osób siedziała wokół stosunkowo długiego stołu zestawionego z kilku mniejszych. Rozpoznałem także Sawatzkiego od rezerwacji hotelu, poza nim było tam jeszcze z pół tuzina młodszych mężczyzn w garniturach i jedna kobieta, która musiała być zapewne ową „Bellini". Mogła mieć jakieś czterdzieści lat, ciemne włosy, prawdopodobnie pochodziła z Południowego Tyrolu, i już w momencie gdy wkraczałem do sali, poczułem: ta kobieta miała w sobie więcej z mężczyzny niż wszyscy ci obecni tam głupcy razem wzięci. Sensenbrink próbował ująć mnie za ramię i skierować do drugiego końca stołu, gdzie, jak dojrzałem kątem oka, urządzono coś w rodzaju zaimprowizowanej sceny czy podestu. Lekkim skrętem ciała sprawiłem, że jego gest trafił w próżnię, i zdecydowanym krokiem podszedłem do owej damy, zdjąłem czapkę i wsunąłem ją pod pachę.

– To jest... pani Bellini – rzekł Sensenbrink zupełnie niepotrzebnie. – Executive Vice President we Flashlight. Pani Bellini – nasze obiecujące odkrycie, pan... ee...

– Hitler – przerwałem to niegodne dukanie. – Adolf Hitler, kanclerz Wielkoniemieckiej Rzeszy w stanie spoczynku.

Podała mi rękę, którą z nie za głębokim ukłonem uniosłem do ust, by zamarkować pocałunek. Następnie z powrotem się wyprostowałem.

– Łaskawa pani, to dla mnie radość, że mogę panią poznać. Razem zmieńmy Niemcy!

Uśmiechnęła się, jak mi się zdawało, nieco zdezorientowana, ale w końcu z dawniejszych czasów byłem świadom swojego niewątpliwego uroku i wrażenia, jakie wywierałem na kobietach. Praktycznie było niemożliwe, by kobieta nie odczuwała niczego, gdy w pobliżu niej przebywał głównodowodzący najpotężniejszej armii świata. By nie wprawiać damy niepotrzebnie w zakłopotanie, zwróciłem się do reszty towarzystwa: – Panowie! – By na koniec odwrócić się z powrotem do Sensenbrinka.

– No i co, drogi panie Sensenbrink, jakież to miejsce mi pan wyznaczył?

Sensenbrink wskazał mi krzesło na drugim końcu zgromadzenia konferencyjnego. Spodziewałem się czegoś takiego. To nie pierwszy raz, kiedy kilku panów, tak zwanych przemysłowców, porywało się na dywagacje, jaką to wagę ma przyszły Führer Niemiec. No cóż, pewnie, że chciałem im pokazać swoje ciężarki – zdawało się tylko wątpliwe, czy i oni będą potrafili je podnieść.

Na stole stała kawa, filiżanki, mniejsze butelki z sokami i wodą mineralną, do tego karafka z czystą wodą, na którą się zdecydowałem. Potem przez chwilę siedzieliśmy, nic nie mówiąc.

– Taa – odezwał się Sensenbrink. – Co nam pan dziś przyniósł?

– Siebie – odparłem.

– Nie, miałem na myśli: co pan chce nam dziś zaprezentować?

– Nie powiem już nic więcej na temat Polski! – wtrącił Sawatzki, szczerząc się w uśmiechu.

– Dobrze – powiedziałem. – To oszczędzi nam wszystkim czasu. Sądzę, że sprawa jest jasna: jak państwo możecie mi pomóc, by pomóc Niemcom?

– A jak pan chce pomóc Niemcom? – zapytała dama Bellini, mrugając przy tym znacząco do mnie i do pozostałych.

– Myślę, że wszyscy tu obecni w głębi swego serca wiedzą, czego potrzebuje ten kraj. Po drodze, idąc tutaj, widziałem pomieszczenia, w jakich zmuszeni są państwo pracować. Te hale magazynowe, w których państwo i wasi towarzysze muszą odbywać pańszczyznę. Mój Speer też się wprawdzie specjalnie nie cackał, kiedy chodziło o efektywne wykorzystanie robotników cudzoziemskich, ale ta ciasnota...

– To są otwarte biura – odezwał się jeden z panów. – Wszędzie są przecież takie.

– Chce pan niby powiedzieć, że to był pana pomysł? – dociekałem.

– Co to znaczy „mój pomysł”? – Ze śmiechem popatrzył po zgromadzonych. – Zdaje mi się, że wszyscy tu tak zdecydowaliśmy.

– Widzicie państwo... – Podniosłem się z krzesła i zwróciłem bezpośrednio do pani Bellini. – To jest temat dla mnie. Mówię o odpowiedzialności. Mówię o decyzjach. Kto tu zainstalował te klatki do masowego chowu? Czy to był on? – mówiąc to, wskazałem na pana, który wyparł się pomysłu. – Albo on? – Teraz skierowałem wzrok na sąsiada Sensenbrinka. – Albo ten pan Sawatzki, ale tu miałbym poważne wątpliwości. Nie wiem. Więcej: panowie sami tego nie wiedzą. A co mają robić wasi robotnicy, gdy w miejscu pracy nie rozumieją własnych słów? Jeśli muszą wydawać fortunę na sygnały dźwiękowe, po to tylko, żeby odróżnić swój telefon od telefonu sąsiada? Kto ponosi odpowiedzialność? Kto pomoże niemieckiemu robotnikowi w potrzebie? Do kogo mają się zwrócić? Czy ich przełożony im pomoże? Nie, gdyż on odeśle ludzi do tego, a ten znowu do tamtego! A czy jest to odosobniony przypadek? Nie, to nie jest przypadek odosobniony, lecz choroba rozpełzająca się po całych Niemczech! Jeśli dziś kupują państwo filiżankę kawy, to czy wiedzą państwo jeszcze, kto za to odpowiada? Kto tę kawę parzy? Ten pan tu – ponownie wskazałem na mężczyznę, który wyparł się pomysłu – ten pan naturalnie wierzy, że to pan Starbuck. Ale pani, pani Bellini, i ja, my obydwoje wiemy: ten Starbuck nie może w tym samym czasie parzyć kawy wszędzie. Nikt nie wie, kto zrobił tę kawę, wiemy tylko: to nie on, ten Starbuck. A kiedy pójdą państwo do pralni, to czy wiedzą państwo jeszcze, kto oczyścił państwa mundur? Kto to jest ten rzekomy Yilmaz? Widzicie państwo, i dlatego potrzebna jest nam w Niemczech zmiana. Rewolucja. Potrzeba nam odpowiedzialności i siły. Przywództwa w kraju, które podejmuje decyzje i odpowiada za nie swoim ciałem, swoim życiem, wszystkim. Kiedy bowiem będą państwo chcieli zaatakować Rosję, to nie mogą państwo przecież powiedzieć: ach, jakoś tak wszyscy zdecydowaliśmy, jak by wolał nasz pan kolega. Żeby rozstrzygnąć, czy mamy teraz okrążyć Moskwę, zbieramy się wszyscy i głosujemy przez podniesienie ręki! No bo to w końcu jest cudownie wygodne, a jak coś pójdzie źle, to przecież była to wspólna decyzja nas wszystkich, a jeszcze lepiej: to sam naród, wszak to on nas wybrał. Nie, Niemcy muszą z powrotem wiedzieć: Rosja to nie był Brauchitsch, to nie był Guderian, to nie był Göring – to byłem ja. Autostrady – to nie był jakiś pajac, to był Führer! I tak musi być znów w całym kraju! Kiedy człowiek rano je bułeczkę, to wie, że jest od piekarza. A kiedy jutro wkroczycie państwo do szczątkowych Czech, to wiecie, że to sprawa Führera.

Po tych słowach usiadłem.

Wokół mnie panowała cisza.

– To nie jest... śmieszne – odezwał się wreszcie sąsiad Sensenbrinka.

– Przerażające – powiedział pan, który wyparł się pomysłu.

– Mówiłem państwu przecież, że jest dobry – oświadczył Sensenbrink z dumą.

– Obłęd – powiedział Sawatzki od rezerwacji hotelu, ale nie było jasne, co ma na myśli.

– Nieprawdopodobne – oznajmił stanowczym tonem sąsiad Sensenbrinka.

Dama Bellini powstała. Natychmiast wszystkie głowy obróciły się w jej kierunku.

– Problemem jest to – rzekła – że z czasem wszyscy tu totalnie przesiąkliśmy stylem Mario Bartha.

Odczekała, aż ta uwaga całkiem zręcznie osiągnie swój cel, a potem znów sama zabrała głos, bo w tym momencie i tak nikt inny nie odważył się odezwać.

– Dobre numery poznajecie już tylko po tym, że facet na scenie rechocze głośniej niż ludzie na widowni. Niech się państwo tylko rozejrzą po naszej scenie kabaretowej: nikt już nie potrafi wygłaszać puenty, nie śmiejąc się przy tym sam do rozpuku, żeby tylko nikt jej nie przegapił. A jak ktoś jest za poważny, to się puszcza śmiech z offu.

– Ale to się sprawdziło – wtrącił ktoś, kto do tej pory nie puszczał pary z ust.

– Możliwe – przyznała dama, która zaczęła mi naprawdę imponować – ale co przyjdzie po tym? Myślę, że dotarliśmy do punktu, w którym publika akceptuje już tylko takie rzeczy, jakie zna. A pierwszy, który da decydujący nowy impuls, to ten, kto na dłuższą metę odstawi konkurencję daleko w tyle. Czy też, panie... Hitler?

– Decydująca jest propaganda – odrzekłem. – Musi pani nadawać inne przesłanie niż pozostałe partie.

– Niech pan powie – zaciekawiła się – chyba pan tego nie przygotował, a może?

– A po co? – odparłem. – Granitowy fundament mojego światopoglądu stworzyłem wystarczająco dawno temu. To stawia mnie w położeniu, które umożliwia mi konfrontację każdego dowolnego aspektu wydarzeń na świecie z moją wiedzą i wyciąganie z tego właściwych wniosków. Myśli pani, że wodzostwa człowiek się uczy na waszych uniwersytetach?

Płaską dłonią uderzyła o stół.

– Improwizuje – powiedziała z promieniejącą twarzą. – On to po prostu wyciąga z rękawa! I nawet twarz mu przy tym nie drgnie! Wiecie panowie, co to oznacza? To oznacza, że nie zdarzy się coś takiego, iż po dwóch programach nie będzie po prostu wiedział, co ma dalej mówić. Albo że za chwilę zacznie jęczeć, żeby mu przydzielić więcej autorów. Mam rację, panie Hitler?

– Niechętnie pozwalam tak zwanym autorom majstrować przy mojej pracy – rzekłem. – Kiedy pisałem *Mein Kampf*, Stolzing-Cerny wielokrotnie...

– Powoli zaczynam rozumieć, co masz na myśli, Carmen – powiedział w tym momencie pan, który wyparł się pomysłu, i roześmiał się.

– ...a my użyjemy go jako kontrapunktu – oznajmiła dama Bellini. – Tam wzbudzi największą uwagę. Dostanie stały numer u Alego Szpasdemira!

– Już widzę, jak się ucieszy – zauważył Sawatzki.

– Niech lepiej popatrzy na swoją oglądalność – dodała pani Bellini. – Jaka jest teraz, jaka była dwa lata temu i jaka będzie niebawem.

– Dwójka niech się już szykuje na przykrą niespodziankę – odezwał się Sensenbrink.

– Tylko w jednej sprawie musimy mieć jasność – rzekła pani Bellini, spoglądając raptem na mnie bardzo poważnie.

– To znaczy?

– Jesteśmy zgodni co do tego, że temat „Żydzi" nie jest zabawny!

– Ma pani absolutną rację – zgodziłem się z nią, niemalże z ulgą. Nareszcie ktoś, kto naprawdę wie, o czym mówi.

9

Dla młodego ruchu nie ma nic groźniejszego niż szybki sukces. Zrobiło się już pierwsze kroki, tu zdobyło paru zwolenników, tam wygłosiło mowę, może już dokonywało anszlusu Austrii albo Sudetów, i nazbyt łatwo pojawia się wtedy poczucie, że jest się już jakby na etapie pośrednim, z którego potem znacznie łatwiej sięgnąć po ostateczne zwycięstwo. I rzeczywiście, w nader krótkim czasie osiągnąłem zdumiewające sukcesy, które potwierdziły wybór dokonany przez los. Com ja się musiał jeszcze w roku 1919, 1920 nawalczyć, com się musiał zmagać, jak biła mi wtedy w twarz nawałnica mediów i jad partii mieszczańskich, jak mozolnie, warstwa po warstwie, rozszarpywałem sieć żydowskich kłamstw, po to tylko, by za chwilę ujrzeć się jeszcze mocniej oplątanym wydzieliną z gruczołów tego robactwa, jako że przeciwnik ze swą stukrotną, ba, tysiąckrotną przewagą rozpryskiwał ciągle nową i ciągle wstrętniejszą truciznę – a tu, w tych nowych czasach, już po paru dniach znalazłem dostęp do telewizji, która do tego była kompletnie niewykorzystana przez przeciwnika politycznego. To było zbyt piękne, by mogło być prawdziwe: w ostatnich sześćdziesięciu latach w dziedzinie komunikacji z ludnością wróg nie nauczył się absolutnie niczego.

Jakież ja bym na ich miejscu kazał kręcić filmy! Romanse w dalekich krajach na pokładzie wielkich statków „Siły przez Radość", krążących po morzach południowych albo wzdłuż potężnych fiordów Norwegii, opowieści o młodych żołnierzach Wehrmachtu, którzy jako pierwsi mężnie dokonują zdobycia potężnych masywów górskich, aby u stóp skalnej ściany umrzeć w ramionach swej wielkiej miłości, führerki Związku Dziewcząt Niemieckich, która następnie wstrząśnięta, ale umocniona tym doświadczeniem, poświęca życie sprawie nazistowskiej polityki wobec kobiet. W swym łonie nosi już dzielnego potomka martwego ukochanego, w tej sytuacji można nawet przymknąć oko na taki drobiazg, jak brak ślubu, gdyż tam, gdzie wznosi się głos czystej krwi, tam nawet sam Himmler musi zamilknąć. W każdym razie, podczas gdy o zmierzchu kroczy doliną, nie może przestać myśleć o jego ostatnich słowach, kilka mlecznych krów spogląda z zachwytem w ślad za nią, a niebo z wolna przesłonięte zostaje powiewającą mocarnie flagą ze swastyką. To by były filmy, przysięgam, że następnego dnia w każdym oddziale Związku Kobiet Niemieckich zabrakłoby formularzy z prośbą o przyjęcie.

Nazywałaby się Hedda.

W każdym razie to medium pod względem politycznym leżało kompletnie odłogiem. Kiedy człowiek wpatrywał się w aparat telewizyjny, to miał wrażenie, że jedyne, co ten rząd uczynił dla narodu, to posunięcie o nazwie „Hartz IV", którego wszyscy nienawidzili. Ta nazwa wypowiadana była z zasady tonem urażonym, i mogłem tylko mieć nadzieję, że ludzie żyjący na tych zasiłkach nie stanowili zbyt licznej części społeczeństwa, gdyż nawet po uruchomieniu największych rezerw fantazji nie potrafiłem wyobrazić sobie apelu z wciąganiem flagi na maszt z setkami tysięcy tych nieudaczników na norymberskim placu Zeppelina.

Jako sukces mogłem także odnotować negocjacje z damą Bellini. Już na samym wstępie nie pozostawiłem wątpliwości co do tego, że prócz pieniędzy potrzebuję także aparatu partyjnego oraz biura. Bellini z początku wyglądała na nieco zaskoczoną, potem jednak natychmiast obiecała mi całkowite wsparcie, biuro, jak również maszynistkę. Otrzymałem ryczałt na pokrycie wydatków na ubrania i podróże propagandowe, na materiały badawcze, które miały mi pomóc uzupełnić wiedzę do stanu aktualnego, i jeszcze kilka innych rzeczy. Problemu najwyraźniej nie stanowiły środki finansowe, lecz raczej zrozumienie dla reprezentacyjnych potrzeb Führera. Tak więc wprawdzie obiecano mi kilka „historycznie zgodnych z oryginałem" garniturów u ekskluzywnego krawca szyjącego na miarę, jak też mój ulubiony model kapelusza, który tak chętnie nosiłem na Obersalzbergu i w górach. Gładko natomiast odmówiono mi otwartego mercedesa z kierowcą, z uzasadnieniem, że to wszak wygląda nader niepoważnie. Ustąpiłem po chwili wahania, ale tylko żeby zachować pozory – w końcu osiągnąłem już znacznie więcej, niż mogłem oczekiwać. Pod tym względem, patrząc z perspektywy czasu, był to najbardziej niebezpieczny moment mojej nowej kariery, i ktoś inny zapewne już by w tym miejscu zasiadł sobie wygodnie w fotelu i w ten sposób poległ na całej linii, jedynie ja, być może także z racji mego dojrzałego wieku, nieustannie poddawałem rozwój sytuacji maksymalnie bezlitosnej, zimnej jak lód analizie.

I tak na przykład liczba moich zwolenników była znikoma jak nigdy dotąd. A ja dalibóg miałem ich w przeszłości naprawdę niewielu, doskonale pamiętam, że wtedy, w 1919 roku, podczas mojej pierwszej wizyty w partii, która wtedy nazywała się jeszcze Niemiecka Partia Robotnicza, zastałem jakieś siedem osób. Dziś jednak mogłem liczyć tylko na siebie samego, do pewnego stopnia może jeszcze na damę Bellini czy tamtego kioskarza, wolno jednak powątpiewać, czy oboje dojrzeli już do otrzymania legitymacji partyjnej, nie mówiąc już o gotowości do płacenia składek czy tego, by z nogą od krzesła w ręce przejąć ochronę sali. Zwłaszcza kioskarz wydawał mi się w gruncie rzeczy zgoła liberalny czy też o orientacji lewicowej, jakkolwiek obdarzony szczerym niemieckim sercem. Z tego też względu, wziąwszy się w ryzy, realizowałem nadal swój żelazny plan dnia. Wstawałem koło jedenastej, personel hotelowy na moje polecenie przynosił mi jeden lub dwa kawałki ciasta, a ja pracowałem niestrudzenie aż do późna w nocy.

To znaczy, wstałbym o jedenastej, gdyby nie to, że już o świcie, około dziewiątej, zadzwonił telefon i zgłosiła się jakaś dama o niemożliwym do wymówienia nazwisku o słowiańskim rodowodzie. Jodl nigdy by czegoś takiego nie przełączył, ale niestety Jodl przeszedł już najwyraźniej do niemieckiej historii. Jeszcze otumaniony snem szukałem słuchawki telefonu.

– Hrmf?

– Dzień dobry, tu Krwtsczyk – radował się głos bezlitosną wesołością. – Z Flashlight!

Najbardziej u tych rannych ptaszków denerwuje mnie ten ich okropny dobry humor, jakby nie spali już od trzech godzin i zdążyli w tym czasie dokonać podboju Francji. Zwłaszcza że przytłaczająca większość z nich mimo wstrętnego zwyczaju wczesnego wstawania wcale nie dokonała żadnych wielkich czynów. Właśnie w Berlinie spotykałem ludzi, którzy nie czynili żadnej tajemnicy z faktu, że tylko dlatego wstali skoro świt, aby móc jeszcze wcześniej opuścić biuro. Poradziłem już nawet kilkorgu z tych mędrców od ośmiogodzinnego dnia pracy, by najlepiej zaczynali pracę od razu wieczorem, koło dziesiątej, wtedy mogliby iść do domu nawet już rano i dotarliby tam może jeszcze przed pobudką. Niektórzy potraktowali to zgoła jako poważną propozycję. W każdym razie, jeśli chodzi o mnie, to jestem zdania, że wcześnie rano powinni pracować tylko piekarze.

I naturalnie Gestapo, to chyba jasne. Żeby wyciągać z piernatów bolszewicką hołotę, oczywiście jeśli nie chodzi o bolszewickich piekarzy. Ci o tej porze naturalnie już nie śpią, wtedy Gestapo ze swej strony też musi wstać jeszcze wcześniej, i tak dalej i dalej.

– Czego pani sobie życzy? – zapytałem.

– Dzwonię z działu umów – ucieszył się głos. – Sporządzam właśnie dokumenty i miałabym jeszcze kilka pytań. Nie wiem teraz, czy mamy to załatwić przez telefon...? Czy też wolałby pan może wpaść?

– Jakich pytań?

– No, tak całkiem ogólnych. Ubezpieczenie społeczne, dane dotyczące konta bankowego, takie rzeczy. To znaczy, przykładowo na początek, na jakie nazwisko mam wystawić papiery?

– Jakie nazwisko?

– To znaczy, ja przecież w ogóle nie wiem, jak się pan nazywa.

– Hitler – jęknąłem. – Adolf.

– Tak. – Znów się zaśmiała z tym swoim budzącym grozę porannym entuzjazmem. – Nie, mam na myśli pana prawdziwe nazwisko.

– Hitler! Adolf! – powtórzyłem już nieco gniewnie.

Na chwilę zapadła cisza.

– Naprawdę?

– Oczywiście, że tak!

– No to jest... no więc... co za przypadek...

– Jak to: przypadek?

– No to, że pan się tak nazywa.

– Psiakrew, pani się też przecież jakoś nazywa! A ja też nie siedzę tu i nie gapię się i nie mówię „ach, co za przypadek!".

– No tak, ale pan też tak wygląda. To znaczy tak, jak się pan nazywa.

– Tak, no i co? Pani zapewne wygląda zupełnie inaczej, niż się pani nazywa?

– Nie, ale...

– No więc! Niech pani, na litość boską, robi te papiery. – Powiedziawszy to, rzuciłem słuchawkę na widełki.

Po siedmiu minutach telefon znów zadzwonił.

– Co tam znowu?

– Tak, tu jeszcze raz – i znowu nastąpiło owo dziwnie wschodnie nazwisko, brzmiące tak, jakby zgnieść meldunek Wehrmachtu. – Ja... ja się obawiam, że to nie będzie możliwe...

– Co nie będzie możliwe?

– Widzi pan, nie chcę być niegrzeczna, ale... to przecież nigdy nie przejdzie w dziale prawnym, nie mogę przecież... No więc, kiedy tamci zobaczą umowę, a tam stoi „Adolf Hitler”...

– No dobrze, a co pani chce tam wpisać innego?

– No więc, proszę mi wybaczyć, że jeszcze raz o to pytam, ale... pan się naprawdę tak nazywa?

– Nie – odparłem udręczony – naturalnie nie nazywam się tak. Naprawdę nazywam się Szmul Rozencwajg.

– Od początku wiedziałam – powiedziała z ulgą słyszalną w głosie. – Jak to się pisze? Szmul? Z „z” czy „ch”?

– To był żart! – krzyknąłem do słuchawki.

– Ach tak. Ojej! Szkoda.

Słyszałem, jak wielokrotnie coś przekreśla. Potem powiedziała:

– Ja przepraszam, obawiam się, że będzie lepiej, jak pan jednak na chwilę tu wpadnie. Potrzebuję od pana jakiegoś dokumentu, paszportu albo czegoś innego. I pana dane o koncie.

– Niech pani spyta Bormanna – rzuciłem w nagłym odruchu i odłożyłem słuchawkę. Usiadłem. To było w rzeczy samej irytujące. I trudne. Z żalem, tak, wręcz ze smutkiem myśli moje pobiegły z powrotem do wiernego Bormanna. Bormann, który stale zamawiał mi filmy na wieczór, tak że po dniu wyczerpującego prowadzenia wojny mogłem się też nieco odprężyć. Bormann, który tak sprawnie załatwił sprawę sąsiadów na Obersalzbergu. Bormann, który, jakże praktycznie, troszczył się także o moje wpływy ze sprzedaży książek, Bormann, najwierniejszy z wiernych. Przy nim byłem spokojny, że wiele spraw, tak, zdecydowana ich większość, znajduje się w dobrych rękach. Bormann, można to było uznać za pewnik, załatwiłby sprawnie i takie umowy. „Ostatnie ostrzeżenie, pani trzeszczące nazwisko. Albo wystawia pani teraz te dokumenty umowy dobrowolnie, albo pani i cała pani rodzina spotkacie się w Dachau! A wie pani, ilu ludzi stamtąd wraca". Już wtedy tego nie doceniano, tej umiejętności wczuwania się Bormanna, tego, jak ten człowiek umiał postępować z ludźmi. On załatwiłby mi raz-dwa mieszkanie, nienaganne papiery, konta bankowe, wszystko. Albo, jeśli przyjrzeć się temu dokładniej, bliższe prawdy byłoby raczej przypuszczenie, że zadbałby o to, aby nikt drugi raz nie ośmielił się pytać o te biurokratyczne farmazony. No, ale trudno, teraz trzeba się było obyć bez niego. I jakoś przecież tę sprawę będzie chyba można załatwić także na podstawie akt. Kwestią otwartą pozostawało, jak bym to zrobił za trzydzieści lat, ale tymczasem, chcąc nie chcąc, musiałem się dostosować do panujących obecnie zwyczajów. Popadłem w zadumę.

Pewnie będę musiał zameldować się w urzędzie do spraw mieszkaniowych. Jednakże nie miałem ani stałego adresu, ani dowodu stwierdzającego pochodzenie. O solidności mojej egzystencji świadczyło w zasadzie miejsce zamieszkania w hotelu i zaakceptowanie mnie przez firmę produkcyjną, jednak na papierze nie mogłem niczego okazać. Zacisnąłem gniewnie pięść i uniosłem ją ku sufitowi. Papier, ta niemiecka, mieszczańska biurokracja urzędników z jej małodusznymi, małostkowymi przepisami, kolejny raz ten odwieczny kamień u szyi narodu niemieckiego rzucał mi swoje oplecione pajęczymi mackami kłody pod nogi. Moja sytuacja wydawała się niemal bez wyjścia, kiedy telefon zadzwonił ponownie – i tylko moja żelazna determinacja, przytomność umysłu i łatwość podejmowania decyzji byłego żołnierza frontowego doprowadziła mnie do celu. Podniosłem słuchawkę, pewny, że znajdę rozwiązanie, choć jeszcze nie wiedziałem jak.

– Tu jeszcze raz Krwtsczyk z Flashlight.

A potem już było prosto.

– Wie pani co – powiedziałem. – Niech mnie pani połączy z Sensenbrinkiem.

10

Mylne jest rozpowszechnione szeroko przekonanie, że osobowość wodzowska musi wiedzieć wszystko. Nie musi wiedzieć wszystkiego. Nie musi nawet wiedzieć większości, ba, może wręcz dojść do tego, że nie musi w ogóle niczego wiedzieć. Może być osobą najbardziej nieświadomą wśród nieświadomych. Tak jest, nawet ślepą i głuchą wskutek tragicznego uderzenia bombą wroga. Z drewnianą nogą. Albo całkiem bez rąk i nóg, tak że podczas apelu flagowego absolutnie niemożliwe jest nawet niemieckie pozdrowienie, a podczas odśpiewywania pieśni *Deutschland, Deutschland* z pozbawionej światła źrenicy spływa tylko jedna gorzka łza. Powiem więcej: osobowość wodzowska może nawet nie mieć pamięci. Całkowita amnezja. Szczególny bowiem dar Führera to nie piętrzenie suchych faktów – jego szczególnym darem jest umiejętność podejmowania błyskawicznych decyzji i przyjmowania za nie odpowiedzialności. Łatwo się to lekceważy, zgodnie ze starym żartem, w którym ktoś, kto – powiedzmy z okazji przeprowadzki – nie nosi skrzynek, ponosi „odpowiedzialność". Ale w państwie idealnym to Führer dba o to, by każdy człowiek był przydatny na właściwym dla siebie miejscu. Bormann na przykład nie był naturą wodzowską, lecz mistrzem w sztuce myślenia i przypominania. Wiedział wszystko. Za jego plecami niektórzy nazywali go „kartoteką Führera", a ja byłem wtedy zawsze bardzo wzruszony, lepszego potwierdzenia mojej polityki nie mogłem sobie wymarzyć. W każdym razie był to o wiele większy komplement niż którykolwiek z tych, jakie usłyszałem na temat Göringa („balon Führera na uwięzi").

Ostatecznie to właśnie ta wiedza, ta umiejętność oddzielania rzeczy przydatnych od bezsensownych pozwoliła mi obecnie, pomimo straty kogoś takiego jak Bormann, dostrzec nowe możliwości, jakie mogła mi zaoferować owa firma produkcyjna. Chęć samodzielnego rozwiązania problemu z uzyskaniem urzędowego meldunku nie miała sensu, tak więc powierzyłem uregulowanie mojej przykrej sytuacji z dokumentami komuś, kto przypuszczalnie był chyba bardziej obrotny w kontaktach z lokalnymi władzami – Sensenbrinkowi, który też od razu powiedział:

– Ależ naturalnie, że możemy to załatwić za pana. Pan się zatroszczy o swój program, a my się zajmiemy całą resztą. Czego pan potrzebuje?

– Niech pan spyta tę panią Krytschwyxjakąśtam. Przypuszczam, że dowodu. I nie tylko.

– Nie ma pan paszportu? Dowodu osobistego? Jak to w ogóle możliwe?

– Nigdy ich nie potrzebowałem.

– To nie był pan nigdy za granicą?

– Ależ oczywiście, Polska, Francja, Węgry...

– No dobrze, to jest w granicach Unii Europejskiej...

– Czy Związek Radziecki.

– I wpuścili pana bez paszportu?

Zastanowiłem się przez chwilę.

– Nie przypominam sobie, by ktoś mnie o to pytał – odpowiedziałem zgodnie z prawdą.

– Dziwne. Ale Ameryka! To znaczy, ma pan pięćdziesiąt sześć lat i nie był pan nigdy w Ameryce?

– Miałem poważny zamiar – odparłem urażony – ale niestety zostałem powstrzymany.

– No dobrze, potrzebujemy tylko pana papierów, a potem z pewnością ktoś od nas może to załatwić z urzędami i ubezpieczeniem.

– To jest właśnie problem. Nie ma żadnych papierów.

– Żadnych papierów? W ogóle żadnych? Także u pana przyjaciółki? To znaczy, w domu?

– Mój ostatni dom – rzekłem przygnębiony – padł pastwą płomieni.

– To znaczy... ee... mówi pan serio?

– A widział pan ostatnio Kancelarię Rzeszy?

Roześmiał się.

– Aż tak źle?

– Nie wiem, z czego tu się śmiać – zauważyłem. – To było straszne.

– No dobrze – powiedział Sensenbrink. – Nie jestem specjalistą, ale jakieś papiery będą jednak potrzebne. Gdzie pan był przedtem zameldowany? Albo ubezpieczony?

– Od zawsze żywiłem pewną niechęć wobec biurokracji – wyznałem. – Preferuję tworzenie praw samemu.

– Uf... – stęknął Sensenbrink. – Takiego przypadku jeszcze nie miałem. No dobrze, zobaczymy, co się da zrobić. Ale w każdym razie potrzebujemy oczywiście pana prawdziwego nazwiska.

– Hitler. Adolf.

– Niech pan posłucha, naprawdę mam dużo zrozumienia dla pana sytuacji. Ten Atze Schröder z kabaretu na RTL robi dokładnie to samo, on też poza sceną chce mieć święty spokój. Akurat w tej pańskiej delikatnej kwestii jest oczywiście jasne, że trzeba tu być niesłychanie ostrożnym, ale czy urzędy popatrzą na to w ten sam sposób?

– Szczegóły mnie nie interesują...

– Chętnie w to wierzę – roześmiał się Sensenbrink, na mój gust nieco zbyt protekcjonalnie. – Dla mnie jest pan prawdziwym artystą. Ale to by naprawdę wiele ułatwiło. Widzi pan, jeśli chodzi o podatki, nie jest to żaden problem. Urząd skarbowy to jedyny urząd, któremu jest wszystko jedno, oni opodatkowują nawet nielegalnych, może pan też z nimi jakoś uzgodnić płacenie gotówką. A co się tyczy realizacji płatności, to możemy panu oczywiście pójść na rękę z prowadzeniem konta, jeśli nie ma pan nic przeciwko temu, wtedy sprawa z bankami też na razie nie byłaby aż takim problemem. Ale urzędy meldunkowe czy ubezpieczenie, no, sam nie wiem, czy coś się da załatwić.

Czułem, że ten człowiek potrzebuje w tej chwili moralnego wsparcia. Od wojska nie należy wymagać zbyt wiele. W końcu nie codziennie się zdarza, że uznany już dawno za zmarłego kanclerz Rzeszy całkiem żwawo przemierza kraj.

– To musi być dla pana trudne – stwierdziłem wyrozumiale.

– Co?

– No, nieczęsto pan pewnie spotyka kogoś takiego jak ja.

Sensenbrink roześmiał się z filozoficznym spokojem.

– Ależ tak. To w końcu nasza robota.

Jego spokój był tak zaskakujący, że musiałem jeszcze o coś spytać.

– To znaczy, że jest więcej takich jak ja?

– No więc, sam pan pewnie najlepiej wie, że w pańskiej branży jest cała masa ludzi... – odparł Sensenbrink.

– I wszystkich pokazuje pan w telewizji?

– To dopiero mielibyśmy roboty! Nie, angażujemy tylko tych, w których wierzymy.

– To bardzo dobrze – utwierdziłem go. – Dla sprawy trzeba walczyć z fanatyczną wręcz wiarą. To ma pan też Antonescu? Albo Duce?

– Kogo?

– No wie pan przecież: Mussoliniego.

– Nie! – zaprzeczył Sensenbrink tak zdecydowanie, że przez słuchawkę mogłem zobaczyć, jak potrząsa głową. – A co my byśmy robili z jakimś Antoninim? Przecież nikt go nie zna.

– Albo Churchill? Eisenhower? Chamberlain?

– Ach, teraz rozumiem, do czego pan zmierza! – wykrzyknął Sensenbrink do telefonu. – Nie, bo gdzie tu byłby dowcip? To zupełnie niechodliwe, nie, nie, pan robi to dokładnie tak, jak trzeba. Trzymamy się jednej postaci, trzymamy się naszego Hitlera!

– Bardzo dobrze – pochwaliłem i od razu zadałem następne pytanie: – A gdyby jutro przyszedł Stalin?

– Niech pan zapomni o Stalinie – zapewnił mnie o swojej wierności. – Nie jesteśmy przecież History Channel.

To był Sensenbrink, jakiego chciałem usłyszeć! Fanatyczny Sensenbrink, zbudzony przez Führera. A dla mnie akurat w tym miejscu nigdy za mało podkreślania, jak ważna jest ta fanatyczna wiara.

Wszak właśnie ten nie zawsze gładki przebieg ostatniej wojny światowej ukazał to najdobitniej, jak tylko można. Oczywiście, niektórzy ludzie powiedzą w tym miejscu: tak, ale czy to akurat fanatyczna wiara była przyczyną tego, że po pierwszej wojnie światowej następna też się zakończyła niepomyślnie? Czy aby przyczyną nie było co innego, może niewystarczające zaopatrzenie w materiał ludzki? To wszystko niewykluczone, może nawet słuszne, ale zarazem jest to symptomem odwiecznej niemieckiej choroby, takiej mianowicie, żeby ciągle doszukiwać się błędu w drobiazgach, a zwyczajnie ignorować wielkie i jednoznaczne uwarunkowania.

Zatem nie należy oczywiście kwestionować pewnej liczebnej słabości wojska w ostatniej wojnie. Jednakowoż ta słabość w żadnym razie nie była rozstrzygająca, przeciwnie, naród niemiecki poradziłby sobie z daleko większą przewagą wroga. Tak, jeszcze na początku lat czterdziestych wielokrotnie ubolewałem nad niedostateczną liczebnością wroga, nawet się tego trochę wstydziłem. Myślę tu o Fryderyku Wielkim, jaką ten mąż miał słabą armię! Na jednego pruskiego grenadiera przypadało dwunastu przeciwników! A w Rosji każdy żołnierz miał ledwie trzech czy czterech przeciwko sobie.

Owszem, po Stalingradzie przewaga wroga jednak już zdecydowanie lepiej dostosowała się do honoru Wehrmachtu. Przykładowo w dzień lądowania aliantów w Normandii przeciwnik nadciągał z dwoma tysiącami sześciuset bombowcami i sześciuset pięćdziesięcioma myśliwcami, a Luftwaffe, jeśli się nie mylę, przeciwstawiła im dwa samoloty myśliwskie – taki stosunek sił jak najbardziej można uznać za honorowy. A mimo to sytuacja nie była beznadziejna. W takich momentach całym sercem zgadzam się ze słowami ministra Rzeszy doktora Goebbelsa, w których od takiego narodu jak niemiecki żądał, by ten mankament, skoro nie da się go usunąć, zrekompensować właśnie gdzie indziej, czy to przez lepsze uzbrojenie, mądrzejszych generałów czy też akurat, jak w tym przypadku, przez cnotę wyższości moralnej. Nawet jeśli prostemu pilotowi myśliwca z początku wyda się trudne, by jednym wystrzałem z kaemu strącić z nieba trzy bombowce, to z przewagą moralną, z niezłomnym, fanatycznym duchem nic nie jest niemożliwe!

To jest aktualne tak dziś, jak i wtedy. Właśnie w tych dniach natknąłem się na przykład, który nawet ja uznałbym za nieprawdopodobny. Niemniej jest całkowicie prawdziwy. Chodzi tu o pewnego mężczyznę, przypuszczam, że to pracownik mojego hotelu, którego wielokrotnie dane mi było obserwować przy nowej, interesującej czynności. Przy czym nie jest pewne, czy ta czynność jest nowa, tyle że miałem ją inaczej w pamięci, mianowicie z użyciem miotły czy grabi do liści. Ten zaś człowiek chodził z jakimś zupełnie nowoczesnym, przenośnym narzędziem przedmuchującym liście. Fascynujący aparat o ogromnej sile dmuchania stał się zapewne konieczny, gdyż ewolucja wytworzyła tymczasem bardziej odporną postać liści.

Na tym przykładzie można zresztą znakomicie zaobserwować, że walka ras długo jeszcze bynajmniej nie będzie zakończona, że toczy się dalej również w przyrodzie, i to w nasilonej formie, nie kwestionuje tego nawet burżuazyjno-

-liberalna prasa tej współczesności. Czyta się wszak bez przerwy o czarnych amerykańskich wiewiórkach, które wypierają tak umiłowane przez Niemca wiewiórki jasnobrązowe, o afrykańskich szczepach mrówek, które przywędrowały przez Hiszpanię, o indogermańskich niecierpkach, które się u nas panoszą. Ten ostatni proces jest, prawdę mówiąc, idealnym przykładem – aryjskie rośliny, co oczywiste, całkiem słusznie dopominają się przysługującego im tutaj obszaru zasiedlania. Tego nowego, dysponującego większą siłą bojową listowia wprawdzie jeszcze nie widziałem na oczy, liście na parkingu hotelowym wydały mi się całkowicie normalne, ale tej dmuchawy równie dobrze można używać do zwykłych liści. W końcu przy użyciu nowoczesnego czołgu, Tygrysa Królewskiego, zwalcza się nie tylko rosyjski T-34, ale w razie potrzeby także jakiś przestarzały BT-7.

Gdy pierwszy raz obserwowałem tego mężczyznę, byłem nie na żarty rozgniewany. Rano, mogło być tak koło dziewiątej, obudził mnie piekielny hałas, jakbym leżał z głową na poduszce tuż obok katiuszy Stalina. Wstałem rozsierdzony, podbiegłem do okna, wyjrzałem i spostrzegłem owego człowieka, który hałasował tam swoją dmuchawą. Gdy to ujrzałem, rozgniewałem się jeszcze bardziej, gdyż spojrzenie na stojące wokół drzewa zdradziło mi, że mamy do czynienia z wyjątkowo wietrznym dniem. Było kompletnie bez sensu, by w taki dzień zabierać się do precyzyjnego przedmuchiwania liści z jednego miejsca w drugie, to przecież oczywiste. Początkowo zamierzałem wybiec z hotelu i oburzony zażądać wyjaśnień, potem jednak zmieniłem zdanie. Nie miałem bowiem racji.

Człowiek ten otrzymał rozkaz. Rozkaz brzmiał: przedmuchać liście. A on wykonywał ten rozkaz. Z fanatyczną wiarą, która przydałaby się temu defetyście Zeitzlerowi. Człowiek wykonywał rozkaz, takie to było proste. A czy się przy tym uskarżał? Czy zakrzyknął, że to przecież bez sensu przy takim wietrze? Nie, dzielnie i ze stoickim spokojem, hałasując ową maszyną, spełniał swój obowiązek. Jak wierni ludzie z SS. Tam tysiące, nie bacząc na ciążące im brzemię, wykonywało swe zadania, choć też mogliby lamentować: „Co mamy zrobić z tymi wszystkimi Żydami? To przecież jest bez sensu, bo dostarczają ich szybciej, niż możemy nadążyć z zapędzaniem ich do komór gazowych!".

Byłem tak poruszony, że ubrałem się prędko, wyszedłem na dwór, doszedłem do niego, położyłem mu rękę na ramieniu i rzekłem:

– Mój dobry człowieku, chciałbym panu podziękować. Dla takich jak pan kontynuuję swoją walkę. Gdyż wiem: z tej dmuchawy do liści, tak jest, z każdej dmuchawy w tym kraju wydobywa się żarliwe tchnienie narodowego socjalizmu.

To właśnie jest fanatyczna wola, której potrzebuje ten kraj. I odrobinę jej miałem nadzieję wzbudzić także w Sensenbrinku.

11

Gdy rankiem zjawiłem się w oddanym mi do dyspozycji biurze, ponownie uświadomiłem sobie, jak długa jest droga, którą mam jeszcze do przebycia. Wkroczyłem do pomieszczenia liczącego może pięć na siedem metrów, wysokiego na dwa metry pięćdziesiąt, w porywach. Z żalem pomyślałem o mojej Kancelarii Rzeszy. To dopiero były wnętrza! Gdy człowiek tam przybywał, natychmiast odczuwał pewną karłowatość, dreszcz go przechodził na widok tej potęgi, tej wysokiej kultury. Nie przepychu, to trzeba podkreślić, takie rzeczy, to nowobogactwo, nigdy nic dla mnie nie znaczyły, ale w Kancelarii Rzeszy, gdy się tam kogoś przyjmowało, można było po nim od razu poznać, że czuje wyższość Rzeszy Niemieckiej, także czysto fizycznie. Speerowi świetnie się to udało: w samej choćby Wielkiej Sali Recepcyjnej, te żyrandole, myślę, że jeden ważył z tonę, jakby to spadło, to z człowieka pod nim zrobiłaby się miazga, papka, papkowata miazga z kości i krwi, i zmiażdżonego mięsa, a może jeszcze z boków wystawałyby włosy, sam prawie się bałem pod nim stawać. Naturalnie nigdy tego nie okazywałem, przechodziłem pod tymi żyrandolami jak gdyby nigdy nic, to jest też kwestia przyzwyczajenia, coś w tym rodzaju.

Ale tak właśnie ma być!

Jest nie do przyjęcia, żeby za grube miliony stawiać Kancelarię Rzeszy, a potem przychodzi jeden z drugim i myśli sobie: „Ach, wyobrażałem sobie, że jest większa". Już samo to, że on w ogóle myśli, jest niedopuszczalne, natychmiast musi fizycznie odczuwać, że on – jest niczym, naród niemiecki – wszystkim! Naród panów! Musi z tego promieniować aura, jak od papieża, ale naturalnie od takiego papieża, który przy najlżejszym sprzeciwie uderza ogniem i mieczem niczym sam Pan Bóg. Potem muszą się otworzyć te potężne, dwuskrzydłowe drzwi, i wychodzi z nich Führer Rzeszy Niemieckiej, a goście zagraniczni, ci muszą się poczuć jak Odyseusz przy Polifemie, tyle że ten Polifem ma dwoje oczu! Ten nie da się omamić!

I ma on też drzwi, a nie jakiś skalny blok.

I schody ruchome, człowiek się czuje niemal jak w Kaufhofie w Kolonii. Obejrzałem je sobie kiedyś, zaraz po aryzacji, to trzeba temu Tietzowi przyznać: urządzać domy towarowe to Żydzi potrafią. Ale znowu jest różnica – tam klient miał wierzyć, że jest panem, ale kiedy przychodził do Kancelarii Rzeszy, wiedział: tu musi się ukorzyć przed większą sprawą, w każdym razie wewnętrznie. Nigdy nie popierałem tego, by wszyscy odwiedzający kancelarię goście płaszczyli się, do tego jeszcze może na podłodze!

Podłoga udostępnionego mi biura była z ciemnoszarego konglomeratu, żadnych dywanów, coś jakby wykładzina podłogowa sporządzona ze sfilcowanego, wyświechtanego materiału, niemiecki żołnierz zasługiwałby na lepszy materiał na zimowy mundur niż to tutaj. Widywałem ją tu już wielokrotnie, zdaje się, że wszędzie taka była, toteż nie musiałem dopatrywać się w tym lekceważenia mojej osoby.

Zapewne był to rys owych nielekkich czasów, w przyszłości, poprzysiągłem sobie, dla niemieckiego robotnika, dla niemieckiej rodziny będą inne podłogi.

I inne ściany.

Tu ściany były cienkie jak z papieru, prawdopodobnie było to efektem braków surowcowych. Miałem biurko, najwyraźniej z drugiej ręki, i musiałem dzielić pomieszczenie z drugim biurkiem, które chyba przewidziano dla przydzielonej mi maszynistki. Westchnąłem głęboko i wyjrzałem przez okno. Okno wychodziło na parking z różnokolorowymi beczkami na śmieci, co miało swoją przyczynę w tym, że śmieci były starannie segregowane, zapewne także z racji niedoboru surowców. Nie miałem ochoty zastanawiać się nad tym, z którego kubła pochodził ostatecznie surowiec na nędzną wykładzinę na moją podłogę. A potem zaśmiałem się bezgłośnie w obliczu gorzkiej ironii losu. Gdyby ten naród wtedy, we właściwym momencie, zadał sobie tylko odrobinę więcej trudu, wówczas dziś, wobec zasobów surowcowych całego Wschodu, takie zbieractwo byłoby całkowicie zbędne. Odpady wszelkiego rodzaju można by, nie zawracając sobie głowy, wrzucać do dwóch tylko pojemników, albo nawet do jednego. Nic z tego nie rozumiejąc, potrząsnąłem głową.

W dole na dziedzińcu biegały pojedyncze szczury, na zmianę z grupkami palaczy. Szczury, palacze, szczury, palacze, tak to się w kółko odbywało. Spojrzałem znów na moje skromne, wręcz ubogie biurko i tanią, względnie białą ścianę za nim. Można tam było powiesić cokolwiek, nawet orła Rzeszy z brązu, a i tak nic by nie pomogło. Człowiek niech się cieszy już z tego, że ściana nie zawali się pod własnym ciężarem.

Kiedyś miałem czterysta metrów kwadratowych powierzchni biurowej, a teraz Führer Rzeszy Wielkoniemieckiej siedział w klitce wielkości pudełka do butów. Co się stało z tym światem?

A z moją maszynistką?

Spojrzałem na zegarek. Było krótko po wpół do pierwszej.

Otworzyłem drzwi i wyjrzałem na korytarz. Nie było widać nikogo z wyjątkiem damy w średnim wieku, w garsonce. Roześmiała się, gdy mnie zobaczyła.

– Ach, to pan! Już pan robi próby? Wszyscy jesteśmy tacy ciekawi!

– Gdzie jest moja sekretarka?

Przystanęła na chwilę, żeby się zastanowić. A potem mnie poinformowała:

– To pracownica na część etatu, prawda? Wobec tego przychodzi prawdopodobnie tylko po południu. Tak koło drugiej.

– Coś podobnego! – wykrzyknąłem osłupiały. – A co ja mam robić do tego czasu?

– Nie wiem – odparła i odwróciła się ze śmiechem, żeby pójść dalej. – Może mały blitzkrieg?

– Zapamiętam to sobie! – zapowiedziałem naprawdę lodowato.

– Poważnie? – Stanęła i jeszcze raz obejrzała się na chwilę. – No to super. Ucieszę się, jeśli będzie to pan mógł wykorzystać w swoim programie! W końcu jesteśmy tu wszyscy w jednej firmie!

Wróciłem do swojego biura i zamknąłem drzwi. Na obu biurkach stała maszyna do pisania bez wałka przed postawionym tam zapewne przez pomyłkę aparatem telewizyjnym.

Postanowiłem kontynuować dokształcanie w dziedzinie telewizji, ale nigdzie nie mogłem znaleźć małego pudełeczka do obsługi. To było przykre. Sięgnąłem gniewnie po telefon, a potem opuściłem słuchawkę na widełki. Nie wiedziałem przecież nawet, z kim centrala miałaby mnie połączyć. W tym otoczeniu cała ta nowoczesna infrastruktura techniczna do niczego mi się nie przydawała. Westchnąłem, a do mojego serca na moment wkradło się trwożliwe zwątpienie. Ale tylko na chwilę. Zdecydowanie odsunąłem na bok pokusy słabości. Polityk z tego, co ma, czyni to, co najlepsze. Względnie z tego, czego nie ma, jak w tym przypadku. No cóż, w takim razie równie dobrze mogłem sobie wyjść i obserwować w tym czasie nowy naród niemiecki.

Wyszedłem na zewnątrz i rozejrzałem się. Naprzeciwko znajdował się nieduży skwerek, rosnące tam drzewa liściaste przybrały już mocno intensywne barwy jesieni. Z lewej i prawej strony do budynku firmy przylegały inne domy. Moje spojrzenie otarło się o jakąś pomyloną kobietę, która na skraju owego skwerku prowadziła na smyczy psa i właśnie zamierzała zebrać z ziemi to, co ten na niej pozostawił. Zastanowiłem się przez krótką chwilę, czy kobieta została już aby wysterylizowana, ale potem doszedłem do wniosku, że tak czy owak nie jest zbyt reprezentatywna dla Niemiec, obrałem zatem inny kierunek i na chybił trafił udałem się w lewo.

Na murze domu wisiał automat z papierosami, gdzie przypuszczalnie zaopatrywali się palacze dzielący parking ze szczurami. Minąłem go oraz kilku przechodniów. Mój mundur chyba ludziom nie przeszkadzał, co brało się zapewne stąd, że takie rzeczy zdawały się tu na porządku dziennym. Napotkałem dwóch mężczyzn w nędznej imitacji mundurów Wehrmachtu, jedną pielęgniarkę i dwóch lekarzy. To nagromadzenie poprzebieranych postaci było mi na rękę: nie cenię już tak bardzo zainteresowania, odkąd po uwolnieniu mnie z więzienia byłem wręcz prześladowany przez moich zwolenników. Trzeba ich było w najprawdziwszym znaczeniu tego słowa przechytrzać drobnymi wybiegami, żebym mógł zaznać chwili spokoju, nieniepokojony przez fotografów. Ale tu, w tym szczególnym otoczeniu, byłem poniekąd sobą, a jednak incognito, idealna sytuacja dla studiowania ludności. Bowiem w obecności Führera wielu ludzi przestaje się zachowywać naturalnie. Zawsze wtedy mówię: „Proszę nie robić sobie kłopotu z mojego powodu!", ale akurat prości ludzie oczywiście wcale się tym nie przejmują. W moim okresie monachijskim prości ludzie lgnęli do mnie wręcz jak szaleni. Tutaj nie było mi to potrzebne. Chciałem ujrzeć prawdziwego, niezafałszowanego Niemca, berlińczyka.

Kilka minut później przechodziłem obok jakiejś budowy. Mężczyźni w kaskach snuli się po niej, w zasadzie wyglądało to tak, jak pamiętałem jeszcze z moich najboleśniejszych czasów wiedeńskich, kiedy to zatrudniałem się na budowach, by zarobić na chleb powszedni. Zajrzałem ciekawie przez płot, spodziewając się, że będę mógł zobaczyć, jak rosną domy, ale najwyraźniej technika nie poczyniła tu zbyt dużych postępów. Na górnym piętrze majster sztorcował akurat jakiegoś młodzieńca, mógł to być student na praktykach, początkujący architekt, młody, pełen nadziei człowiek, jakim i ja niegdyś byłem. On także musiał się ugiąć przed nagą przemocą robotnika, bezlitosny świat dzisiejszych budów nie różnił się od tego dawnego. Co z tego, że młody człowiek zdobył wiedzę w dziedzinie lingwistyki i filozofii naturalnej, to się w ogóle nie liczyło w tym wszechświecie z cementu i stali. Ona ciągle jeszcze istniała, ta brutalna, prosta masa, musiałem ją tylko obudzić. A i jakość krwi zdawała się całkiem przydatna.

Przechadzając się dalej, mierzyłem wzrokiem napotykane twarze. Ogólnie rzecz biorąc, zmieniło się niewiele. Kroki podjęte podczas moich rządów najwyraźniej się opłaciły, nawet jeśli, jak się zdaje, nie były kontynuowane. Widziało się względnie silne wpływy wschodnie, co rusz elementy słowiańskie w twarzach, ale w Berlinie tak przecież było zawsze. Nowy był natomiast znaczny żywioł turecko-arabski na ulicach miasta. Kobiety w chustkach na głowie, starzy Turcy w marynarkach i kaszkietach. Najwyraźniej jednak nie doszło do wymieszania się krwi. Turcy, których spotykałem, wyglądali jak Turcy, nie dało się stwierdzić poprawy rasy za pomocą krwi aryjskiej, chociaż Turcy z pewnością byli tym żywotnie zainteresowani. Stanowiło dla mnie wszelako zagadkę, co Turek w tak znacznej liczbie porabiał na ulicy. Do tego jeszcze o tak niezwykłej porze dnia. Nie wyglądało to w każdym razie na importowaną służbę domową, w ogóle nie zauważało się u nich pośpiechu. Ich sposób poruszania się pozwalał raczej wyczuwać pewną ociężałość.

Z rozmyślań wyrwał mnie dzwonek. Dźwięk, jaki zazwyczaj zapowiadał w szkołach koniec lekcji czy zajęć szkolnych. Podniosłem wzrok, i rzeczywiście, niedaleko widać było budynek szkolny. Przyspieszyłem kroku i siadłem na wolnej ławce naprzeciwko gmachu. Może nadarzy się przerwa albo inna okazja, by poobserwować młodzież w większej liczbie. I w rzeczy samej, z budynku wylał się spory tłum, jednakowoż bliższa identyfikacja rodzaju szkoły okazała się kompletnie niemożliwa. Udało mi się dostrzec kilku chłopców, wyglądało jednak na to, że nie było tam dziewcząt w zbliżonym wieku. Te, które wylewały się z gmachu, albo chodziły do szkoły podstawowej, albo też znajdowały się w wieku najzupełniej rozrodczym. Możliwe, że nauka odkryła jakiś sposób, by ominąć owe deprymujące lata dojrzewania i katapultowała młodzież, zwłaszcza młode kobiety, od razu w wiek płodny. Myśl ta w gruncie rzeczy sama się nasuwała, jako że długoletnie hartowanie w młodości ma sens jedynie u mężczyzny. Spartanie w klasycznej Grecji też nie traktowali tego inaczej. Przemawiał za tym również następujący fakt: młode kobiety ubierały się wszystkie w sposób podkreślający kształty, sygnalizując jednoznacznie dążenie do wyboru partnera w celu wspólnego założenia rodziny. Jednakże, i to znowu było zadziwiające, w bardzo nielicznych wypadkach były to Niemki. Wiele wskazywało na to, że miałem przed sobą szkołę dla emigranckich uczniów tureckich. Już z nielicznych strzępków rozmów wyłaniał się zdumiewający, ba, niemal radosny obraz.

W przypadku owych tureckich uczniów mogłem faktycznie zaobserwować, że moje pryncypia zostały ewidentnie uznane za słuszne i wcielane w czyn jako dyrektywy. Młodych Turków najwyraźniej uczono tylko elementarnej znajomości języka. Poprawnej budowy zdań prawie się nie stwierdzało, przypominało to raczej jakieś zasieki językowe, poprzegradzane duchowym drutem kolczastym, rozorane granatami mentalnymi jak pola bitwy nad Sommą. Strzępy, jakie po tym pozostały, mogły wystarczyć co najwyżej do prymitywnego porozumiewania się, ale nie do organizowania oporu. Na dodatek z braku wystarczającego słownictwa większość zdań uzupełniana była zamaszystymi gestami, młodzi używali istnego języka migowego, zgodnie z moimi wyobrażeniami, tak jak to sam wymyśliłem i czego pragnąłem. Wprawdzie tylko dla Ukrainy, dla zdobycznych terytoriów rosyjskich, ale naturalnie było to równie przydatne także dla każdej innej podbitej grupy ludności. Do tego dochodził jeszcze jeden środek techniczny, coś, czego rzecz jasna nie mogłem przewidzieć: owi tureccy uczniowie musieli najwyraźniej nosić nieduże zatyczki do uszu, które miały uniemożliwiać przyswajanie niepotrzebnych dodatkowych informacji czy elementów wiedzy. Zasada była prosta i zdawała się funkcjonować niemal aż za dobrze: niektóre z tych młodych, przypominających uczniów postaci rzucały spojrzenia wyrażające takie duchowe ubóstwo, że trudno było sobie wyobrazić, jaką pożyteczną czynność mogliby kiedyś wykonywać dla społeczeństwa. Chodnika w każdym razie, jak znowu mogłem ocenić szybkim spojrzeniem, nie zamiatali ani oni, ani nikt inny.

Gdy uczniowie obu ras mnie dojrzeli, na niektórych twarzach pojawił się radosny wyraz, świadczący o tym, że mnie rozpoznali. Było całkowicie jasne, że rodowici niemieccy uczniowie znali mnie zapewne z lekcji historii, a ci pochodzenia tureckiego z czeluści aparatu telewizyjnego. I stało się to, co się musiało stać. Znowu zostałem mylnie zidentyfikowany jako „ten drugi pan Stromberger ze Switscha, naśladujący pierwszego", musiałem dać kilka autografów i pozwolić się sfotografować z różnymi uczniami. Zamieszanie nie było przesadne, ale jednak na tyle duże, że przejściowo utraciłem rozeznanie i prawie odniosłem niedorzeczne wrażenie, że uczniowie niemieccy mówią tą samą językową sieczką co tureccy. Gdy kątem oka ujrzałem kolejną pomyloną kobietę, która wręcz skrupulatnie zbierała poszczególne ekskrementy swojego psa, uznałem, że nadszedł właściwy moment, by ponownie wycofać się w ciszę i odosobnienie własnego biura.

Siedziałem może akurat z dziesięć minut przy swoim biurku i obserwowałem ostatnią zmianę warty między palaczami a szczurami, gdy otworzyły się drzwi i wszedł ktoś, kto prawdopodobnie dopiero niedawno wyrósł z owej grupy szkolnych kobiet w nieokreślonym wieku. Osoba ta nosiła jednak uderzająco czarny ubiór do swych długich, ciemnych włosów, które rozdzieliła gładko przedziałkiem z boku. I oczywiście, któż potrafiłby lepiej docenić upodobanie do ciemnego, tak jest, do czerni, niż ja, ostatecznie w SS wyglądało to zawsze bardzo szykownie. Jednak w przeciwieństwie do moich esesmanów młoda kobieta wyglądała wręcz niepokojąco blado, co rzucało się szczególnie w oczy, gdyż dla kontrastu preferowała wybitnie ciemną, prawie granatową szminkę.

– Na litość boską – powiedziałem, zrywając się z krzesła. – Źle się pani czuje? Jest pani zimno? Niech pani szybko usiądzie!

Popatrzyła na mnie, żując niewzruszenie gumę, następnie wyciągnęła za sznurki dwie zatyczki z uszu i wykrztusiła:

– Hę?

Zacząłem mieć wątpliwości w kwestii swojej teorii o tureckich zatyczkach. Młoda kobieta nie miała w sobie nic azjatyckiego, powinienem chyba kiedyś ponownie zgłębić tę kwestię. Nie sprawiała też wrażenia, że marznie, w każdym razie zsunęła z ramion czarny plecak i zdjęła czarny płaszcz. Pod spodem nosiła zwykłe ubranie, z tym zastrzeżeniem, że i ono miało kompletnie czarny kolor.

– No – powiedziała po chwili, nie wnikając w moje pytania. – Pan to chyba jest ten pan Hitler! – Wyciągnęła do mnie rękę.

Uścisnąłem ją, usiadłem z powrotem i nader zwięźle spytałem:

– A kim pani jest?

– Vera Krömeier – odpowiedziała. – Ale super. Mogę o coś pana od razu spytać? Czy to Messed Ekting?

– Słucham?

– No, to co robi też ten de Niro. I ten Pacino. Messed Ekting. Gdzie człowiek jest taki cały w środku w swojej roli?

– Widzi pani, panno Krömeier – odparłem stanowczo i podniosłem się z krzesła – nie wiem dokładnie, o czym pani mówi, ale decydujące jest przede wszystkim to, żeby pani wiedziała, o czym j a mówię, a tu...

– Tu ma pan rację. – Panna Krömeier dwoma palcami wyjęła z ust gumę. – Jest tu jakiś kosz? Przeważnie o tym zapominają. – Rozejrzała się i nie odkrywszy żadnego kosza, rzuciła „Moment", wstała, wsunęła gumę z powrotem do ust, a potem znikła. Stałem odrobinę zbędny na środku pomieszczenia. A potem szybko z powrotem usiadłem. Po chwili wróciła z pustym koszem na papiery w ręce. Odstawiła go, znów wyjęła gumę z ust i zadowolona spuściła ją do kosza.

– Tak – stwierdziła. – Tak jest lepiej. – Następnie znów odwróciła się do mnie. – No więc, jak pan to sobie wyobraża, mistrzu?

Westchnąłem. Więc ona także. Musiałem chyba zacząć wszystko od początku.

– Przede wszystkim – oznajmiłem – nie mówi się „mistrzu", tylko „wodzu". Zatem „wodzu" albo „mój wodzu", jeśli łaska. I chciałbym, żeby pani pozdrawiała przyzwoicie, gdy pani tu wchodzi!

– Pozdrawiała?

– Oczywiście Niemieckim Pozdrowieniem! Z uniesioną prawą ręką.

Jej twarz rozjaśniła się zrozumieniem, a potem panna Krömeier zerwała się na równe nogi.

– Wiedziałam. To przecież dokładnie to! Messed Ekting! Mam od razu zrobić?

Kiwnąłem potakująco głową. Wybiegła za drzwi, zamknęła je, zapukała, a słysząc moje „Proszę", wkroczyła, wyrzuciła ramię poziomo w górę i krzyknęła:

– DZIEŃ DOBRY, MÓJ WODZUU! – A potem dodała: – To trzeba tak wykrzykiwać, no nie? Widziałam kiedyś na jakimś filmie. – Następnie zamilkła przerażona i ryknęła: – CZY TO WSZYSTKO TRZEBA KRZYCZEĆ? CZY U TEGO HITLERA WSZYSCY CIĄGLE KRZYCZELI? – I wpatrując się w moją twarz, spytała znów zmartwionym, ale normalnym tonem: – Co, wszystko było znowu nie tak? Tak mi przykro! To teraz weźmie se pan kogoś innego?

– Nie – odparłem uspokajająco. – Wszystko jest jak trzeba. Nie oczekuję od żadnego towarzysza narodowego perfekcji. Oczekuję tylko, że da z siebie wszystko, każdy na swoim posterunku. A pani zdaje się być na najlepszej drodze do tego celu. Ale proszę, niech mi pani uczyni grzeczność: niech pani już nie krzyczy!

– Tak jest, mój wodzuu! – powiedziała i dodała: – Dobrze, co?

– Bardzo ładnie – pochwaliłem. – Ręka jednakże powinna być skierowana bardziej do przodu. W końcu nie melduje się pani w jakiejś wiejskiej szkółce!

– Tak jest, mój wodzuu. A teraz co robimy?

– Przede wszystkim pokaże mi pani, jak obsługuje się ten aparat telewizyjny. Następnie usunie pani aparat ze swojego biurka, w końcu nie jest pani opłacana za oglądanie telewizji. A potem potrzebujemy dla pani porządnej maszyny do pisania. Nie każdy aparat się tu nadaje, potrzebujemy czcionki antykwa cztery milimetry, i cokolwiek będzie pani dla mnie pisała, proszę pisać z odstępem między wierszami wielkości jednego centymetra. Inaczej muszę to czytać w okularach.

– Na maszynie nie umiem – powiedziała panna Krömeier. – Umiem tylko na pececie. I jak mi go pan zabierze, to nic nie zrobię. Ale, po pierwsze, na kompie można mieć każdą wielkość czcionki, jakiej panu potrzeba. A po drugie, mogę też podłączyć pana komputer.

A potem zaprezentowała mi jedną z najbardziej zadziwiających zdobyczy w dziejach ludzkości: komputer.

12

Jest niezmiennie zdumiewające, że element twórczy w Aryjczyku nie daje się poskromić. Także mnie, który wszak rozpoznałem tę zasadę już dawno, wciąż na nowo zaskakuje zgoła niezawodne potwierdzanie się jej nawet wśród najbardziej niesprzyjających okoliczności.

Naturalnie zakładając, że klimat jest sprzyjający.

Bywały ongiś te bezsprzecznie najgłupsze dyskusje, które musiałem toczyć o Germanach żyjących w zamierzchłych czasach w kniei, i nigdy nie zaprzeczałem: gdy jest zimno, Germanin nie robi nic. Może jeszcze się grzeje. Widać to po Norwegu, po Szwedzie. Toteż nie zdziwiło mnie, gdy się dowiedziałem, jaki sukces odnosi ostatnio Szwed ze swymi meblami. Szwed w tym swoim żałosnym państwie i tak zresztą cały czas zajęty jest poszukiwaniem drewna na opał, nie dziwi zatem, że czasem wyjdzie mu przy okazji jakieś krzesło czy stół. Albo tak zwany system społeczny, który kilku milionom pasożytów dostarcza bezpłatnie ogrzewanie do ich bloków mieszkalnych, co zresztą prowadzi tylko do dalszej zniewieściałości i dziedzicznej gnuśności. Nie, Szwed obok Szwajcara ukazuje to, co w Germaninie najgorsze, ale tak się przecież dzieje – i nie wolno o tym zapominać – z bardzo prostej przyczyny: z powodu klimatu. Lecz gdy tylko Germanin pojedzie na Południe, budzi się w nim niezawodnie kreatywność, wola tworzenia, wtedy buduje Akropol w Atenach, Alhambrę w Hiszpanii, piramidy w Egipcie, to wszystko jest znane, tyle że nazbyt często w swej oczywistości traci się to z pola widzenia, i co poniektórzy wśród tych budowli nie widzą Aryjczyka. A w Ameryce naturalnie odbywa się to samo: bez emigrantów niemieckich Amerykanin byłby niczym, zawsze ubolewałem nad tym, że wtedy nie można było dać tym wszystkim Niemcom własnej niwy i przez to na początku dwudziestego wieku utraciliśmy na rzecz Ameryki setki tysięcy wychodźców. To dziwne, jak chciałbym zaznaczyć, gdyż tylko nieliczni spośród nich stali się tam chłopami, wobec czego równie dobrze mogli właściwie zostać tu. Ale większość myślała najpewniej, że kraj jest tam większy, i że za jakiś czas zostanie im przydzielone własne gospodarstwo, a tymczasem naturalnie musieli zarabiać na chleb inaczej. Ci ludzie imali się więc różnych zawodów, drobnych zajęć rzemieślniczych, powiedzmy jako szewcy czy cieśle, czy też coś w fizyce atomowej, co tam się akurat nadarzyło. A taki Douglas Engelbart: jego ojciec wywędrował już do Waszyngtonu, to bardziej na południu, niż się powszechnie uważa, ale młody Engelbart jedzie potem nawet do Kalifornii, co jest j e s z c z e bardziej na południu, a jego germańska krew burzy się w tym cieple, i błyskawicznie wymyśla on ten aparacik z myszą.

No więc: fantastycznie.

Muszę powiedzieć, że nigdy nie rozumiałem za wiele z tego komputera. Coś niecoś przy okazji docierało do mnie z tego, co Zuse tam majstrował, zdaje mi się, że finansowało to jakieś ministerium, ale wszystko razem było raczej zajęciem dla profesorków w okularach. Na potrzeby frontu zbyt nieporęczne, nie chciałbym widzieć tego Zusego, jak brnie ze swoim szafiastym mózgiem elektronowym w bagnach Prypeci. Albo w akcji spadochroniarzy na Krecie, facet by spadał jak kamień, trzeba by mu było dodać własny szybowiec ciężarowy, i na co to wszystko? W gruncie rzeczy było to tylko takie lepsze liczenie w pamięci, o Schachcie można powiedzieć różne rzeczy, ale to, czego dokonywał ten aparat, Schacht policzyłby w ciągu siedemdziesięciu dwóch godzin pod ogniem nieprzyjaciela, na pół śpiąc, jeszcze sobie przy okazji smarując komiśny chleb. Toteż z początku się wzbraniałem, gdy panna Krömeier przysunęła mnie do owego ekranu.

– Nie muszę znać tych aparatów – powiedziałem. – W końcu to pani jest tu sekretarką!

– Dlatego niech pan tu teraz usiądzie, mój wodzuu – powiedziała na to panna Krömeier, pamiętam, jakby to było wczoraj – gdyż inaczej potem będzie tylko ciągle „Niech pani pomoże z tym" i „Niech pani pomoże z tamtym!", a ja już w ogóle nie będę się mogła zabrać do mojej własnej roboty.

Właściwie nie toleruję takiego tonu, ale ten niemalże obcesowy sposób bycia przypomniał mi żywo, jak ongiś Adolf Müller uczył mnie jeździć samochodem. To było zaraz po tym, gdy jednemu mojemu szoferowi odpadło w czasie jazdy koło, i wtedy Müller, muszę powiedzieć, ostro mnie zbeształ. Mniej mu chyba chodziło o sprawy narodowe, a bardziej o swój strach, że kiedy ja skręcę sobie kark, to on straci zlecenie na druk „Völkischer Beobachter", bo Müller nie był przecież żadnym instruktorem jazdy, przede wszystkim był zawsze człowiekiem interesu. Chociaż może jestem dla niego niesprawiedliwy – jak dowiedziałem się obecnie, tuż po zakończeniu wojny ponoć się zastrzelił, a samobójstwem w końcu niczego się nie zyskuje. W każdym razie zabrał mnie wtedy swoim samochodem, żebym zobaczył, jak należy prawidłowo jeździć, albo, jak w moim przypadku, na co trzeba uważać u szofera. To była nadzwyczaj cenna lekcja, tyle co od Müllera, nie nauczyłem się przez całe lata od żadnego profesora. W ogóle chciałbym tu podkreślić, że jak najbardziej pozwalam innym ludziom zwracać sobie uwagę, w każdym razie, jeśli nie są to akurat ci tradycyjni kretyni ze sztabu generalnego. Prowadzić samochód niektórzy ludzie z pewnością potrafią lepiej niż ja, ale o tym, czy wyprostować linię frontu, albo jak długo należy stawiać opór w kotle, o tym ciągle jeszcze decyduję ja, a nie jakiś tam pan Paulus, którego akurat obleciał strach.

Kiedy tylko o tym pomyślę!

No cóż, następnym razem.

W każdym razie ze względu na różne reminiscencje zgłosiłem gotowość wysłuchania wywodów panny Krömeier i muszę powiedzieć: warto było. Odstraszała mnie przede wszystkim ta maszyna do pisania. Nigdy nie chciałem zostać buchalterem ani urzędasem, a moje dotychczasowe książki też zawsze dyktowałem. Jeszcze by tego brakowało, żebym coś wystukiwał jak jakiś tępy oberwaniec w lokalnym piśmidle, no ale potem pojawił się ten cud niemieckiej wynalazczości, potem pojawił się ten mysi aparacik.

Rzadko kiedy wynajdowano coś tak genialnego.

Jeździ się tym po stole, i dokładnie tak, jak to posuwa się po blacie, na ekranie jeździ mała rączka. A kiedy chce się dotknąć jakiegoś miejsca na tym kineskopie, wtedy naciska się na tę mysz, i mała rączka już jest na potrzebnym miejscu.

To dziecinnie proste, byłem wręcz zafascynowany. Niemniej ten cały komputer pozostałby oczywiście jedynie beztroską zabawą, gdyby służył tylko do ułatwienia jakichś prac biurowych. Okazało się jednak, że ów aparat stanowił zdumiewającą formę mieszaną.

Można było na tym pisać, ale można też było przez sieć przewodów nawiązać łączność ze wszystkimi osobami i instytucjami, które również zgłosiły taką gotowość. W dodatku – inaczej niż w aparacie telefonicznym – wielu uczestników wcale nie musiało siedzieć osobiście przed swoimi komputerami, wystarczyło, że po prostu zostawią w nim różne rzeczy, tak że podczas ich nieobecności można mieć do nich dostęp, wszyscy sklepikarze tak robili. Co mnie jednak szczególnie ucieszyło, to fakt, że dostępne tam były gazety, czasopisma, tak, wszelkie źródła wiedzy, jakie tylko istnieją. To było jak gigantyczna biblioteka z nieograniczonymi godzinami otwarcia. Jakże mi tego brakowało! Jakże często po ciężkim dniu wypełnionym decyzjami wojskowymi rano o drugiej chciałem sobie jeszcze trochę poczytać. Oczywiście, poczciwy Bormann robił, co mógł, ale ile książek może załatwić sam jeden prosty Reichsleiter? Do tego w Wilczym Szańcu miejsce też było ograniczone. Ta cudowna technologia, zwana „Internec", oferowała natomiast po prostu wszystko o każdej porze dnia i nocy. Trzeba było tylko poszukać tego w urządzeniu o nazwie „Google" i dotknąć wynik owym wspaniałym mysim aparacikiem. Po krótkim czasie stwierdziłem, że tak czy siak zawsze lądowałem na tym samym adresie: pragermańskim leksykonie o nazwie Wikipedia, bez trudu rozpoznawalnym jako słowo utworzone z encyklopedii i starogermańskiego rodu badaczy-wikingów.

To był projekt, na którego widok z oczu niemal trysnęły mi łzy.

Tu rzeczywiście raz wreszcie nikt nie myślał o sobie. Z prawdziwym oddaniem i poświęceniem niezliczone rzesze ludzi gromadziły tam dla dobra narodu niemieckiego wszelką możliwą wiedzę, nie żądając za to ani grosza. To było coś w rodzaju „Akcji Pomocy Zimowej" w dziedzinie wiedzy, ukazującej, że także w okresie nieistnienia partii nazistowskiej naród niemiecki instynktownie wspomagał samego siebie. Naturalnie, jeśli chodzi o specjalistyczną wiedzę takich bezinteresownych towarzyszy narodowych, trzeba było niekiedy zaakceptować pewne niedociągnięcia.

Tak więc, by wymienić jeden tylko przykład, z rozbawieniem przyjąłem do wiadomości, że mój wicekanclerz von Papen twierdził w roku 1932, iż po objęciu przeze mnie władzy w ciągu dwóch miesięcy przyprą mnie do muru, aż będę piszczał. W tym samym Internecie można też jednak było przeczytać, że von Papen zamyślał dokonać tego nie w ciągu dwóch, lecz trzech miesięcy, a raz, że miało to być sześć tygodni. Znowu według wielu innych relacji nie zamierzał przypierać mnie do muru, lecz zapędzić w róg. Albo też w kozi róg. Ewentualnie miałem zostać nie przyparty, lecz przyciśnięty, a celem miało być nie piszczenie, lecz kwiczenie. Ostatecznie niedoświadczony czytelnik musiał to sobie najpewniej sam wytłumaczyć w ten sposób, że von Papen w okresie od sześciu do dwunastu tygodni zamierzał mnie w jakiś sposób przycisnąć, aż wydam z siebie jakiś dowolnie wysoki dźwięk. Co w ostatecznym rozrachunku ciągle jeszcze było zadziwiająco bliskie rzeczywistym intencjom tego samozwańczego stratega.

– Ma pan już jakiś adres? – spytała panna Krömeier.

– Mieszkam w hotelu – powiedziałem.

– Do e-maili. Poczty elektronicznej.

– To też niech pani przesyła do hotelu!

– Czyli nie – stwierdziła i wstukała coś w swoim komputerze. – Pod jakim nazwiskiem mam pana wklepać?

Popatrzyłem na nią surowo, ze zmarszczonym czołem.

– Pod jakim nazwiskiem, mój wodzuu?

– Pod moim – powiedziałem. – To oczywiste!

– To chyba będzie trudne – rzekła i wstukała coś.

– A co ma być w tym trudnego? – zapytałem. – A na jakie nazwisko otrzymuje pani swoją korespondencję?

– Na Vulcania 17 et web De Ee – powiedziała. – No i już wszystko jasne: pana nazwisko jest zakazane.

– Słucham?

– Mogę jeszcze spróbować z innymi operatorami poczty, ale dużo to nie zmieni. A jak nie jest zakazane, to któryś z tych wariatów już to sobie zaklepał.

– Co to znaczy, zaklepał? – spytałem wyprowadzony z równowagi. – To oczywiste, że więcej ludzi może się nazywać Adolf Hitler. W końcu wiele osób nazywa się Hans Müller. Poczta też przecież nie twierdzi, że tylko jeden człowiek ma prawo nazywać się Hans Müller. Nie można sobie przecież zarezerwować nazwiska!

Popatrzyła na mnie lekko poirytowana, a potem trochę tak, jak ja nieraz patrzyłem wcześniej na sędziwego prezydenta Rzeszy, Hindenburga.

– Każdy adres występuje tylko jeden raz – powiedziała zdecydowanie, ale tak wolno, jakby istniała obawa, że inaczej nie zdołam nadążyć za jej wywodami. Potem stukała dalej. –

No to mamy: Adolf kropka Hitler zajęty – powiedziała. – Adolfhitler razem też i Adolf podkreska Hitler tak samo.

– Jak to, podkreska? Co za podkreska? – dopytywałem się – Jeśli już, to nadkreska! – Ale panna Krömeier już stukała dalej.

– To samo dotyczy AHitler i A kropka Hitler – meldowała, pisząc. – Sam Hitler i sam Adolf też.

– No to trzeba im to po prostu zabrać – powiedziałem hardo.

– Tu się niczego nie zabiera – odparła rozdrażniona.

– Bormann by potrafił! Inaczej nie dostalibyśmy tych wszystkich domów na Obersalzbergu. A może pani myśli, że przedtem były zupełnie niezamieszkane? Oczywiście, że mieszkali tam ludzie, ale Bormann miał po prostu swoje metody...

– Woli pan, żeby ten pan Bormann zajął się pana adresem mailowym? – spytała panna Krömeier, zmartwiona i nieco urażona.

– Niestety, chwilowo nie wiadomo, gdzie on się podziewa – przyznałem, i aby oddział nie upadał na duchu, dodałem: – Jestem pewny, że robi to pani najlepiej, jak potrafi.

– No dobra, to próbuję dalej, jeśli dla pana jest okej – powiedziała. – Kiedy ma pan urodziny?

– Dwudziestego kwietnia tysiąc osiemset osiemdziesiątego dziewiątego.

– Hitler89 też już zajęty, Hitler 204 – nie, z pana nazwiskiem to beznadziejne.

– Bezczelność! – rzekłem.

– A jakby pan sobie wybrał inne nazwisko? Ja w końcu też nie nazywam się Vulcania 17.

– Ale to przecież potworne! Nie jestem jakimś pajacem!

– Tak to właśnie działa w Internecie. Kto pierwszy, ten lepszy. Może pan też wybrać coś symbolicznego!

– Jakiś pseudonim?

– No, coś takiego.

– No to... niech pani weźmie Wolf – powiedziałem z niechęcią.

– Samo Wolf? To już na pewno jest zajęte. To za proste.

– No to, niech będzie, po prostu Wolfs...schanze!

Wstukała coś.

– Zajęte. Może pan mieć Wolfsschanze 6.

– Ja przecież nie jestem żaden Wolfsschanze 6!

– Niech pan zaczeka, co my tu jeszcze mamy? Jak to się nazywało: Obersalzbach?

– Berg! Obersalzberg!

Postukała w klawisze. Potem powiedziała:

– Ojej, Obersalzberg 6 też pan pewnie nie chce mieć, co? – I nie czekając na odpowiedź, kontynuowała: – Spróbuję z Kancelarią Rzeszy. To w końcu coś dla pana. I... może pan dostać Kancelaria Rzeszy I.

– Kancelaria Rzeszy nie – rzekłem. – Niech pani spróbuje „Nowa Kancelaria Rzeszy". Tę przynajmniej lubiłem.

Znowu postukała w klawisze.

– Bingo – powiedziała. – Może być. – Potem spojrzała na mnie.

Zdaje się, że przez tę jedną krótką chwilę wyglądałem na przybitego, w każdym razie poczuła się w obowiązku powiedzieć pocieszającym, wręcz matczynym tonem:

– Niech pan tak nie patrzy! Będzie pan dostawał swoją pocztę do Nowej Kancelarii Rzeszy. W końcu brzmi całkiem nieźle! – Przerwała na chwilę, potrząsnęła głową i dodała: – Jeśli wolno mi coś powiedzieć, no więc: robi to pan po prostu fantastycznie! Niesamowicie przekonująco! Naprawdę muszę się pilnować, żeby nie pomyśleć, że pan tam rzeczywiście kiedyś mieszkał.

Przez chwilę nikt z nas nic nie mówił, podczas gdy ona wpisywała jeszcze coś do komputera.

– Kto właściwie to wszystko nadzoruje? – zapytałem w pewnym momencie. – No bo przecież Ministerstwo Propagandy Rzeszy już nie istnieje.

– Nikt – odpowiedziała. A potem ostrożnie dodała: – Ale... pan to przecież wie, czy jak? Tak to działa, no nie? Znaczy, że muszę to panu wszystko objaśniać, jakby się pan tu zjawił wczoraj nie wiadomo skąd?

– Nie jestem pani winien żadnych wyjaśnień – powiedziałem trochę bardziej szorstko, niż zamierzałem. – Proszę odpowiedzieć na moje pytanie!

– Nie – odparła, wzdychając. – To wszystko hula bez specjalnych regulacji, mój wodzuu. Nie jesteśmy w Chinach. Tam to mają cenzurę!

– Dobrze wiedzieć – odrzekłem.

13

Byłem szczęśliwy, że nie musiałem być świadkiem tego, jak po wojnie zwycięskie mocarstwa podzieliły Rzeszę między siebie. Gdybym przy tym był, to ten widok po prostu rozdarłby mi serce. Z drugiej strony trzeba też jednak powiedzieć, że w obliczu sytuacji, w jakiej znajdował się wtedy kraj, to i tak nie miało znaczenia – jak w powiedzeniu: od tego kapusta nie zrobiła się bardziej tłusta. Zwłaszcza że kapustę, jak zaczerpnąłem z dokumentów – aczkolwiek niewątpliwie podkoloryzowanych propagandowo – też posiadano w znikomych ilościach. Zima roku 1946 była ponoć ogólnie niewesoła. Przyjrzawszy się sprawie uważniej, nie potrafię znaleźć w tym nic złego: zgodnie ze starym spartańskim ideałem wychowania bezlitosna surowość wydaje ciągle jeszcze najsilniejsze dzieci i narody, a głodowa zima, która wbija się nieubłaganie w pamięć jakiegoś narodu, tym skuteczniej sprawi, że ludzie na przyszłość dobrze się zastanowią, nim przegrają kolejną wojnę.

Jeśli wolno mi wierzyć demokratycznym dziejopisom, to po moim odejściu z aktywnej polityki z końcem kwietnia 1945 roku walczono jeszcze tylko ledwie jeden nędzny tydzień. To niedopuszczalne. Opór Wehrwolfu został przez Dönitza wstrzymany, a sprawione wielkim kosztem systemy bunkrów Bormanna w ogóle nie zostały właściwie użyte.

Zgoda, z tym, że Rosjanin zaleje Berlin nawałą swoich ludzi, bez względu na to, ile ofiar to pochłonie, rzecz jasna cały czas należało się liczyć. Ale muszę wyznać, że z pewną radosną nadzieją szukałem w dokumentach informacji o tym, jaka przykra niespodzianka spotkała tych zarozumiałych Amerykanów, a tu, ku swemu najgłębszemu rozczarowaniu, musiałem stwierdzić: nie wydarzyło się nic.

Tragedia.

Kolejny raz potwierdziło się to, co zapisałem już w roku 1924: że pod koniec wojny najwartościowsze elementy narodu giną ofiarnie na froncie, a na miejscu pozostaje tylko wybrakowany, przeciętny i pośledni towar, który naturalnie uważa, że go zbyt szkoda albo, paradoksalnie, jest za subtelny na to, by z podziemia zgotować Amerykaninowi porządną krwawą łaźnię.

I przyznaję także: w tym miejscu moich rozważań zrobiłem sobie adnotację. To naprawdę ciekawe, jak człowiek z pewnego dystansu potrafi spojrzeć na sprawy w zupełnie nowy sposób. Po tym, gdy sam zwróciłem uwagę na okoliczność przedwczesnej śmierci najlepszych elementów narodu, rzeczywiście dziwne było, jak mogłem zakładać, że w tej wojnie miałoby być inaczej. Zanotowałem więc sumiennie: „Następna wojna: na początek pośledni!". Później, gdy przeszło mi przez myśl, że początkowa ofensywa poślednich elementów może nie przynieść spodziewanych sukcesów, skorygowałem wpis: „Najpierw przeciętni", a następnie: „Najpierw najlepsi, potem w porę wymienić na przeciętnych i ew. poślednich", by jednak po chwili znowu dopisać: „Dodać też wystarczająco dużo dobrych i bardzo dobrych". Ostatecznie wszystko przekreśliłem, zanotowałem: „W lepszy sposób przydzielać dobrych, średnich i poślednich!" i odsunąłem rozwiązanie problemu na później. Wbrew małodusznym przypuszczeniom Führer nie zawsze musi znać właściwą odpowiedź natychmiast, musi ją tylko mieć na podorędziu we właściwym momencie, w tym wypadku, powiedzmy, tak, by zdążyć do wybuchu następnej wojny.

Dalszy przebieg wydarzeń po żałosnej kapitulacji nieudolnego Dönitza zaskakiwał jedynie do pewnego stopnia. Alianci faktycznie pokłócili się nad łupem tak, jak to przewidziałem, w tym wszystkim jednakże nie zapomnieli niestety o podziale tegoż. Rosjanin zachował swoją część Polski, za to Polakowi podarował wielkodusznie Śląsk, Austria pod rządami paru socjaldemokratów ratowała się ucieczką w neutralność. W szczątkowych Niemczech, pozorując niby-wybory, zainstalowano mniej lub bardziej umiarkowanie zakamuflowane marionetkowe reżimy pod przywództwem takich indywiduów, jak byli więźniowie kryminalni Adenauer i Honecker, tłusty wróżbita od gospodarki Erhardt czy – to też specjalnie nie zaskakuje – Kiesinger, jeden z tych chwiejnych typków, którzy w 1933 roku zdążyli jeszcze szybko wstąpić do partii. Muszę powiedzieć, że odczułem pewną satysfakcję, iż tę chorągiewkę na wietrze przekonań właśnie to wstąpienie w ostatniej chwili do partii przyprawiło o zgubę.

Naturalnie zwycięskie mocarstwa doprowadziły do skutku swój stary plan zaszczepienia Niemcom zupełnie przesadnego federalizmu, aby zagwarantować nieustające kłótnie w łonie narodu. Powstały liczne tak zwane kraje związkowe, które naturalnie z miejsca zaczęły się nawzajem wtrącać do wszelkich swoich spraw i podważały wszystko, co kompletnie nieudolny parlament federalny wydawał z siebie w postaci uchwał. W przypadku mojej ukochanej Bawarii to posunięcie wywarło wręcz najbardziej absurdalny i trwały skutek. Tu, gdzie kładłem niegdyś podwaliny mojego Ruchu, z upodobaniem czczono najgłupszych osiłków, którzy swą świętoszkowatą bigoterię i nieustającą sprzedajność usiłowali ukryć za wznoszeniem i wychylaniem litrowych kufli, i u których okazjonalne wizyty w burdelach były jeszcze rzeczą najuczciwszą.

Na północy kraju rozpanoszyła się natomiast socjaldemokracja, która rozbudowała swój obszar władzy niczym jakąś potężną socjalromantyczną twierdzę i na ten cel do woli marnotrawiła majątek narodowy. Pozostałe persony tej republiki były, jak mi się zdaje, wszystkie bez wyjątku równie nieciekawe: pospolite gaduły parlamentarne, komedianci polityczni, spośród których, tak jak po pierwszej wojnie światowej, najbardziej odrażające typy w największym pośpiechu powoływano na urząd kanclerza. Było też chyba szczególnym „żartem" losu, że spośród tych duchowych mikrobów wybrał akurat najbardziej topornego i ciastowatego, by cisnąć mu na rozłożyste łono tak zwane zjednoczenie.

Przy owym rzekomym „zjednoczeniu" chodziło, muszę przyznać, o jedno z nielicznych pierwszorzędnych kłamstw propagandowych tej republiki. Do prawdziwego zjednoczenia brakowało bowiem kilku nader istotnych elementów, jak właśnie ów sprezentowany Polakom Śląsk, ale także Alzacja i Lotaryngia czy Austria. Miernotę owych aktorzyn odgrywających rząd można ocenić już choćby po tym, że od słabnącego Rosjanina udało im się wycyganić ledwie parę kompletnie zrujnowanych kilometrów kwadratowych, natomiast dobrze prosperującego regionu, który naprawdę popchnąłby kraj naprzód, od odwiecznego francuskiego wroga już nie uzyskali.

Jednak im większe kłamstwo, tym skwapliwiej ludzie w nie wierzą. W podzięce za swój heroiczny czyn „zjednoczeniowy" ów pseudokanclerz miał prawo przez szesnaście lat „rządzić" krajem, cztery lata dłużej niż ja. Niesłychane. A przy tym ten człowiek wyglądał przecież jak Göring po zażyciu dwóch kwintali weronalu. Już sam jego widok był porażający. Przez piętnaście lat pracowałem nad wizerunkiem silnej partii, a teraz przyszło mi czytać, że tym krajem równie dobrze można było zarządzać w udzierganym na drutach swetrze. Mogłem się tylko cieszyć, że Goebbels tego nie dożył. Biedny człowiek w białej gorączce przewracałby się w grobie, aż nad niemiecką ziemią zaczęłoby się dymić.

Odwieczny francuski wróg przemienił się tymczasem w naszego najbliższego przyjaciela. Przy każdej okazji pajace kierujący państwem padali sobie w objęcia i przysięgali, że nigdy więcej nie będą ze sobą walczyć jak prawdziwi mężczyźni. Niezłomna po temu wola scementowana została w sojuszu europejskim, podobnym bandzie, jaką niekiedy zakładają uczniaki. Ta banda spędzała następnie czas na kłóceniu się o to, kto akurat ma być przywódcą i kto ile ma przynieść cukierków. Wschodnia część kontynentu próbowała tymczasem naśladować część zachodnią w jej błazenadzie, chociaż z pewną różnicą: tutaj zupełnie nie dochodziło do kłótni, gdyż jedynym celem było to, by z wywieszonym ozorem uganiać się za bolszewickimi despotami. Gdy czytałem takie rzeczy, robiło mi się tak niedobrze, że wielokrotnie zastanawiałem się, czy nie zwymiotować. Ale ostatecznie nie miałem na to ochoty.

To, że na Zachodzie w ogóle można się było oddawać infantylnym przeważnie kłótniom, miało swoją przyczynę w fakcie, że o ważniejsze sprawy troszczyło się amerykańskie żydostwo finansowe, które tam nieprzerwanie rządziło. Z resztek niemieckiej masy upadłościowej zabezpieczyło ono sobie usługi tego słabeusza, sturmbahnführera Wernhera von Brauna, dla mnie od dawien dawna podejrzanego oportunisty, który też zgodnie z oczekiwaniami natychmiast gotów był zaprzedać swą wiedzę, uzyskaną przy produkcji naszej V2 temu, kto oferował najwięcej. Jego rakiety zabezpieczały transport amerykańskiej broni służącej do zniszczenia świata i tym samym do panowania nad światem, co – rzecz wprawiająca w konsternację – w ciągu niecałych czterdziestu pięciu lat doprowadziło do bankructwa modelu żydowsko-bolszewickiego na Wschodzie. A ja nie kryję, że z początku mocno mnie to zbiło z tropu.

Jaka kuglarska sztuczka mogła się za tym kryć?

Od kiedy to Żyd rujnował Żyda?

Ta zagadka musiała na razie pozostać nierozwiązana. Pewne było jedno: w następstwie zlikwidowania bolszewickiego systemu władzy marionetkowemu reżimowi niemieckiemu wręczono traktat pokojowy i niepodległość. Rzecz jasna, bez własnej broni rakietowej nie mogło być mowy o prawdziwej niepodległości. Przeciwnie, rządy wszelkiej maści nie podejmowały starań o solidne zbrojenia, lecz o głębsze uwikłanie w europejskie swary, co radykalnie upraszczało politykę zagraniczną; w gruncie rzeczy konieczność uwzględniania dziesiątków uwarunkowań dyktowała, co należy robić, równie dobrze można było powierzyć ten urząd pięciolatkowi.

Istotą jedynej, dominującej ideologii była niczym niepohamowana ekspansja infantylnego sojuszu, co doprowadziło do tego, że praktycznie każdy mógł być jego członkiem, nawet najsłabiej rozwinięci zasiedleńcy peryferii Europy. Jeśli jednak każdy może być w tym samym stowarzyszeniu, to członkostwo przestaje być czymś szczególnym. Kto chciałby zatem poszukiwać korzyści dla siebie przez członkostwo w takim stowarzyszeniu, ten musi wewnątrz owego związku utworzyć nowy. Takie właśnie dążenia zgodnie z oczekiwaniami istniały i tu, silniejsi przemyśliwali już, jak by się tu połączyć we własnym klubie albo wyrzucić najsłabszych, co rzecz jasna doprowadziłoby pierwotny związek całkowicie *ad absurdum*.

Prawdziwie wstrząsająca okazała się jednak niemiecka teraźniejszość. Na czele kraju stała nieforemna kobieta z optymistyczną charyzmą wierzby płaczącej, która zdyskredytowała się już choćby przez to, że przez trzydzieści sześć lat uczestniczyła we wschodnioniemieckim koszmarze bolszewickim, a jej otoczenie przez cały ten czas nie zauważyło u niej żadnych objawów złego samopoczucia. Połączyła się z towarzyskimi pijusami z Bawarii, żałosną, jak mi się zdało, kopią narodowego socjalizmu, która niedowarzone, niby to socjalne elementy, zamiast przekonaniami narodowymi, garnirowała znaną dobrze arcypapieską uległością wobec Watykanu elementów centrowych z dawnych czasów. Kolejne luki w programie zatykano strzelcami górskimi i orkiestrą dętą. To było tak żałosne, że miało się ochotę rąbnąć w szeregi tej zakłamanej bandy.

Ponieważ jednak i to nie wystarczało do działalności rządowej, kobieta ze Wschodu dobrała sobie jeszcze jedno ugrupowanie, składające się z bezradnych, zdezorientowanych młodzieńców, a ci w charakterze maskotki trzymali sobie ministra spraw zagranicznych, który do niczego się nie nadawał. Wszystkim tym członkom partii młodzieńców właściwe było to, że przy każdym ruchu ze wszystkich porów tryskała z nich niepewność i brak doświadczenia. Żaden człowiek na świecie nie powierzyłby takim tchórzliwym indywiduom nawet pudełka pinezek, gdyby istniał choć cień alternatywy. Ale tu jej nie było.

Na widok socjaldemokracji łzy napływały mi do oczu, kiedy sobie na przykład wspomniałem takiego choćby Ottona Welsa, takiego Paula Löbe. Bez dwóch zdań, to byli zdrajcy ojczyzny, szubrawcy, to nie ulega kwestii, ale jednak szubrawcy z jakimś formatem. Dzisiaj niemiecką socjaldemokracją kierowała jakaś natrętna, trzęsąca się galareta i zaściankowa pularda. A kto szukał spełnienia swoich nadziei jeszcze bardziej na lewo, ten czuł się już wręcz bez reszty zdradzony. Nie było tam nikogo, kto by wiedział, jak roztrzaskiwać kufel na czaszce przeciwnika politycznego, a na dodatek kierownik tego chlewu bardziej się bał o lakier swojego sportowego samochodu niż o bolączki swych stronników.

Jedynym jasnym promykiem w całym tym demokratycznym bezhołowiu była dziwaczna partia, która nazywała się Zieloni. Naturalnie i tam trafiały się kompletnie oderwane od rzeczywistości, pacyfistyczne ofermy, ale nawet nasz ruch musiał w 1934 roku odepchnąć od siebie swoje SA, przykra, ale konieczna rzecz, przy której z pewnością nie okryliśmy się chwałą. Nie, tym, co wydało mi się u tych Zielonych w miarę pocieszające, był fakt, że mieli w swym programie element, o którego istnieniu NSDAP wówczas nie mogła wiedzieć, a którego uwzględnienie uważałem jednak za całkiem niezłe. Po wojnie wskutek potężnej industrializacji i motoryzacji doszło do znacznych szkód w kraju, powietrzu, glebie, ludziach. I oto ochronie niemieckiego środowiska poświęcili się właśnie owi Zieloni, na przykład ochronie tak przeze mnie umiłowanego bawarskiego świata gór, w którym niemiecki las także jednak bardzo, jak widać, ucierpiał. Bzdurą był oczywiście sprzeciw wobec mającej nadzwyczajne możliwości broni atomowej, przykre było w dwójnasób, że obecnie za przyczyną paru incydentów japońskich wszystkie nieomal partie postanowiły z niej zrezygnować – i tym samym utracić dostęp do dającego się wykorzystać w celach militarnych materiału rozszczepialnego. Ale pod względem militarnym tę republikę i tak można było zignorować.

Wszyscy owi polityczni nieudacznicy przez dziesięciolecia doprowadzili do stanu, w którym najlepsza armia świata do tego stopnia podupadła i zeszła na psy, że człowiek miałby ochotę postawić ich wszystkich bez wyjątku pod ścianą. Owszem, sam głosiłem niestrudzenie, że nie wolno nigdy całkowicie załatwić Wschodu, że musi tam zawsze tlić się pewien konflikt, że zdrowy naród co dwadzieścia pięć lat potrzebuje wojny dla odnowy krwi. Ale to, co zaszło w tym Afganistanie, to nie był żaden hartujący wojsko, nieustający konflikt, to była kompletna kpina. Te wzorowe liczby ofiar wcale nie brały się – jak początkowo sądziłem – z miażdżącej przewagi technicznej, lecz stąd, że posłano tam po prostu jedynie garstkę ludzi. Pod względem militarnym, to było jasne już na pierwszy rzut oka, wszystko wydawało się wątpliwe, liczebność wysłanych oddziałów obliczana była też nie pod kątem wyznaczonego celu, lecz zgodnie z najlepszą manierą parlamentarną pod kątem tego, żeby ani wśród ludności, ani wśród „sprzymierzeńców" nie pojawił się cień niezadowolenia. Jak łatwo przewidzieć, żadnego z tych celów, rzecz jasna, nie osiągnięto. Jedynym efektem było to, że bohaterska śmierć, najszlachetniejszy kres żołnierskiego żywota, praktycznie się już nie zdarzała. Odprawiano nabożeństwa żałobne, gdy stosowniejsze byłoby wszak radosne świętowanie; obecnie naród niemiecki uważał za rzecz najnormalniejszą pod słońcem, że żołnierze powracali z frontu, najlepiej jeszcze cali i zdrowi!

Naprawdę pocieszające było tylko jedno: niemiecki Żyd także po sześćdziesięciu latach był trwale zdziesiątkowany. Doliczono się jeszcze tylko około stu tysięcy, to zaledwie jedna piąta zasobów z 1933 roku – ubolewanie z tego powodu było umiarkowane, co wydawało się logiczne, ale niekoniecznie spodziewane. Wobec wrzasku, jaki wywołało choćby znikanie niemieckiego lasu, można się tu wszak było spodziewać także czegoś w rodzaju „ponownego zalesiania" Semitów. Jednakże osiedlanie ich na nowo oraz tak przecież ulubione w innych dziedzinach, zwłaszcza w przypadku budynków (drezdeński Kościół Marii Panny, Opera Sempera i inne), uwarunkowane sentymentami odtwarzanie dawnego stanu tu wedle mojej wiedzy nie nastąpiło.

Bez wątpienia utworzenie państwa Izrael przyniosło w tej kwestii pewne odciążenie, nader logicznie umieszczono też to państwo pośród narodów arabskich, tak że wszyscy zainteresowani będą mieli zagwarantowane zajęcie na dziesiątki i setki lat. Skutkiem – niewątpliwie nieplanowanym – zniknięcia Żydów był dodatkowo tak zwany cud gospodarczy. Demokratyczne dziejopisarstwo przypisywało to naturalnie temu tłustemu Erhardowi i jego angloamerykańskim sługusom, jednakże każdy normalny człowiek mógł zobaczyć, że ów dobrobyt idzie ręka w rękę ze zniknięciem żydowskich pasożytów. Kto ciągle jeszcze nie chciał w to uwierzyć, temu wystarczyło tylko zerknąć na wschodnią część kraju, gdzie – szczyt idiotyzmu – przez dziesięciolecia specjalnie importowano bolszewika i jego żydowskie teorie.

Równie dobrze można by pozwolić rządzić hordzie zdegenerowanych małp, poradziłyby sobie lepiej. Tak zwane zjednoczenie nic w tym względzie nie poprawiło, co najwyżej miało się wrażenie, że jedne małpy zastąpiono drugimi. Istniała milionowa armia bezrobotnych i niemy gniew wśród ludności, niezadowolenie z panującej sytuacji, które przypominało mi rok 1930, tyle że wtedy nie istniało jeszcze to nader trafne określenie „zniechęcenie polityką" – znaczyło ono, że nie można bez końca zwodzić takiego narodu jak niemiecki.

Wyrażając się inaczej: wszystko razem wziąwszy, moje położenie było idealne. Tak znakomite, że z miejsca postanowiłem dokładniej sprawdzić sytuację za granicą. Niestety, zostałem od tego powstrzymany pilną wiadomością. Ktoś nieznany zwrócił się do mnie z jakimś problemem militarnym, a ponieważ obecnie nie kierowałem wszak państwem, zatem w nagłym odruchu postanowiłem wesprzeć owego członka wspólnoty narodowej. Najbliższe trzy i pół godziny spędziłem zatem na ćwiczeniu usuwania min o nazwie Minesweeper.

14

Oczywiście już słyszę w tym miejscu głośny chór owych narodowych wyrazicieli skrupułów Rzeszy, którzy zawyją: jak Führer ruchu narodowosocjalistycznego może pójść do programu telewizyjnego jakiegoś Alego Szpasdemira? I ja mogę zrozumieć to pytanie, jeśli, powiedzmy, stawiający je kieruje się względami artystycznymi, gdyż naturalnie wielkiej sztuki nie należy wypaczać polityką. W końcu na obrazie Mony Lisy też nie domalowuje się swastyki. Ale rzecz jasna dukania jakiegoś konferansjera – a o kogoś takiego chodzi koniec końców w przypadku owego Szpasdemira – nigdy nie można zaliczyć do form kultury wysokiej, raczej przeciwnie. Jeśli jednak skrupuły dochodzą ze strony, która obawia się, że sprawa narodowa ucierpi wskutek prezentacji w takim być może poślednim kontekście, to wtedy muszę odpowiedzieć, że istnieją rzeczy, których większość ludzi samym tylko rozumem nie potrafi ogarnąć ani też ocenić. To jedna z tych spraw, w których po prostu należy zaufać geniuszowi Führera.

W rzeczy samej muszę w tym miejscu wyznać, że w owym momencie padłem ofiarą czegoś w rodzaju nieporozumienia. Osobiście w tamtym okresie wychodziłem jeszcze z założenia, że dama Bellini i ja chcemy wspólnie pracować nad realizacją mojego programu dla dobra Niemiec. W rzeczywistości jednak dama Bellini przez cały czas miała na myśli nie co innego jak mój domniemany program sceniczny. Ale właśnie dlatego można tu kolejny raz poznać, że czysty, wrodzony talent, instynkt Führera, góruje o całe niebo nad wiedzą wyuczoną. Podczas gdy kalkulujący mozolnie naukowiec, zabiegający o coś z wysiłkiem polityk nazbyt łatwo pozwala się rozpraszać przez jakieś powierzchowne okoliczności, osoba z prawdziwym powołaniem czuje podświadomie zew losu, nawet jeśli takie nazwisko jak Ali Szpasdemir wydaje się stać w całkowitej z tym sprzeczności. Naprawdę wierzę w to, że opatrzność ponownie zadziałała jak wtedy, w 1941 roku, gdy wczesny i ekstremalnie surowy atak zimy powstrzymał ofensywę w Rosji, zanim posunęliśmy się zbyt daleko, i w ten sposób podarował nam zwycięstwo.

Czy też podarowałby, gdyby moi nieudolni generałowie...

Ale tym się już w ogóle nie przejmuję.

Następnym razem zabiorę się do tego zupełnie inaczej, ze sztabem generalnym, wiernie oddanym, wyhodowanym i wyrosłym w szeregach mojej SS, a wtedy cała reszta to będzie pestka.

Jednak w przypadku tego Szpasdemira los, by przyspieszyć moją decyzję, posłużył się nieporozumieniem. Ja bowiem, i to mogą sobie zakonotować wszyscy ci małostkowi ludzie, poszedłbym do jego programu również wtedy, gdybym wiedział, o jaki produkt tu chodzi – ale po dłuższym zastanowieniu, co mogłoby mnie kosztować utratę takiej okazji. Już wcześniej tłumaczyłem Goebbelsowi, że w razie potrzeby gotów jestem nawet udawać pajaca, o ile tylko przyciągnę tym uwagę ludzi. Nie można bowiem pozyskać kogoś, kto człowieka nie słucha. A ten Szpasdemir dostarczał mi setek tysięcy słuchaczy.

Stawiając sprawę we właściwym świetle, ów Szpasdemir był jednym z tych „artystów", jakich mogła wydać tylko demokracja mieszczańska. Z racji genetycznego wymieszania skojarzyły się tutaj południowy, wręcz azjatycki wygląd z nienaganną, choć zabarwioną nieznośnym dialektem niemczyzną. Wydaje się, że właśnie ta mieszanka zapewniła owemu Szpasdemirowi jego posadę. Odpowiadała ona mniej więcej funkcji tych białych aktorów, którzy w USA malowali sobie twarze na czarno, żeby otrzymać role jako odtwórcy głupkowatych Murzynów. Paralela była uderzająca, tyle że w jego przypadku nie chodziło o wygłaszanie dowcipów o Murzynach, lecz o cudzoziemcach. Najwyraźniej istniało na to takie zapotrzebowanie, że zaraz zrobiło się ich więcej, tych komediantów od ras. Niełatwo to było zrozumieć. W moich oczach dowcipy o rasach albo o cudzoziemcach to sprzeczność sama w sobie. Do zilustrowania tej tezy niech posłuży żart, który opowiedział mi towarzysz frontowy w 1922 roku.

Spotyka się dwóch weteranów.

– Gdzie pan został ranny? – pyta jeden.

– Dardanele – mówi drugi.

– Akurat to miejsce jest ponoć bardzo bolesne – odpowiada pierwszy.

Zabawne nieporozumienie, jakie opowiedzieć może bez trudu każdy żołnierz. Przez zamianę występujących osób można zmodyfikować efekt komiczny, a także edukacyjny. Daje się go wzmocnić, jeśli na przykład rolę pytającego obsadzi się notorycznym mądralą, powiedzmy Rooseveltem, bądź tym lawirantem Bethmann-Hollwegiem. Gdyby jednak przyjąć, że głupim pytającym nie będzie weteran, lecz rybik cukrowy, dowcip natychmiast się ulatnia, bo każdy słuchacz pomyśli sobie: skąd niby ten robaczek, ten rybik cukrowy ma wiedzieć, gdzie leżą Dardanele?

Głupiec, który robi głupie rzeczy, nie jest zabawny. Dobry dowcip wymaga zaskoczenia, aby mógł maksymalnie rozwinąć swe kształcące działanie. A to, że Turek to półgłówek, naturalnie nikogo nie zaskoczy. Oczywiście, gdyby w tym dowcipie Turek przy każdej okazji występował w roli genialnego naukowca, to już z racji absurdalności efekt komiczny byłby gwarantowany. Ale takich dowcipów nie opowiadał ani pan Szpasdemir, ani żaden z jego kolegów. Najczęściej spotykane w tym fachu były facecje i anegdotki kręcące się wokół nieszczególnie bądź kiepsko wykształconych cudzoziemców, którzy straszliwym żargonem bełkotali coś ledwie zrozumiałego. Wychodziło przy tym na wierzch typowo demokratyczne zakłamanie tego „liberalnego" społeczeństwa: podczas gdy powszechnie za naganne uchodziło mierzenie wszystkich cudzoziemców jedną miarką, z którego to powodu u niemieckich satyryków politycznych musiało się nieustannie odbywać pedantyczne wręcz segregowanie gatunków, to Szpasdemir i jego podejrzana kompania przy każdej okazji swobodnie wrzucali Hindusów, Arabów, Turków, Polaków, Greków i Włochów do jednego worka.

Taki proceder, rzecz jasna, bardzo mi odpowiadał, i to nawet podwójnie. Wielka publiczność pana Szpasdemira i mnie zapewniała duże zainteresowanie, do tego z racji natury owych żartów mogłem spokojnie założyć, że publika w znacznej mierze była rdzennie niemiecka. Nie dlatego, żeby niemieccy widzowie wykazywali się wyjątkową świadomością narodową, niestety, lecz na odwrót: Turcy to prosty, dumny naród, który wprawdzie chętnie popatrzy na uczciwą burleskę, obsadzoną najrozmaitszymi głupkami, jednakże nie ceni on pouczeń i wykpiwania przez dawnych członków swej wspólnoty narodowej czy też tych, którzy z niej wyemigrowali. Dla Turka ważne jest, by w każdej chwili pewny był szacunku i respektu otoczenia – a to jest nie do pogodzenia z rolą głupka.

Dlatego też uważałem tę formę humoru za równie zbędną co żałosną. Jak ktoś ma w domu szczury, też w końcu nie wzywa klauna, tylko człowieka od deratyzacji. Skoro jednak takie rzeczy wydawały się potrzebne, to od pierwszego występu należało pokazać, że szczery Niemiec nie potrzebuje pomocy cudzoziemskich pachołków, żeby żartować z przedstawicieli poślednich ras.

Gdy dotarłem do studia, podeszła do mnie jakaś młoda dama. Miała wysportowaną figurę, można by ją wziąć za blitz-łączniczkę, ale od doświadczenia z tą Özlem postanowiłem być nieco bardziej ostrożny. Młoda dama była obficie okablowana, nosiła najwyraźniej coś w rodzaju mikrofonu przy ustach i ogólnie sprawiała wrażenie, jakby przybyła bezpośrednio z kwatery głównej lotnictwa.

– Hej – powiedziała młoda dama i wyciągnęła do mnie rękę. – Jestem Jenny. A ty musisz być chyba ten... – tu zacięła się odrobinę – Adolf...?

Przez moment zastanawiałem się, jak mam zareagować na tę nader bezpośrednią, zgoła prostacką poufałość. Jednakże u nikogo nie zdawało się to wzbudzać zdziwienia. Faktycznie było to moje pierwsze zetknięcie z żargonem branży telewizyjnej. Ludzie tutaj, jak się miało później okazać, najwyraźniej uważali, że poczucie uczestniczenia w nagrywaniu programu ma w sobie coś, co wytwarza jakąś komitywę, całkiem podobnie jak wspólna walka w okopie, i od tej pory jest się już częścią związku bojowników-weteranów, którego członkowie przysięgają sobie wierność, jak też przejście na ty aż do śmierci, albo przynajmniej do zakończenia danej audycji. To podejście zdało mi się z początku niestosowne, jednakże jako okoliczność łagodzącą należało oczywiście wziąć pod uwagę, że pokolenie owej Jenny najpewniej nie mogło jeszcze zebrać żadnych prawdziwych doświadczeń frontowych. Powziąłem zamiar, by w perspektywie średniookresowej to zmienić, ale chwilowo postanowiłem odpłacić zaufaniem za zaufanie i przemówiłem uspokajająco do młodej osoby:

– Możesz mówić do mnie wujek Wolf.

Zmarszczyła na chwilę czoło, a potem odparła:

– Dobrze, panie, ee... wujku... Pójdzie pan ze mną do charakteryzacji?

– Naturalnie – odrzekłem i podążyłem za nią przez katakumby rozgłośni, podczas gdy ona przycisnęła do ust pręciki mikrofonu i powiedziała do niego:

– Elke, idziemy do ciebie.

W milczeniu szliśmy korytarzami.

– Był pan już kiedyś w telewizji? – zapytała w którymś momencie. Zauważyłem, że zwracanie się na ty chwilowo nie wchodziło już w rachubę. Przypuszczalnie aura Führera teraz jednak ją onieśmieliła.

– Wiele razy – zapewniłem. – Jednak było to już dość dawno.

– Ach – powiedziała. – Czy gdzieś już mogłam pana widzieć?

– Nie sądzę. Wtedy to było też w Berlinie, na stadionie olimpijskim.

– Był pan supportem dla tego satyryka, Maria Bartha?

– Byłem niby czym? – spytałem, ale ona już dawno nie słuchała.

– Od razu mi się pan rzucił w oczy, to było super, co pan tam odstawiał. Mega mnie to cieszy, że sam też się pan przebił. Ale to, co pan teraz robi, to coś zupełnie innego, nie?

– Coś... zupełnie innego – potwierdziłem z ociąganiem. – No i zawody też się już dawno skończyły.

– No to jesteśmy – powiedziała panna Jenny i otworzyła jakieś drzwi, za którymi znajdował się stół do charakteryzacji. – Zostawiam teraz pana u Elke. Elke, to jest... ee... wujek Rolf.

– Wolf – poprawiłem – wujek Wolf.

Elke, wyglądająca schludnie kobieta koło czterdziestki, zmarszczyła czoło i spojrzała na mnie, a potem na karteczkę obok swoich utensyliów do charakteryzacji.

– Żadnego Wolfa tu nie mam. Na mojej liście jest teraz Hitler – powiedziała. Potem wyciągnęła do mnie rękę i dodała: – Jestem Elke. A ty?

Znalazłem się, jak widać, z powrotem w okopach tykania, aczkolwiek pani Elke wyglądała na osobę w wieku nieco nazbyt zaawansowanym jak na wujka Wolfa.

– Pan Hitler – zdecydowałem.

– No dobrze, panie Hitler – rzekła pani Elke – no to siadaj pan. Jakieś specjalne życzenia? Czy mam po prostu zaczynać?

– Mam do pani absolutne zaufanie – powiedziałem, siadając. – Nie mogę w końcu zajmować się wszystkim.

– Bardzo słusznie – uznała pani Elke i zarzuciła mi pelerynkę fryzjerską dla ochrony munduru. Następnie przyjrzała się mojej twarzy. – Ma pan świetną cerę – pochwaliła i sięgnęła po puderniczkę. – Wielu ludzi w pana wieku po prostu zbyt mało pije. Gdyby pan zobaczył twarze innych aktorów...

– Najchętniej piję wodę niegazowaną – potwierdziłem. – To nieodpowiedzialne, działać na szkodę organizmu narodowego.

Pani Elke wydała coś w rodzaju parsknięcia i pogrążyła nieduże pomieszczenie oraz nas oboje w potężnej chmurze pudru. – Przepraszam – powiedziała. – Zaraz to uporządkuję. – Następnie niewielkim aparatem zaczęła wciągać chmurę i odsysać puder z moich spodni od munduru. Kiedy zajęta była akurat odkurzaniem dużych partii mojej fryzury, otworzyły się drzwi. W lustrze zobaczyłem wchodzącego Alego Szpasdemira. Zakaszlał.

– Czy rozpylacz mgły jest częścią numeru? – spytał.

– Nie – odrzekłem.

– To moja wina – powiedziała pani Elke. – Ale zaraz to naprawimy.

To mi się podobało. Żadnych fałszywych wymówek, żadnych wykrętów, lecz mężne przyznanie się do popełnionego błędu i wzięcie odpowiedzialności za jego naprawienie – było niezmiennie pocieszające, że także w minionych dziesięcioleciach niemiecka substancja rasowa nie pogrążyła się całkowicie w dziedzicznym, demokratycznym bagnie.

– Super – powiedział Szpasdemir i wyciągnął do mnie rękę. – Pani Bellini już mi mówiła, że walisz petardy jak na taśmie. Jestem Ali.

Szeleszcząc, wydobyłem niepobrudzoną pudrem rękę spod pelerynki i potrząsnąłem jego dłoń. Z włosów sypały mi się lawiny pudru.

– Miło mi. Hitler.

– No i? Jak idzie? Wszystko gra?

– Tak sądzę. A pani Elke...

– Zaraz kończę – powiedziała pani Elke.

– Ekstra mundur – pochwalił Szpasdemir. – Stary koniu! Wygląda całkiem jak oryginalny! Gdzie można dostać coś takiego?

– No, to nie takie proste – zastanowiłem się. – Ostatnio chodziłem najczęściej do Josefa Landolta w Monachium...

– Landolt – zamyślił się Szpasdemir. – Nigdy nie słyszałem. Ale zaraz, Monachium – znaczy, że jest w Pro Sieben? Mają tam pod ręką naprawdę paru superscenografów.

– Obecnie chyba się już wycofał – wyraziłem przypuszczenie.

– Już to widzę, wyjdzie ekstra, ty ze swoją częścią o nazistach, i ja. Chociaż oczywiście numer z nazistami nie jest tak całkiem nowy.

– I co z tego? – spytałem podejrzliwie.

– Nie, jasne, mimo to ciągle jest dobry – powiedział. – To żaden dramat. Wszystko już kiedyś było... Ten trik z cudzoziemcami podejrzałem w Nowym Jorku, w latach dziewięćdziesiątych to było całkiem na topie. Skąd masz ten numer z Führerem?

– Koniec końców to od Germanów – odparłem.

Szpasdemir roześmiał się.

– Bellini ma rację, robisz swoje naprawdę totalnie dobrze. Okej, to widzimy się za chwilę. Podrzucić ci hasło? Czy mam po prostu wrzucić jakiś temat, zanim cię zapowiem?

– Nie trzeba – odpowiedziałem.

– Ja bym tak nie umiał – przyznał Szpasdemir. – Tak zupełnie bez tekstu. Byłbym kompletnie bezradny. Ale też nigdy nie przepadałem za tym teatrem impro... Wal, stary! Widzimy się wkrótce. – Po tych słowach opuścił pomieszczenie.

Właściwie liczyłem na dalsze instrukcje.

– I co teraz? – spytałem panią Elke.

– No, coś takiego! – Roześmiała się. – Führer, a nie wie, co dalej?

– Nie ma powodu do zarozumiałości – zganiłem ją. – Państwo wodzowskie polega na kierowaniu państwem, a nie na kierowaniu wycieczek w prawo czy lewo.

Pani Elke jakby z prychnięciem usunęła pospiesznie puderniczkę ze strefy swojego parskania.

– Tym razem mnie pan nie złapie – rzekła, przechodząc ostatecznie na pan. Wskazała w róg pomieszczenia. – Widzi pan tu? Na ekranie może pan śledzić program. Jest tego więcej, także w garderobie czy w cateringu. Jenny potem znowu pana zabierze i przypilnuje, żeby zjawił się pan punktualnie na swój występ.

Program potwierdzał to wszystko, co o nim do tej pory słyszałem i co widziałem. Szpasdemir zapowiadał fragmenty audycji, do tego pokazywano krótkie filmiki, w których na zmianę występował jako Polak albo Turek i w różnych wariantach przerabiał ich wady na odgrywane sceniczne dowcipy. No cóż, Chaplin to on nie był, ale z drugiej strony to chyba też dobrze. Publiczność przyjmowała jego popisy życzliwie, i jeśli ująć to pojęcie dostatecznie szeroko, to u podstaw całości leżała przynajmniej w części świadomość polityczna, tak że moje przesłanie miało tu bezsprzecznie znakomitą okazję, by paść na żyzny grunt.

Przejęcie pałeczki miało się odbyć jednym mocnym zdaniem, które też Szpasdemir wygłosił bez żadnych obiekcji:

– Komentarz dnia wygłosi Adolf Hitler.

Po tych słowach po raz pierwszy wyszedłem zza kulis w jaskrawe światło reflektorów.

To było tak, jakbym po pełnych wyrzeczeń latach na obczyźnie wrócił do domu, do Pałacu Sportu. Żar reflektorów palił mi oblicze, rejestrowałem twarze młodej publiczności. Mogło ich tam być kilkaset, reprezentujących te dziesiątki, setki tysięcy przed telewizorami, to właśnie była przyszłość kraju, to byli ludzie, na których zamierzałem budować moje Niemcy. Czułem wewnętrzne napięcie i radość. Jeśli kiedykolwiek miałem jakieś wątpliwości, to teraz znikły one w rauszu przygotowań. Przyzwyczajony byłem do wielogodzinnych przemówień, teraz musiało mi wystarczyć pięć minut.

Podszedłem do mównicy i milczałem.

Moje spojrzenie błądziło po okrągłym studiu nagrań. Wsłuchiwałem się w ciszę, badając w napięciu, czy dziesięciolecia demokracji zgodnie z oczekiwaniem pozostawiły jedynie nikłe ślady w młodych umysłach. Przy wymienianiu mego nazwiska wśród publiczności zerwał się śmiech, który szybko zamarł, wraz z pojawieniem się mojej osoby w kręgu studia zapadła cisza. W twarzach ludzi mogłem czytać, że najpierw próbowali chyba dopasować moje oblicze do postaci znanych im profesjonalnych odtwórców, widziałem niepewność, którą dzięki zwykłemu kontaktowi wzrokowemu potrafiłem przemienić w napiętą ciszę. Jeśli spodziewałem się głośnych okrzyków z sali, to ta troska była nieuzasadniona – na byle zebraniu w piwiarni Hofbräukeller liczba zakłóceń była większa.

Postąpiłem nieco do przodu, gotując się do przemówienia, potem jednak tylko skrzyżowałem ramiona – i natychmiast poziom natężenia szumu spadł jeszcze raz na jedną setną, co tam, jedną tysięczną poprzedniego stanu. Kątem oka widziałem, jak z uwagi na pozorny brak wydarzeń ten dyletant Szpasdemir zaczął się pocić. Od razu można było poznać, że nie znał potęgi ciszy, raczej się jej bał. Jego brwi wykonywały takie ruchy, jakbym zapomniał swojego tekstu. Asystentka próbowała dawać mi znaki i zdenerwowana postukiwała palcem w zegarek. Przeciągałem jeszcze tę ciszę, podnosząc powoli głowę. Czułem napięcie w sali, niepewność Szpasdemira. Rozkoszowałem się tym. Nabrałem powietrza w płuca, wyprostowałem się na całą swoją wysokość i dałem ciszy dźwięk. Tam, gdzie wszyscy nasłuchują grzmotu armaty, wystarczy spadająca szpilka.

– Towarzysze i towarzyszki narodowe!

To, co ja,
co my
zobaczyliśmy
dopiero co
w licznych
numerach,
jest prawdą.
Jest prawdą,

że Turek nie jest twórcą kultury,
a także,
że nigdy nim nie będzie.
Że jest w nim dusza sklepikarza,
której duchowe umiejętności
zazwyczaj
ledwie
przekraczają
zdolności chłopa pańszczyźnianego.
Że Hindus to
zdezorientowana religijnie, plotkarska natura.
Że stosunek Polaków do własności
jest trwale!
zaburzony.
To wszystko
to
prawdy ogólnie znane,
które każdemu członkowi wspólnoty narodowej
i każdej członkini
natychmiast trafiają do przekonania.
Jest jednak
narodową hańbą, że tu, w Niemczech
tylko
turecki! zwolennik naszego ruchu
ma odwagę powiedzieć to głośno.
Towarzysze i towarzyszki narodowe!
Kiedy obserwuję współczesne Niemcy,
to mnie one nie zaskakują!
Dzisiejszy Niemiec
segreguje swoje śmieci staranniej niż swoje rasy

z jednym jedynym wyjątkiem:
Na polu humoru.
Tylko! tu
Niemiec opowiada dowcipy o Niemcach,
Turek opowiada dowcipy o Turku.
Mysz domowa wyśmiewa się z myszy domowej,
a mysz polna z myszy polnej.
To się musi zmienić
I to się zmieni.
Od dziś, od godziny 22.45, mysz domowa żartuje
z myszy polnej,
borsuk z kozła,
a Niemiec z Turka.
Dlatego, jeśli chodzi o treść,
W całej rozciągłości
Przyłączam się do krytyki cudzoziemców mojego przedmówcy.

Po tych słowach zszedłem z mównicy.

Cisza była zdumiewająca.

Zdecydowanym krokiem poszedłem za kulisy. Z widowni ciągle jeszcze nie dochodziły żadne dźwięki. Dama Bellini szeptała akurat coś do ucha jakiemuś koledze. Stanąłem obok nich i znów obserwowałem publiczność. Spojrzenia wyrażały dezorientację, szukały oparcia na scenie i błądziły z powrotem do biurka moderatora. Siedział tam ów Szpasdemir i w poszukiwaniu jakiegoś zabawnego pożegnania bezradnie otwierał i zamykał usta. Ta jego jawna niemoc wywołała wśród publiczności salwę śmiechu. Z niejakim zadowoleniem śledziłem jego całkowitą niezdolność do jakiejkolwiek reakcji, która koniec końców wyczerpała się w nijakiej kwestii: „Do zobaczenia, i niech państwo następnym razem znów będą z nami". Dama Bellini chrząknęła. Przez chwilę sprawiała wrażenie niepewnej, toteż postanowiłem dodać jej nieco otuchy.

– Wiem, co pani teraz myśli – odezwałem się do niej.

– Czyżby? – rzuciła. – Naprawdę?

– Naturalnie – odrzekłem. – Ja się czułem podobnie. Pierwszy raz wynajęliśmy budynek Circus-Krone i nie było pewne, czy...

– Pan wybaczy – powiedziała Bellini. – Telefon.

Wycofała się w kąt za kulisami i podniosła swój telefon komórkowy do ucha. To, co usłyszała, najwyraźniej jej się nie podobało. Akurat próbowałem zinterpretować jej minę, gdy poczułem czyjąś rękę na mundurze. To był ów Szpasdemir, który ciągnął mnie za kołnierz. Jego twarz nie miała w sobie nic radosnego. Kolejny raz odczułem bolesny brak mojej SS, gdy przycisnął mnie do kulis i wysyczał z zaciśniętymi zębami:

– Ty dupku, ty się tu nie masz przyłączać do jakichś przedmówców!

Kątem oka widziałem podbiegających kilku porządkowych. Szpasdemir jeszcze raz pchnął mnie na ścianę, ale znowu puścił. Jego twarz była purpurowa. Następnie odwrócił się i krzyknął:

– Co za pieprzone gówno tu odchodzi? Myślałem, że ten facet robi tu swój program o nazistach! – Nie zmieniając siły głosu, zwrócił się następnie do stojącego obok nas człowieka od rezerwacji hotelu, Sawatzkiego: – Gdzie jest Carmen? Gdzie. Jest. Carmen?

Blada, ale z surowo ściągniętą twarzą, przybiegła dama Bellini. Zastanawiałem się, czy w owej chwili mogę liczyć na jej pełną lojalność, ale nie udało mi się tego ostatecznie stwierdzić. Wykonywała uspokajające ruchy ręką i otworzyła usta, żeby coś powiedzieć, lecz nie zdążyła.

– Carmen! Nareszcie! Tu odchodzi jakieś megagówno! Widziałaś to? Czy ty t o widziałaś? Co to za dupek! Powiedziałaś, że ja robię swój numer o cudzoziemcach, a on robi swoje gówno o nazistach. Powiedziałaś, że będzie mi zaprzeczał! Że będzie się złościł na Turków w telewizji czy coś takiego! A teraz takie rzeczy! Co to znaczy „zwolennicy ruchu"? Co za ruch? Jacy zwolennicy? I jak ja teraz wyglądam?

– Ale mówiłam ci również, że on jest inny – zauważyła Bellini, która zdumiewająco szybko odzyskała całkowity spokój.

– Mam to w dupie! – pienił się Szpasdemir. – Mówię to tu i teraz: nie chcę już mieć tej świni w swoim programie. On się nie trzyma żadnych ustaleń! Nie pozwolę, żeby ten dupek zepsuł mi mój program.

– Bądź spokojny – rzekła teraz Bellini osobliwym, łagodnie energicznym głosem. – To przecież wcale tak źle nie wyszło.

– Wszystko w porządku? – spytał jeden z dwóch porządkowych.

– Już dobrze – powiedziała uspokajająco dama Bellini. – Mam wszystko pod kontrolą. Uspokój się, Ali.

– Nie mam zamiaru się uspokoić! – grzmiał Szpasdemir, a potem wraził mi swój palec wskazujący tuż pod koalicyjką. – Ty mi tu nic nie będziesz psuć, koleżko! – Cały czas bębnił przy tym palcem w moją pierś jak jakiś dzięcioł. – Myślisz sobie, że przychodzisz tu w tym swoim kretyńskim mundurze hitlerowskim i ze swoim niby to tajemniczym numerem, ale ja ci mówię, to nie jest w ogóle nic nowego, to ma taaką brodę. Amator z ciebie. Co ty sobie wyobrażasz, że niby co tu robisz? Przychodzisz sobie i mościsz się w uwitym gniazdku? Ale nic z tego, kochany, zapomnij o tym! Jeśli ktoś tu ma zwolenników, to ja! To moja publiczność, to moi fani, a ty się grzecznie trzymaj z daleka! Jesteś żałosnym amatorem, a twój mundur i cały ten twój numer to kompletne gówno. Z takimi głupotami to możesz sobie występować w namiotach piwnych albo w związku strzeleckim, ja ci to mówię: będziesz niczym!

– Nie muszę niczym być – powiedziałem z całkowitym spokojem. – Za mną stoją miliony rodowitych niemieckich towarzyszy, którzy...

– Skończ już z tym gównem! – zaskrzeczał Szpasdemir. – Nie jesteś tu na antenie! Myślisz, że uda ci się mnie sprowokować? Ty mnie nie sprowokujesz! Nie! Mnie!!!

– Chodźcie na dół – odezwała się teraz głośno Bellini. – Obydwaj. Jasne, musimy to wszystko jeszcze nieco przerobić. Trzeba to jeszcze trochę podtiuningować. Ale wcale nie było tak źle. To coś nowego. Teraz się uspokoimy i popatrzymy, co powiedzą krytycy.

I jeśli kiedykolwiek od czasów mojej wcześniejszej współczesności byłem tak absolutnie pewny swojego powołania, to była to owa chwila.

15

To właśnie w momentach kryzysu objawia się prawdziwy wódz. Momentach, w których wykazuje stalowe nerwy, determinację, bezwzględną stanowczość, chociaż świat staje przeciwko niemu. Gdyby Niemcy nie miały mnie, to w 1936 roku nikt by nie wkroczył do Nadrenii. Wszyscy się trzęśli, że niby nie będziemy mogli nic zrobić, jeśli nieprzyjaciel zdecyduje się nas zaatakować, zaledwie pięć dywizji mieliśmy gotowych do działania, sami Francuzi sześć razy tyle, a jednak się odważyłem. Nikt by tego nie uczynił poza mną, a ja w tamtym okresie dokładnie obserwowałem, kto mnie popierał, nogami albo sercem, z mieczem w dłoni, ramię przy ramieniu.

I to są te momenty kryzysu, w których los ujawnia także wiernych stronników. To momenty zwątpienia, w których z aktu odwagi rodzi się sukces, jeśli – ale tylko jeśli – fanatyczna wiara jest niezłomna. Gdy rozpoznaje się tych, którym brak tej wiary i którzy w trwożliwym oczekiwaniu śledzą tylko, na czyją stronę by tu przejść. Człowiek o naturze wodza musi mieć tych ludzi na oku. Może ich ewentualnie użyć, jednak nie wolno uzależniać od nich sukcesu Ruchu. Sensenbrink był jednym z takich ludzi.

Sensenbrink nosił coś, co w tych czasach rozumie się zapewne pod pojęciem pierwszorzędnego garnituru. Usiłował sprawiać wrażenie opanowanego, ale ja widziałem naturalnie, że był blady, tą bladością gracza, który wie, że nie potrafi znieść przegranej, więcej, że nie potrafi znieść momentu, w którym stanie się jasne, że przegrana jest nieunikniona. Ten gatunek ludzi nigdy nie ma własnego celu przed oczami, tacy wybierają za każdym razem cel, który obiecuje najbliższy sukces, i nie dostrzegają, że ten sukces nigdy nie będzie ich własny. Żywią nadzieję, że są ludźmi sukcesu, ale oni tylko asystują przy rodzącym się sukcesie, a ponieważ to przeczuwają, więc boją się momentu przegranej, w którym wyjdzie na jaw, że sukces nie tylko nie jest ich sukcesem, ale nawet nie zależy od ich asysty. Sensenbrink obawiał się o swoją reputację, a nie o sprawę narodową. Było absolutnie pewne, że nigdy by się nie wykrwawił pod gradem kul za Niemcy i za mnie podczas puczu pod Feldherrnhalle w Monachium. Przeciwnie: niby to przypadkiem przyłączył się do damy Bellini, a kto nie jest zupełnie ślepy, ten mógł zobaczyć, że mimo całego swojego nadętego zadufania to on ostatecznie był tym, który oczekiwał od niej moralnego wsparcia. To mnie nie zdziwiło.

Znałem w swoim życiu cztery pełnokrwiste kobiety. Kobiety, które naturalnie trudno było sobie wyobrazić w roli małżonki. Mam na myśli rzecz następującą: oto przybywa z wizytą Mussolini albo Antonescu, i jeśli się wtedy takiej kobiecie powie, że ma pójść teraz do pokoju obok i nieproszona nie przeszkadzać, to człowiek musi mieć pewność, że tak się stanie. Eva to respektowała, natomiast od tamtych czterech nigdy bym nie mógł tego żądać. Jedną z nich była na przykład ta Riefenstahl, cudowna kobieta, ale na takie żądanie rąbnęłaby mnie przecież kamerą w głowę! I taka też była najpewniej dama Bellini, ta miała faktycznie kaliber owego szacownego kwartetu.

Nie sądzę, by ktoś inny poza mną dostrzegł, że ona również zdawała sobie sprawę z wagi tych godzin, tych minut, ale jak ta fantastyczna kobieta się kontrolowała! Może odrobinę mocniej zaciągała się papierosem, niż to się u niej zwykle widywało, ale to było wszystko. Jej żylaste, sprężyste ciało trzymało się prosto, była uważna, w każdej chwili gotowa do udzielania pomocnych wskazówek, do właściwych, szybkich reakcji, jak czająca się wilczyca. I ani jednego siwego włosa, mogła być chyba nawet młodsza, niż by się sądziło, pod czterdziestkę, cudowna kobieta! Wyraźnie też można było po niej poznać, że nagła bliskość Sensenbrinka była jej niemiła, nie dlatego, iżby uważała go za natręta, nie, ale dlatego, że gardziła jego miękkością, bo czuła, że nie oddawał jej wszystkich swych sił do dyspozycji, lecz raczej sam czepiał się jej energii. Miałem wielką ochotę poprosić kogoś, żeby ją spytał, jak zamierza spędzić wieczór. Nagle z niejaką melancholią pomyślałem o wieczorach na Obersalzbergu. Często zostawaliśmy jeszcze długo wieczorem, siedzieliśmy sobie miło we trójkę, w czwórkę, piątkę, czasem ja coś opowiadałem, czasem nie, tak, niekiedy całymi godzinami milczeliśmy, a ciszę przerywało tylko z rzadka kaszlnięcie, albo też ja pogłaskałem czasem psa, odczuwałem te spotkania jako bardzo nastrojowe. To nie jest też zawsze łatwe, jako Führer jest się jednym z niewielu ludzi w państwie, którzy muszą zrezygnować z prostej radości zwyczajnego życia rodzinnego.

A w hotelu człowiek przecież zawsze czuje się bardzo samotnie, to była jedna z tych rzeczy, które w ostatnich sześćdziesięciu latach prawie się nie zmieniły.

Potem przyszło mi do głowy, że w mojej sytuacji powinienem chyba sam spytać damę Bellini, a to z kolei miało w sobie coś niestosownie poufałego, zwłaszcza że przecież nie znaliśmy się jeszcze dostatecznie długo. Postanowiłem przesunąć ten pomysł na później. Z drugiej jednak strony uznałem, że byłoby wskazane uczcić mój powrót do wielkiego życia publicznego nieco bardziej uroczyście. Z kieliszkiem musującego wina czy czegoś podobnego, rzecz jasna nie dla mnie, ale zawsze chętnie towarzyszyłem innym, gdy w radosnym nastroju wznosili kieliszki. W tym momencie mój wzrok zatrzymał się na człowieku od rezerwowania hotelu, Sawatzkim.

Jego oczy wpatrywały się we mnie promiennie, z wyrazem niedwuznacznego, głębokiego szacunku, znałem to spojrzenie, co do którego nie chciałbym, aby je tu fałszywie interpretowano. Sawatzki nie należał do tych ludzi w brunatnej koszuli SA, których wyrywa się nocą z łóżka Röhma i którym od razu ze wstrętem pakuje się parę kul w odrażające ciało, śmiertelną na sam koniec. Nie, Sawatzki obserwował mnie z tym rodzajem cichego uwielbienia, jakie ostatni raz widziałem u tych setek tysięcy w Norymberdze, którym dałem nadzieję. Którzy wzrastali w świecie pełnym upokorzeń i lęku o przyszłość, świecie tchórzliwych gaduł i nieudaczników przegrywających wojny, a którzy we mnie widzieli silną rękę, która ich poprowadzi, a oni gotowi byli pójść za mną.

– No i – rzekłem i podszedłem do niego – podobało się panu?

– Nie do wiary – powiedział Sawatzki. – Imponujące. Widziałem Ingo Appelta, ale ten jest kompletnie bezbarwny w porównaniu z panem. Ma pan tupet. Naprawdę jest panu wszystko jedno, co ludzie o panu pomyślą, czy jak?

– Przeciwnie – odrzekłem. – Chcę mówić prawdę. A oni powinni myśleć: to ktoś, kto mówi prawdę.

– I co? Myślą tak teraz?

– Nie. Ale nie myślą już tego samego co przedtem. I to jest wszystko, co trzeba osiągnąć. Reszty dokona ciągłe powtarzanie.

– No tak – powiedział Sawatzki. – W niedzielę o jedenastej przed południem, sam nie wiem, czy to coś da.

Popatrzyłem na niego nierozumiejącym wzrokiem. Sawatzki chrząknął.

– Proszę ze mną – powiedział w końcu. – W cateringu przygotowaliśmy małą przekąskę.

Poszliśmy na tył, gdzie stało paru pracowników telewizji, mocno znudzonych. Nieco zapuszczony typ odwrócił się do mnie ze śmiechem, z pełnymi ustami, potem zakaszlał i odstawił dość sensowne Niemieckie Pozdrowienie, gdy go mijałem. Odwzajemniając pozdrowienie, odchyliłem zgięte ramię do tyłu i pozwoliłem Sawatzkiemu pilotować się do owej strefy bufetowej, gdzie czekał przygotowany szampan, zresztą całkiem przyzwoity produkt, jeśli właściwie zinterpretowałem reakcję Sawatzkiego, który zlecił pomocnikowi w bufecie przygotowanie dwóch kieliszków i zauważył przy tym, że ten gatunek wina musującego nie jest bynajmniej podawany codziennie.

– Szpasdemir też przecież nie dostaje tak codziennie – powiedział pomocnik.

Sawatzki roześmiał się i podał mi kieliszek, uniósł swój i powiedział:

– Za pana!

– Za Niemcy! – rzekłem. Potem trąciliśmy się i wypiliśmy.

– Co jest? – spytał Sawatzki zatroskany. – Nie smakuje panu?

– Jeśli w ogóle spożywam alkohol, to jest to zazwyczaj słodkie białe wino – wyjaśniłem. – Wiem oczywiście, ta cierpka nuta musi być, z pewnością, uważa się ją tutaj nawet za korzystną, ale dla mnie to jest za kwaśne.

– Mogę też panu zaproponować...

– Nie, nie, jestem przyzwyczajony.

– Ale może pan spróbować Bellini.

– Bellini? Jak ta dama?

– Tak, właśnie. To by panu smakowało. Niech pan poczeka!

Podczas gdy Sawatzki gdzieś pobiegł, ja stałem odrobinę niezdecydowany, przez chwilę przypominałem sobie wszystkie te straszne momenty w latach moich politycznych początków, u progu okresu walki, gdy jeszcze nie zostałem wprowadzony do towarzystwa i częstokroć czułem się tam nieco zagubiony. Jednakże to niepiękne wspomnienie trwało tylko ułamek sekundy, ledwie bowiem Sawatzki zniknął, jakaś młoda dama, brunetka, podeszła do mnie i powiedziała:

– To było totalnie dobre! Jak w ogóle można wpaść na coś takiego jak mysz domowa i mysz polna?

– Pani też to potrafi – odparłem z przekonaniem. – Musi pani tylko chodzić na łonie natury z otwartymi oczami. Ale wielu Niemców zatraciło dziś niestety umiejętność dostrzegania prostych spraw. Czy wolno mi spytać, jakie wykształcenie uzyskała pani...

– Jeszcze studiuję – powiedziała. – Sinologię, wiedzę o teatrze i...

– Na litość boską. – Roześmiałem się. – Niech pani przestanie! Takie ładne dziewczę jak pani i takie przeintelektualizowane bzdury! Niech pani znajdzie sobie lepiej jakiegoś dzielnego młodego człowieka i uczyni coś dla zachowania niemieckiej krwi!

Zaśmiała się bardzo przyjemnie.

– To Messed Ekting, prawda?

– No jest wreszcie! – zawołała z tyłu dama Bellini. Przyszła, holując za sobą Sensenbrinka oraz uśmiechającego się nieszczerze Szpasdemira, i dołączyła do nas. – Wypijmy! Jesteśmy tu w końcu wszyscy zawodowcami. A z czysto profesjonalnego punktu widzenia trzeba przyznać: to był superprogram! Czegoś takiego jeszcze tu nie było. Ta kombinacja będzie sukcesem!

Sensenbrink rozdzielał spiesznie kieliszki z winem musującym, gdy wrócił Sawatzki i wcisnął mi do ręki kieliszek z czymś w kolorze morelowym.

– Co to jest?

– Niech pan spokojnie spróbuje – powiedział i uniósł swój kieliszek. – Moi państwo: za Führera!

– Za Führera!

Zabrzmiał powszechny, życzliwie-radosny śmiech, a ja miałem pełne ręce roboty, by bronić się przed gratulacjami.

– Proszę, moi państwo, przed nami jeszcze mnóstwo pracy!

Upiłem ostrożnie łyk napoju i z uznaniem skinąłem Sawatzkiemu głową. Smakował bardzo owocowo, głaskał podniebienie, a jednak wcale nie wyglądał na jakiś przesadnie skomplikowany, zasadniczo zdawał się to być zwykły mus owocowy na sposób chłopski, który, prawdopodobnie dzięki niewielkiemu dodatkowi wina musującego, smakował odrobinę bardziej orzeźwiająco, ale tylko odrobinę, tak że po jego spożyciu nie trzeba się było obawiać nadmiernego odbijania czy podobnych sensacji. Znaczenie takich szczegółów jest nie do przecenienia. W mojej sytuacji należy zwracać zawsze uwagę na nienaganną prezencję.

Przykre w takich nieformalnych, niemniej ważnych zgromadzeniach jest to, że nie można się w dowolnym momencie po prostu oddalić, o ile nie prowadzi się równolegle jakiejś wojny. Jeśli wykonuje się akurat operację „Cios sierpem" w południowej Francji, gdy zręcznym wypadem zajmuje się Norwegię, to wszyscy są naturalnie pełni zrozumienia, kiedy po wychyleniu kieliszka człowiek absentuje się do swego gabinetu, by studiować projekty niezbędnych do ostatecznego zwycięstwa U-Bootów albo pomagać w konstruowaniu szybkich bombowców, które przyniosą decydujący zwrot w wojnie. Jednakże w okresie pokoju trzeba tu wystawać i trwonić czas na picie przecieru owocowego. Hałaśliwy sposób zachowania Sensenbrinka działał mi w coraz większym stopniu na nerwy, a i skwaszona mina Szpasdemira nie uprzyjemniała wieczoru. Dlatego też przeprosiłem towarzystwo przynajmniej na chwilę, żeby spożyć coś w bufecie.

W czworokątnych, podgrzewanych blaszanych pojemnikach przywieziono różne kiełbaski i jakieś pieczenie, jak również ogromne ilości makaronu. Rzeczy, które mi nieszczególnie odpowiadały. Już się chciałem odwrócić, gdy obok mnie wyłonił się Sawatzki.

– Mogę panu pomóc?

– Nie, nie, wszystko w porządku...

– O rany! – Sawatzki uderzył się płaską dłonią w czoło. – Szuka pan eintopfu, zgadza się?

– Nie, mogę przecież... mogę przecież wziąć jedną z tamtych kanapek...

– Ale wolałby pan eintopf, prawda? Führer uwielbia prostą kuchnię!

– Rzeczywiście, teraz miałbym na to największą ochotę – przyznałem. – Albo coś innego bez mięsa.

– Przykro mi, w tym względzie nie zdążyliśmy się jeszcze przestawić – powiedział. – Mogłem to przewidzieć. Ale jeśli pan chwilę poczeka...

Wyciągnął swój przenośny aparat telefoniczny i zaczął po nim przebierać palcami.

– Czyżby pana telefon potrafił też gotować?

– Nie – odparł. – Ale dziesięć minut stąd znam lokal, który jest bardzo chwalony za swoją domową kuchnię i eintopfy. Jeśli ma pan ochotę, mogę coś stamtąd zamówić.

– Proszę sobie nie robić kłopotu. I tak mam chęć przejść się trochę. Mogę przecież spożyć ten eintopf tam.

– Jeśli nie ma pan nic przeciwko temu – powiedział Sawatzki – zaprowadzę pana. To w końcu niedaleko.

Wymknęliśmy się i szliśmy spacerkiem w chłodną już całkiem, berlińską noc. To było dużo przyjemniejsze niż wystawanie w tej kantynie, w której wszyscy ci ludzie z telewizji nieustannie kadzili sobie nawzajem. Od czasu do czasu nasze stopy wzbijały w górę niewielką fontannę liści.

– Mogę pana o coś spytać? – odezwał się Sawatzki.

– Niech pan spokojnie pyta.

– Czy to przypadek? Znaczy, że jest pan też wegetarianinem?

– Absolutnie nie – odpowiedziałem. – To sprawa rozsądku. Jestem nim już od tak dawna, więc było właściwie tylko kwestią czasu, że inni ludzie też dojdą do takiego przekonania. Jedynie do kucharzy z bufetu chyba to jeszcze nie dotarło.

– Nie, mam na myśli: czy zawsze pan nim był? Czy dopiero od czasu, jak został pan Hitlerem?

– Zawsze byłem Hitlerem. A kim niby miałbym wcześniej być?

– No, może próbował pan różnych rzeczy. Churchill. Albo Honecker.

– To Himmler wierzył w te ezoteryczne bzdury. Wędrówkę dusz i całą tę mistykę. Ja nigdy nie byłem wcześniej jakimś Honeckerem.

Sawatzki popatrzył na mnie.

– I nigdy nie ma pan poczucia, że trochę pan przesadza z tą swoją sztuką?

– Wszystko trzeba robić z całkowitą, fanatyczną determinacją. Inaczej niczego się nie osiągnie.

– Ale, żeby podać przykład: nikt przecież nie widzi, że jest pan wegetarianinem.

– Po pierwsze – rzekłem – to sprawa samopoczucia. A po drugie, to jest bez wątpienia coś, czego pragnie natura. Niech pan popatrzy, taki lew, ten biegnie zaledwie dwa, trzy kilometry, a potem jest całkowicie wyczerpany. Dwadzieścia minut, gdzie tam, kwadrans. Za to wielbłąd – tydzień. To skutek odżywiania.

– Piękny przypadek pozornej logiki...

Zatrzymałem się i popatrzyłem na niego.

– Co to ma znaczyć, pozorna logika? No więc dobrze, inaczej: gdzie jest Stalin?

– Powiedziałbym, że nie żyje.

– Aha. A Roosevelt?

– Tak samo.

– Petain? Eisenhower? Antonescu? Horthy?

– Dwóch pierwszych nie żyje, a o pozostałych dwóch jeszcze nigdy nie słyszałem.

– Pięknie, w każdym razie też nie żyją. A ja?

– No, pan żyje.

– No właśnie – rzekłem zadowolony i wznowiłem spacer. – Jestem przekonany: także dlatego, że jestem wegetarianinem.

Sawatzki roześmiał się. Potem mnie dogonił.

– Dobre. Nie zapisuje pan tego właściwie?

– A po co? Ja to przecież wiem.

– Ja cały czas bym się bał, że zapomnę coś takiego – powiedział i wskazał na drzwi do gospody. – To tu.

Wkroczyliśmy do pustawego lokalu i złożyliśmy zamówienie u niemłodej kelnerki. Ta zmierzyła mnie skonsternowanym wzrokiem. Sawatzki zrobił uspokajający ruch ręką, na co dama po chwili bez zastrzeżeń przyniosła napoje.

– Ładnie tutaj – odezwałem się. – To mi przypomina czas walki w Monachium.

– Pochodzi pan z Monachium?

– Nie, z Linzu. A właściwie...

– ...a właściwie z Braunau – dokończył Sawatzki. – Dokształciłem się trochę.

– A pan skąd pochodzi? – zapytałem. – Ile pan ma w ogóle lat? Nie ma pan chyba jeszcze trzydziestki.

– Dwadzieścia siedem – odpowiedział Sawatzki. – Pochodzę z Bonn, studiowałem w Kolonii.

– A, z Nadrenii – uradowałem się. – I po studiach!

– Germanistyka i historia. Właściwie to chciałem zostać dziennikarzem.

– Dobrze, że pan nim nie został – przyświadczyłem. – Hołota kłamliwa do szpiku kości.

– Branża telewizyjna też nie jest lepsza – powiedział. – Trudno uwierzyć, jaki szajs tam produkujemy. A jak trafi się nam coś dobrego, to stacje wolą, żeby zrobić z tego coś bardziej durnego. Albo tańszego. Albo obie te rzeczy naraz. – A potem szybko dodał: – Z wyjątkiem pana naturalnie. To co innego. Tu pierwszy raz mam poczucie, że nie sprzedajemy byle chłamu. Tak jak pan do tego podchodzi, no więc – jestem absolutnie zachwycony. Ta sprawa z wegetarianizmem i cała reszta, u pana nic nie jest imitacją. U pana to wszystko jest jakby częścią całościowej koncepcji.

– Przedkładam określenie światopogląd – powiedziałem, ale w sumie byłem bardzo uradowany tym młodzieńczym entuzjazmem.

– Właściwie od zawsze chciałem to robić – przyznał Sawatzki. – Nie wypychać byle czego, ale coś naprawdę dobrego. We Flashlight trzeba opchnąć przy okazji całą masę tandety. Wie pan? Jako dziecko zawsze chciałem pracować w schronisku dla zwierząt. Pomagać biednym zwierzętom, coś w tym rodzaju. Albo ratować zwierzęta. Robić coś pozytywnego.

Kelnerka postawiła przed nami dwie miski z eintopfem. Byłem bardzo wzruszony: eintopf wyglądał naprawdę smakowicie. I pachniał tak, jak powinien pachnieć eintopf. Zaczęliśmy jeść. Przez jakiś czas żaden z nas nic nie mówił.

– Dobre? – spytał Sawatzki.

– Bardzo dobre – odparłem, jedząc. – Jakby prosto z kuchni polowej.

– Tak – przytaknął. – Ma w sobie coś. Proste, ale smaczne.

– Jest pan żonaty?

Potrząsnął głową.

– Zaręczony?

– Nie – stwierdził – raczej zainteresowany. Ktoś tam niby jest.

– Ale?

– Ona jeszcze nic o tym nie wie. Ja też nie wiem, czy w ogóle chce mnie znać.

– Musi pan odważnie zaatakować. Normalnie nie jest pan przecież taki nieśmiały.

– No tak, ale ona...

– Nie zwlekać. Śmiało do przodu. Serca kobiet są jak bitwy. Wygrywa się zdecydowaniem. Trzeba zebrać wszystkie siły i mężnie ich użyć.

– Tak pan poznał swoją żonę?

– No cóż, w każdym razie nie narzekałem na brak zainteresowania u płci pięknej. Ogólnie jednak postępowałem raczej w inny sposób.

– W inny sposób?

– Częściej, zwłaszcza w ostatnich latach, zdobywałem w bitwach obce terytoria niż kobiety.

Roześmiał się.

– Jeśli pan nie zapisuje takich rzeczy, to ja to zrobię. Jak tak dalej pójdzie, to powinien pan pomyśleć o napisaniu książki. Poradnika à la Hitler. Jak budować szczęśliwy związek.

– Nie wiem, czy jestem do tego powołany. Moje małżeństwo nie trwało w końcu zbyt długo.

– Zgadza się, słyszałem. Ale to nic nie szkodzi. To nawet lepiej: nazwiemy go „Mein Kampf – moja walka z moją żoną”. Już choćby ze względu na tytuł sprzeda się jak ciepłe bułeczki.

Sam musiałem się w tym miejscu roześmiać. Popatrzyłem z namysłem na Sawatzkiego, na jego krótkie, zawadiacko rozwichrzone włosy, na jego czujne spojrzenie, jego pełen temperamentu, ale niegłupi sposób wysławiania się. A po jego głosie poznałem: ten człowiek mógłby stać się jednym z tych, którzy wtedy poszli ze mną. Do więzienia w twierdzy, do Kancelarii Rzeszy, do bunkra Führera.

16

A pan Hitler – powitał mnie sklepikarz z kiosku. – Jak miło. Prawie się pana spodziewałem!

– Tak? – Roześmiałem się. – A to czemu?

– No, oglądałem pana występ – powiedział. – A potem sobie pomyślałem, że może będzie pan chciał przeczytać, co tam o tym napiszą. I że przy okazji poszuka pan może miejsca, gdzie wybór prasy jest nieco większy! Proszę, proszę, niech pan wejdzie! Proszę usiąść. Napije się pan kawy? Co jest? Źle się pan poczuł?

Nie było mi przyjemnie, że poznał po mnie tę maleńką słabość, a to naprawdę była króciutka chwila słabości, takie wezbranie błogich uczuć, jakich od dawna już nie odczuwałem. Obudziłem się rano koło wpół do dwunastej rześki i wypoczęty, spożyłem nieduże śniadanie, a potem istotnie postanowiłem poczytać gazety, kioskarz całkiem trafnie to wszystko odgadł. Przed dwoma dniami dostarczono mi także ubrania, tak że mogłem nałożyć coś mniej oficjalnego. To był prosty, ciemny garnitur o klasycznym kroju, do tego dobrałem ciemny kapelusz, wyruszyłem, i od razu ściągałem na siebie daleko mniej spojrzeń. Dzień był słoneczny, promiennie jasny i, jak można się było spodziewać, rześki, jeśli chodzi o temperaturę, a ja czułem się w tym momencie wolny od wszelkich obowiązków i maszerowałem raźnie. Było tak spokojnie, niemal zwyczajnie, a ponieważ wybierałem pasy zieleni i niewielkie parki, więc też nie natykałem się na zbyt wiele rzeczy, które wymagałyby mojej uwagi, poza jakąś szaloną kobietą, która schylała się z widoczną gorliwością, usiłując odkryć ekskrementy swojego spaniela w zbyt długo niekoszonej trawie i zebrać je. Przez chwilę myślałem, że przyczyną owego szaleństwa może być jakaś epidemia, jednakże to postępowanie zdawało się nikogo nie niepokoić. Wręcz przeciwnie, jak zauważyłem po chwili, tu i ówdzie ustawiono zapobiegliwie coś w rodzaju automatów, z których te pomylone kobiety mogły wyciągać małe torebki. Z początku doszedłem do przekonania, że musi tu chodzić o kobiety, u których gorące pragnienie posiadania potomstwa pozostało niespełnione, taka histeria, jaką przedstawiała owa nadmierna opiekuńczość wobec wszelkich psów, była w tej sytuacji naturalnie nieuchronna. A ja musiałem przyznać, że dawanie tym biednym kobietom torebek było zdumiewająco pragmatycznym rozwiązaniem. Na dłuższą metę należało oczywiście zapewnić im z powrotem wykonywanie ich właściwego zadania, ale prawdopodobnie znowu jakaś partia będzie przeciwko. Znamy to.

Wśród takich niezbyt wyczerpujących rozważań, całkowicie pogrążony w myślach szedłem spacerkiem do sprzedawcy gazet, niezaczepiany przez nikogo, ledwie albo w ogóle nierozpoznawany, sytuacja wydawała mi się osobliwie znajoma, ale dopiero słowa sklepikarza uzmysłowiły mi, co było tego przyczyną. To ten cudowny nastrój, który aż nazbyt często przeżywałem w początkach swojej aktywności w Monachium – po moim zwolnieniu z uwięzienia w twierdzy w Monachium byłem jako tako znany, w owym czasie jeszcze tylko skromny przewodniczący partii, mówca, który wejrzał w serce narodu, i to ci zwykli, najzwyklejsi ludzie w poruszający sposób okazywali mi swoją sympatię. Szedłem przez targ wiktuałów, najbiedniejsze kobieciny przywoływały mnie życzliwie skinieniem ręki, raz dały mi dwa jajka i funt jabłek, człowiek przychodził jak najprawdziwszy furażer do domu, gdzie właścicielka mieszkania witała go uśmiechem, a szczera radość promieniała tak jasno na ich twarzach, jak w owej chwili na twarzy kioskarza. I to uczucie z tamtych czasów owładnęło mną tak niespodziewanie, zanim jeszcze mogłem to sam pojąć, z taką siłą, że prędko spojrzałem w innym kierunku. Ale naturalnie sprzedawca gazet z racji swego długoletniego doświadczenia zawodowego posiadał imponującą znajomość natury ludzkiej, jaką mogą się poszczycić jeszcze tylko niektórzy kierowcy taksówek.

Zakaszlałem zakłopotany i odparłem:

– Za kawę dziękuję. Chętnie filiżankę herbaty. Albo szklankę wody.

– Żaden problem, żaden problem. – Kioskarz wlał wodę do czajnika elektrycznego, podobny miałem w hotelu. – Odłożyłem gazety koło fotela. Nie ma ich zbyt dużo, myślę, że lepszy adres to chyba Internet.

– Tak, ten Internec. – Skinąłem głową z aprobatą i usiadłem. – Bardzo dobre urządzenie. Ja też nie sądzę, żeby mój sukces uzależniony był od przychylności gazet.

– Nie chcę panu bynajmniej psuć przyjemności – powiedział sprzedawca gazet, wyjmując z przegródki torebkę herbaty – ale nie musi się pan bać. Ci, którzy pana oglądali, lubią pana.

– Nie boję się – postawiłem sprawę jasno. – Jakie znowu znaczenie ma opinia jakiegoś krytyka?

– No cóż...

– Żadne – powiedziałem. – Żadne! Nic nie znaczyła w latach trzydziestych, i teraz nic nie znaczy. Ci krytycy zawsze opowiadają ludziom tylko to, co ci mają myśleć. Zdrowe odczucia narodowe są im obojętne. Nie, w głębi duszy naród także bez naszych panów krytyków sam wie, co ma myśleć. Jeśli naród jest zdrowy, to bardzo dobrze wie, co ma jaką wartość. Czy chłop potrzebuje krytyka, który mu powie, do czego nadaje się ziemia, na której uprawia swoją pszenicę? Chłop sam to wie najlepiej.

– Gdyż codziennie uprawia swe pole – dopowiedział sprzedawca gazet. – Ale pana nie widzi każdego dnia.

– Za to codziennie ogląda telewizor. Ma wtedy dobre porównanie. Nie, Niemiec nie potrzebuje nikogo, kto by mu podpowiadał jakieś opinie. Sam sobie umie wyrobić własne zdanie.

– Pan to musi wiedzieć – rzekł sklepikarz ze znaczącym uśmiechem i podał mi cukier. – W końcu jest pan specjalistą w dziedzinie swobodnego kształtowania opinii.

– A co to znowu ma znaczyć?

– Przy panu trzeba naprawdę uważać. – Sklepikarz potrząsnął głową. – Człowiek stale ma ochotę zacząć z panem rozmowę, jakby pan nim naprawdę był. – Jakaś ręka zastukała z zewnątrz w ladę. Wstał. – Niech pan sobie poczyta, co oni tam piszą, mam teraz klientów. Nie ma tego aż tak dużo.

Spojrzałem na niewielki stosik gazet koło fotela. Nie było mnie na żadnej okładce, ale też nie należało się tego spodziewać. Także duże gazety nie zajęły się tematem. Ta wspaniała „Bild"-Zeitung na przykład też nic nie napisała. Ale ów Szpasdemir robił swój program już od dawna, więc relacja z ostatniej emisji nie była zapewne aż tak interesująca. Ostatecznie artykuły zamieściły tylko pomniejsze regionalne gazety, dla których redaktorzy codziennie musieli patrzeć w telewizor, by zapełnić niewielką kolumnę. Zatem trzech z tych redaktorów włączyło program Szpasdemira w nadziei na rozrywkę. Wszyscy oni byli zdania, że moja przemowa była najciekawszym punktem programu. Jeden uważał, że to zdumiewające, iż akurat osoba odgrywająca Hitlera tak precyzyjnie wyartykułowała to, co program Szpasdemira prezentował właściwie przez cały czas, mianowicie nagromadzenie stereotypów na temat cudzoziemców. Dwaj pozostali wyrazili się, że Szpasdemir dzięki mojemu „genialnie złemu przyczynkowi" nareszcie odzyskał pazur, którego brak zbyt długo już dawał się odczuć.

– No i? – spytał sprzedawca gazet. – Zadowolony?

– Już raz zaczynałem od zera – przypomniałem i upiłem łyk herbaty. – Przemawiałem wtedy przed dwudziestką ludzi. Jedna trzecia z nich przypuszczalnie trafiła tam przez pomyłkę. Nie, nie mogę narzekać. Muszę patrzeć do przodu. A panu jak się podobało?

– Dobre – odpowiedział. – Mocne, ale dobre. Tylko Szpasdemir nie wyglądał mi na zbyt zadowolonego.

– Tak – potwierdziłem. – Znam to z dawnych czasów. Karierowicze zawsze podnoszą krzyk, gdy wkracza jakaś nowa, świeża idea. Boją się wtedy o swoje synekury.

– Wpuści pana jeszcze raz do swojego programu?

– Zrobi to, co mu każe firma produkcyjna. Żyje z systemu, musi przestrzegać jego reguł gry.

– Aż trudno uwierzyć, że ledwie kilka tygodni temu zgarnąłem pana sprzed mojego kiosku – powiedział sprzedawca gazet.

– Reguły są wciąż takie same jak sześćdziesiąt lat temu. One się nie zmieniają. Tyle że zatrudnionych jest mniej Żydów. Dlatego też narodowi powodzi się lepiej. À propos: nie zdążyłem jeszcze panu porządnie podziękować. Czy...?

– Bez obaw – odpowiedział sklepikarz. – Mamy ze sobą taki mały układ. Zadbali o mnie. – Potem zadzwonił jego przenośny telefon. Przyłożył aparat do ucha i odezwał się.

Ja tymczasem sięgnąłem po jeden z egzemplarzy „Bild"--Zeitung i zacząłem go przeglądać. Gazeta prezentowała nader sympatyczną mieszankę gniewu ludu i złośliwości. Na początek szły relacje z politycznych potknięć, tworząc obraz równie tępej, jak ostatecznie jednak dobrotliwej matrony na urzędzie kanclerskim, która człapała niezdarnie pośród czeredy plączących się jej pod nogami karłów. Równolegle do tego gazeta demaskowała niemal każdą demokratycznie „legitymizowaną" decyzję jako całkowity nonsens. Wstrętem przejmowała tę cudowną, podżegającą gazetę zwłaszcza idea zjednoczenia Europy. Jednak najbardziej podobała mi się jej subtelna metoda działania. Tak na przykład w rubryce „dowcipy" między żartami o teściowych i mężach rogaczach umieszczono dyskretnie taki żart:

Portugalczyk, Grek i Hiszpan idą do burdelu. Kto płaci? Niemcy.

To było bardzo udane. Streicher dodałby naturalnie w swoim „Stürmerze" jeszcze rysunek, na którym tych trzech spoconych, nieogolonych południowców obmacuje brudnymi paluchami niewinną dzieweczkę, podczas gdy uczciwy niemiecki robotnik musi harować, ale w sumie byłoby to chyba raczej zbędne, dowcip utraciłby przez to swą mądrą nienachalność.

A poza tym na stronice gazety wylewał się barwny eintopf opowieści o zbrodniach, potem następowały relacje od dawna już sprawdzone w łagodzeniu emocji – sport, a następnie galeria zdjęć, na których sławni ludzie wyglądali staro albo brzydko, skończona symfonia zazdrości, zawiści i podłości. Właśnie z tego powodu ucieszyłbym się, gdyby niewielka notka o moim występie znalazła miejsce w takim sąsiedztwie. Ale kioskarz całkiem słusznie nie dołożył tej gazety do stosiku, nic w niej nie było. Opuściłem gazetę, gdy kioskarz schował z powrotem swój telefon.

– Dzwonił mój siostrzeniec – powiedział. – Ten, którego buty nie spodobały się panu. Pytał, czy pan to ten gość z mojego kiosku. Widział pana. Na komórce od kolegi. Mam panu powiedzieć, że jest pan mega ekstra.

Popatrzyłem na kioskarza nierozumiejącym wzrokiem.

– Chyba uważa, że jest pan dobry – przetłumaczył kioskarz. – Nawet nie chcę wiedzieć, jakie oni mają filmiki na tych swoich komórkach, ale na pewno nie ląduje tam nic, czego by nie uznali za jakoś dobre czy ciekawe.

– Młodzież odczuwa jeszcze w sposób niezafałszowany – potwierdziłem jego słowa. – Nie liczy się u nich dobrze czy źle, myślą tak, jak podpowiada im natura. Jeśli dziecko jest prawidłowo wychowywane, nie będzie podejmowało złych decyzji.

– Ma pan właściwie dzieci?

– Niestety nie – odparłem. – To znaczy, z określonych kręgów co jakiś czas rozsiewano plotki, że jest niby paru bękartów, jak to się u nas mówi.

– Oho – skomentował sprzedawca gazet i zapalił sobie spokojnie papierosa. – Chodziło o alimenty...

– Nie, chcieli ze mnie zrobić osobę nie do przyjęcia. Wyjątkowo żałosne. Od kiedy to danie życia dzieciątku jest niewłaściwe czy niehonorowe?

– Niech pan to powie tym z CSU.

– Zgoda, zawsze trzeba brać wzgląd na prostych ludzi. Jakich by się argumentów nie używało, wielu z nich to regularnie przerasta. Himmler kiedyś spróbował, w SS. Chciał przeforsować równe prawa dla urodzonych w małżeństwie i pozamałżeńskich dzieci esesmanów, ale nawet to nie udało się tak do końca. Niestety, biedne dzieci. Taki mały chłopczyk, taka mała dziewczka – a patrzą na nich krzywo, dokuczają im, inne dzieci skaczą wokół nich, wykrzykują szydercze wierszyki. To nie jest też dobre dla ducha wspólnoty. Wszyscy jesteśmy Niemcami, ci ślubni i nieślubni. Zawsze mówię: dziecko to dziecko, od kołyski do okopu. Naturalnie, potem trzeba się o nie troszczyć, to jasne. Ale co to byłby za drań, który by się potem ulotnił? – Odłożyłem znów „Bild"-Zeitung.

– I co się później stało?

– Nic. To były naturalnie oszczerstwa. A potem już się o tym więcej nie mówiło.

– Aha – mruknął sprzedawca gazet i upił łyk herbaty.

– Naturalnie nie wiem, czy nie zajęło się tym jeszcze Gestapo, ale to chyba nie było już konieczne.

– Zapewne nie. Przecież pan zglajchszaltował prasę... – I roześmiał się, jakby powiedział dobry żart.

– Dokładnie tak. – Skinąłem głową. A potem rozbrzmiał *Galop Walkirii.*

To panna Krömeier mi go zainstalowała. Kiedy już uruchomiliśmy te wszystkie komputery, zauważyła, że załatwili mi także przenośny telefon. Niesamowita sprawa, ten aparat, można nim było w dodatku jeździć po tym Internecie, i to jeszcze łatwiej niż z mysim aparacikiem: kierowało się nim po prostu palcami. Od razu się domyśliłem, że trzymam w rękach dzieło twórczego aryjskiego geniuszu, i naturalnie za pomocą kilku ruchów ręki dało się ustalić, że dojrzałość owej techniki pod względem wymogów rynku jest dziełem znakomitej firmy Siemens. Te ruchy musiała oczywiście wykonać panna Krömeier, instrukcja na piśmie bez okularów była nie do odcyfrowania. W związku z tym chciałem jej w ogóle powierzyć ten telefon, ostatecznie Führer nie może się zajmować zbyt wieloma błahostkami, od tego w końcu jest sekretariat. Z drugiej strony całkiem słusznie przypomniałem sobie, że mogę liczyć na jej usługi tylko przez pół dnia. Zaraz też zganiłem się w duchu za to, że stałem się zbyt uzależniony od swojego aparatu partyjnego. Stałem oto znów na początku drogi i chcąc nie chcąc, musiałem kiedyś wreszcie sam podejść do aparatu.

– Chce pan jakiś specjalny sygnał? – spytała panna Krömeier.

– Ja? A po co? – odrzekłem kpiąco. – Przecież nie pracuję w hali biurowej!

– No dobrze, to wstawię panu jakiś zwykły.

Po tym rozbrzmiał dźwięk, jakby jakiś pijany klaun grał na ksylofonie. Ciągle i ciągle od nowa.

– Co to jest? – spytałem przerażony.

– To pana telefon – powiedziała panna Krömeier i dodała: – Mój wodzuu!

– I to brzmi tak?

– Tylko kiedy dzwoni.

– Niech pani to wyłączy! Nie chcę, żeby ludzie brali mnie za idiotę!

– Dlatego też pana pytałam – przypomniała panna Krömeier. – Ten się panu bardziej podoba?

Teraz słychać było więcej klaunów z najróżniejszymi instrumentami.

– To straszne – jęknąłem.

– A nie jest panu wszystko jedno, co ludzie myślą sobie o panu?

– Moja droga panno Krömeier – zacząłem – ja osobiście uważam krótkie skórzane spodenki za najbardziej męskie spodnie, jakie tylko istnieją. I gdy pewnego dnia znowu będę naczelnym dowódcą Wehrmachtu, to wyposażę całą jedną dywizję w te spodenki. I w wełniane podkolanówki.

W tym miejscu panna Krömeier wydała jakiś dziwny odgłos i od razu zaczęła sobie czyścić nos.

– Już dobrze – kontynuowałem. – Nie pochodzi pani z południa Niemiec, nie może pani tego zrozumieć. Ale kiedy już wystawię tę dywizję, kiedy będzie defilować, wtedy wszyscy zobaczą, że to całe dowcipkowanie o bawarskich spodenkach jest bezpodstawne. Ale, i tu dochodzimy do sedna sprawy: w mojej drodze ku władzy musiałem zrozumieć, że polityk w takich spodenkach nie jest poważnie traktowany przez mężów stanu i zarządzających gospodarką. Niewielu rzeczy tak mi było żal, ale musiałem zrezygnować z krótkich skórzanych spodni, i uczyniłem to, gdyż służy to mojej sprawie i tym samym sprawie narodu. I mogę pani powiedzieć: nie zrezygnowałem z tych cudownych spodni po to, żeby jakiś aparat telefoniczny unicestwił tę ofiarę i żebym wyszedł na kompletnego zdechlaka! Niechże więc pani wreszcie wydobędzie z tego aparatu jakiś rozsądny dźwięk.

– Właśnie dlatego pana pytałam. – Panna Krömeier siąknęła nosem i odłożyła chusteczkę. – Mogę zrobić tak, żeby dzwonił jak całkiem normalny telefon, ale mogę też wziąć każdy inny sygnał. Zdania, odgłosy, także muzykę...

– Także muzykę?

– O ile nie muszę jej sama grać. No więc, musiałaby być nagrana na płycie!

No i potem ustawiła mi *Galop Walkirii.*

– Dobre, prawda? – spytałem kioskarza i pewnym gestem uniosłem aparat do ucha. – Tu Hitler!

Nie usłyszałem nic oprócz galopujących nadal Walkirii.

– Hitler! – powiedziałem – Mówi Hitler! – A gdy Walkirie nadal galopowały, zamieniłem tekst na „Kwaterę Główną Führera". W razie gdyby dzwoniący był zbyt zaskoczony, że od razu miał mnie samego przy aparacie. Nic się nie wydarzyło, tylko Walkirie zrobiły się głośniejsze. Tymczasem zaczęło mnie od tego porządnie boleć ucho.

– TU HITLER! – krzyknąłem. – TU KWATERA GŁÓWNA FÜHRERA! – Poczułem się jak na froncie zachodnim w roku 1915.

– Niech pan naciśnie zielony klawisz! – zawołał sprzedawca gazet z boleściwą nutką w głosie. – Nienawidzę Wagnera.

– Który zielony klawisz?

– No, ten na pana telefonie! – krzyknął. – Musi go pan przesunąć w prawo.

Popatrzyłem na aparat. Istotnie, był tam przedstawiony zielony suwak. Przesunąłem nim w prawo, Walkirie zamilkły, a ja krzyknąłem:

– TU HITLER! KWATERA GŁÓWNA FÜHRERA!

Nic się nie wydarzyło, poza tym, że kioskarz, przewracając oczami, ujął moją rękę wraz z telefonem i łagodnie naciskając poprowadził do mojego ucha.

– Pan Hitler? – usłyszałem człowieka od rezerwacji hotelu, Sawatzkiego. – Halo? Pan Hitler!

– Tak jest – rzekłem. – Tu Hitler!

– Cały czas próbuję się do pana dodzwonić. Mam panu przekazać od pani Bellini, że firma jest bardzo zadowolona!

– No tak, to ładnie. Ja sam jednak oczekiwałem czegoś więcej.

– Czegoś więcej? – spytał Sawatzki skonsternowany. – Jeszcze więcej?

– Mój drogi panie Sawatzki – powiedziałem uspokajająco – trzy artykuły w prasie to całkiem nieźle i ładnie, ale w końcu mamy inne cele...

– Artykuły w prasie – zaskrzeczał Sawatzki. – Kto tu mówi o artykułach prasowych? Trafił pan do YouTube. I klikają pana bez końca! – Następnie zniżył głos i dodał: – Tak między nami... bezpośrednio po programie były głosy, które chciały pana utrącić. Nie wymienię nazwisk. Ale teraz... Niech pan to sobie obejrzy! Młodzież pana kocha.

– Młodzież odczuwa po prostu jeszcze w sposób niezafałszowany – powiedziałem.

– I dlatego musimy natychmiast wyprodukować nowe rzeczy – zawołał Sawatzki podekscytowany. – Pana część będzie rozszerzona. Teraz przewidziane są też małe wstawki filmowe! Musi pan natychmiast przyjść do biura! Gdzie pan jest?

– W kiosku – odrzekłem.

– Dobrze – powiedział Sawatzki. – Niech pan tam czeka, taksówka już po pana jedzie! – Rozłączył się.

– I co? – zapytał sprzedawca gazet. – Dobre wiadomości?

Wyciągnąłem do niego swój aparat telefoniczny.

– Umie pan wejść tym na coś, co się nazywa jutiuub?

17

Wydarzyła się rzecz następująca: ktoś za pomocą jakiegoś technicznego urządzenia nagrał mój występ u Szpasdemira i włożył to w Internec, w takim miejscu, gdzie każdy mógł przedstawiać swoje filmiki. I każdy mógł oglądać, co chciał, a żadna żydowska szmirowata żurnalia nie mogła mu nic dyktować. Rzecz jasna, także Żydzi mogli tam wstawiać swoją tandetę, ale bez ich kurateli od razu było widać, czym się to kończyło: naród raz po raz oglądał mój występ u Szpasdemira. Dało się to odczytać po liczbie, która ukazywała się pod fragmentem filmu.

Owszem, zwykle nie dowierzam takim liczbom. Dostatecznie długo miałem do czynienia z towarzyszami partyjnymi i zarządzającymi gospodarką, by wiedzieć, że wszędzie są karierowicze i inne podejrzane indywidua, którzy chętnie troszeczkę podkolorują, gdy chodzi o ukazanie liczb we właściwym świetle. Upiększają je albo dodają do nich liczby porównawcze, wobec których ich własne liczby prezentują się bardzo dobrze, a przemilczają dziesiątki innych liczb, mogących odsłonić znacznie mniej korzystną prawdę. Dlatego też od razu sam się zabrałem do rzeczy i przyjrzałem kilku liczbom z żydowskich bubli. Nawet się przemogłem, w takich sprawach nie można być wszak przewrażliwionym, i sprawdziłem na przykład liczby owego filmu Chaplina –

Dyktator. Zgoda, liczba odwiedzających była siedmiocyfrowa, ale takie rzeczy trzeba naturalnie widzieć w uczciwym porównaniu. Ta taniocha Chaplina istniała już przecież od około siedemdziesięciu lat, toteż wychodzi mniej więcej piętnaście tysięcy odwiedzających rocznie, wciąż jeszcze sporo, ale oczywiście tylko na papierze. Gdyż z pewnością także w tym wypadku należy zakładać słabnące z czasem zainteresowanie. Siłą rzeczy ciekawość człowieka wobec aktualnych wydarzeń jest zawsze znacznie większa niż w przypadku zleżałego towaru, do tego być może jeszcze, jak w tym wypadku, produkcji czarno-białej, podczas gdy dziś jest się przyzwyczajonym do filmów w kolorze. Toteż można założyć, że ten film najwięcej odwiedzających musiał mieć zapewne w latach sześćdziesiątych i siedemdziesiątych. Dziś w najlepszym wypadku rocznie dochodziło może kilkuset, najpewniej studenci szkoły filmowej, paru rabinów i podobnie „fachowa publiczność". Takie wskaźniki w ostatnich trzech dniach jednak bez trudu przebiłem tysiąckrotnie.

Było to dla mnie ciekawe zwłaszcza pod jednym względem.

Aż do tej chwili swoje najlepsze doświadczenia w sprawach oświecenia publicznego i propagandy zdobywałem metodami, które różniły się znacząco od dzisiejszych. Pracowałem z kolumnami brunatnych koszul SA, które wymachując chorągwiami, jechały przez miasto na platformach ciężarówek i bolszewickim bojownikom Czerwonego Frontu wbijały pięść w twarz i pałkę w czerep, które chętnie i z moim najpełniejszym poparciem próbowały też czasem wbić tym zakutym komunistom rozum do głowy kopniakami z kamasza. A teraz stwierdzałem, że najwidoczniej sama czysta atrakcyjność jakiejś idei czy przemowy zdolna jest skłonić setki tysięcy do jej obejrzenia i intelektualnego zmierzenia się z nią. Właściwie było to bardzo trudne do zrozumienia. Wręcz niemożliwe. Miałem tu jakieś niejasne przeczucie, jeśli nie pewną obawę, toteż zadzwoniłem natychmiast do Sensenbrinka. Ten był w wyśmienitym humorze.

– Właśnie przekroczył pan siedemset tysięcy – triumfował. – Obłęd! Widział pan to?

– Tak – odparłem. – Ale pana radość wydaje mi się nader przesadna. To się przecież w ogóle przestanie panu opłacać!

– Jak? Co? Jest pan na wagę złota, mój drogi! A to dopiero początek, niech mi pan wierzy.

– Niemniej musi pan tych wszystkich ludzi opłacać!

– Jakich ludzi?

– Przez pewien czas sam byłem pełnomocnikiem do spraw propagandy. I wiem: aby przeciągnąć na swoją stronę siedemset tysięcy osób, potrzeba przecież dziesięciu tysięcy ludzi. Jeśli są fanatyczni.

– Dziesięć tysięcy ludzi? Co za dziesięć tysięcy ludzi?

– Dziesięć tysięcy ludzi z SA, teoretycznie. I to szacując ostrożnie. Ale SA to pewnie pan jeszcze nie ma, prawda? Zatem będzie pan potrzebował chyba przynajmniej z piętnaście tysięcy.

– Ależ z pana żartowniś – zagrzmiał Sensenbrink, wyraźnie w świetnym humorze. Zdawało mi się, że w tle słychać było brzęk kieliszków. – Niech pan uważa, któregoś dnia ktoś pana jeszcze potraktuje poważnie! – Po tych słowach rozłączył się.

To by było zatem wyjaśnione. Najwyraźniej Sensenbrink nie miał z tym nic wspólnego. Ta aprobata zdawała się pochodzić od samego narodu. Naturalnie, istniała jeszcze możliwość, że Sensenbrink kłamał bez skrupułów, że był krętaczem, te wątpliwości pozostały, to właśnie jest irytujące u ludzi, których nie dobierało się samemu. Ale ogólnie przy takich tematach wydawał mi się wiarygodny. Zabrałem się więc do produkcji dodatkowego materiału, który stał się teraz konieczny.

Jak zawsze, gdy od ludzi wymaga się zbyt dużo kreatywności, przychodzą z najbardziej wątpliwymi propozycjami. Miałem kręcić dziwaczne reportaże, jak choćby „Führer odwiedza Kasę Oszczędnościową" albo „Führer na basenie". Taką kompletną szmirę z miejsca odrzucałem. Politycy uprawiający sport – to prawie zawsze wymaga zbyt wiele od publiczności. Toteż swoją działalność w tym zakresie bezpośrednio po przejęciu władzy zarzuciłem. Futbolista, tancerz, ci to potrafią, ludzie widzą ich doskonałość każdego dnia, to nawet może być wielka sztuka. Ale niech ktoś wyobrazi sobie kogoś takiego jak Göring czy ta matrona na urzędzie kanclerskim, jakby tusza zdarta z niego. Kto by to chciał oglądać? To nie byłyby ładne ujęcia.

Z pewnością znajdzie się paru takich, którzy powiedzą: powinna się zaprezentować narodowi dynamicznie, do tego nie musi skakać na koniu przez przeszkody ani wykonywać rytmicznej gimnastyki sportowej, ale coś spokojnego, jak gra w golfa, tak mówią akurat w konserwatywnych anglofilskich kręgach, to przecież na pewno dałoby się zrobić. Ale przecież kto raz widział dobrego golfistę, ten z całą pewnością nie będzie chciał oglądać gmerania bezkształtnej pulardy. A co by na to powiedzieli inni mężowie stanu? Przed południem z trudem nadąża za uwarunkowaniami polityki gospodarczej, po południu jest na polu golfowym i bezładnie wali w murawę. A w kostiumie kąpielowym to w ogóle największa niedorzeczność. Już Mussoliniemu trudno to było wyperswadować. Ostatnimi czasy robi to też ten podejrzany przywódca rosyjski, interesujący człowiek, bez wątpienia, ale mimo to dla mnie jest skończony: kiedy polityk zdejmuje koszulę, to koniec jego polityki. Tym gestem mówi tylko: „Patrzcie, drodzy towarzysze, członkowie wspólnoty narodowej, dokonałem zdumiewającego odkrycia: bez koszuli moja polityka jest lepsza".

Co to ma znaczyć, co za absurdalna wypowiedź?

Na marginesie, przeczytałem, że niedawno nawet któryś niemiecki minister wojny dał się podobno sfotografować w basenie z pewną niewiastą. Podczas gdy armia stała na polu bitwy albo przynajmniej tuż obok. U mnie ten człowiek ani dnia dłużej nie pozostałby na urzędzie. Zrezygnowałbym z jego prośby o dymisję, położyłoby mu się pistolet na biurku, z kulą w lufie, opuściło pomieszczenie, i jeśli drań ma resztki przyzwoitości, to wie, co ma zrobić. A jeśli nie, to następnego dnia znajduje się w jego głowie kulę, a głowę z twarzą zanurzoną w tym brodziku. Wtedy także reszta tego towarzystwa zapamięta sobie, co się dzieje, gdy w kąpielówkach wbija się armii nóż w plecy.

Nie, takie igraszki w kąpieli w moim przypadku naturalnie nie wchodziły w grę.

– Jeśli to się panu nie podoba, to co pan chce zrobić zamiast tego?

To pytanie postawił mi niejaki Ulf Bronner, reżyser pomocniczy, wiek ze trzydzieści pięć lat, uderzająco źle ubrany mężczyzna. Nie był jeszcze odziany tak niechlujnie jak kamerzyści, którzy – wiem to od czasów mojej najnowszej pracy z telewizją – są najbardziej nieporządnie ubranymi pracującymi mężczyznami świata, wyprzedzają ich tylko ci z fotografii prasowej. Nie wiem, dlaczego tak jest, ale zgodnie z moim rozpoznaniem fotografowie prasowi często nakładają na siebie szmaty, które właśnie spadły z grzbietu kamerzystów telewizyjnych. Przyczyna jest chyba taka, że sądzą oni, iż nikt ich nie widzi, bo przecież w końcu to oni trzymają w ręce kamerę. Ja natomiast, kiedy widzę czyjeś niekorzystne zdjęcie w jakimś piśmie ilustrowanym, z wykrzywioną twarzą czy coś takiego, myślę częstokroć: kto wie, jak znowu wyglądał fotograf. Odgrywający reżysera Bronner był akurat lepiej ubrany, ale tylko o trochę.

– Zajmuję się bieżącą polityką – powiedziałem mu. – I naturalnie kwestiami, które wykraczają poza nią.

– Nie mam pojęcia, gdzie tu ma być dowcip – mruknął Bronner. – Polityka jest zawsze gówniana. Ale proszę bardzo, to w końcu nie mój program.

Z biegiem lat nauczyłem się jednego: fanatyczna wiara we wspólną sprawę nie zawsze jest konieczna. A w niektórych przypadkach wręcz rzecz utrudnia. Widziałem już reżyserów, którzy z nadmiaru chęci tworzenia sztuki nie byli w stanie nakręcić zrozumiałego filmu. To już w końcu nawet wolałem obojętność Bronnera, zostawiała mi ona, jak by nie było, daleko idącą wolną rękę, gdy będę zamierzał piętnować żałosne osiągnięcia wybranych demokratycznie reprezentantów polityki. A ponieważ rzeczy zawsze należy upraszczać, jeśli to tylko możliwe, zatem natychmiast wybrałem pierwszy z brzegu temat, w dosłownym sensie. Najpierw ustawiłem się przed południem pod przedszkolem obok tej dziwnej szkoły, koło której w tych dniach często przechodziłem. Wielokrotnie już obserwowałem nieodpowiedzialne zachowanie kierowców, którzy pędzili tamtędy ze znaczną prędkością i bezmyślnie narażali na niebezpieczeństwo życie i zdrowie naszych dzieci. Na początek w krótkiej przemowie stanowczo opowiedziałem się przeciwko temu piractwu, potem nakręciliśmy kilka ujęć tych bezrozumnych zabójców młodzieży, które później można było wmontować w całość. Na koniec rozmawiałem z przechodzącymi tamtędy w dużej liczbie matkami. Reakcje były zdumiewające. Większość pytała:

– Czy to ukryta kamera?

Na co ja odpowiadałem:

– W żadnym razie, łaskawa pani. Kamera jest przecież tutaj, widzi pani? – Wskazywałem przy tym na urządzenie rejestrujące i towarzyszy kamerzystów, czyniłem to wyrozumiale i cierpliwie, gdyż zmysł techniczny u kobiet to zawsze jest ciężka sprawa. Skoro to zostało wyjaśnione, chciałem się dowiedzieć od damy, z którą akurat rozmawiałem, czy zazwyczaj przebywa w tej okolicy.

– To pewnie rzucili się pani w oczy ci kierowcy?

– No t-taak – powiedziała, przeciągając słowo. – A dlaczego...?

– Czy zgodziłaby się pani ze mną, że wobec zachowania licznych kierowców człowiek musi się bać o bawiące się tu dzieci?

– Ee, no niby tak, ale... niech pan powie, o co panu chodzi?

– Niech pani wyrazi swe obawy całkiem swobodnie, pani towarzyszko narodowa!

– Chwileczkę, nie jestem żadną towarzyszką narodową! Ale skoro już pan pyta... Człowiek się czasem złości, kiedy przechodzi tędy z dziećmi.

– To dlaczego ten wybrany w wolnych wyborach rząd nie stosuje surowszych kar przeciwko takim piratom?

– Nie wiem...

– My to zmienimy! Dla Niemiec! Pani i ja! Jakich kar by się pani domagała?

– Jakich kar ja bym się domagała...?

– Uważa pani, że dotychczasowe kary są wystarczające?

– Tak dobrze to ja nie wiem...

– Czy też nie są wystarczająco surowo egzekwowane?

– Nie, nie, ja bym tego nie chciała.

– Jak to? A dzieci?

– Jest... jest całkiem dobrze. Tak jak jest. Jestem całkowicie zadowolona!

To się zdarzało często. Jakby panowała tu atmosfera strachu, i to w tej niby tak wolnej formie rządów. Niewinna, prosta kobieta z ludu nie miała odwagi w mojej obecności mówić otwarcie, gdy tylko podchodziłem do niej w swoim mundurze prostego żołnierza. Byłem wstrząśnięty. A to powtarzało się w trzech czwartych przypadków. Ostatnia ćwiartka przepytywanych osób mówiła:

– Pan jest tu nowym porządkowym? Nareszcie ktoś to mówi! To przecież draństwo! Trzeba ich natychmiast wsadzić do więzienia!

– A więc żąda pan twierdzy?

– Co najmniej!

– Sądziłem, że kara śmierci została już zniesiona...

– Niestety!

Według podobnej zasady chłostałem teraz to wszystko, co spostrzegłem sam albo znalazłem w wytworach prasowych. Zatrute artykuły spożywcze, kierowców, którzy podczas kierowania pojazdem telefonowali tym przenośnym aparatem, barbarzyński zwyczaj polowania i tym podobne. A zaskakujące było to: ludzie albo domagali się drakońskich kar, albo, co zdarzało się znacznie częściej, bali się mówić otwarcie. Przy jednej okazji było to szczególnie widoczne. Tutaj bowiem kilka osób już się zebrało w śródmieściu, by krytykować rząd. Tak oczywiste rozwiązanie jak bojówki widać nikomu już chyba nie przychodziło do głowy, jednak przynajmniej zbudowali coś w rodzaju straganu, by zbierać podpisy, które koniec końców miały udaremnić niebywałą liczbę stu tysięcy aborcji w Niemczech.

Takie masowe uśmiercanie niemieckiej krwi dla mnie też oczywiście jest nie do przyjęcia – każdy kretyn natychmiast mógł dostrzec, że przy pięćdziesięciu procentach chłopców w perspektywie średniookresowej doprowadziłoby to do ubytku trzech dywizji. Jeśli nie czterech. Jednakże w mojej obecności nagle nikt z tych dzielnych, przyzwoitych ludzi nie chciał się już przyznawać do swoich poglądów, i tuż po naszym przybyciu akcja została na dobre przerwana.

– No i co? – rzekłem do Bronnera. – Tych biednych ludzi jakby podmienili. To tyle na temat tej tak zwanej wolności słowa.

– Obłęd – zdumiewał się Bronner. – To szło jeszcze lepiej niż protest właścicieli psów przeciwko obowiązkowi prowadzenia ich na smyczy!

– Nie – rzekłem. – Źle to pan zrozumiał. Ci właściciele psów, którzy się tak nagle ulotnili, to nie byli porządni ludzie. To byli sami Żydzi. Nie widział pan ich gwiazd? Oni od razu wiedzieli, z kim mają do czynienia.

– To przecież nie byli żadni Żydzi – zaprotestował Bronner. – Wewnątrz gwiazd nie było przecież napisane „Żyd". Tam był „pies".

– Typowe dla Żyda – uświadomiłem go. – Potrafi tylko siać zamęt. A na ogniu bezradności pichci potem tę swoją wstrętną, zatrutą polewkę.

– To przecież... – prychnął Bronner, a potem się roześmiał. – Pan jest naprawdę niesamowity!

– Wiem – rzekłem. – Czy mundury dla kamerzystów są już właściwie gotowe? Ruch musi w przyszłości prezentować się jednolicie!

W firmie produkcyjnej nasze rewelacje przyjmowane były entuzjastycznie. – Pan to ani chybi nawet księdza mógłby nawrócić na ateizm – śmiała się dama Bellini, przeglądając materiał.

– Właściwie to tak, ale próbowałem już tego na większą skalę – przypomniałem sobie. – U wielu z tych klechów to się nie udaje nawet po internowaniu w obozie.

Już dwa tygodnie po mojej premierze u owego Szpasdemira nakręcone wstawki zostały włączone do programu, dodatkowo do mojej płomiennej przemowy, którą wygłaszałem każdorazowo pod koniec. A po dalszych czterech tygodniach dochodził za każdym razem kolejny przyczynek. W gruncie rzeczy to było jak na początku lat dwudziestych. Z tą tylko różnicą, że wtedy przejąłem partię.

Tym razem był to program telewizyjny.

Tak na marginesie, okazało się, że miałem też rację z oceną dotyczącą tego Szpasdemira. Rzeczywiście z niejaką urazą śledził to, jak zdobywałem coraz więcej wpływów i władzy w jego programie, jak wyraźnie dochodziła do głosu moja osobowość wodzowska. Mimo to nie sprzeciwiał się takiemu rozwojowi sytuacji. Wprawdzie nie dostosowywał się wprost, lecz tylko czasem protestował w najżałośniejszy sposób, a za kulisami suszył głowę swoim biadoleniem osobom odpowiedzialnym w firmie. Ja na jego miejscu postawiłbym wszystko na jedną kartę, od samego początku wypraszałbym sobie jakiekolwiek mieszanie się do programu, w porównywalnej sytuacji zaraz po pierwszym występie odpowiedziałbym wstrzymaniem pracy dla stacji, i co by mnie tam obchodziły jakieś umowy. Ale ów Szpasdemir, i trudno się było spodziewać po nim czegoś innego, zdesperowany trzymał się kurczowo swoich nędznych zdobyczy, swej wątpliwej sławy, swojej pory emisji, jakby to było jakieś wyróżnienie. Ten człowiek dla swoich przekonań nigdy by nie zaryzykował porażki, nigdy by się nie udał do twierdzy.

Z drugiej strony, jakie to niby przekonania mógłby on mieć? Czym miałby się wykazać poza swoim podejrzanym pochodzeniem, poza pozbawioną sensu, chełpliwą paplaniną? To już ja naturalnie miałem lepiej, bądź co bądź, za mną stała przyszłość Niemiec. Nie mówiąc już o Żelaznym Krzyżu. Czy Odznace za odniesione rany, to świadczyło o tym, że ja dla Niemiec ofiarowałem już także swoją krew. A co ofiarował taki Szpasdemir?

I żeby było jasne, nie oczekuję tu od razu Odznaki za odniesione rany w złocie. Skąd by ją miał wziąć, kiedy nie ma wojny? A nawet gdyby ją miał, to znowu można by wątpić, czyby się jeszcze nadawał do tego swojego programu rozrywkowego. Jeśli chodzi o ludzi, którzy noszą te rzadkie, wysokie odznaczenia, gdy się im bliżej przyjrzeć, to często nie ma z nich za wiele pożytku. Taka jest brutalna natura świata. Ludzie, którzy odnieśli na froncie pięć albo i więcej ran, od bagnetów, granatów czy gazu, mają szklane oczy albo protezy rąk, albo usta im się krzywo zrosły, jeśli w ogóle mają jeszcze dolną szczękę, nie jest to, trzeba przyznać, drzewo, z którego los może wyrzeźbić najlepszych komików. I chociaż zrozumiała jest pewna gorycz ich sytuacji, to jednak jako Führer muszę też widzieć drugą stronę tego medalu. Oto wśród publiczności siedzą sobie ludzie, w świetnym humorze, wystroili się, po ciężkim dniu w fabryce szrapneli albo lotniczej bazie remontowej chcą się odprężyć, albo też po długim nocnym bombardowaniu, i ja mogę zrozumieć, że ludność oczekuje od dobrego komika czegoś innego niż amputowanych do kolan obu nóg. W takim momencie trzeba z całą dobitnością powiedzieć: w tym wypadku natychmiastowa śmierć po trafieniu granatem jest chyba dla wszystkich lepszym rozwiązaniem niż odznaczenie za odniesione rany z następującym po tym zatrudnieniem w charakterze żartownisia na froncie wewnętrznym.

Ogólnie jednak od razu można było zauważyć, że ten Szpasdemir nie tylko nie posiada żadnego światopoglądu, który mógłby się mierzyć z narodowosocjalistycznym, lecz że nie ma w ogóle żadnego. A bez głęboko zakorzenionego światopoglądu we współczesnym przemyśle rozrywkowym człowiek, rzecz jasna, nie ma żadnych szans, a ponadto też żadnej racji bytu, całą resztę załatwia potem historia.

Albo oglądalność.

18

Führer jest niczym bez swego narodu. To znaczy, naturalnie, że Führer bez narodu także w jakimś sensie jest czymś, ale wtedy nie widać czym. Łatwo to wytłumaczyć każdemu zdrowo myślącemu człowiekowi, bo to przecież byłoby tak, jakby posadzić gdzieś takiego na przykład Mozarta, ale nie dać mu fortepianu – wtedy też nikt nie pozna, że to geniusz. Nawet nie mógłby występować jako cudowne dziecko, wraz ze swoją siostrą. Owszem, ona miałaby jeszcze skrzypce, ale jakby jej też zabrać skrzypce, to co zostanie? Dwoje dzieciaków, które w najlepszym razie mogą recytować wierszyki w dialekcie salzburskim albo podobnie wdzięczne błahostki, ale tego nikt nie chce oglądać, człowiek ma to w każdym salonie w okresie Bożego Narodzenia. Natomiast skrzypcami Führera jest naród.

I współpracownicy.

Naturalnie już w tym miejscu można się spodziewać zastrzeżeń sceptyków, którzy się wymądrzają, że nie można grać jednocześnie na dwóch parach skrzypiec. Ale tu znowu widać, jakie ci ludzie mają spojrzenie na rzeczywistość. Dla nich nie może zdarzyć się to, co nie ma prawa się zdarzyć. Ale przecież tak właśnie jest! Przecież właśnie z tego powodu całe mnóstwo wodzów, także bardzo wielkich, ostatecznie poniosło klęskę! Weźmy na przykład Napoleona, ten człowiek był geniuszem, bezsprzecznie. Ale właśnie tylko w grze na militarnych „skrzypcach". Poległ przez współpracowników. I tu rodzi się pytanie dotyczące każdego geniusza: jakich współpracowników sobie dobiera? Choćby Fryderyk Wielki, ten miał kogoś takiego jak Kurt Christoph hrabia von Schwerin, generał, który dla swego kraju dał się strącić kuli z siodła, w ręce wciąż jeszcze dzierżąc chorągiew, czy Hans Karl von Winterfeld. Człowiek ten w roku 1757 padł pod śmiertelnymi razami szabli. To byli współpracownicy! Ale Napoleon?

Trzeba tu powiedzieć: nie miał on szczęśliwej ręki, i to jest jeszcze łagodnie sformułowane. Kumoterstwo najgorszego sortu, krewniacy tylko ustawiali się w kolejce. Głupkowaty brat Józef siedzi w Hiszpanii, Bernadotte poślubia jego szwagierkę, Jérôme dostaje Westfalię, siostry są zabezpieczone w jakichś włoskich hrabstwach, i czy ktoś mu za to podziękował? A już najgorszym pasożytem był Juliusz, którego ulokował na tronie w Holandii i który do woli majstrował przy własnej karierze króla, jakby sam zdobył Holandię. Z takimi współpracownikami nie da się ani prowadzić wojny, ani rządzić światem. Toteż sam zawsze przykładałem ogromną wagę do znakomitych współpracowników. I w przeważającej większości też ich znajdowałem.

Mam tu na myśli już choćby samo oblężenie Leningradu.

Dwa miliony cywili otoczonych, bez żadnej możliwości dostaw jedzenia. Trzeba mieć naprawdę poczucie obowiązku, by dzień w dzień zrzucać tam jeszcze tysiąc bomb, zwłaszcza wymierzonych na przykład dokładnie w magazyny żywności. Pod koniec doszło do tego, że ci ludzie rozbijali tam sobie nawzajem łby, żeby tylko móc żreć ziemię, w którą wtopił się spalony cukier. Naturalnie, pod względem rasowym ci cywile nie zasługiwali na to, żeby ich zachować przy życiu, ale prosty żołnierz łatwo mógł sobie przecież pomyśleć: jacy biedni, biedni ludzie! Zwłaszcza że taki żołnierz w wielu przypadkach nadzwyczaj też kocha zwierzęta.

Sam tego doświadczyłem w okopach, ludzie w samym środku zmasowanego ognia zaporowego pędzili, by przyprowadzić z powrotem swoją Kicię, albo wręcz po bratersku dzielili się swą oszczędzaną tygodniami racją żywnościową z przybłąkanym Reksiem. I znowu widać tu, że wojna wzniecca nie tylko najokrutniejsze uczucia, ale że walka pod wieloma względami wykuwa w człowieku właśnie to, co w nim najlepsze. Prosty człowiek idzie w bój jako nieociosany kloc, a wychodzi z niego jako niezrównany miłośnik zwierząt, z bezlitosną wolą dokonania tego, co konieczne. I po tym, że ci prości ludzie, te setki tysięcy żołnierzy i miłośników kotów w takiej sytuacji nie mówią jednak: „Zabierzmy się do tego nieco spokojniej, w najgorszym razie leningradczycy po prostu będą wolniej umierać z głodu", lecz że zamiast tego mówią: „Dalej, zrzucać szybko te bomby! Już nasz Führer z pewnością wiedział, co robi, wydając taki rozkaz!", po tym właśnie można poznać, że miało się właściwych współpracowników.

Albo też ma ich znowu, myślałem sobie, przyglądając się pannie Krömeier, jak przepisywała koniec mojego ostatniego przemówienia. Ogólnie byłem bardzo zadowolony z wyników panny Krömeier. Jej pracy nie można było absolutnie nic zarzucić, jej zaangażowanie było wzorowe, ostatnio pozostawała nawet przez cały dzień do mojej dyspozycji. Jedynie jej wygląd wymagał pewnej korekty. Nie to, żeby sprawiała wrażenie osoby niedbającej o schludność, ale ta jej, mimo całej życzliwości, jednak nader posępna prezencja, ta kojarząca się niemalże trochę ze śmiercią bladość nie była korzystna dla takiego radosnego, afirmującego życie ruchu, jaki bezsprzecznie stanowi narodowy socjalizm.

Z drugiej strony Führer musi umieć przymykać oczy na takie rzeczy. Ribbentrop przykładowo, jeśli chodzi o wygląd, był w każdym calu reprezentacyjnym członkiem rasy panów, wzorowy podbródek, pierwszorzędny materiał genetyczny, a jednak, koniec końców, przez całe życie ten człowiek był niedołęgą. I z kogoś takiego też nikt nie ma pożytku.

– Bardzo dobrze, panno Krömeier – pochwaliłem. – Myślę, że na dziś starczy.

– Jeszcze to tylko panu szybko druknę – powiedziała. Wstukała coś w swój komputer. Następnie wyjęła z kieszeni nieduże lusterko i ciemną szminkę, by poprawić sobie usta. To wydało mi się właściwą okazją, by poruszyć temat.

– Co właściwie mówi na to pani narzeczony?

– Jaki znowu narzeczony? I na co niby? Mój wodzuu!

Poprawne zwracanie się do Führera ciągle jeszcze szwankowało.

– No cóż, przecież kiedyś może, a raczej na pewno, będzie pani miała jakiegoś młodego człowieka, jakiegoś, powiedzmy, wielbiciela.

– Nii – powiedziała panna Krömeier, nakładając szminkę. – Nikogo takiego nie ma.

– No więc, nie chciałbym być niedyskretny albo naciskać na panią – zapewniłem ją – ale mnie może to pani spokojnie powiedzieć. Nie jesteśmy tu w końcu wśród katolików. Ja nie mam żadnych obiekcji, jeśli dwoje młodych ludzi ma się ku sobie, to nie potrzeba świadectwa ślubu. Prawdziwa miłość nobilituje się sama!

– To wszystko ładnie, pięknie – powiedziała panna Krömeier i spojrzawszy w lusterko, zacisnęła mocno wargi – ale akurat nie ma żadnego, bo go osobiście cztery tygodnie temu pogoniłam! Mówię panu: to był naprawdę totalny dupek!

Musiałem chyba wyglądać na nieco zaskoczonego, bo panna Krömeier dodała natychmiast:

– Ou! Tak mi się tylko wypsnęło! Oczywiście w Kwaterze Głównej Führera to nie uchodzi! Oczywiście miałam na myśli, że ten facet to nędzny drań! Mój wodzuu!

Nie do końca rozumiałem, co miała na celu ta zamiana słów, czy co miała ona poprawić, jednak z całej jej mimiki przemawiało najszczersze staranie i także niejaka duma, widocznie z powodu tego drugiego sformułowania.

– Przede wszystkim, panno Krömeier – rzekłem surowo – ściśle biorąc nie jesteśmy w Kwaterze Głównej Führera, gdyż mianowicie ja nie jestem głównodowodzącym Wehrmachtu, w każdym razie obecnie. A po drugie uważam, że takie słowa w ogóle nie powinny wychodzić z ust niemieckiego dziewczęcia! A już z całą pewnością nie z ust mojej sekretarki!

– No, ale kiedy to tak przecież było! Jakby pan przy tym był, to sam by pan to powiedział! Mogłabym panu opowiedzieć takie historie...

– Te historie mnie nic a nic nie obchodzą! Tu idzie o szacunek dla Trzeciej Rzeszy, a w tych pomieszczeniach także o szacunek dla kobiety niemieckiej! Kiedy ktoś tu zachodzi, to chciałbym, żeby odniósł wrażenie uporządkowanego państwa, a nie...

Więcej nie zdążyłem powiedzieć, gdyż z oka panny Krömeier spłynęła najpierw jedna łza, a potem z drugiego też jedna, a w końcu już w ogóle cały potok łez. To są właśnie te momenty, których Führer musi na wojnie unikać, tu bowiem ewentualne współczucie pozbawia go naturalnie koncentracji, której pilnie potrzebuje dla zwycięskiego przeprowadzenia bitwy w kotle i rozległych bombardowań. Rzecz jasna w mniej sprzyjających okresach, jak się nauczyłem, jest nieco łatwiej, po prostu wydaje się rozkaz, że każdą piędź ziemi należy utrzymywać aż do ostatniej kropli krwi, w gruncie rzeczy prowadzenie działań wojennych na dzisiaj można uznać za zakończone, równie dobrze można by pójść do domu. Ale mimo to nie należy sobie tymczasem zaprzątać uwagi emocjami innych ludzi.

Oczywiście, przypadkiem nie znajdowaliśmy się akurat na wojnie. A ja cenię nienaganną pracowitość panny Krömeier. Podałem jej zatem papierową chusteczkę, najwyraźniej znowu zaczęto je produkować na masową skalę.

– Nic takiego się nie stało – rzekłem uspokajająco. – Chciałbym tylko, żeby pani w przyszłości... nie wątpię w pani umiejętności, jestem nawet z pani bardzo zadowolony... Nie powinna pani brać sobie tej nagany tak do serca.

– Ach – siąknęła. – To nie przez pana. To tylko dlatego, że ja tego... faceta, że ja go naprawdę kochałam. Myślałam, że coś z tego będzie. Coś naprawdę wielkiego. – Mówiąc to, zaczęła grzebać w swoim plecaku i wyciągnęła telefon. Chwilę przy nim manipulowała, aż wyświetliło się zdjęcie tego drania, i podsunęła mi.

– Tak super wyglądał. I zawsze był taki... taki niezwykły!

Spojrzałem na zdjęcie. Mężczyzna istotnie wyglądał całkiem nieźle. Miał jasne włosy, wysoki wzrost, chociaż był dobre dziesięć lat starszy od panny Krömeier. Zdjęcie ukazywało go na ulicy, w eleganckim garniturze, jednak nie miał on w sobie nic z fircyka, sprawiał wręcz wrażenie nadzwyczaj solidne, jakby kierował niedużym, zdrowym przedsiębiorstwem.

– Nie chciałbym pani urazić – rzekłem – ale doprawdy nie dziwi mnie, że ten związek nie zakończył się szczęśliwie.

– Nie? – siąknęła nosem panna Krömeier.

– Nie.

– Jak to?

– Widzi pani, pani myśli naturalnie, że to pani zakończyła ten związek. Ale czy istotnie nie spostrzegła pani sama, że nie jest właściwą partnerką dla tego mężczyzny?

Panna Krömeier pociągnęła nosem i skinęła potakująco głową.

– Ale mimo to wszystko nam się tak dobrze układało. A potem... nigdy bym nie pomyślała...

– Z pewnością – przytaknąłem. – Ale to przecież widać na pierwszy rzut oka.

Zastanowiła się chwilę. Zmięła chusteczkę w zaciśniętej ręce, gdy podniosła ku mnie wzrok:

– Co? To widać?

Zaczerpnąłem głęboko powietrza. To wprawdzie zdumiewające, na jakie uboczne obszary działań wojennych opatrzność zapędzi człowieka w walce o przyszłość narodu niemieckiego. Ale z drugiej strony, jest zaskakujące, jak łączy ona i kojarzy niektóre rzeczy. Problem panny Krömeier i godnej reprezentacji polityki rasowo-narodowej.

– Widzi pani, mężczyzna, zwłaszcza mężczyzna zdrowy pod względem rasy jak ten, pragnąłby wszak w swoim życiu radosnej, afirmującej życie partnerki, matki dla jego dzieci, kobiety, z której bije zdrowy, narodowosocjalistyczny duch.

– No przecież ja taka jestem! No coś takiego!

– Tak, z pewnością – odparłem. – Pani to wie, i ja wiem. Ale, no więc: niech pani raz popatrzy na siebie oczami mężczyzny w sile wieku! Ciągle ten czarny ubiór. Ta czarna szminka do ust, ta twarz, przy której zawsze mi się wydaje, że maluje ją pani szczególnie blado... Ja, no więc, panno Krömeier, ja panią proszę, niech pani nie zaczyna znowu płakać, ale ja na froncie zachodnim w roku tysiąc dziewięćset szesnastym widziałem zabitych, którzy wyglądali weselej niż pani! Te ciemne oczy, i to przy pani czarnych włosach. Jest pani wszak czarującą młodą kobietą, dlaczego nie nosi pani czasem weselszych kolorów? Jakiejś ładnej bluzki czy kolorowej spódnicy? Zobaczy pani, jak mężczyźni będą się za panią oglądać!

Panna Krömeier patrzyła na mnie bez ruchu. A potem zaczęła się serdecznie śmiać.

– Właśnie to sobie wyobraziłam – wyjaśniła. – Jak latam w kiecce niby ta Heidi z alpejskich hal, z kwiatkami we włosach i całą tą resztą, i jak trafiam na niego na deptaku, na niego i tę jego szykowną damulkę, i jak przy tej okazji dowiaduję się, że ten – że ten p i e p r z o n y t y p jest żonaty. Naprawdę, chybabym wyszła na jeszcze durniejszą, niż i tak już jestem, nie, ten obrazek jest naprawdę zabawny. To miłe, że chce mnie pan rozśmieszyć – powiedziała. – A teraz koniec na dziś. – Wstała, wzięła swój plecak i przewiesiła go przez ramię. – Wyjmę panu jeszcze z drukarki przemowę i włożę ją do pana przegródki – powiedziała, już z ręką na klamce. – Miłego wieczoru, mój wodzuu! No nie, ja w kiecce... – Z tymi słowy wyszła.

Zastanawiałem się, co mógłbym robić tego wieczoru. Może powinienem podłączyć w hotelu ten nowy aparat, który podesłał mi Sensenbrink. Ponoć można z jego pomocą wyświetlać filmy przez telewizor, filmy, które, jakże praktycznie, nie były już też przechowywane na szpulach, ale na małych plastikowych krążkach, których firma Flashlight posiadała całe regały. A filmy przecież zawsze ceniłem, i byłem naprawdę ciekaw, co straciłem w ostatnich latach. Z drugiej strony rozważałem też projektowanie lotniska dla Berlina do lotów w kosmos, bo przecież później, podczas aktywnego prowadzenia działań wojennych, nader rzadko znajduje się na to czas, toteż logiczne byłoby zająć się intensywniej swoją dawną pasją. W tym momencie otworzyły się drzwi i panna Krömeier położyła mi na biurku list.

– Był jeszcze w skrzynce – powiedziała. – Nie przyszedł pocztą, ktoś go chyba po prostu wrzucił do firmowej skrzynki. Jeszcze raz miłego wieczoru, mój wodzuu!

List był istotnie zaadresowany do mnie, nadawca jednak ujął moje nazwisko w cudzysłów, jakby chodziło o program telewizyjny o takim tytule. Powąchałem go, w przeszłości zdarzało się bowiem nierzadko, że swoje uwielbienie dla mnie chciały wyrazić kobiety. List pachniał neutralnie. Otworzyłem go.

Pamiętam jeszcze wyraźnie swój zachwyt, gdy zaraz u samej góry listu zobaczyłem nienaganną swastykę na białym polu. W tak krótkim czasie nie liczyłem na pozytywne reakcje. Co do reszty, z początku trudno było cokolwiek poznać.

Rozwinąłem list. Niezdarnymi, grubymi czarnymi literami było tam napisane:

„Skończ już z tym guwnem, Ty przeklęta rzydowska świnio!”.

Już dawno się tak nie śmiałem.

19

To był piękny, mały sukces, gdy młoda dama w recepcji hotelowej po raz pierwszy przywitała mnie Niemieckim Pozdrowieniem. Byłem w drodze do sali śniadaniowej, i podczas gdy ja odwzajemniałem pozdrowienie odgiętą do tyłu ręką, ona już opuściła ramię.

– Mogę to zrobić tylko dlatego, że pan tak późno wstaje i hol jest akurat pusty. – Mrugnęła do mnie z uśmiechem. – Więc niech mnie pan nie zdradzi!

– Wiem, czasy są ciężkie – odparłem ściszonym głosem. – Na razie. – Ale nadejdzie pora, gdy i pani będzie mogła znów z podniesioną głową przyznawać się otwarcie do Niemiec. – Następnie raźno poszedłem do sali śniadaniowej.

Nie wszyscy z personelu tak przenikliwie rozpoznali znaki czasu jak ta młoda dama w recepcji. Nikt nie trzaskał obcasami, a powitanie sprowadzało się na ogół do zdawkowego „dzień dobry". Z drugiej strony, od kiedy przerzuciłem się raczej na noszenie garniturów, ludzie spoglądali na mnie z mniejszą rezerwą niż wcześniej. Ta sytuacja przypominała trochę okres weimarski, nowy początek po zwolnieniu z więzienia, tutaj także trzeba było ponownie zaczynać od zera, z tą różnicą, że wpływ i zwyczaje zgnuśniałego mieszczaństwa głębiej przeżarły proletariat – bardziej nawet niż wtedy w pierwszym rzędzie to właśnie owcza skóra mieszczańskiego ubioru przyczyniała się do tego, by wzbudzać w ludziach zaufanie. Tak więc mogłem spożywać rano swoje müsli, sok pomarańczowy i pieczywo z siemieniem lnianym, a w spojrzeniach czuć przy tym bezgraniczne uznanie dla moich dotychczasowych dokonań. Rozważałem właśnie, czy wstać i przynieść sobie jabłko, gdy usłyszałem *Galop Walkirii*. Nonszalanckim gestem, który podpatrzyłem u paru młodych ludzi interesu, wyjąłem telefon i przyłożyłem do ucha.

– Hitler! – powiedziałem wzorowo ściszonym głosem.

– Czytał pan już dzisiejszą gazetę? – spytał bez żadnego wstępu głos damy Bellini.

– Nie – odparłem. – A co?

– To niech pan to sobie obejrzy. Zadzwonię jeszcze raz za dziesięć minut.

– Chwileczkę. Co to ma znaczyć? O jakiej gazecie w ogóle rozmawiamy?

– O tej z pana zdjęciem na pierwszej stronie – wyjaśniła dama Bellini.

Wstałem i podszedłem do sterty gazet. Leżało tam kilka egzemplarzy owej „Bild"-Zeitung. A na pierwszej stronie zamieszczone było moje zdjęcie z nagłówkiem: „Zwariowany Hitler z YouTube: Fani zachwycają się jego szczuciem ludzi!".

Wróciłem z gazetą na swoje miejsce i usiadłem. A potem zacząłem czytać.

Zwariowany Hitler z YouTube:

Fani zachwycają się jego szczuciem ludzi!

Całe Niemcy zadają sobie pytanie: czy to jest jeszcze humor?

Niegdyś mordował miliony – teraz miliony wiwatują na jego cześć na YouTube: Z niesmacznym programem i dziwacznymi hasłami pewien „komik" w show Alego Szpasdemira „Ale numer, stary" szczuje przeciwko cudzoziemcom, kobietom i demokracji. Ludzie zajmujący się ochroną młodzieży przed zgubnym wpływem, politycy partyjni i Centralna Rada Żydów są zszokowani.

Życzą sobie państwo próbki jego „sztuki"?

– Turcy nie tworzą żadnej kultury.

– Sto tysięcy aborcji rocznie to wprost niesłychane, z tego powodu zabraknie nam później czterech dywizji na prowadzenie wojny na froncie wschodnim.

– Operacje upiększające to praktykowane hańbienie rasy.

U starszych Niemców ta nazistowska nagonka budzi jak najgorsze wspomnienia. Emerytka Hilde W. (lat 92) z Dormagen: „Straszne. On przecież wyrządził tyle zła!". Politycy ledwie mogą uwierzyć w jego sukces. Minister z ramienia CSU Markus Söder: „To jakiś obłęd. To nie ma już nic wspólnego z humorem!". Ekspert od problematyki zdrowia z SPD Karl Lauterbach dla BILD: „To przekracza wszelkie granice, rani uczucia". Szefowa Zielonych Claudia Roth: „Straszne, zawsze od razu wyłączam, gdy tylko go widzę". Dieter Graumann, przewodniczący Centralnej Rady Żydów: „Niesłychany brak taktu. Rozważamy doniesienie do prokuratury".

Co szczególnie dziwne: nikt nie zna prawdziwego nazwiska tego „komika", który jest przerażająco podobny do nazistowskiego potwora.

BILD drążył dalej, zapytał szefową MyTV, Elke Fahrendonk:

BILD: Co to ma jeszcze wspólnego z satyrą i humorem?

Fahrendonk: Hitler obnaża ekstremalne sprzeczności naszego społeczeństwa, zatem jego ekstremalnie polaryzująca sztuka pod względem artystycznym jest uprawniona.

BILD: Dlaczego ten szalony telewizyjny Hitler nie mówi, jak się naprawdę nazywa?

Fahrendonk: U Atze Schrödera jest podobnie, on także ma prawo do sfery prywatnej.

BILD obiecuje – będziemy nadal badać sprawę.

Muszę przyznać: byłem zaskoczony. Nie mętnym postrzeganiem rzeczywistości przez jakąś gazetę, takie rzeczy zna się aż za dobrze, wiadomo, że najwięksi głupcy w danym kraju z upodobaniem wybierają pracę w redakcjach. Jednakże w owej „Bild"-Zeitung dostrzegłem wszak w głębi duszy pokrewną instytucję, nieco wprawdzie skrępowaną kołtuńską świętoszkowatością, która jak zawsze cofa się przed nazwaniem rzeczy po imieniu, ale mimo to w licznych merytorycznych stanowiskach zmierzającą w podobnym kierunku co ja. Usłyszałem galopujące Walkirie i sięgnąłem po telefon.

– Hitler.

– Jestem przerażona – odezwała się dama Bellini. – W ogóle nas zawczasu nie uprzedzili.

– A czego pani właściwie oczekuje od gazety?

– Nie mówię o „Bildzie", mówię o MyTV – gorączkowała się dama Bellini. – Rozmawiali przecież z tą Fahrendonk, to przynajmniej od nich powinno przyjść jakieś ostrzeżenie.

– A co by to zmieniło?

– Nic – westchnęła. – Tu ma pan chyba rację.

– W końcu to tylko gazeta – przypomniałem. – To wszystko mnie w ogóle nie interesuje.

– Pana może nie – westchnęła dama Bellini. – Ale nas tak. Chcą pana odstrzelić. A my trochę w pana zainwestowaliśmy.

– Co to znaczy? – spytałem ostro.

– To znaczy – głos damy Bellini brzmiał niemal zimno – że leży przed nami zapytanie z „Bild". I że musimy coś powiedzieć.

– Nie mogę sobie wyobrazić, o czym miałbym z nimi rozmawiać...

– A ja owszem. Jeśli oni mają pana na celowniku, to poruszą każdy kamień. Chciałabym wiedzieć, czy jest coś, co mogliby znaleźć.

Za każdym razem jestem rozbawiony, gdy obserwuję, jak panowie kierujący gospodarką zaczynają się bać. Gdy interes wydaje się dostatecznie kuszący, zlatują się rozradowani, gotowi rzucać za człowiekiem każdą ilość pieniędzy. Jeśli wszystko idzie dobrze, są także pierwszymi, którzy chcieliby powiększyć swoje udziały, wskazując na to, że przecież ponosili całe ryzyko. Jednak gdy tylko coś zaczyna wyglądać groźnie, jako pierwsi usiłują owo tak przecież zyskowne ryzyko przerzucić na innych.

– Jeśli to jest pani zmartwienie – zakpiłem – to pojawia się ono nader późno. Nie sądzi pani, że powinna była spytać o takie rzeczy wcześniej?

Dama Bellini chrząknęła.

– Obawiam się, że musimy coś panu wyznać.

– Tak? A co niby?

– Poleciliśmy pana sprawdzić. No więc, niech pan mnie źle nie zrozumie: nie kazaliśmy pana śledzić czy coś takiego. Ale zaangażowaliśmy pewną agencję do zadań specjalnych. Chcę przez to powiedzieć, że trzeba się upewnić, czy nie zatrudnia się zdeklarowanego nazisty.

– No to wynik musiał panią zapewne uspokoić – oznajmiłem rozdrażniony.

– Z jednej strony chyba tak – przyznała dama Bellini. – Nie znaleźliśmy niczego, co by świadczyło na pana niekorzyść.

– A z drugiej?

– Z drugiej strony nie znaleźliśmy w ogóle nic. No więc, jest tak, jakby pan wcześniej w ogóle nie istniał.

– No i? Chciałaby się pani teraz ode mnie dowiedzieć, czy może jednak istniałem już wcześniej?

Dama Bellini przez chwilę milczała.

– Proszę, niech mnie pan teraz źle nie zrozumie. Jedziemy wszyscy na jednym wózku i chcemy tylko uniknąć sytuacji, że na koniec – w tym momencie zaśmiała się nieco wymuszenie – że, oczywiście bez naszej wiedzy, mamy tu coś jakby prawdziwego Hitlera... – Znów przerwała na bardzo krótko, zanim dokończyła: – Sama ledwie mogę uwierzyć w to, co mówię.

– Ja też – wyznałem. – To zdrada państwa!

– Czy mógłby pan przez chwilę być poważny? – spytała dama Bellini. – Chciałabym, żeby mi pan odpowiedział na jedno pytanie: czy jest pan pewny, że ci z „Bilda" nie mogą dokopać się do czegoś, czego można by użyć przeciwko panu?

– Pani Bellini, nie zrobiłem w swoim życiu ani jednej rzeczy, której musiałbym się wstydzić – zapewniłem. – Ani się nieuczciwie nie wzbogaciłem, ani nie zrobiłem niczego dla własnej korzyści. Jednak w kontaktach z prasą na wiele się to nie przyda. W każdym wypadku musimy liczyć się z tym, że ta gazeta zmyśli stek podłych łgarstw. Prawdopodobnie znów nakłamią, że mam nieślubne dzieci, to jak wiadomo najgorsza rzecz, jaka przychodzi do głowy tej kołtuńskiej, oszczerczej prasie. Ale taki zarzut mi nie przeszkadza.

– Nieślubne dzieci? A poza tym nic?

– A co niby jeszcze?

– A jak się ma sprawa z powiązaniami narodowosocjalistycznymi?

– Są bez zarzutu – uspokoiłem ją.

– Więc nie był pan nigdy w jakiejś partii prawicowej? – dociekała.

– Co też pani myśli! – zaśmiałem się, rozbawiony takim prostacko podchwytliwym pytaniem. – Ja tę partię praktycznie współzakładałem! Numer członkowski 555!

– Słucham?

– Żeby pani sobie nie pomyślała, że byłem może tylko biernym uczestnikiem.

– Czy to był może grzech młodości? – Dama Bellini ponownie nader prostacko próbowała nadwątlić moje nienaganne poglądy.

– Co za pomysł!! Niech pani tylko policzy razem ze mną. W tysiąc dziewięćset dziewiętnastym roku miałem trzydzieści lat. Byłem nawet jednym z tych, co wpadli na ten szwindel: pięćset na początku zmyśliliśmy, żeby liczba członków prezentowała się lepiej. To szwindel, z którego jestem niesłychanie dumny. Zapewniam więc panią: najgorsze, co wkrótce może się ukazać w tej gazecie, to informacja, że Hitler sfałszował swój numer członkowski. Myślę, że to mi nie zaszkodzi.

Na drugim końcu przewodu znowu zapadła cisza. A potem dama Bellini powiedziała:

– W tysiąc dziewięćset dziewiętnastym?

– Tak. A niby kiedy? Do partii można wstąpić tylko raz, jeśli się z niej nie wystąpiło. A ja przecież chyba nie wystąpiłem!

Roześmiała się, słychać było w tym ulgę.

– Wobec tego mnie też to nie przeszkadza. „Hitler z YouTube kręcił przy wstępowaniu do partii!" Za taki tytuł niemal bym jeszcze dopłaciła.

– Zatem niech pani wraca na swój posterunek i utrzymuje pozycję. Nie ustąpimy ani piędzi!

– Tak jest, mój wodzu! – Usłyszałem śmiech damy Bellini. Na tym zakończyła rozmowę. Opuściłem gazetę na stół i nagle zobaczyłem dwoje promiennie błękitnych, dziecięcych oczu patrzących spod blond czupryny, należących do chłopaczka, który nieśmiało skrzyżował ręce za plecami.

– A kogóż my tu mamy? – spytałem. – Jak ty się nazywasz?

– Ja – powiedział malec – ja jestem Reinhard.

To był naprawdę rozkoszny chłopczyk.

– A ile masz lat? – dopytywałem się.

Z ociąganiem wyciągnął zza pleców rękę i pokazał trzy palce, zanim z wahaniem dodał jeszcze czwarty. Urocze.

– Znałem kiedyś jednego Reinharda – powiedziałem i pogłaskałem go łagodnie po głowie. – Mieszkał w Pradze. To bardzo ładne miasto.

– Lubiłeś go? – spytał malec.

– Nawet bardzo go lubiłem – odpowiedziałem. – To był bardzo dzielny człowiek! Troszczył się o to, by bardzo wielu złych ludzi nie mogło już nigdy zrobić nic złego takim osobom jak ty i ja.

– Ilu? – spytał chłopczyk, który wyraźnie nabrał ufności.

– Bardzo wielu! Tysiące! Bardzo porządny, dzielny człowiek!

– Czy on ich zamknął?

– Tak – skinąłem głową. – To też.

– To na pewno dostali lanie. – Cudowny brzdąc roześmiał się i wyciągnął zza pleców drugą rękę. Podał mi „Bild"-Zeitung.

– Przyniosłeś mi ją? – spytałem go.

Skinął głową.

– Od mamy! Ona siedzi tam – pokazał na oddalony nieco stolik. A potem sięgnął do kieszeni spodni i wyciągnął pisak. – Mam spytać, czy narysujesz tu auto.

– Auto! – Roześmiałem się. – Jesteś pewny? Czy mama nie mówiła raczej o autografie?

Chłopczyk zmarszczył swe śliczne czółko i myślał chwilę z wysiłkiem. Potem popatrzył na mnie zmartwiony.

– Już nie wiem. A narysujesz mi auto?

– Może zapytamy mamę? – Z tymi słowy wstałem, wziąłem małego człowieczka za rękę i odprowadziłem go do mamy. Podpisałem jej gazetę, a chłopczykowi narysowałem też jeszcze na kartce piękny automobil, wspaniałego maybacha z dwunastoma cylindrami. Kiedy wracałem do swojego stolika, zadzwonił telefon. To była dama Bellini.

– Dobrze pan to robi – powiedziała.

– Lubię dzieci – rzekłem. – Tylko że nigdy nie mogłem założyć rodziny. I niech pani wreszcie przestanie mnie obserwować!

– Jak to, dzieci? – spytała dama Bellini z wyczuwalnym w głosie zdziwieniem. – Nie, mam na myśli, że umie pan dobierać właściwe argumenty, ma pan cięty język. Jest pan tak dobry, że pan Sensenbrink i ja pomyśleliśmy, iż można by tamtym zaproponować od razu wywiad. Tamtym z „Bilda"!

Zastanowiłem się przez moment, a potem powiedziałem:

– Tego nie zrobimy. Myślę, że bez tego częściej trafimy na okładkę. A wywiad dostaną, kiedy my będziemy tego chcieli. Na naszych warunkach.

20

Nie mylę się zbyt często. Przeciwnie, mylę się bardzo rzadko. To jest jedna z zalet tego, że człowiek wkracza do świata polityki dopiero wtedy, gdy zakończy zbieranie życiowych doświadczeń, i mówię to z całą świadomością: gdy zakończy. W obecnych czasach jest bowiem tylu tak zwanych polityków, którzy może przez kwadrans stali za ladą sklepową albo kiedyś, przechodząc obok, zerknęli przez otwarte drzwi do hali fabrycznej, a teraz uważają, że wiedzą niby, jak wygląda prawdziwe życie. Myślę tu, tak tylko dla przykładu, o tym liberalnym azjatyckim ministrze. Ten człowiek przerwał naukę zawodu lekarza, żeby się skoncentrować na swojej karierze politycznej płotki, a w takiej sytuacji człowiek już tylko pyta: i po co? Bo przecież, gdyby zamiast tego powiedział, że najpierw skoncentruje się na uzyskaniu dyplomu lekarza, żeby potem przez dziesięć czy dwadzieścia lat pracować jako lekarz, pięćdziesiąt, sześćdziesiąt godzin w tygodniu, aby potem, uformowany przez twardą rzeczywistość, stopniowo wykształcić w sobie własne zdanie, a następnie utrwalić je jako pogląd na świat, żeby później z czystym sumieniem móc rozpocząć sensowną pracę w polityce, wtedy może jeszcze w sprzyjających okolicznościach coś by z tego było. Ale naturalnie ów młodzieniaszek jest jednym z tego nowszego, najgorszego sortu, który myśli sobie: najpierw pójdziemy do polityki, a pojęcie o niej samo się może jakoś tak po drodze wyrobi. I tak to też później wygląda: dziś się występuje w obronie żydowskiej finansjery, a jutro ugania za żydowskim bolszewizmem, i koniec końców tak to też jest z tym chłystkiem: jak klasowa fajtłapa, która zawsze spóźni się na autobus. Mogę tylko powiedzieć: tfu! Gdyby poczekał, aż zbierze pierwsze doświadczenia frontowe, pozna, co to bezrobocie, dom dla samotnych mężczyzn w Wiedniu, odrzucenie przez tych profesorskich durniów, to dzisiaj by wiedział, o czym mówi. Błędy zdarzałyby się wówczas tylko w zupełnie nadzwyczajnych przypadkach. Jak w tej sprawie z „Bild"-Zeitung. Tutaj, muszę to przyznać, pomyliłem się.

Wyszedłem z założenia, że prasowa hałastra rzuci się na mnie, na moją politykę, moje przemowy. A tymczasem nasłali na mnie głównie bandę fotografów. I już dwa dni później ukazało się moje wielkie zdjęcie, jak na stojąco przy kiosku sprzedawcy gazet piję herbatę z papierowego kubka. Sklepikarz przyłączył się do mnie z butelką lemoniady, która jednak kształtem przypominała butelkę piwa. Nad zdjęciem wielkimi literami widniał napis:

Zwariowany Hitler z YouTube:

TUTAJ OBIJA SIĘ ZE SWOIMI KUMPLAMI OD FLASZKI

Wieczorem szczuje w telewizji na cudzoziemców i naszych polityków, w dzień wystaje ze swoimi kumplami od kieliszka: Najobrzydliwszy „komik" Niemiec, który nazywa siebie Adolfem Hitlerem i wciąż jeszcze zataja przed krajem swoje nazwisko (BILD donosił o tym). Nazistowski „satyryk" (z lewej) odstawił się, zdjął mundur i odgrywa niewinną osobę prywatną. Czyżby już planował kolejny niesmaczny numer?

BILD nadal będzie relacjonował sprawę.

Rzeczywiście trzeba przyznać, że sprzedawca gazet, jeśli chodzi o garderobę, nie miał najlepszego dnia. Wynikało to z tego, że postanowił wykonać prace renowacyjne przy okiennicach. Włożył więc jakieś ubrania z demobilu, a na to naciągnął roboczy kitel, który zdejmował w przerwach na papierosa i wtedy istotnie wyglądał tak niechlujnie, jak – nikt nie potrafi tego ocenić lepiej niż ja – można by się tego spodziewać po kimś wykonującym prace malarskie. Ale to jeszcze nie powód, żeby uważać kioskarza za mojego kompana od kieliszka, zwłaszcza że ja w ogóle nie miewam znajomości wśród pijaków. Mimo to cała ta sprawa była mi nad wyraz niemiła, w końcu sprzedawca gazet naprawdę nie zasłużył sobie na takie traktowanie. Na szczęście potrafił popatrzeć na to zdarzenie jak trzeba. Od razu późnym przedpołudniem wybrałem się w drogę, by go przeprosić za te nieprzyjemności. Ale on ledwie znalazł dla mnie czas.

Stał właśnie przed kioskiem i mimo deszczowej i zimnej pogody obsługiwał zadziwiająco dużo ludzi. Na kiosku rzucał się w oczy wielki plakat nad okienkiem: KUPUJCIE „BILD" – DZIŚ ZE MNĄ I ZWARIOWANYM HITLEREM Z YOUTUBE!

– Przyszedł pan w najlepszym momencie! – zawołał, gdy mnie zobaczył.

– Właściwie to chciałem pana przeprosić! – odkrzyknąłem. – Ale teraz to już nie bardzo wiem, za co.

– Ja też nie – zaśmiał się sprzedawca gazet. – Niech pan znajdzie sobie jakiś pisak i podpisuje! Chociaż tyle może pan zrobić dla swojego kumpla pijaka.

– To naprawdę pan? – spytał jakiś robotnik budowlany, wyciągając do mnie gazetę.

– Tak jest – powiedziałem i podpisałem.

– Jak tylko się o tym dowiedziałem, od razu zamówiłem ekstra dostawę – opowiadał kioskarz nad głowami ludzi, sprzedając gazety. – Tak, może pan tam od razu podejść, pan Hitler chętnie podpisze.

W rzeczywistości wcale tak chętnie nie podpisuję. Nigdy nie wiadomo, do czego ludzie to wykorzystają. Człowiek, nie podejrzewając niczego, składa swój podpis na jakiejś kartce, a następnego dnia ktoś w miejscu powyżej zmyśla jakieś oświadczenie i nagle się okazuje, że nieodwołalnie podarowało się Siedmiogród jakiemuś skorumpowanemu tworowi na Bałkanach. Albo bezwarunkowo kapituluje, choć przecież w bunkrach ma się jeszcze potężną ilość broni odwetowej, przy której użyciu można doprowadzić do dowolnego zwrotu w wojnie. Ale ostatecznie na gazecie podpis wydawał się nieszkodliwy. Poza tym cieszyłem się, że pierwszy raz nikt nie uskarża się na to, iż nie podpisuję jako pan Stromberger czy jeszcze inaczej, lecz moim nazwiskiem.

– Proszę tutaj, ukosem na zdjęciu!

– Może pan na górze napisać „Dla Helgi"?

– Mógłbyś następnym razem powiedzieć też coś na Kurdów?

– My powinni wtedy w wojnę iść razem! Wtedy my by wygraliśmy!

Małą dziewczynkę z gazetą przepuścili na początek, podpisywałem się specjalnie długo. Mogą to sobie spokojnie fotografować: młodzież ufa Führerowi jak dawniej. I nie tylko młodzież. Jakaś wiekowa dama zbliżyła się z jednym z tych nowoczesnych balkoników do chodzenia. Z promiennymi oczami wyciągnęła do mnie swoją gazetę i drżącym mocno głosem powiedziała:

– Pamięta pan? W tysiąc dziewięćset trzydziestym piątym roku, w Norymberdze, stałam w oknie naprzeciwko, tam gdzie odbierał pan defiladę! Zawsze miałam uczucie, że pan na mnie patrzy. Byliśmy z pana tacy dumni! A teraz – przecież pan się w ogóle nie zmienił!

– Ależ pani też nie – zmyśliłem żartobliwie i ze wzruszeniem uścisnąłem jej rękę. Nie to, że mógłbym ją pamiętać, ale to szczere przywiązanie miało swój nader szczególny urok. W każdym razie, gdy w telefonie zgłosił się zdenerwowany Sensenbrink, odprężony mogłem tym dowodem zaufania narodu rozwiać jego obawy i ponownie odrzucić żądanie kontruderzenia przez adwokata. Także następny dzień mnie nie przeraził. Naturalnie gazeta zataiła uwiecznione na zdjęciu poparcie narodu i zamiast tego wydrukowała kompletnie nieistotne zdanie: „Zwariowany Hitler z YouTube: Teraz Niemcy głosują". Do tego dołączono kilka zdjęć z obozów koncentracyjnych, pokazujących niepiękną, ale cóż, niestety konieczną pracę SS. Wtedy to już się nawet trochę rozgniewałem.

Przy wielkich przedsięwzięciach niepoważne jest bowiem ujawnianie nieistotnych, odosobnionych przypadków, ukazujących, że jakiś projekt przejściowo pociąga za sobą drobne przykrości. Zbudowało się na przykład wielką autostradę, którą transportuje się towary wartości miliardów, a tu na skraju drogi zawsze ktoś znajdzie ślicznego, drżącego ze strachu zajączka. Buduje się kanał, który zapewnia setki tysięcy miejsc pracy, i naturalnie znajdzie się jeden czy drugi drobny rolnik, który musi się stamtąd usunąć i wylewa gorzkie łzy. Ale ze względu na coś takiego nie mogę przecież ignorować przyszłości narodu. A gdy zrozumiało się konieczność wytępienia milionów Żydów, no bo tylu ich wtedy właśnie było, to oczywiście zawsze się znajdzie kogoś, przy kim współczujący zwykły Niemiec pomyśli sobie, ach, no tak, taki zły to ten Żyd nie był, tego czy tamtego Żyda można by jeszcze przez parę lat ścierpieć. No a dla takiej gazety to nic trudnego poruszyć czułą strunę w człowieku. Stara śpiewka: każdy jest przekonany o konieczności zwalczania szczurów, ale kiedy dochodzi co do czego, to współczucie dla poszczególnych szczurów jest wielkie. Należy podkreślić: współczucie, a nie chęć zachowania szczura. Tego nie wolno ze sobą mieszać. Ale rzecz jasna właśnie to zamierzone pomieszanie leżało u podstaw ilustracji owej ankiety. Głosowanie, w którego rzetelny przebieg tak czy owak należało wątpić, proponowało trzy odpowiedzi do wyboru, które wywołały gniewny uśmiech na mojej twarzy.

Takie coś sam mógłbym właściwie wymyślić. Opcje odpowiedzi brzmiały:

Już dość! Wyłączcie tego Hitlera z YouTube!

Nie, raczej nie jest śmieszny, to widzi nawet MyTV.

Nigdy nie oglądałem. Nie obchodzą mnie nazistowskie brednie.

Z tym należało się naturalnie liczyć. Coś takiego jest częścią zasadniczo oszczerczego charakteru i narzędziem najwyraźniej ciągle jeszcze duchowo zażydzonej, podżegającej prasy mieszczańskiej. Trzeba się było z tym pogodzić, zwłaszcza że dla tak licznej kłamliwej hołoty brakowało niezbędnych możliwości zakwaterowania. Jak na przykład stwierdziłem przy okazji niewielkiej kontroli infrastruktury za pomocą Internecu, w obozie koncentracyjnym Dachau stały już tylko dwa baraki. Sytuacja nie do przyjęcia, toż od razu po pierwszej fali aresztowań należałoby znów odpalić krematoria.

Sensenbrink naturalnie szalał już z niepokoju. Za każdym razem to właśnie tym „wielkim strategom" jako pierwszym puszczają nerwy. „Załatwią nas – biadolił bez ustanku. – Załatwią nas. MyTV na pewno zaczyna się denerwować. Musimy im udzielić wywiadu!" Dałem do zrozumienia człowiekowi od rezerwacji hotelu, Sawatzkiemu, żeby miał oko na tego niepewnego sojusznika. Natomiast dama Bellini formalnie rozkwitła. Od czasu Ernsta Hanfstaengla nikt inny w taki sposób nie ugadywał dla mnie tylu ważnych i mniej ważnych ludzi. A do tego jeszcze wyglądała bez porównania lepiej, prawdziwie rasowa kobieta.

A jednak czwartego dnia się ugiąłem.

To jedyna rzecz, którą do dziś sobie wyrzucam. Powinienem był okazać twardą nieugiętość, ale możliwe, że nieco wyszedłem z wprawy. A ponadto w najśmielszych snach nie przypuszczałem, co się wydarzy.

Opublikowano moje duże zdjęcie, pokazujące, jak odprowadzam zacną pannę Krömeier do drzwi firmy. Zdjęcie, wykonane w jasnym świetle bardzo wczesnego wieczoru, było – jak łatwo mogłem poznać dzięki prowadzonym w swoim czasie długim rozmowom z moim fotografem Heinrichem Hoffmannem – złośliwie i z premedytacją zniekształcone. Obraz był nie wiadomo dlaczego nieostry, silnie powiększony i tak zaprezentowany, jakby potrzebowali szkolonego przez dziesięciolecia szpiega, żeby zdobyć to zdjęcie. Co, rzecz jasna, było nonsensem. Owego dnia rozważałem wybranie się na mały spacer, dlatego też wyszedłem z budynku razem z panną Krömeier, która potem wsiadła do autobusu. Na tym zdjęciu przytrzymuję jej drzwi do firmy. Nad nim tłustym drukiem napisano:

Zwariowany Hitler z YouTube:

KIM JEST TAJEMNICZA KOBIETA U JEGO BOKU?

Wymykają się ukradkiem bocznymi drzwiami, rozglądają się: nazistowski „komik" i jego tajemnicza piękność. Człowiek, który przed całymi Niemcami do dzisiaj zataja swoje nazwisko i szczuje na cudzoziemców, samozwańczy bojownik o przyzwoitość załatwia swoje brudne romanse w półmroku.

Kim jest tajemnicza kobieta, która pozwala mu się adorować?
BILD dotarł do informacji z jej najbliższego otoczenia:

Nieznajoma nazywa się Vera K. Ma 24 lata, wykształcenie handlowe i dziwaczne upodobanie do czarnych strojów, gustuje też w skórze. Na odnośnych forach internetowych nazywa się „Vulcania 17", szuka tam informacji o czarnych mszach i muzyce z horrorów. Szaleniec i narzeczona z horroru – czego jeszcze musimy się obawiać ze strony tej parki?

BILD obiecuje: Trzymamy rękę na pulsie.

– To jest odpowiedzialność zbiorowa rodziny – oświadczyłem lodowato. – A przecież panna Krömeier nie jest nawet ze mną spokrewniona!

Siedzieliśmy w sali konferencyjnej: dama Bellini, Sensenbrink, człowiek od rezerwacji hotelu, Sawatzki, i ja. I oczywiście to wielki strateg Sensenbrink zapytał z miejsca:

– Ale tu się nic nie dzieje, prawda? Między panem a tą małą Krömeier?

– Niech pan się nie wygłupia – wtrąciła szybko dama Bellini. – Mnie pan Hitler też już przytrzymywał drzwi. Mnie też chce pan o to spytać?

– Musimy się upewnić – powiedział Sensenbrink, wzruszając ramionami.

– Upewnić się? – odwzajemniła się dama Bellini. – Co do czego? Nie mam zamiaru tracić nawet jednego zdania na tę obrzydliwą sprawę. Panna Krömeier może robić, co chce, pan Hitler może robić, co chce. Nie żyjemy już w latach pięćdziesiątych.

– Ale mimo to nie powinien być żonaty – powiedział zdecydowanie Sensenbrink. – W każdym razie, jeśli coś tam jest na rzeczy z tą Krömeier.

– Ciągle jeszcze pan nie zrozumiał – podsumowała dama Bellini i zwróciła się do mnie: – No i? Jest pan żonaty?

– W rzeczy samej – odpowiedziałem.

– No pięknie – jęknął Sensenbrink.

– Niech zgadnę – powiedziała Bellini. – Od tysiąc dziewięćset czterdziestego piątego roku? Od kwietnia?

– Naturalnie – odrzekłem. – Zdumiewające, że informacja prasowa na ten temat jednak zdążyła jeszcze wyjść. W tamtym czasie miasto było niestety pełne bolszewików.

– Nie chcąc urazić pana Hitlera – odezwał się człowiek od rezerwacji hotelu, Sawatzki – myślę sobie, że ma on całkowite prawo uchodzić za wdowca. – Można mówić, co się chce, ale ten Sawatzki nawet pod ostrzałem myślał szybko, jasno, sprawnie, pragmatycznie.

– Nie mogę tego w stu procentach potwierdzić – przyznałem. – Ale odczytałem to tak samo jak pan Sawatzki.

– No – dama Bellini zwróciła się do Sensenbrinka. – Zadowolony?

– Częścią mojego zawodu jest też zadawanie nieprzyjemnych pytań – oznajmił bezczelnie Sensenbrink.

– Pytanie brzmi: co robimy? – podsumowała dama Bellini.

– A czy w ogóle musimy coś robić? – spytał trzeźwo Sawatzki.

– Przyznaję panu rację, panie Sawatzki – powiedziałem. – Albo przyznałbym panu rację, gdyby chodziło tylko o mnie. Ale jeśli ja nic nie zrobię, wtedy będę dalej narażał na kłopoty całe moje otoczenie. Panu Sensenbrinkowi to by może nie zaszkodziło – rzuciłem mu kpiące spojrzenie – ale nie chciałbym narażać na to pani i firmy.

– Siebie i firmę mogłabym narażać w każdej chwili, ale naszych akcjonariuszy nie mogę nawet przez pięć minut – odpowiedziała sucho dama Bellini. – To oznacza: żadnego wywiadu na naszych warunkach. Tylko na ich warunkach.

– Odpowiada mi pani za to, żeby to tak nie wyglądało – ostrzegłem, a ponieważ czułem, że dama Bellini nie akceptuje rozkazów tak radośnie jak Sawatzki, dodałem jeszcze: – Ale co do meritum, ma pani całkowitą rację. Udzielimy im wywiadu. Powiedzmy w Adlonie. I zapłacą nam.

– Pan to ma pomysły – zakpił Sensenbrink. – W tej sytuacji raczej nie uda się nam wymóc honorarium.

– Chodzi o zasadę – oznajmiłem. – Nie rozumiem, dlaczego trzeba trwonić majątek narodowy na te prasowe szumowiny. Wystarczy mi, jeśli zapłacą rachunek.

– A kiedy?

– Możliwie szybko – całkiem słusznie uznała dama Bellini. – Powiedzmy, jutro. Może wtedy dadzą na jeden dzień spokój.

Zgodziłem się.

– A ponadto powinniśmy tymczasem wzmocnić naszą własną promocję.

– To znaczy?

– Nie wolno nam pozostawiać relacji prasowych przeciwnikowi politycznemu. To nie ma prawa się u nas powtórzyć. Należy wydawać własną gazetę.

– Może tego „Völkischer Beobachter"? – zadrwił Sensenbrink. – Jesteśmy firmą produkcyjną, a nie wydawnictwem gazetowym!

– To nie musi być przecież gazeta – wtrącił szybko człowiek od rezerwacji hotelu, Sawatzki. – Siłą pana Hitlera są tak czy owak wystąpienia filmowe. Nagrania wideo są, więc dlaczego by ich nie wstawić na jego własną stronę?

– Wszystkie dotychczasowe występy w HD, żeby mieć wartość dodaną w stosunku do nagrań z YouTube – zastanawiała się dalej dama Bellini. – I mielibyśmy wtedy platformę, gdyby trzeba było zakomunikować coś ważnego. Albo własny punkt widzenia na sprawy. Brzmi dobrze. Niech pan zatroszczy się o to, żeby dział Online dostarczył kilka projektów.

Zakończyliśmy konferencję. Wychodząc, zobaczyłem jeszcze światło w swoim biurze. Wszedłem tam, żeby je zgasić. Dopóki Rzesza nie przestawi się całkowicie na energię odnawialną, to wszystko kosztuje cenne paliwa. W danym momencie nie myśli się o tym, ale potem, trzydzieści lat później, jest wielki lament, kiedy w czołgu tuż pod

El Alamein do ostatecznego zwycięstwa zabraknie akurat tej jednej kropelki paliwa. Otworzyłem drzwi i ujrzałem pannę Krömeier – siedziała bez ruchu przy biurku. Dopiero teraz uświadomiłem sobie, że nawet nie spytałem jej o to, jak się czuje. Urodziny, wypadki śmierci, prywatne telefony, o takich rzeczach wcześniej przypominała mi zawsze moja sekretarka Traudl Junge albo obecnie właśnie panna Krömeier, ale w tym wypadku naturalnie to odpadało.

Patrzyła skonfundowana na blat biurka. Potem uniosła wzrok ku mnie.

– Wie pan, jakie maile dostaję? – spytała blada.

Biedna sierota do głębi mnie poruszyła.

– Bardzo mi przykro, panno Krömeier – rzekłem. – Dla mnie to nie pierwszyzna znosić takie rzeczy, przywykłem stawiać czoło przejawom wrogości, kiedy walczę o przyszłość Niemiec. To ja ponoszę pełną odpowiedzialność i jest niewybaczalne, gdy przeciwnik polityczny zamiast mnie niszczy drobną urzędniczkę!

– To przecież nie ma nic wspólnego z panem – powiedziała, potrząsając głową. – To jest całkiem normalny szajs tego „Bilda". Jak raz się człowiek dostanie do tej zasranej gazetki od gołych cycków, to już jest do odstrzału. Dostaję fotki od jakichś fiutów, same obleśne posty, co to niby chcą ze mną zrobić, już po trzech słowach przestaję czytać. Od siedmiu lat jestem Vulcania 17, a teraz mogę o niej zapomnieć. Nazwa jest trefna, i teraz – postukała zgnębiona w klawisz – teraz to już historia.

To bardzo nieprzyjemne, kiedy nie można podjąć żadnej decyzji. Gdyby Blondi jeszcze żyła, mógłbym ją teraz przynajmniej pogłaskać. Zwierzę, a zwłaszcza pies, potrafi całkiem dobrze ująć takim chwilom napięcia.

– A na Internecie się nie kończy – powiedziała. Wzrok miała utkwiony w pustce. – W Internecie można jeszcze przynajmniej czytać, co ludzie sądzą. Ale na ulicy to niemożliwe. Tam możesz się tylko domyślać, a ja wolę się nie domyślać. – Siąknęła nosem, nie poruszając się.

– Powinienem był ostrzec panią wcześniej – przyznałem po chwili ciszy. – Ale nie doceniłem przeciwnika. Jest mi niewymownie przykro, że musi pani teraz płacić rachunek za mój błąd. Nikt lepiej ode mnie nie wie, że dla przyszłości Niemiec trzeba ponosić ofiary.

– Nie mógłby pan przestać choćby na dwie minuty? – spytała panna Krömeier. Wyglądała na porządnie wytrąconą z równowagi. – Tu nie chodzi o przyszłość Niemiec! To jest rzeczywistość! To nie żaden żart! I to nie jest też żaden występ! To moje życie, a te dupki z gazety chcą mi je zapaskudzić!

Usiadłem na krześle naprzeciwko jej biurka.

– Nie mogę przestać na dwie minuty – oznajmiłem poważnie. – I wcale też nie chcę przestać. Chcę bronić do końca tego, co uważam za słuszne. Opatrzność wyznaczyła mi ten posterunek, tu stoję dla Niemiec, aż do ostatniego naboju. I z pewnością może mi pani teraz zarzucić: czy pan Hitler mimo to nie mógłby na dwie minuty przestać? W czasach pokoju byłbym nawet gotów to uczynić – dla pani, panno Krömeier! Ale nie chcę tego. Powiem pani dlaczego. I jestem pewien, że gdy pani to usłyszy, to sama nie będzie tego więcej pragnęła!

Popatrzyła na mnie pytającym wzrokiem.

– W momencie, w którym zgodziłbym się na ustępstwa, nie czyniłbym tego ze względu na panią. Zrobiłbym to koniec końców dlatego, że zmusza mnie do tego ta oszczercza gazetka. Chce pani tego? Chce pani, żebym uczynił to, czego żąda ta gazeta?

Potrząsnęła głową, najpierw powoli, potem przekornie.

– Jestem z pani dumny – rzekłem. – A jednak jest różnica między panią a mną. Tego, czego wymagam od siebie, nie mogę wymagać od wszystkich ludzi. Panno Krömeier, żywiłbym najgłębsze zrozumienie, gdyby chciała pani złożyć rezygnację z pracy dla mnie. Firma Flashlight z pewnością znajdzie pani inne zajęcie, gdzie nie będzie już pani narażona na żadne przykrości.

Panna Krömeier siąknęła. Potem wyprostowała się na krześle i powiedziała zdecydowanym głosem:

– Niedoczekanie, mój wodzuu!

21

Pierwsze, co zobaczyłem, to duży napis gotykiem; odczytałem zwrot „Strona domowa". Od razu chwyciłem za telefon i zadzwoniłem do Sawatzkiego.

– I? Widział pan już? – spytał. I nie czekając na odpowiedź, wykrzyknął radośnie: – Dobrze wyszła, prawda?

– „Strona domowa"? – spytałem. – Co to ma być? O jaki dom tu chodzi?

Sawatzki zaniemówił na linii.

– No przecież nie możemy nazwać pana strony „Homepage"...

– Nie? – zdziwiłem się. – A dlaczego?

– Führer nie może przecież używać obcych słów.

Potrząsnąłem energicznie głową.

– Sawatzki, Sawatzki, a co pan wie o Führerze? To kurczowe trzymanie się niemczyzny to najgorsze, co można uczynić. Nie może pan mylić czystości krwi z mentalnym izolowaniem się. Ten homepage to naturalnie homepage, niech pan nie będzie śmieszny! Nie nazwie się przecież tanku ruchomym działem na gąsienicach tylko dlatego, że wymyślili to Anglicy.

– Ta homepage – poprawił mnie Sawatzki. – Już dobrze. Zajmę się tym. A poza tym, jak się panu podoba?

– Jeszcze nic nie widziałem – odrzekłem i zaciekawiony przesunąłem mysim urządzeniem po stole. Na drugim końcu przewodu Sawatzki stukał w klawiaturę. Nagle na moim ekranie pojawił się duży napis Homepage.

– Hm – mruknął. – To jakoś przestaje mieć sens. Niby dlaczego trzeba pisać „Homepage" tą starą czcionką?

– Dlaczego musi pan wszystko tak komplikować? – zganiłem go. – Niech pan zrobi z tego po prostu „Kwatera Główna Führera".

– A nie mówił pan cały czas, że obecnie nie jest pan już głównodowodzącym Wehrmachtu? – spytał Sawatzki omalże kpiąco.

– Czujnie – pochwaliłem go. – Ale to jest przecież symboliczne. Jak z moim adresem mailowym. Przecież ja też nie jestem Nową Kancelarią Rzeszy. – Z tymi słowy odłożyłem słuchawkę i wziąłem się do dalszego rozpoznawania mojej strony.

Przebiegała przez nią w poprzek na górze listwa, z której za pomocą mysiego urządzenia można było oglądać konkretne działy. Jeden nosił nazwę „Najnowsze doniesienia", gdzie w przyszłości chcieliśmy zamieszczać aktualności i gdzie tymczasem było jeszcze dość pusto. Następnie była „Kronika tygodniowa", gdzie dla odwiedzających wyświetlano w małym okienku moje dotychczasowe wystąpienia w formie filmów. Dalej moja obszerna biografia, która okres od 1945 do mojego powrotu określiła jako „Nie-Operacja Barbarossa". Sawatzki to zaproponował, ja się bardzo śmiałem na myśl, że w tym okresie spałem niby cesarz Barbarossa w grocie w Kyffhäuser. Z drugiej strony nie potrafiłem też podać żadnych bliższych czy trafniejszych informacji dotyczących czasu, który upłynął od tamtej pory, toteż wyraziłem zgodę na użycie tego określenia. Nazwa kolejnego działu brzmiała: „Zapytajcie Führera!". Miał on służyć komunikacji między mną i moimi zwolennikami. Zaciekawiony sprawdziłem, czy nadeszło już jakieś zapytanie. W rzeczy samej, jakiś pan napisał:

Wielce szanowny panie Hitler!

Z zainteresowaniem przeczytałem o pana koncepcji różnej wartości ras. Ja sam od pewnego czasu hoduję psy i od tej pory martwię się, czy przypadkiem nie hoduję jakiejś pośledniej rasy. Stąd moje pytanie: która rasa psów jest najlepsza na świecie, a która najgorsza? I kto jest Żydem wśród psów?

Helmut Bertzel, Offenburg

To mi się podobało. Dobre pytanie, i na dodatek ciekawe! Zwłaszcza że w ostatnim czasie pytano mnie tak często o sprawy wojskowe, że nawet dla mnie było tego za dużo. Poza tym tematy wojskowe mają ograniczoną wartość rozrywkową, jeśli człowiek ciągle otrzymuje złe wiadomości. A przecież w pierwszych latach wojny przy stole prowadziłem często zajmujące rozmowy na tematy z najróżniejszych dziedzin, ostatnio bardzo mi tego brakowało. Pytanie o psy trochę przypomniało mi teraz bezpośrednio ten tak ciągle przecież piękny czas! Natychmiast wyciągnąłem swój cud-telefon i specjalnie nawet odszukałem skomplikowaną nieco funkcję dyktowania, tak wielką miałem ochotę odpowiedzieć na to pytanie.

– Mój drogi panie Bertzel – rozpocząłem – w istocie hodowla psów, jeśli chodzi o osiągnięcia, jest bardziej zaawansowana niż rozmnażanie i rozwój człowieka.

Zastanowiłem się przez chwilę, czy mam wysłać panu Bertzelowi jedynie zwięzłą odpowiedź, potem jednak z czystej radości zastanawiania się nad tym tematem postanowiłem rzecz opracować z godną Führera skrupulatnością i wziąłem większy rozmach, by kompleksowo i ostatecznie zakreślić cały obszar tej dziedziny. Ale od czego należało zacząć?

– Są psy tak rozumne, że wzbudza to aż lęk – mówiłem do aparatu, z początku nieco z namysłem, potem coraz płynniej. – Hodowla psów jest zatem ciekawym przykładem na to, gdzie mógłby znajdować się już teraz człowiek. Jednakże widzimy też, do czego prowadzi mieszanie bez opamiętania ras, gdyż także pies, a zwłaszcza on, bez nadzoru parzy się całkowicie na oślep. Skutki można obserwować najczęściej w Europie południowej, pies mieszaniec marnieje, dziczeje, upada. Tam natomiast, gdzie wkracza porządkująca ręka, rozwijają się rasy czyste, każda z nich może osiągnąć szczyt swej formy. Na świecie, trzeba to z całą wyrazistością powiedzieć, istnieje więcej należących do elity psów niż ludzi – deficyt, który przy odrobinę większej wytrwałości właśnie narodu niemieckiego w połowie lat czterdziestych ubiegłego wieku już dziś mógłby uchodzić za usunięty.

Przerwałem, rozważając, czy nie urazi to nazbyt wielu towarzyszy narodowych, ale z drugiej strony uwaga ta dotyczyła jednak głównie ludzi dziś już zupełnie starych, no i powiedziane to było faktycznie z myślą o nich! Młodsi powinni z kolei zobaczyć, jakie wymagania zostaną im kiedyś znów postawione!

– Naturalnie rozmnażanie i rozwój psa nie podlegają tym samym regułom, co identyczne procesy u człowieka. Pies jest podporządkowany władzy człowieka, człowiek kontroluje jego odżywianie i rozmnażanie, toteż pies nigdy nie będzie miał problemu przestrzeni życiowej. I z tego powodu cele hodowli nie zawsze wyznaczane są przez nadchodzącą ostateczną walkę o panowanie nad światem. O tyle więc pytanie, jak wyglądałyby psy, gdyby od milionów lat musiały walczyć o panowanie nad światem, musi pozostać całkowicie w sferze spekulacji. Nie ulega kwestii, że miałyby większe zęby. I silniejsze uzbrojenie. Uważam też za więcej niż prawdopodobne, że takie psy już dziś mogłyby obsługiwać proste urządzenia, choćby maczugi, proce, może nawet łuk i strzały.

Przerwałem. Czy te górujące nad innymi rasy psów-panów mogłyby mieć obecnie prymitywną broń palną? Nie, należało to uznać za nieprawdopodobne.

– Niemniej różnice między rasami przypominają te między ludźmi. Toteż uzasadnione jest pytanie, czy świat psów zna Żyda, poniekąd żydowskiego psa: oczywiście, że pies żydowski istnieje.

W tym miejscu mogłem już sobie wyobrazić, co pomyślą tu setki tysięcy czytelników, dlatego też od razu należało zadziałać profilaktycznie:

– Jednakże nie jest nim, jak się częstokroć przypuszcza, lis. Lis nigdy nie może być psem, a pies lisem, o tyle więc lis nie jest też nigdy psim Żydem. Jeśli już, to własnego żydowskiego lisa należy szukać wśród lisów, a tego najprędzej mogę rozpoznać w postaci psowatego wielkouchego, który w typowo żydowski sposób już w swej nazwie wypiera się bycia lisem.

Dyktowanie wprawiło mnie w stan pewnej ekscytacji. „Psowaty wielkouchy – mruczałem rozeźlony. – Bezczelność!" Potem powiedziałem szybko:

– Panno Krömeier, proszę wykreślić psowatego wielkouchego i bezczelność. – To właśnie było niezbyt piękne w tym czarodziejskim telefonie, miał on zapewne funkcję kasowania, ale za nic nie mogłem zapamiętać, jak się ją uruchamia.

– Stwierdzamy zatem: psa-Żyda należy szukać wśród psów. Dalsze postępowanie nasuwa się samo: musimy się rozglądać za psem płaszczącym się, łaszącym, śliniącym, ale w każdej chwili zdolnym do tchórzliwej napaści z ukrycia – to oczywiście jamnik. W tym miejscu wszelako już słyszę właścicieli psów, zwłaszcza monachijskich, pytających: Jak to możliwe? Czyż jamnik nie jest najbardziej niemieckim psem?

Odpowiedź brzmi: nie.

Najbardziej niemieckim psem ze wszystkich ras jest owczarek niemiecki, potem, w kolejności do dołu, dog, doberman, szwajcarski pies pasterski (ale tylko ze Szwajcarii niemieckojęzycznej), rottweiler, wszystkie odmiany sznaucera, münsterländer, i jeśli o mnie chodzi, może jeszcze wspomniany już u Wilhelma Buscha szpic. Psy nieniemieckie natomiast – pomijając i tak importowane – to cudzoziemskie psy jak terier, basset oraz tym podobna psia hołota wyżłów weimarskich (nomen omen!), próżny spaniel, gnuśny mops oraz w ogóle wszystkie zdegenerowane pieski ozdobne.

Następnie się wyłączyłem, ale zaraz z powrotem włączyłem.

– No i te chuderlawe charty!

Zastanowiłem się, czy nie pominąłem czegoś istotnego, ale nic mi nie przychodziło do głowy. Bardzo dobrze. Wprost miałem ochotę na następne pytanie. Niestety jednak żadne jeszcze nie nadeszło. Przesunąłem mysi aparacik dalej, do ostatniego działu „Obersalzberg – w odwiedzinach u Führera", który miał funkcjonować podobnie jak księga gości w hotelu. Tu nadeszło już kilka wiadomości. Nie wszystkie były zrozumiałe.

Poważne wiadomości nie nastręczały problemów. Brzmiały one „Czapki z głów przed pana dosadnym językiem", albo „Oglądam każdy program. Wreszcie ktoś kruszy te skostniałe struktury". To ostatnie zdawało się w narodzie pilną potrzebą, wprost wielokrotnie przypominano o skruszeniu bądź istnieniu takich skostniałych struktur, ktoś, przypuszczalnie architekt, pisał o „sztukturach", ekspert od metali także o „zardzewiałych" strukturach, ale ostatecznie wiadomo było, co mają na myśli. A dla Niemca istnieją naturalnie ważniejsze rzeczy niż poprawna pisownia, która i tak już wykazuje uciążliwą skłonność do biurokratycznego dzielenia włosa na czworo.

Równie miła była wiadomość „Führer rulez". Można chyba założyć, że tymczasem miałem już także zwolenników we Francji, o ile nie chodziło o literówkę, otrzymałem też bowiem wpis „Führer RULZ" – niewykluczone, że jakiś pan Rulz próbował moim kosztem zyskać nieco sławy. Wielokrotnie wyrażano po prostu wezwanie „Tak trzymać!", jak też „Führer for President". Już chciałem zakończyć swoje odwiedziny w tym dziale, gdy niżej na liście naliczyłem chyba ze sześć całkowicie identycznych wpisów, wysłanych przez kogoś, kto podpisywał się „blut & ehre".

Co zaskakujące, wiadomość była raczej krytyczna: „Skończ z tymi kłamstwami, żydowski Turku!".

Potrząsając głową, zadzwoniłem do Sawatzkiego, żeby ktoś usunął ten wybryk. Co to miało być – żydowski Turek?

Obiecał, że się tym zajmie, i powiedział, żebym jeszcze raz wszedł na pierwszą stronę. Był tam napis „Kwatera Główna Führera".

Wyglądało to naprawdę dobrze.

22

No cóż, współpraca z prasą, tak całkiem bez zglajchszaltowania, jest nieco męcząca. Nie tylko dla takich polityków jak ja, którzy mają ocalić naród, nie, jest dla mnie też absolutnie niepojęte, dlaczego obywatelom niemieckim wyrządza się takie rzeczy. Weźmy choćby te raporty gospodarcze. Każdego dnia inny „fachowiec" mówi, co należałoby teraz zrobić, a następnego dnia znowu inny, jeszcze większy „fachowiec" wypowiada się, dlaczego właśnie to byłoby absolutnie niesłuszne i logicznie najlepsze byłoby rozwiązanie dokładnie odwrotne. To jest właśnie owa żydowska, choć obecnie w dużej mierze funkcjonująca też najwyraźniej bez Żydów, zasada, której jedyną treścią jest szerzenie możliwie największego chaosu, co sprawia, że ludzie w poszukiwaniu prawdy muszą kupować jeszcze więcej gazet i oglądać jeszcze więcej programów telewizyjnych. Widać to choćby po stronach gospodarczych, które wcześniej nikogo nie interesowały, a dziś musi je śledzić każdy, po to tylko, żeby z powodu tego terroru gospodarczego jeszcze bardziej się przez nie bać. Rzucać się na akcje, uciekać od akcji, teraz złoto, za chwilę pożyczki, następnie znowu nieruchomości. Prosty człowiek wpychany jest w jakąś dodatkową działalność zarobkową w charakterze specjalisty od finansów, co ostatecznie znaczy tylko tyle, że wpędza się go w hazard z jego własnymi, mozolnie uskładanymi oszczędnościami jako stawką. To niesłychane, prosty człowiek ma uczciwie pracować i płacić swoje podatki, odpowiedzialne państwo natomiast powinno mu w zamian ulżyć w jego pieniężnych troskach. To chyba minimum, zwłaszcza w przypadku rządu, który z powodu śmiesznych skrupułów (brak własnej broni atomowej i tym podobne wykręty) uparcie wzbrania się przed tym, by przydzielić ludziom bezpłatnie ziemię uprawną na rosyjskich stepach.

To, że polityka dopuszcza do obecnego siania paniki przez prasę, to naturalnie szczyt głupoty: w tym chaosie własna bezradność wygląda wszak na jeszcze głupszą niż i tak już jest, a im większy niepokój i panika, tym bardziej polityk kolejny raz zachowuje się jak kukła. Chcę powiedzieć, że mnie to nie przeszkadza, naród z każdym dniem widzi wyraźniej, jacy dyletanci mogą tu sobie uprawiać swoją amatorszczyznę na najbardziej odpowiedzialnych stanowiskach. Jedyne, co mnie w tym rzeczywiście zdumiewa, to fakt, że miliony nie ciągną już od dawna z pochodniami i widłami pod te parlamenty, gdzie prowadzi się jałowe dyskusje, z okrzykiem na ustach: „Co wy robicie z naszymi pieniędzmi???".

Ale Niemiec już taki jest – żaden z niego rewolucjonista. I nie wolno też znów zapominać, że nawet najbardziej sensowną i uzasadnioną rewolucję w dziejach Niemiec, tę z roku 1933, trzeba mu było umożliwić poprzez wybory. Można by powiedzieć, rewolucja zgodnie z przepisami. No cóż, zapewniam, że i tym razem uczynię w tej sprawie wszystko, co w mojej mocy.

Chciałem zabrać do Adlonu Sawatzkiego. Nie żebym spodziewał się od niego jakiejś znaczącej inspiracji, ale wydawało mi się stosowne wystąpić ze świtą i w przypadku spornych wypowiedzi mieć świadka – jednego świadka, nawiasem mówiąc, ale Sensenbrink też koniecznie musiał pójść. Nie jestem pewien, czy Sensenbrink wierzył w to, że będzie mógł okazać się pomocny, czy raczej chciał nadzorować, co ja zamierzam tam powiedzieć. Koniec końców Sensenbrink, co obecnie stwierdzam z całkowitą niemal pewnością, należy do owej grupy podległych ludzi kierujących przedsiębiorstwem, którzy uważają, że wszystko w ogóle działa tylko wtedy, gdy oni w jakiejś formie w tym uczestniczą. W tym miejscu mogę rzec: nigdy dość ostrzeżeń przed takimi osobnikami, wszak najwyżej raz na sto albo i dwieście lat zdarza się, że ktoś jest rzeczywiście wszechstronnym geniuszem, i wtedy oprócz kilku innych czynności musi też przejąć od reszty całkowite naczelne dowództwo na froncie wschodnim, bo inaczej wszystko przepadnie – ale zazwyczaj ci niezbędni specjaliści od wszystkiego okazują się najzupełniej zbędni i nieprzydatni, i to kiedy się ma wyjątkowe szczęście. Mianowicie potrafią oni też jeszcze wyrządzić maksymalne szkody.

Zdecydowałem się na prosty garnitur. Nie żebym się wstydził munduru czy jak, ale jestem zdania – właśnie jako wyraziciel bezkompromisowych poglądów – że niekiedy słusznym jest, by prezentować się w sposób podkreślający rys mieszczański. Całe igrzyska olimpijskie w roku 1936 zorganizowaliśmy na tej zasadzie, i jak przeczytałem, ten niebywały sukces propagandowy dopiero co próbowano kopiować w Pekinie, z dobrymi, a czasem wręcz bardzo dobrymi rezultatami.

W udekorowanym przedświątecznie hotelu zaprowadzono nas do sali konferencyjnej, gdzie umówione było spotkanie. I chociaż starałem się przybyć z niewielkim opóźnieniem, zjawiliśmy się w sali jako pierwsi. To było nieco irytujące i mogło stanowić strategiczne posunięcie tych pismaków, ale naturalnie mogło być także przypadkiem. Nie trwało długo, i drzwi znów się otworzyły. Wkroczyła przez nie blond dama w kostiumie i podeszła do mnie. Obok niej szedł tłusty fotograf, który we właściwym dla swej branży porwanym ubraniu natychmiast zaczął bez pytania wykonywać zdjęcia. Zanim Sawatzki czy Sensenbrink zdążyli wpaść na niezręczny pomysł, by jak belfer z wiejskiej szkółki przedstawić nas sobie, postąpiłem do przodu, zdjąłem wojskową czapkę z daszkiem, wcisnąłem ją pod pachę i ze słowami „dzień dobry" podałem damie rękę.

– Miło mi – rzekła chłodno, acz nie bez życzliwości. – Jestem Ute Kassler z „Bilda".

– Cała przyjemność po mojej stronie – powiedziałem. – Czytałem już sporo pani artykułów.

– Właściwie oczekiwałam od pana Niemieckiego Pozdrowienia – zauważyła.

– Wobec tego znam panią lepiej, niż pani mnie – odrzekłem w tonie lekkiej pogawędki i poprowadziłem ją do stołu z ustawionymi wokół fotelami. – Ja nie oczekiwałem od pani Niemieckiego Pozdrowienia, i kto tu miał rację?

Usiadła i starannie umieściła swoją torebkę na pustym krześle obok. Te całe ceregiele z torebką, to kładzenie jej od razu, gdy się usiądzie, zupełnie jakby człowiek obładowany bagażem zajmował miejsce w przedziale pociągu, to się pewnie nie zmieni także w następnych sześćdziesięciu pięciu latach.

– Jak miło, że znalazł pan wreszcie dla nas czas – powiedziała.

– Nie może pani twierdzić, że przedkładam inne gazety nad pani organ – odparłem. – I koniec końców to państwo też najbardziej się... powiedzmy... zajmowali mną.

– No, ale też zasługuje pan na to, by o panu pisać. – Zaśmiała się. – Kim są ci panowie u pańskiego boku?

– To jest pan Sensenbrink z Flashlight – odparłem. – A to – wskazałem ręką na Sawatzkiego – pan Sawatzki, również z Flashlight. Znakomity człowiek! – Kątem oka mogłem dostrzec, jak po twarzy Sawatzkiego przemknął błysk radości, częściowo wywołany moją pochwałą, częściowo jednak przyczyną mogło też być zainteresowanie całkiem przystojną reporterką. Sensenbrink przybrał minę, którą można było zinterpretować jako kompetentną albo też bezradną, jak kto woli.

– Przyprowadził nam pan dwóch ludzi, żeby nas pilnowali? – Uśmiechnęła się. – Czy wyglądam tak groźnie?

– Nie – odrzekłem. – Ale bez obu tych panów ja sprawiam takie niegroźne wrażenie.

Roześmiała się. Ja też. Co za groteskowe bzdury. To zdanie od początku do końca nie miało naturalnie żadnego sensu. Ale przyznaję, że trochę nie doceniłem tej młodej, jasnowłosej damy i w tamtym momencie zakładałem, że będę ją mógł załatwić paroma zabawnymi zdaniami w tonie niezobowiązującej pogawędki.

Wyciągnęła z torebki swój telefon, pokazała mi, mówiąc:

– Nie ma pan nic przeciwko temu, że będziemy nagrywać rozmowę?

– Równie mało jak pani – odpowiedziałem, wyciągnąłem swój telefon i wcisnąłem go w rękę Sawatzkiemu. Nie miałem za bardzo pojęcia, jak się tym nagrywa całe rozmowy.

Sawatzki zachował się przytomnie, jakby miał pojęcie. Postanowiłem przy okazji jeszcze raz go pochwalić. Do stołu podszedł kelner i spytał, czego się napijemy. Złożyliśmy zamówienie. Kelner zniknął.

– I? – zapytałem. – Co chciałaby pani o mnie wiedzieć?

– No, na przykład pana nazwisko.

– Hitler, Adolf – odparłem i sama ta odpowiedź wystarczyła, by wywołać pierwsze krople potu na czole Sensenbrinka. Można by pomyśleć, że po raz pierwszy przedstawiłem się dopiero tu i teraz.

– Oczywiście mam na myśli pana prawdziwe nazwisko – powiedziała znacząco.

– Młoda osobo! – Ze śmiechem pochyliłem się do przodu. – Jak pani zapewne przeczytała, już dość dawno postanowiłem zostać politykiem. Jak głupi musiałby być polityk, który podaje narodowi fałszywe nazwisko? Jak ma się go potem wybierać?

Na jej czole pojawiły się zmarszczki irytacji.

– No właśnie. To dlaczego nie chce pan zdradzić narodowi niemieckiemu swojego prawdziwego nazwiska?

– Przecież właśnie to czynię. – Westchnąłem. Rozmowa zapowiadała się bardzo męcząco. Zwłaszcza że poprzedniego wieczoru w N24 do późnej nocy oglądałem interesujące bredzenie na temat mojej własnej cudownej broni. Nader zabawne niedołęstwo umysłowe, którego bilans wyglądał mniej więcej tak, że każda z tych broni mogła rozstrzygnąć wojnę na naszą korzyść, gdybym to ja za każdym razem ostatecznie tego nie popsuł. To doprawdy zdumiewające, co – wierząc w to święcie – wymyślają ci fantaści od historii, o umysłach niezmąconych żadną wiedzą. Strach pomyśleć, że także własna wiedza na temat wybitnych mężów, jak Karol Wielki, Otto I czy Arminius, na dobrą sprawę przekazana została jedynie przez jakiegoś czującego powołanie historyka.

– Czy wobec tego pokazałby nam pan swój paszport? – zapytała młoda dama. – Albo dowód osobisty?

Kątem oka zobaczyłem, jak Sensenbrink szykuje się, by coś powiedzieć. Patrząc realistycznie, mogły to być wyłącznie jakieś bzdury. Nigdy nie wiadomo, kiedy i dlaczego tacy ludzie zaczynają coś mówić, nader często mówią cokolwiek tylko dlatego, że zauważyli, iż do tej pory nie zdążyli nic powiedzieć, albo też boją się, że jeśli dalej będą milczeć, to zostaną uznani za nieważnych. Należało to wszelkimi metodami ukrócić.

– Czy od wszystkich swoich rozmówców domaga się pani okazania paszportu? – odpowiedziałem pytaniem.

– Tylko od tych, którzy twierdzą, że nazywają się Adolf Hitler.

– A ilu takich jest?

– Na szczęście – powiedziała – jest pan pierwszy.

– Jest pani młoda i być może źle poinformowana – powiedziałem – ale przez całe życie wypraszałem sobie specjalne traktowanie. Także teraz nie zamierzam tego zmieniać. Jem zupy z kuchni polowej jak każdy inny żołnierz.

Milczała przez chwilę, zastanawiając się nad nowym punktem zaczepienia.

– W telewizji porusza pan bardzo kontrowersyjne tematy.

– Poruszam prawdę – rzekłem. – I mówię to, co czuje prosty człowiek. Co on by powiedział, będąc na moim miejscu.

– Czy jest pan nazistą?

To było dość irytujące.

– Cóż za pytanie. Naturalnie!

Odchyliła się do tyłu. Przypuszczalnie nie była przyzwyczajona do tego, by rozmawiać z kimś, kto nie boi się jednoznacznych słów. Godnym uwagi było, jaki spokój zachowywał w tym wszystkim Sawatzki, zwłaszcza w porównaniu z Sensenbrinkiem, który pocił się tak, że przykro było patrzeć.

– Czy to prawda, że podziwia pan Adolfa Hitlera?

– Tylko rano w lusterku – zażartowałem, ale ona pominęła to niecierpliwie.

– Dobrze, zatem bardziej precyzyjnie: czy podziwia pan dokonania Adolfa Hitlera?

– Czy podziwia pani dokonania Ute Kassler?

– W ten sposób do niczego nie dojdziemy – powiedziała rozdrażniona. – Ja w końcu żyję!

– Może pani nad tym ubolewać, ale ja również.

Zacisnęła usta. Przyszedł kelner i postawił przed nami napoje. Pani Kassler upiła łyk kawy. Następnie spróbowała innego fortelu.

– Czy neguje pan czyny nazistów?

– Jestem jak najdalszy od tego. Jestem wręcz pierwszym, który na nie wskazuje!

Przewróciła oczami.

– Ale czy je pan również potępia?

– Byłbym chyba całkiem głupi! Nie jestem przecież takim schizofrenikiem jak nasi parlamentarzyści. – Uśmiechnąłem się. – To jest właśnie piękne w państwie wodzowskim. Ma pani odpowiedzialnych nie tylko przedtem albo w trakcie, ale też potem.

– Także za sześć milionów martwych Żydów?

– Zwłaszcza za nich! Naturalnie nie było mnie przy liczeniu.

W jej oczach zamigotała przez moment radość, dopóki nie powiedziałem:

– Ale to przecież nie jest tajemnicą! Jeśli właściwie rzecz oceniam, to nawet zwycięska prasa nie kwestionuje moich zasług, że wytępiłem te pasożyty z powierzchni ziemi.

Spojrzała na mnie z gniewnym błyskiem w oku.

– A dziś robi pan sobie z tego żarty w telewizji – syknęła.

– Pierwsze słyszę – odpowiedziałem poważnie. – Temat „Żydzi" nie jest zabawny.

Wciągnęła głęboko powietrze i odchyliła się do tyłu. Upiła duży łyk kawy, po czym podjęła nową próbę.

– Co pan robi, kiedy nie występuje pan akurat w telewizji? Co pan robi prywatnie?

– Dużo czytam – odparłem. – Ten Internec pod wieloma względami jest dużą przyjemnością. Chętnie też rysuję.

– Niech zgadnę – powiedziała. – Budynki, mosty i tym podobne.

– Oczywiście. Architektura to moja pasja.

– Też już o tym słyszałam. – Westchnęła. – W Norymberdze stoi jeszcze kilka pana rzeczy.

– Ciągle jeszcze? To ładnie – uznałem. – Naturalnie wniosłem jakiś wkład, ale w zasadzie cała sława przypada, rzecz jasna, Albertowi Speerowi.

– Przerwijmy w tym miejscu – powiedziała lodowato. – To do niczego nie prowadzi. Nie odniosłam też wrażenia, że przyszedł pan z nastawieniem do współpracy.

– Ja też nie mogę sobie przypomnieć, żeby nasza umowa zawierała w tym względzie jakiś tajny aneks do protokołu.

Skinęła na kelnera, żeby uregulować rachunek. Potem zwróciła się do swego fotoreportera:

– Potrzebujesz jeszcze jakichś zdjęć? – Tamten potrząsnął głową.

Wstała ze słowami:

– Przeczyta pan o nas.

Ja także się podniosłem, człowiek od rezerwacji hotelu, Sawatzki, wraz z panem Sensenbrinkiem uczynili to samo. Maniery to maniery. Ta młoda osóbka nie była wszak winna temu, że wyrosła w świecie na opak.

– Już się na to cieszę – oznajmiłem.

– No to się pan z pewnością ucieszy – rzuciła, wychodząc.

Sensenbrink, Sawatzki i ja usiedliśmy z powrotem.

– Krótki był ten wywiad – powiedział Sawatzki rozbawiony i napełnił filiżankę. – Ale to nie powód, żeby kawa się zmarnowała. Robią tu naprawdę ekstra kawę.

– Ale ja nie jestem pewny, czy tych dwoje ma to, o co im chodzi – martwił się Sensenbrink.

– Oni i tak napiszą, co będą chcieli – powiedziałem. – Teraz przynajmniej zostawią w spokoju pannę Krömeier.

– Jak ona się czuje? – spytał Sawatzki z troską.

– Jak cywilna ludność niemiecka. Im obrzydliwiej przeciwnik zrzuca bomby, tym bardziej fanatyczny staje się opór. Fantastyczne dziewczę.

Sawatzki kiwnął głową i przez chwilę zdawało mi się, że jego oczy zalśniły ociupinkę za bardzo. Ale naturalnie mogę się mylić.

23

Problem z tymi parlamentarzystami jest taki, że nic zgoła nie zrozumieli. To znaczy, dlaczego prowadziłem tę wojnę? Przecież nie dlatego, że tak lubię prowadzić wojny! Nienawidzę prowadzenia wojen. Gdyby Bormann jeszcze tu był, to każdy mógłby go zapytać, i on by to natychmiast potwierdził. Prowadzenie wojny jest straszne, z radością odstąpiłbym komuś ten obowiązek, gdyby tylko znalazł się ktoś lepszy. No a teraz, no więc w najbliższym czasie nie muszę się tym zajmować, ale na średnią i dłuższą metę znów mnie to pewnie czeka. Bo któż inny ma się tym zająć? Kto inny miałby to w ogóle robić? Gdyby spytać dziś o te sprawy jakiegoś parlamentarzystę, to przecież z miejsca odpowie, że w obecnych czasach wojny nie są już potrzebne. Wtedy też tak twierdzili, i już wtedy było to takim samym nonsensem, jak dziś. Trudno wszak zaprzeczyć, że ta ziemia nie rośnie. A liczba ludzi na niej owszem. A jeśli ludziom kurczą się zasoby naturalne, to jaka rasa dostanie te zasoby?

Najsympatyczniejsza?

Nie, najsilniejsza. I dlatego uczyniłem wszystko, by wzmocnić rasę niemiecką. I wejść w paradę Rosjaninowi, zanim to on nas najedzie. W ostatniej chwili, jak mi się wydawało. W końcu wtedy żyło na ziemi 2,3 miliarda ludzi. Dwa miliardy przecinek trzy!

Nikt nie mógł przewidzieć, że zmieści się tu jeszcze trzy razy tyle.

Ale – i tu pojawia się sprawa decydująca: z tego faktu należy wyciągnąć właściwe wnioski. A właściwy wniosek nie brzmi naturalnie tak: skoro obecnie jest nas siedem miliardów, to wszystko wtedy było niepotrzebne. Nie, właściwy wniosek brzmi: jeśli już wtedy ja miałem rację, to dziś mam ją nawet po trzykroć. To jest prosta arytmetyka, to policzy państwu każdy trzecioklasista.

O tyle też sprawa mojego powrotu kolejny raz jawi mi się jako całkowicie zrozumiała. Bo dlaczego na świecie żyje obecnie te siedem miliardów ludzi?

Ponieważ prowadziłem wojnę, która była na wskroś – by użyć tego nowomodnego słowa – zrównoważona. Gdyby wszyscy ci ludzie od tamtej pory się rozmnażali, to dzisiaj bylibyśmy przy ośmiu miliardach. A najwięcej byłoby wśród nich Rosjan, którzy dawno już by najechali nasz kraj, zbierali nasze płody, pędzili nasze bydło, niewolili ludzi zdolnych do pracy, innych wyrzynali, aby później swoimi brudnymi paluchami wykorzystywać nasze niewinne młode kobiety. Na początku zatem opatrzność widziała moje zadanie w tym, by usunąć bolszewicką nadwyżkę ludności. A obecnie moje powołanie polega oczywiście na wypełnieniu tej misji do końca. Przerwa w czasie była niezbędna, bym nie trwonił sił w tych minionych dziesięcioleciach, koniecznych wszak, by mogły się ujawnić długofalowe skutki wojny. To znaczy: spory między aliantami, rozpad Związku Sowieckiego, rosyjskie straty terytorialne i naturalnie pojednanie z naszym najbliższym sojusznikiem, z Anglią, byśmy kiedyś, później, zjednoczeni mogli wystąpić razem. Do dziś jest dla mnie zagadką, dlaczego to się nie udało już wtedy. Ile jeszcze bomb powinniśmy byli wtedy zrzucić na ich miasta, by pojęli, że są naszymi przyjaciółmi?

Przy tym, gdy popatrzeć na nowsze dane, nie do końca można zrozumieć, do czego jeszcze ta Anglia jest potrzebna. Mocarstwem światowym ta chora wyspa zaiste już dawno nie jest. Zgoda, nie na wszystkie pytania trzeba też od razu odpowiadać. Wszelako powoli zbliża się ostatni możliwy termin na podjęcie radykalnych kroków. To dlatego byłem też tak przerażony stanem tak zwanych sił narodowych tego kraju.

Z początku założyłem, że jestem mniej lub bardziej zdany tylko na siebie. Jednakże los zainstalował już jednego czy drugiego sprzymierzeńca. Ale właśnie już samo to było świadectwem ubóstwa: że całe miesiące trwało, zanim w ogóle dotarło do mnie, że jest ktoś, kto czuje się powołany do kontynuowania pracy NSDAP. Byłem tak oburzony tą politowania godną działalnością propagandową, że zorganizowałem sobie reżysera pomocniczego Bronnera wraz z kamerzystą i pojechałem do dzielnicy Berlin-Köpenick, gdzie pod szyldem NPD rezydowało największe tego typu stowarzyszenie. Muszę to powiedzieć: na miejscu najchętniej bym od razu zwymiotował.

To prawda, że Brunatny Dom w Monachium nie powalał na kolana, ale przynajmniej był gmachem poważnym, reprezentacyjnym. Albo gdy myślę o budynku administracyjnym Paula Troosta, oddalonym ledwie o rzut kamieniem, no więc to był dom, dla niego wstąpiłbym natychmiast do każdej partii. Ale ta zasypana śniegiem rudera w Köpenick – żenada.

Nędzna chatynka tkwiła, marznąc, w luce pomiędzy dwoma domami czynszowymi, jak dziecięca stópka w za dużych pantoflach ojca. Już sam budynek wyglądał na beznadziejnie przeciążony, co mogło się brać również stąd, że jakiś dureń wpadł na pomysł, by tej strasznej, walącej się budzie nadać imię i przymocować je na fasadzie wielkimi, do tego jeszcze ponadczasowo brzydkimi literami. „Dom Carla Arthura Bühringa" – widniało tam, sprawiając takie wrażenie, jakby dziecinne kółko do pływania ochrzcić imieniem „Książę von Friedland". Na tabliczce obok dzwonka napisano „Centrala partyjna NPD", a tabliczka była tak mała, że można to tłumaczyć jedynie strachem przed wrogiem. To niesłychane, zupełnie jak w okresie weimarskim: idea rasowo-narodowa, narodowa sprawa, została kolejny raz zbezczeszczona, zdewaluowana, ośmieszona przez jakichś tumanów. Z furią nacisnąłem dzwonek, a gdy dostatecznie szybko nic się nie wydarzyło, załomotałem kilka razy pięścią w drzwi. Wtedy się otworzyły.

– Pan sobie życzy? – zapytał krostowaty chłopczyna z wyrazem irytacji na twarzy.

– A jak pan myśli? – spytałem zimno.

– Ma pan zgodę na kręcenie?

– A cóż to za koszmarne skamlenie? – spiorunowałem go. – Od kiedy to ruch narodowy chowa się za takimi cudzoziemskimi kruczkami?! – Naparłem energicznie na drzwi. – Niech mi pan zejdzie z drogi! Jest pan jedną wielką hańbą narodu niemieckiego! Gdzie jest pana zwierzchnik?

– Ja... chwileczkę, niech pan zaczeka, zawołam kogoś.

Chłopczyna znikł, zostawiwszy nas w czymś w rodzaju recepcji. Rozejrzałem się. Wnętrze przydałoby się odmalować, czuć było zimny dym. Wokół walały się programy partii z idiotycznymi sloganami. „Dodać gazu" – widniało na jednym, w cudzysłowie, jakby w rzeczywistości nie trzeba było dodawać żadnego gazu. „Miliony obcych kosztują nas miliardy" – można było przeczytać na jakiejś naklejce, a kto miałby wtedy produkować naboje i granaty dla wojska, kto miałby kopać bunkry dla żołnierzy, tego naturalnie też tam nie było. W każdym razie chłopczyna, którego zobaczyłem, nadawał się równie mało do łopaty, jak do walki na polu bitwy.

Jeszcze nigdy w życiu tak się nie wstydziłem narodowej partii. Na myśl, że kamera to wszystko filmuje, musiałem wziąć się w garść, żeby powstrzymać łzy wściekłości. To przecież nie dla tej hołoty Ulrich Graf dał się zastrzelić jedenastoma kulami, von Scheubner-Richter nie po to padł od strzałów monachijskiej policji, by takie lumpy w rozwalających się budach naigrawały się z krwi zasłużonych mężów. Usłyszałem, jak chłopczyna w pokoju obok, jąkając się, mówi coś do telefonu. Kamera wszystko nagrywała, całą tę nieporadność, to było takie gorzkie, ale inaczej pewnie się nie dało, kiedyś trzeba wyczyścić tę stajnię Augiasza. W końcu nie wytrzymałem i dygocąc z gniewu, wszedłem do pokoju obok.

– ...też bym go wyprosił, ale jakoś... Wygląda jak Adolf Hitler, ma na sobie mundur...

Wyrwałem nicponiowi słuchawkę z ręki i krzyknąłem weń:

– Która to niedołęga kieruje tym interesem?

Zdumiewające było, z jaką zwinnością ten zwykle tak ślamazarny reżyser pomocniczy Bronner śmignął naokoło stołu i z nieskrywaną radością wcisnął guzik na telefonie. Rzeczywiście w pomieszczeniu można było teraz słyszeć odpowiedzi z niewielkiego głośnika przy aparacie.

– Jeśli pan pozwoli – odezwało się z głośnika.

– Jeśli ja na coś pozwolę, to już pan się o tym dowie! – krzyknąłem. – Dlaczego w tej placówce nie ma żadnego przełożonego? Dlaczego na posterunku jest tylko ten chłystek w okularach? Natychmiast ma pan tu przyjść i złożyć mi raport! Natychmiast!

– Kto tam w ogóle jest? – zapytał głośnik. – Czy pan to ten szaleniec z YouTube?

Przyznaję, że zwykłemu, prostemu człowiekowi z ulicy w pewnych okolicznościach niełatwo zrozumieć określone procesy z najnowszej przeszłości. Tu trzeba jednak zastosować podwójną miarę: kto chce przewodzić ruchowi narodowemu, ten musi umieć reagować na najbardziej nieprzewidziane zwroty losu. A gdy potem los puka do jego drzwi, nie powinien pytać: „Czy pan to ten szaleniec z YouTube?".

– No cóż – powiedziałem – nie przypuszczam, żeby przeczytał pan moją książkę.

– Na ten temat się nie wypowiadam – rozległo się z głośnika. – A teraz niech pan natychmiast opuści biuro albo każę pana wyrzucić.

Roześmiałem się.

– Ja wkroczyłem do Francji – przypomniałem. – Wkroczyłem do Polski. Wkroczyłem do Holandii i do Belgii. Okrążyłem setki tysięcy Rosjan w kotle, zanim zdążyli pisnąć. A teraz jestem w pana tak zwanym biurze. I jeśli ma pan choć odrobinę narodowych poglądów, to zjawi się pan tu natychmiast i wytłumaczy ze sposobu, w jaki trwoni pan rasowo-narodowe dziedzictwo!

– Każę pana...

– Każe pan przemocą usunąć Führera Rzeszy Wielkoniemieckiej?

– Pan przecież nie jest Führerem.

Z nie całkiem zrozumiałych powodów reżyser pomocniczy Bronner zacisnął w tym momencie pięść i wyszczerzył się skrajnie szeroko.

– To znaczy naturalnie: Hitlerem – powiedział, zacinając się, głośnik. – Pan nie jest Hitlerem.

– Ach tak – rzekłem spokojnie, maksymalnie spokojnie, tak spokojnie, że Bormann w tym momencie zacząłby już rozdzielać hełmy ochronne. – Jeśli jednak – kontynuowałem bardzo uprzejmie – jeśli bym jednak nim był, to miałbym zapewne zaszczyt liczyć na pana bezwzględne posłuszeństwo i wierność wobec ruchu narodowosocjalistycznego?

– Ja...

– Oczekuję tu natychmiast odpowiedzialnego Reichsleitera. Natychmiast!

– On akurat nie może...

– Mam czas – powiedziałem mu. – Za każdym razem, gdy rzucam okiem na kalendarz, na nowo stwierdzam: mam zadziwiająco dużo czasu. – Z tymi słowy odłożyłem słuchawkę.

Chłopczyna patrzył na mnie skonsternowany.

– Ale to chyba nie na serio? – spytał zaniepokojony kamerzysta.

– Słucham?

– Ja nie mam zadziwiająco dużo czasu. O czwartej mam fajrant.

– Już dobrze, dobrze – łagodził Bronner. – W razie potrzeby sprowadzimy zastępstwo. Tu się robi całkiem ciekawie! – Wyjął z torby swój przenośny aparat telefoniczny i zabrał się do organizowania.

Siadłem na jednym z wolnych krzeseł.

– Ma pan tu coś do czytania? – spytałem młodzieniaszka.

– Zaraz... zaraz zobaczę, panie...

– Hitler moje nazwisko – powiedziałem rzeczowo. – Naprawdę, muszę stwierdzić: ostatni raz, kiedy musiałem tak uciążliwie się przedstawiać, znajdowałem się w pralni prowadzonej przez Turka. Czy ci Anatolijczycy są z panem jakoś spokrewnieni?

– Nie, to tylko... my... – bredził chłopczyna.

– No tak. Nie widzę dla pana wielkiej przyszłości w tej partii!

Zadzwonił telefon, przerywając cherlakowi poszukiwania lektury. Podniósł słuchawkę i przyjął niemalże coś w rodzaju postawy zasadniczej.

– Tak – powiedział do słuchawki. – Tak jest, on tu jeszcze jest. – Potem odwrócił się do mnie: – Przewodniczący do pana.

– Już nie rozmawiam. Czas na rozmowy telefoniczne upłynął. Chcę widzieć tego człowieka.

Chłopczyna, pocąc się, nie wyglądał lepiej. Zdaje się, że nie uczęszczał ani do któregoś z naszych Narodowopolitycznych Zakładów Wychowawczych, ani na ćwiczenia sportów obronnych czy w ogóle do jakiegokolwiek związku sportowego. To, że partia nie odsiała bezlitośnie takiego wybrakowanego rasowo towaru od razu na etapie rekrutacji, tego nie potrafiłby zrozumieć nawet jako tako rozgarnięty człowiek. Młodzieniaszek zaszeptał coś do słuchawki.

– Pan przewodniczący federalny prosi o odrobinę cierpliwości – powiedział. – Ale przybędzie tak szybko, jak to możliwe. To tutaj jest przecież dla MyTV, prawda?

– To tutaj jest dla Niemiec – poprawiłem go.

– Czy tymczasem mógłbym zaproponować panu coś do picia?

– Tymczasem mógłby pan usiąść – odparłem i zmierzyłem go wzrokiem. – Czy właściwie uprawia pan sport?

– Wolałbym nie... – powiedział tamten. – No i pan przewodniczący federalny lada moment przybędzie...

– Niech pan skończy z tym kwękaniem – rzekłem. – Zwinny jak chart, wytrzymały jak skóra i twardy jak stal Kruppa. Zna pan to?

Kiwnął głową z ociąganiem.

– No to przynajmniej jeszcze nie wszystko stracone – zauważyłem nieco łaskawiej. – Wiem, boi się pan mówić. Ale wystarczy, jeśli po prostu użyje pan swojej głowy. Zwinny jak chart, wytrzymały jak skóra, twardy jak stal Kruppa! Czy powiedziałby pan, że są to cechy, którymi korzystnie jest dysponować, jeśli realizuje się wielki cel?

– Powiedziałbym, że to nie zaszkodzi – odparł ostrożnie.

– A czy pan – spytałem – jest zwinny jak chart? Jest pan twardy jak stal Kruppa?

– Ja...

– Nie jest pan. Jest pan powolny jak ślimak, słaby jak kości starca i miękki jak masło. Zza linii frontu, którego pan by bronił, trzeba by natychmiast ewakuować kobiety i dzieci. Kiedy się zobaczymy następnym razem, ma pan być w innej kondycji! Odmaszerować!

Oddalił się ze zbaraniałą miną.

– I niech się pan odzwyczai od palenia – rzuciłem za nim. – Wonieje pan jak tania wędzonka!

Wziąłem sobie jedną z tych dyletanckich broszur, ale nawet nie zdążyłem jej otworzyć.

– Nie jesteśmy już sami – zauważył Bronner, wyglądając przez okno.

– Hm? – zdziwił się kamerzysta.

– Nie mam pojęcia, kto ich zawiadomił, ale tam na zewnątrz jest cała masa ekip telewizyjnych.

– To pewnie sprawka jednego z policjantów – domyślił się kamerzysta. – Dlatego też nas nie wyrzucą. Dla nazistów to nie jest dobrze, jak przy włączonych kamerach wyrzucają Führera.

– Ale przecież on nim nie jest – zastanawiał się Bronner.

– W t y m m o m e n c i e nie, Bronner – poprawiłem go surowo. – Najpierw należy zjednoczyć ruch narodowy i pozbyć się szkodliwych idiotów. A tu – rzekłem, rzucając okiem na chuderlawego chłopaczynę – tu jesteśmy wprost w samym gnieździe szkodliwych idiotów.

– Ktoś idzie! – powiedział Bronner. – To pewnie ta naczelna zrzęda.

Faktycznie, drzwi się otworzyły i wkroczyła jakaś zniewieściała postać.

– Jak miło – powiedział zdyszany i wyciągnął do mnie tłustą rękę. – Pan Hitler. Nazywam się Kartoffel, Holger Kartoffel. Przewodniczący federalny Narodowodemokratycznej Partii Niemiec. Śledzę pana programy z wielkim zainteresowaniem.

Przyglądałem się przez chwilę dziwacznej postaci. Zbombardowany Berlin nie wyglądałby żałośniej. Jego głos brzmiał tak, jakby przez cały czas żuł chleb z kiełbasą, i tak też w sumie wyglądał. Zignorowałem jego rękę i spytałem:

– Nie potrafi się pan witać jak przyzwoity Niemiec?

Patrzył na mnie zdezorientowany, jak pies, któremu wydano naraz dwa rozkazy.

– Niech pan siada – poleciłem mu. – Musimy porozmawiać.

Sapiąc, opadł na krzesło naprzeciwko mnie.

– A więc to pan – zacząłem – reprezentuje tu sprawę narodową.

– Z konieczności – odparł z półuśmieszkiem. – Pan przecież już dawno przestał się tym zajmować.

– Muszę po prostu dzielić swój czas – rzekłem krótko. – Pytanie brzmi: czego pan do tej pory dokonał?

– Myślę, że nie musimy się wstydzić naszych osiągnięć – powiedział. – Obecnie reprezentujemy Niemców w Meklemburgii-Pomorzu Przednim i w Saksonii, a nasi towarzysze w...

– Kto?

– Nasi towarzysze.

– To się nazywa towarzysze narodowi – wyjaśniłem. – Towarzysz to ktoś, z kim było się razem w okopach, towarzysz broni. Tutaj, z wyjątkiem mojej skromnej osoby, nie dostrzegam nikogo, kogo by to mogło dotyczyć. Widzi pan to inaczej?

– Dla nas, narodowych demokratów...

– Narodowa demokracja – szydziłem. – A cóż to takiego? Polityka narodowosocjalistyczna wymaga takiego pojmowania demokracji, które nie nadaje się do umieszczenia w nazwie. Wraz z wyborem Führera demokracja się skończyła, a pan ciągle jeszcze lata z demokracją w nazwie! Jak głupim można właściwie być?

– Jako narodowi demokraci stoimy naturalnie twardo na gruncie konstytucji i...

– Coś mi się zdaje, że nie był pan w SS – wtrąciłem. – Ale może przynajmniej przeczytał pan moją książkę?

Popatrzył nieco zakłopotany, a potem powiedział:

– No cóż, trzeba się przecież obszernie informować, i chociaż książka jest w Niemczech raczej trudno dostępna...

– Co to ma być? Rodzaj usprawiedliwienia, że przeczytał pan moją książkę? Czy że jej pan nie czytał? Albo że jej pan nie zrozumiał?

– No nie, to prowadzi już za daleko. Czy moglibyśmy na chwilę wyłączyć kamerę?

– Nie – odparłem zimno. – Już dostatecznie dużo czasu pan zmarnował. Jest pan krętaczem, próbuje pan na niepodsycanych płomieniach gorącej miłości do ojczyzny u myślących narodowo Niemców upichcić swoją własną pieczeń, ale każde słowo z pana nieudolnych ust cofa Ruch o dziesięciolecia. Nie zdziwiłbym się, gdyby w ostatecznym rozrachunku prowadził tu pan jedynie infiltrowane przez bolszewików schronisko dla zdrajców ojczyzny.

Próbował się odchylić do tyłu, by przybrać uśmieszek wyższości, ale ja nie zamierzałem pozwolić, by wymknął się tak łatwo.

– Gdzie w pana „broszurach" znajduje się idea rasy? – spytałem lodowato. – Idea niemieckiej krwi, czystości krwi?

– No cóż, dopiero co podkreślałem, że Niemcy dla Niemców...

– Niemcy! Te „Niemcy" to karzeł w porównaniu z krajem, który ja stworzyłem – przerwałem mu. – A i tak Rzesza Wielkoniemiecka okazała się za mała dla naszej ludności. Potrzebujemy czegoś więcej niż Niemcy. A jak możemy to otrzymać?

– My, ee... kwestionujemy ee... prawomocność narzuconych przez zwycięskie mocarstwa traktatów o uznaniu granic...

Musiałem się mimo woli roześmiać, choć trzeba przyznać, że był to śmiech rozpaczy. Ten człowiek był niewiarygodnym głupcem. I właśnie ten beznadziejny idiota kierował największym stowarzyszeniem narodowym na ziemi niemieckiej. Pochyliłem się do przodu i pstryknąłem palcami.

– Wie pan, co to jest?

Patrzył na mnie pytająco.

– To czas, jaki jest potrzebny do wystąpienia z Ligi Narodów. „Kwestionujemy legalność blablabla" – cóż to za żałosny bełkot? Występuje się z Ligi Narodów, następnie dozbraja się wojsko i bierze sobie wszystko, czego się potrzebuje. A jeśli ma się naród niemiecki czystej krwi, który walczy z fanatyczną wolą, to wtedy dostaje się już wszystko, co trzeba mieć na tym świecie. No więc, jeszcze raz! Gdzie jest u pana idea rasy?

– No cóż, Niemcem człowiek nie staje się przez paszport, lecz przez urodzenie, to jest zapisane u nas w...

– Niemiec nie wije się w prawniczych formułkach, lecz mówi wprost! Podstawą zachowania narodu niemieckiego jest idea rasy. Jeśli nieodzowność tej idei nie jest wbijana narodowi nieustannie do głowy, to za pięćdziesiąt lat nie będziemy mieć żadnej armii, tylko jakieś tałatajstwo, jak w cesarstwie Habsburgów. – Potrząsając głową, zwróciłem się do chudego chłopczyny. – Niech pan mi powie, to pan wybierał tę tak zwaną demokratyczną kluchę?

Młodzieniaszek wykonał niejasny ruch głową.

– Czy toto było najlepszą osobą do dyspozycji?

Wzruszył ramionami. Zrezygnowany wstałem.

– Idziemy! – rzuciłem gorzko. – Nie dziwi mnie, że ta partia w ogóle nie sieje terroru.

– A terrorystyczne trio ze Zwickau? – spytał Bronner.

– A co ma być ze Zwickau? – zapytałem. – Co to ma wspólnego z terrorem? My wtedy wyprowadziliśmy terror na ulicę! I wtedy, w trzydziestym trzecim, osiągnęliśmy z tym ogromny sukces. Ale też nie przyszło to bez żadnych wysiłków. SA jeździła po okolicy na ciężarówkach, łamała kości i wymachiwała sztandarami. Sztandarami, słyszy pan?! – wrzasnąłem, wytrącony już z równowagi, w stronę kartoflanej kluchy, aż tamten się cofnął. – Sztandary! To jest przede wszystkim ważne! Kiedy taki zaślepiony bolszewizmem głupiec siedzi połamany na wózku, to ma wiedzieć, kto go tak urządził, i dlaczego! A co robi to trio idiotów w Zwickau? Po kolei zabijają cudzoziemców, bez sztandarów! Wszyscy myślą od razu, że to pewnie przypadek albo mafia. Czego tu się bać? To, że te mentalne ślepaki w ogóle istniały, zauważono wszak dopiero wtedy, gdy dwaj z tych przygłupów sami się zabili. – Bezradnie uniosłem ręce ku niebu. – Gdybym w porę dostał to towarzystwo w swoje ręce, to specjalnie dla nich uruchomiłbym program eutanazji! – Obróciłem się z gniewem do kartoflanej kluchy. – Albo tak długo bym ich szkolił, aż by zaczęli sensownie pracować. Czy przynajmniej zaproponowaliście tym trzem półgłówkom swoją pomoc?

– Nie miałem z tą sprawą nic wspólnego – odparł z wahaniem.

– I jeszcze pewnie jest pan z tego dumny! – wrzasnąłem. Gdyby miał naramienniki, to przy włączonej kamerze zerwałbym mu je z ubrania. Oburzony podszedłem do drzwi i opuściłem pomieszczenie.

Stałem przed lasem mikrofonów.

– Co pan tam omawiał?

– Czy będzie pan kandydował z ramienia NPD?

– Jest pan ich członkiem?

– Kupa niedołęgów – rzekłem rozczarowany. – Powiem tylko tyle: porządny Niemiec nie ma tu czego szukać.

24

Toż to czyste złoto! – wykrzyknęła dama Bellini, gdy z ciężkim sercem obok kilku innych materiałów pokazałem jej także relację o owych „narodowych demokratach". – To pójdzie jako „Special" – emocjonowała się. – Tylko odrobinę skrócimy. To będzie następny krok ku marce „Hitler"! Puścimy to na Nowy Rok! Albo na Trzech Króli, właśnie wtedy, kiedy wszyscy siedzą w domu i szukają wreszcie czegoś innego niż wszystkie części *Szklanej pułapki* albo setna powtórka *Gwiezdnych wojen*. – To była ostatnia konferencja przed tak zwaną przerwą świąteczną. Na razie nie mieliśmy nic do roboty poza czekaniem na terminy emisji, na ukazanie się wywiadu, na koniec okresu powszechnej zadumy.

Nigdy nie byłem wielkim orędownikiem Bożego Narodzenia. Już wtedy w Bawarii wielu nie mogło tego zrozumieć, wszak od razu na wstępie jego początek obwieszcza się jako „czas wyciszenia". Gdybym to ja decydował, można by sobie te święta kompletnie darować, łącznie z adwentem i Mikołajem. Nie jestem także amatorem tej pieczonej gęsi, ani na świętego Marcina, ani na Boże Narodzenie, ani na Matki Boskiej Gromnicznej. Wtedy, podczas mojej jak dotąd pierwszej kadencji rządu, i tak zresztą nie miałem czasu do stracenia, przygotowywałem się do finalnej walki. Mało brakowało, a kompletnie bym zignorował Boże

Narodzenie, ale Goebbels zawsze mnie mitygował, mówiąc, że trzeba mieć wzgląd na potrzeby narodu. W każdym razie do czasu.

To prawda, Goebbels był człowiekiem rodzinnym. I jest też w porządku, jeśli przynajmniej jedna osoba w partii potrafi wniknąć swoimi czułkami w głąb duszy narodu, takich potrzeb nie należy lekceważyć. Patrząc z perspektywy, nie jestem wszelako pewien, czy pomysł złotych swastyk w charakterze ozdób choinkowych nie był przesadą. Zinterpretować na nowo starą myśl to jedno z najtrudniejszych zadań – jeśli już, to należałoby co rychlej przeciwstawić temu coś zupełnie nowego, własnego. Nigdy owej sprawy nie nadzorowałem, ale tych swastyk chyba nawet sam Goebbels nie zawieszał albo co najwyżej jedną, dla przyzwoitości lub z grzeczności. U Himmlera może było inaczej.

To wszystko jednak, co towarzyszyło Bożemu Narodzeniu, zawsze nader ceniłem. Ileż ja się w tych dniach naczytałem. I narysowałem projektów! Pół Germanii powstało w ten sposób! Toteż nie przeszkadzało mi, że okres przed Nowym Rokiem spędzę mniej lub bardziej samotnie w pokoju hotelowym. Dyrekcja hotelu przysłała mi też mały upominek, butelkę wina i parę pralinek, no cóż, nie mogli wiedzieć, że nie przywiązuję zbyt dużej wagi do alkoholu.

Jedyne, co w tych świętach było dla mnie zawsze nieprzyjemne, to fakt, że w owych dniach uzmysławiałem sobie, iż nigdy nie dane mi było mieć własnej rodziny. Zreorganizować Rzeszę, krzewić w ludzie ruch narodowy, wymusić fanatyczne wykonywanie rozkazów utrzymania się na Wschodzie, takich rzeczy po prostu nie dokonuje się, kiedy się ma dzieci, jest to niemożliwe nawet z samą tylko żoną. Już z Evą Braun nie było to łatwe, należało uwzględniać pewne jej potrzeby, ale koniec końców przy takim wzmożonym, wręcz ekstremalnym obciążeniu mojej osoby sprawami partii, polityki i Rzeszy nigdy nie dało się całkowicie wykluczyć, że w swym strapieniu ponownie nie spróbuje się...

Przyznaję wszelako, że w tych dniach, podczas których w zasadzie miałem stosunkowo niewiele do zrobienia, obecność Evy byłaby mi całkiem miła. To jej radosne usposobienie... Ale cóż: człowiek silny najsilniejszy jest wtedy, gdy jest sam. To dotyczy także, a nawet w szczególności, świąt Bożego Narodzenia.

Spojrzałem na butelkę sprezentowaną mi przez hotel. Słodkie białe wino sprawiłoby mi więcej radości.

W ostatnim czasie nabrałem zwyczaju udawać się niekiedy na krótkie spacery na plac zabaw należący do przedszkola, harmider, radosne piski chłopczyków i dziewczątek często mnie wszak cieszyły i kierowały myśli na inne tory. Ale, jak niedawno musiałem skonstatować, na okres świąt przedszkole zostało zamknięte. Mało co wygląda bardziej przygnębiająco niż osierocony plac zabaw.

Potem trochę rysowałem. Nigdy nie wiadomo, kiedy znów będzie po temu sposobność. Zaprojektowałem sieć autostrad i system kolei, tym razem za Uralem, kilka dworców centralnych, jak też most do Anglii. Wykopali tam tunel, ale ostatecznie ja bardziej cenię rozwiązania naziemne, może zbyt dużo czasu spędziłem w bunkrach. Nie byłem zadowolony z moich rozwiązań, zaprojektowałem następnie jeszcze dwie opery dla Berlina, każda na sto pięćdziesiąt tysięcy miejsc siedzących, ale jednak bez prawdziwej przyjemności, bardziej z poczucia obowiązku, no bo któż to zrobi, jeśli ja sam się do tego nie wezmę? I w sumie nawet się cieszyłem, że na początku stycznia z powrotem mogłem kontynuować pracę przy produkcji programu.

25

To nie było tak, że spodziewałem się czegoś innego. Właściwie byłem niemal zadowolony, gdyż bądź co bądź tym razem oszczędzili pannę Krömeier. Jednak nie było to też coś, co powszechnie rozumie się pod pojęciem dobrej prasy. Z drugiej strony i tak uważam określenie „dobra prasa" za sprzeczność samą w sobie. Niemniej spodziewałem się, że moja dobra wola uhonorowana zostanie jakoś godniej niż taką oto linijką:

Zwariowany Hitler z YouTube podczas przesłuchania BILDA:

„JESTEM NAZISTĄ"

Ma na sobie zwykły codzienny garnitur, chce uchodzić za porządnego obywatela: nazistowski „żartowniś", który nazywa siebie Adolfem Hitlerem i przemilcza swoje prawdziwe nazwisko. Całe Niemcy dyskutują na temat „komika" w masce potwora. Spotkaliśmy tego człowieka, szczującego przeciwko cudzoziemcom, w luksusowym hotelu Adlon podczas przesłuchania na wyłączność dla BILDA.

BILD: Jak się pan naprawdę nazywa?
Adolf Hitler.
BILD: Dlaczego ukrywa pan przed Niemcami swoje prawdziwe nazwisko?
Tak się nazywam (Szczerzy się, zadowolony z siebie).

BILD: Pokaże nam pan swój paszport?
Nie.
BILD: Jest pan nazistą?
Naturalnie. (Cynicznie pije zamówioną niegazowaną wodę. My nie odpuszczamy. I udaje się nam wyciągnąć z niego jego najbardziej bezczelne wyznanie.)
BILD: Czy potępia pan czyny nazistów?
Nie, a dlaczegóż by? Jestem za nie odpowiedzialny.
BILD: Także za zamordowanie sześciu milionów Żydów?
Zwłaszcza za to.
BILD uważa: To już nie jest satyra, to sianie nienawiści. Zerwijcie wreszcie temu zatwardziałemu człowiekowi maskę z twarzy!

Kiedy wreszcie włączy się w to prokuratura?

– Czy pan oszalał? – Sensenbrink cisnął gazetę na stół konferencyjny. – W ten sposób raz-dwa znajdziemy się przed prokuratorem! Pani Bellini powiedziała panu w obecności nas wszystkich, że temat „Żydzi" nie jest zabawny!

– I on to tamtym powiedział – wtrącił Sawatzki. – Dosłownie. Ale tego nie napisali.

– Musimy zachować spokój – odezwała się dama Bellini. – Odsłuchałam nagranie jeszcze raz. Pan Hitler powiedział wszystko, co powiedział, jako Adolf Hitler.

– Jak to mam zawsze w zwyczaju – dodałem zdumiony, by podkreślić śmieszność tych słów. Dama Bellini, marszcząc czoło, rzuciła mi krótkie spojrzenie, a potem kontynuowała:

– No, ee, właśnie. Z prawnego punktu widzenia nikt się do nas nie może przyczepić. Wprawdzie chcę tu jeszcze raz podkreślić, że przy temacie Żydów powinien pan zachować ostrożność. Ale nie widzę, co miałoby być złego w wypowiedzi, że Hitler jest odpowiedzialny za śmierć sześciu milionów Żydów. A kto niby miałby za to odpowiadać?

– Niech pani tego nie mówi Himmlerowi. – Uśmiechnąłem się. Dosłownie można było zobaczyć, jak człowiekowi od skrupułów moralnych, Sensenbrinkowi, włosy stanęły dęba, nawet jeśli nie całkiem mogłem zrozumieć dlaczego. Przez chwilę zastanawiałem się, czy może Himmler też się obudził gdzieś na jakiejś parceli i Sensenbrink planował z nim kolejny program. Ale naturalnie to był nonsens. Z taką twarzą Himmler naprawdę nie nadawał się do telewizji. Widać to już choćby tylko po tym, że Himmler nie dostał ani jednego listu od wielbicielek, w każdym razie wedle mojej wiedzy. Człowiek od administrowania przydawał się, kiedy był potrzebny, ale z twarzy biła mu też jakaś chytrość, chodząca zdrada w okularach, co się też wszak ostatecznie potwierdziło. Czegoś takiego nikt przecież nie chce oglądać w telewizorze. Także dama Bellini przez bardzo krótką chwilę wyglądała na poirytowaną, ale potem rysy jej twarzy z powrotem się wypogodziły.

– Nie mówię tego chętnie, ale robi pan to wszystko nader zręcznie – zakończyła. – Inni potrzebują pół roku szkolenia medialnego.

– Tak, super – zagrzmiał Sensenbrink. – Tu jednak nie chodzi tylko o zagadnienie prawne. Jeśli tamci nadal będą walić ze wszystkich armat, to mogą nam popsuć oglądalność. Oni przecież inaczej nie potrafią!

– Potrafić to by potrafili – wtrąciłem. – Po prostu nie chcą.

– Nie! – wrzasnął Sensenbrink. – Nie potrafią! To przecież wydawnictwo Axela Springera! Przyjrzał się pan kiedyś ich zasadom? Punkt drugi: „Doprowadzenie do pojednania między Żydami i Niemcami, zalicza się do tego również popieranie prawa do życia narodu izraelskiego". I nie jest to tylko jakaś czcza gadanina, to się wywodzi jeszcze z czasów starego Springera, to dla nich Biblia, każdy z nowo zatrudnionych redaktorów otrzymuje te zasady na dzień dobry, a ich przestrzegania w razie potrzeby dogląda osobiście wdowa po Springerze!

– I pan mi to mówi dopiero teraz? – spytałem ostro.

– To przecież nie musi być nic złego, jeśli tamci nie chcą odpuścić – wtrącił Sawatzki. – Takie zainteresowanie może nam się jak najbardziej przydać.

– Słusznie – przyznała Bellini. – Żeby tylko nie poszło w odwrotną stronę. Musimy zadbać o to, by dla wszystkich widzów było jasne, kto tu jest ten zły.

– A kto ma być tym złym? – jęknął Sensenbrink. – Himmler?

– „Bild" – powiedzieli jednym głosem dama Bellini i człowiek od rezerwacji hotelu, Sawatzki.

– Wyjaśnię sytuację w swoim najbliższym przemówieniu – obiecałem. – Najwyższy czas nazwać po imieniu szkodników ludu.

– Czy trzeba ich koniecznie nazywać „szkodnikami ludu"? – stęknął narodowy wyraziciel skrupułów moralnych Rzeszy, Sensenbrink.

– Moglibyśmy im insynuować pewną dwulicowość – zaproponował Sawatzki – gdybyśmy mieli w budżecie trochę pieniędzy. Zajrzał pan kiedyś do komórki Hitlera?

– Oczywiście, jest tam nagranie rozmowy – wtrąciła dama Bellini.

– Nie tylko – powiedział Sawatzki. Pochylił się do przodu, wziął mój telefon i chwilę przy nim manipulował. Następnie położył telefon przed nami w taki sposób, że mogliśmy dobrze widzieć ekran. Było na nim pewne zdjęcie.

To był pierwszy moment, w którym przestałem odczuwać brak genialnego Goebbelsa.

26

Wiek dojrzały ma też zawsze swoje zalety. Ja na przykład jestem szczęśliwy, że wszedłem do polityki dopiero, gdy miałem trzydzieści lat, a więc w wieku, w którym mężczyzna także fizycznie i seksualnie osiąga już pewien spokój, i dlatego wszystkie swoje siły może skoncentrować na właściwych celach, gdyż nie zużywa czasu i nerwów na miłość fizyczną. Zresztą to wiek określa wymagania, jakie stawia człowiekowi otoczenie: jeśli naród wybiera sobie Führera w wieku, dajmy na to, dwudziestu lat, a on nie interesuje się żadną kobietą, to oczywiście od razu zaczyna się gadanie. Już niebawem słyszy się, a cóż to za dziwny Führer, dlaczego nie bierze sobie żadnej kobiety? Nie chce? Nie może? Ale w wieku czterdziestu czterech lat, jak w moim przypadku, jeśli Führer nie wybiera sobie towarzyszki życia, to naród myśli sobie: no tak, on przecież nie musi, prawdopodobnie już ma. I to ładnie, że troszczy się tylko o nas. I tak to jest. Im człowiek robi się starszy, tym bardziej przejmuje rolę mędrca, nawiasem mówiąc, bez żadnego wysiłku ze swojej strony. Taki na przykład Schmidt, leciwy były „kanclerz federalny", ten człowiek korzysta z wariackich papierów i może bezkarnie wygadywać najgorsze bzdury. Sadzają go na wózek, gdzie bez żadnej przerwy odpala po kolei jednego papierosa od drugiego i w nieznośnie nudnej manierze wygłasza najgłupsze komunały. Ten człowiek w ogóle niczego nie zrozumiał, a gdy później poczytać o nim więcej, to się okazuje, że jego sława opiera się na dwóch śmiesznych czynach, mianowicie, że raz podczas powodzi w Hamburgu wezwał na pomoc wojsko, do czego nie trzeba być geniuszem, i że pozostawił tego porwanego przemysłowca Schleiera w rękach komunistycznych zbrodniarzy, co wcale chyba nie było dla niego jakimś wielkim wyczynem, a jeśli chodzi o poglądy, to ani chybi nawet mu to było na rękę, bo Schleier bądź co bądź przez długie lata należał do mojej SS i z tego powodu z pewnością był solą w oku socjaldemokraty Schmidta. Ale obecnie, niecałe czterdzieści lat później, ten ledwie dychający starzec na wózku obwożony jest po całym kraju jak jakaś wszechwiedząca wyrocznia – można by niemal pomyśleć, że oto zstąpił na ziemię sam pan Bóg we własnej osobie.

Aby pozostać przy temacie: od tego pana naturalnie nikt też już nie oczekuje żadnych romansów.

Zaleta wieku na przykład ponad stu dwudziestu lat jest także natury taktycznej: przeciwnik polityczny nie spodziewa się tego i jest kompletnie zaskoczony. Oczekuje innego wyglądu albo innej kondycji fizycznej, gdyż na ogół całkowicie neguje rzeczywistość, ponieważ to, co niemożliwe, nie ma prawa się zdarzyć. Prowadzi to do nader „nieprzyjemnych" następstw. I tak na przykład tuż po wojnie wszystkie czyny rządu narodowosocjalistycznego uznano za zbrodnie, to po prostu niesłychane – w końcu był to rząd pochodzący z wyborów. Ustalono też, że owe „zbrodnie" nigdy nie ulegną przedawnieniu, co zawsze dobrze brzmi w uszach tych ckliwych pluskiew parlamentarnych, aczkolwiek chciałbym zobaczyć za trzysta lat takiego, co w ogóle będzie pamiętał o tych dzisiejszych lumpach w rządzie. Firma Flashlight rzeczywiście otrzymała natychmiast oficjalne zawiadomienie z prokuratury, że zwrócili się do niej jacyś głupcy, wpłynęło także kilka różnych doniesień o rzekomych przestępstwach. Jednakże śledztwo zostało naturalnie z miejsca umorzone, bo przecież jest wykluczone, abym był tym, kim jestem, a jako artyście przysługuje mi naturalnie zupełnie inna swoboda wypowiedzi itd. itp.

Kolejny raz widać, że nawet prości ludzie w prokuraturze rozumieją ze sztuki o wiele więcej niż te profesorki na Akademii Wiedeńskiej. Wprawdzie prokuratorzy tak dziś, jak i wtedy, to tępi fachowcy, znający się tylko na swojej dziedzinie, ale przynajmniej rozpoznają w człowieku artystę, jak go zobaczą.

Gdy późnym przedpołudniem zjawiłem się w swoim biurze, panna Krömeier powiadomiła mnie o tych wydarzeniach, a ja uznałem to za dobry początek dnia, w którym powziąłem zamiar, by raz na zawsze zakończyć spór z ową „Bild"-Zeitung.

Ku własnej irytacji musiałem uzgodnić wcześniej swoją przemowę z damą Bellini, rzecz, która przejmowała mnie żywą niechęcią, zwłaszcza że na dokładkę dama Bellini przybyła jeszcze z prawnikiem firmy, a wiadomo wszak, co myśleć o prawnikach. Byłem wielce zaskoczony, że ten kauzyperda nie miał żadnych lub też tylko nieistotne zastrzeżenia, które dama Bellini zbyła lekceważąco energicznym „I tak to zrobimy!".

Miałem jeszcze trochę czasu, wróciłem więc po tym spotkaniu do swojego biura, z którego wyszedł mi naprzeciw

Sawatzki, mówiąc, że mnie szukał, zostawił mi pierwsze wzory z linii produkcyjnej i już się cieszy na dzień rozrachunku i tym podobne, co mnie wydało się irytująco nieistotne. Tym bardziej że widziałem te wzory już poprzedniego dnia: filiżanki do kawy, naklejki, koszulki gimnastyczne, które zgodnie ze zwyczajem amerykańskim nazywają się teraz T-shirt. Mimo to entuzjazm Sawatzkiego wzbudzał niezmiennie stuprocentowe zaufanie.

– Od godziny dwudziestej drugiej pięćdziesiąt siedem odpowiadamy ogniem – powiedział rozbawiony.

Nie odparłem nic, zaciekawiony.

A on faktycznie dodał:

– Od tej chwili za każdą sylabę odpłacamy sylabą!

Uśmiechnąłem się z zadowoleniem i poszedłem do swojego biura, gdzie panna Krömeier wypróbowywała nowe kroje czcionek do mojej przemowy. Zastanawiałem się chwilę, czy nie powinienem opracować własnego pisma. W końcu projektowałem już ordery czy też symbol swastyki w białym polu na czerwonym tle dla NSDAP, ostatecznie i wcześniej, i teraz było oczywiste, że idealny krój czcionki dla ruchu rasowo-narodowego powinienem najlepiej opracować sam. A potem przyszło mi do głowy, że już niebawem jacyś graficy w drukarniach będą dyskutować o tym, czy mają złożyć tekst czcionką „podwójna gruba Hitlera", i zarzuciłem ten pomysł.

– Czy w tych wzorach pojawiło się coś nowego? – spytałem mimochodem.

– W jakich wzorach, mój wodzuu?

– No w tych, które dopiero co przyniósł pan Sawatzki.

– Ach tak – odpowiedziała – naturalnie. Nie, to tylko dwie filiżanki. – A potem sięgnęła szybko po chusteczkę i bardzo, bardzo starannie wydmuchała nos. A kiedy skończyła, miała dziwnie zaczerwienioną twarz. Nie zapłakaną, raczej ożywioną. No a ja w końcu też nie jestem ślepy.

– Niech mi pani powie, panno Krömeier, czy to możliwe, że w ostatnim czasie zawarła pani nieco bliższą znajomość z panem Sawatzkim...? – wyraziłem swoje przypuszczenie.

Uśmiechnęła się niepewnie.

– A to by było coś złego?

– To mnie w zasadzie nie obchodzi...

– Nie, pan zapytał, a teraz ja odpowiadam pytaniem: co pan myśli o panu Sawatzkim, mój wodzuu?

– Zaangażowany, ma w sobie dużo zapału...

– Nie, no wie pan. Ostatnio jest naprawdę dość sympatyczny i często wpada, znaczy, co pan o nim myśli... jako o mężczyźnie? Myśli pan, że to facet dla mnie?

– No cóż – odparłem, i na moment przez głowę przemknęła mi pani Junge. – Nie byłby to pierwszy raz, że w moim przedpokoju spotykają się dwa serca. Pani i pan Sawatzki? Sądzę, że oboje macie państwo z pewnością dużo powodów do radości...

– To prawda. – Twarz panny Krömeier rozpromieniła się. – On jest naprawdę słodki! Tylko niech mu pan nie mówi, że to powiedziałam!

Zapewniłem ją, że może liczyć na moją dyskrecję.

– A pan? – spytała po chwili, nieco zatroskana. – Jest pan zdenerwowany?

– A to niby dlaczego?

– To niesamowite – powiedziała. – Widziałam już paru tych facetów z telewizji, ale pan jest naprawdę najbardziej cool.

– W tym zawodzie trzeba mieć w żyłach lód – oznajmiłem.

– Niech im pan pokaże – powiedziała zdecydowanie.

– Obejrzy sobie pani program?

– Zaraz idę za kulisy. – Wyprostowała się z dumą. – Ja też już mam jeden taki T-shirt, mój wodzuu. – I zanim zdążyłem coś powiedzieć, zamaszystym ruchem rozpięła zamek błyskawiczny swojej czarnej kurteczki i zadowolona pokazała mi koszulkę.

– Ja panią bardzo proszę! – powiedziałem surowo, a gdy z powrotem zapięła szybko suwak, dodałem nieco łagodniej: – To, że raz ma pani na sobie coś, co nie jest czarne...

– To wszystko tylko dla pana, mój wodzuu!

Udałem się w drogę, służbowy samochód zawiózł mnie do studia, gdzie już czekała Jenny, która powitała mnie gromkim „Halo, wujku Ralfie!". Tymczasem zrezygnowałem z poprawiania jej, także dlatego, że z dość dużą dozą prawdopodobieństwa mogłem założyć, że zrobiła sobie z tego stały temat żartów. W ostatnich tygodniach byłem już wujkiem Ulfem, do tego jeszcze wujkiem Golfem, wujkiem Schilfem i wujkiem Torfem. Nie byłem pewny, czy mogę mieć do niej pełne zaufanie, kiedy gra będzie szła o wszystko, jednak na dłuższą metę jej niefrasobliwość z całą pewnością podkopie morale – toteż zapamiętałem ją sobie na własny użytek. Jeśli takie rzeczy nie ustaną po pierwszej fali aresztowań, to na razie przewidziałem ją bezpośrednio do drugiej fali. Tymczasem naturalnie nie dawałem nic po sobie poznać, gdy towarzyszyła mi do garderoby, gdzie czekała już pani Elke.

– Chowaj puder, idzie pan Hitler. – Zaśmiała się. – Dziś jest wielki dzień, jak słyszę?

– Zależy dla kogo – odparłem, siadając.

– Wierzymy w pana.

– Nasza ostatnia nadzieja: Hitler – rzekłem rozmarzony. – Jak wcześniej na plakatach.

– No, ale teraz to chyba pan trochę za bardzo podkolorował – zauważyła.

– To niech pani troszkę zbierze – upomniałem ją z troską. – Nie chcę w końcu wyglądać jak jakiś pajac.

– Miałam na myśli... ach, nieważne. U pana nie trzeba dużo. Mężczyzna z wymarzoną twarzą. Niech pan idzie i pokaże tamtym, gdzie raki zimują.

Udałem się za kulisy, żeby zaczekać, aż Szpasdemir mnie zapowie. Czynił to z coraz większą niechęcią, ale trzeba przyznać, że osobom postronnym trudno było tę niechęć zauważyć.

– Szanowni państwo: dla multikulturalnej równowagi zobaczą państwo teraz Niemcy z perspektywy Niemca, Adolfa Hitlera.

Powitał mnie entuzjastyczny aplauz. Z każdym programem występy stawały się łatwiejsze. Wytworzyło się coś w rodzaju rytuału, jak wcześniej w Pałacu Sportu. Bezgraniczna radość, którą zdusiłem aż do absolutnej ciszy swoją śmiertelną powagą w trwającym minuty milczeniu. Dopiero później, w tym napięciu zrodzonym między oczekiwaniami tłumu i żelazną wolą jednostki, zabrałem głos.

– W ostatnim czasie...

wielokrotnie...
musiałem.
Czytać
w gazecie...
różne rzeczy o sobie.
W końcu jestem do tego przyzwyczajony.
Ze strony oszczerczej liberalnej prasy.
Ale ostatnio także w pewnej gazecie,
która niedawno zamieściła
bardzo trafne wypowiedzi
na temat Greków.
Albo na temat pewnych Turków.
I nierobów.
A teraz ja sam zostałem w tej gazecie skrytykowany
za parę wypowiedzi, które...
zmierzały w tym samym kierunku.
Poruszono tam pewne „kwestie”,
na przykład kwestię, kim ja w ogóle jestem.
Żeby wymienić najgłupszą.
To był wystarczający powód, bym zaczął sobie stawiać pytania:
Co to za gazeta?
Co to za organ?
Spytałem moich współpracowników.
Moi współpracownicy znają go,
Ale go nie czytają.
Pytałem ludzi na ulicy.
Znacie państwo tę gazetę?
Znają,
ale jej nie czytają.

Nikt nie czyta tej gazety.
Ale miliony ją kupują.
Tyle że nikt nie wie tego lepiej niż ja:
Dla gazety nie ma większej pochwały niż ta.
Zasada jest wszak znana.
Stosował ją „Völkischer Beobachter".

W tym miejscu po raz pierwszy rozległ się burzliwy aplauz. Wyrozumiale pozwoliłem publiczności się wyszumieć, zanim ruchem ręki poprosiłem z powagą o ciszę.

– Tyle że „Völkischer Beobachter" miał szefa,
który był prawdziwym mężczyzną.
Podporucznikiem.
Lotnikiem,
który dla
ojczyzny stracił nogę.
A kto kieruje tą gazetą, tym „Bildem"?
Także jakiś podporucznik.
Nawet porucznik.
Coś podobnego!
Cóż zatem jest nie tak z tym człowiekiem?
Może brak mu ideologicznego kierownictwa.
W „Völkischer Beobachter" podporucznik w razie wątpliwości upewniał się, co j a sądzę o sprawie.
A z tego „Bilda" nikt mnie jeszcze o nic nie zapytał.
Najpierw myślałem, że może ten człowiek to jeden z tych stuprocentowo przekonanych, którzy trzymają się z dala od wszelkiej polityki.
Potem stwierdziłem: oczywiście dzwoni on, kiedy potrzebuje duchowego wsparcia.

Tyle że gdzie indziej.

Do niejakiego pana Kohla.

Innego polityka.

Jeśli w ogóle można go tak nazwać.

Do owego pana Kohla, którego był świadkiem na ślubie.

Zapytałem o to w wydawnictwie porucznika.

A tam powiedziano mi:

To absolutnie w porządku i w ogóle nieporównywalne z „Völkischer Beobachter".

Ten polityk to w końcu dawny kanclerz zjednoczonych Niemiec.

Ale właśnie *to*

sprawia, że czuję się tak bezradny.

Gdyż dawnym kanclerzem zjednoczonych Niemiec byłem w końcu *ja* sam.

Wątpię tylko, czy zjednoczone Niemcy owego pana Kohla

są tak zjednoczone, jak były moje Niemcy.

Wszak brakuje tu paru elementów.

Alzacja.

Lotaryngia.

Austria.

Kraj Sudecki.

Poznań.

Prusy Zachodnie.

Gdańsk.

Wschodni Górny Śląsk.

Obszar Kłajpedy.

Nie chcę zanadto wchodzić w szczegóły.

Myślę tylko, po pierwsze:
Jeśli pan redaktor potrzebuje kompetentnych sądów,
To powinien ich chyba poszukać u mistrza Schmidta.
A nie u małego Schmidtka.

Ponownie wezbrały fale aprobaty, które kwitowałem poważnym kiwaniem głową, zanim znów zabrałem głos.

– Ale możliwe,
że ten redaktor wcale nie szuka kompetentnych sądów.
W tej sytuacji
jak to się dziś ładnie mówi,
wygooglowałem
tego pana.
Znalazłem jego zdjęcie.
I wszystko stało się dla mnie jasne.
To zaleta, kiedy człowiek
dysponuje ugruntowaną wiedzą na temat teorii ras.
Wystarczy wtedy jedno spojrzenie.
Ten „redaktor"
nazywa się Dieckmann,
I naturalnie nie jest to żaden prawdziwy redaktor.
To jedynie
chodzący garnitur pod funtem pomady.

Kolejny wybuch radosnej wrzawy zdradził mi, że w redaktorze Dieckmannie trafiona została najzupełniej właściwa osoba. Tym razem pozwoliłem publiczności cieszyć się krócej, by wykorzystać napięcie.

– Ale ostatecznie
o prawdzie
i o kłamstwie
decyduje czyn.

Kłamstwem jest to: owa gazeta próbuje przekonać swych czytelników, że jest moim zaciętym wrogiem.

Prawdę widzicie państwo tu.

Potrzeba było całkiem sporo graficznych umiejętności, by szczegóły na ekranie mojego telefonu odpowiednio opracować, ale fakty pozostały niezmienione i tylko nieco poprawione przez rozjaśnienie i niewielkie powiększenie. Widać było wyraźnie, jak pani Kassler płaci rachunek w Adlonie. A potem wielkimi literami wyświetlony został slogan Sawatzkiego:

„Bild" finansuje Führera.

Muszę tu powiedzieć: taki aplauz otrzymałem ostatni raz w 1938 roku, podczas anszlusu Austrii. Ale prawdziwe poparcie pokazały liczby odwiedzających na moim specjalnym adresie na stronie nadawcy w Internecie. A częstokroć mojej przemowy nie można było nawet ściągnąć, to niewybaczalne partactwo.

Kiedyś posłałbym za to Sensenbrinka na front. Krzepiące było to, że slogan „«Bild» finansuje Führera" zapewnił znakomity zbyt koszulek gimnastycznych, filiżanek do kawy, breloczków i tym podobnych drobiazgów. A zaopatrzenie stoisk było doskonałe.

Co mnie z powrotem nastroiło pojednawczo do Sensenbrinka.

27

Trzy dni trwało, zanim skapitulowali.

Jeden dzień, zanim przegrali ze swoim wnioskiem w przedmiocie zabezpieczenia. Sąd go oddalił z przekonującym uzasadnieniem, że „Bild"-Zeitung jeszcze w ogóle nie istniała, gdy żył Führer, toteż w rachubę wchodzi tylko odniesienie do Führera telewizyjnego. A to, że finansowała Hitlera, temu, no cóż, nie sposób było zaprzeczyć. Z kolei wyostrzenie wypowiedzi to w końcu środek stylistyczny, stosowany nader często przez nią samą, toteż, w nieco szczególnej mierze, powinna zaakceptować, gdy w taki sam sposób pisze się o niej.

Kolejnego dnia potrzebowali, by zrozumieć bezcelowość wszelkich rewizji i przyjąć do wiadomości wskaźniki sprzedaży owych koszulek gimnastycznych, naklejek i filiżanek ze sloganem. Jacyś młodzi, szczerzy Niemcy urządzili nawet pokojową demonstrację przed budynkiem wydawnictwa, aczkolwiek w bardziej beztroskim nastroju, niżbym to uznał za stosowne.

W tym czasie nie mogłem się już też uskarżać na brak oddźwięku w innych publikacjach. Początkowo konflikt lokował mnie jeszcze sporadycznie na stronach plotkarskich, teraz zacząłem docierać do części kulturalnej. Jeszcze sześćdziesiąt lat temu nie przywiązywałbym najmniejszej wagi do tego, że obgadują mnie pośród tych wszystkich nieatrakcyjnych i niezrozumiałych wymysłów rzekomej „kultury". Tymczasem jednak powstał trend, zgodnie z którym ostatnio właściwie wszystko może uchodzić za kulturę albo zostaje podniesione do tej rangi. Stąd pojawienie się na tych stronach można było powitać jako część procesu transformacji, który nadał mi znak jakości politycznej powagi, przekraczającej zwykłą miarę rozrywki telewizyjnej. Oczywiście ta kompletnie przeintelektualizowana chińszczyzna tekstów nie zmieniła się w ostatnich sześćdziesięciu latach ani na jotę, można było, zdaje się, założyć, że jeszcze dziś czytelnicy za ambitne uznawali tylko to, co jawiło się im jako możliwie niezrozumiałe, a istotę sprawy z wyraźnie życzliwego tonu całości odgadywali drogą domysłów.

W zasadniczo przychylny ton nie sposób było wątpić. „Süddeutsche Zeitung" chwaliła „potemkinowską wręcz retrospektywę", która za „pozornym mirażem monostruktur neofaszystowskich" każe podejrzewać „namiętną obronę pluralistycznych, względnie dotyczących samych podstaw demokracji wariantów pewnego procesu". „Frankfurter Allgemeine Zeitung" powitała „zdumiewający kostium immanentnych paradoksów systemowych, przebranych w owczą skórę nacjonalistycznego wilka". A dział gier słownych w „Spiegel online" nazwał mnie „wodzem, co się wodzi" i miało to bez wątpienia wydźwięk życzliwy.

Trzeciego dnia, jak dowiedziałem się później, do redaktora zadzwoniła wdowa po wydawcy „Bilda". Treść rozmowy zmierzała mniej więcej w tym kierunku: jak długo jeszcze redaktor zamierza tolerować szarganie świętej pamięci zmarłego, dalej, że ten czas uważa za zbyt długi, oraz że ta awantura ma się zakończyć następnego dnia.

Jak ma tego dokonać, to już jego sprawa.

Gdy wczesnym popołudniem przyszedłem do biura, już z daleka zobaczyłem Sawatzkiego podskakującego na korytarzu. Bez przerwy ściskał pięść w nieco młodzieńczym geście typowym dla okresu dojrzewania i krzyczał „Yes! Yes! Yes!". Uważałem tę formę za trochę niestosowną, ale potrafiłem zrozumieć jego euforię. Kapitulacja była praktycznie bezwarunkowa. Negocjacje, które prowadziła dama Bellini osobiście, w ciągłej konsultacji ze mną, skutkowały na początek kilkudniową przerwą w doniesieniach na mój temat, podczas której jednak dwa razy miałem być pochwalony na stronie tytułowej, z jakimś tam uzasadnieniem jako „awansujący" czy „zwycięzca" dnia. W rewanżu my po każdym takim posunięciu mieliśmy wycofywać z oferty jeden artykuł jako „już niedostępny".

Punktualnie z terminem emisji następnego programu gazeta przysłała swojego najlepszego pismaka, nadzwyczaj gorliwego lizusa nazwiskiem Robert czy Herbert Körzdörfer, który jednak, muszę przyznać, wykonał swe zadanie bez zarzutu, ogłaszając mnie najdowcipniejszym Niemcem od czasów jakiegoś pana Loriota. Przeczytałem, że pod maską nazistowskiego wodza wygłaszam mądre myśli i że jestem autentycznym reprezentantem narodu. Z ponownych niestrudzonych podskoków pana Sawatzkiego wyczytałem, że był to całkiem dobry wynik.

Najlepsze jednakowoż było to, że zleciłem gazecie, by uczyniła mi drobną przysługę i uruchomiła parę swoich kontaktów. Pomysł wyjątkowo pochodził od Sensenbrinka, który jeszcze niedawno był kompletnie bezradny. Czternaście dni później ukazała się wzruszająca do łez historyjka o gorzkim losie moich urzędowych dokumentów, które przepadły w ognistej zawierusze, a po kolejnych dwóch tygodniach trzymałem w ręce paszport. Nie wiem, przez jakie prawne czy bezprawne kanały przechodziły takie rzeczy, niemniej jestem już legalnie zameldowany w Berlinie. Moja urzędowa data urodzenia to obecnie 30 kwietnia 1954, tutaj zresztą los zadziałał ponownie, myląc cyfry: naturalnie podałem rok 1945, ale wiekowo 1954 pasuje oczywiście znacznie lepiej.

Jedynym ustępstwem było to, że musiałem zrezygnować z odwiedzenia redakcji. Właściwie zażądałem, aby cały zespół, łącznie z panem Pomadą, przyjął mnie, witając Niemieckim Pozdrowieniem, i odśpiewał przy tym *Horst-Wessel-Lied* w kanonie.

No cóż. Nie można mieć wszystkiego.

Także cała reszta potoczyła się nad wyraz pomyślnie. Liczby odwiedzających na stronie internecowej „Kwatera Główna Führera" nieustannie wymagały coraz to większych zasobów technicznych, mnożyły się prośby o wywiad, a z polecenia Sensenbrinka i damy Bellini wizyta u „narodowodemokratycznych" nieudaczników została przerobiona na program specjalny, który miał być wyemitowany w odpowiedzi na ogromne zainteresowanie sprawą.

Pod koniec tego dnia byłem faktycznie gotów trącić się ponownie z panem Sawatzkim, może mógłby w tym celu wyczarować jeszcze odrobinę tego bardzo przyjemnego napoju Bellini. Niestety jednak pana Sawatzkiego, chociaż nie opuścił biura, nie można było nigdzie znaleźć. I jak to stwierdziłem w moim gabinecie, panny Krömeier także.

Postanowiłem nie szukać tych dwojga. Ta godzina była godziną zwycięzców, do których zaliczał się też pan Sawatzki, który zaiste w niemałej mierze przyczynił się do odniesienia tego triumfu. A nikt nie wie lepiej ode mnie, jakie wrażenie robi upojony zwycięstwem wojownik na młodej kobiecie. Nasi żołnierze w Norwegii, we Francji, w Austrii podbijali po prostu wszystkie serca. Jestem pewien, że w samych tylko tygodniach następujących po naszym wkroczeniu do owych krajów poczęte zostały ze cztery do sześciu dywizji, i to z lędźwi nosicieli pierwszorzędnej krwi. Ileż byśmy mieli nowych żołnierzy, gdyby tylko starsze pokolenia, niemogące się w pełni poszczycić tak czystą krwią, opierały się wrogom jeszcze tych śmiesznych dziesięć, piętnaście lat!

Młodzież to nasza przyszłość. Z którego to powodu musiałem się zadowolić damą Bellini i kieliszkiem bardzo znowu kwaśnego musującego wina.

28

Jeszcze nigdy nie widziałem Sensenbrinka tak bladego. Co prawda ten człowiek nigdy nie był bohaterem, ale jego twarz miała kolor, jaki ostatni raz widziałem w 1917 roku w okopach, owej deszczowej jesieni, gdy z błotnistej ziemi sterczały w górę kikuty nóg. Być może przyczyną było jego niecodzienne zachowanie, gdyż zamiast do mnie zatelefonować, przyszedł osobiście do biura, by poprosić mnie o jak najszybsze przybycie do sali konferencyjnej. Z drugiej strony, do tej pory sprawiał wrażenie osoby całkiem wysportowanej.

– To niewiarygodne – powtarzał raz po raz. – To niewiarygodne. Coś takiego nie zdarzyło się w całej dotychczasowej historii firmy. – Następnie chwycił mokrą od potu dłonią za klamkę, aby opuścić biuro, a wychodząc, jeszcze się do mnie odwrócił i powiedział: – Gdybym to wiedział już wtedy pod kioskiem...

I z rozmachem rąbnął głową w futrynę drzwi.

Uczynna panna Krömeier natychmiast zerwała się z krzesła, ale Sensenbrink jak w transie złapał się tylko za głowę i chwiejnie wyszedł, przy czym między powtarzanym kilkakrotnie „Niewiarygodne" wplótł jedno czy dwa „Już dobrze, daję radę". Panna Krömeier spojrzała na mnie tak skonsternowana, jakby Rosjanin znowu stał pod Wzgórzami Seelow, ale ja kiwnąłem jej uspokajająco głową. Nie to, żeby ostatnie tygodnie i miesiące nauczyły mnie nie traktować zbyt poważnie obaw pana Sensenbrinka. Przypuszczalnie znowu jakiś zatroskany biurokrata albo demokrata napisał jakiś list protestacyjny do jakiegoś prokuratora, takie rzeczy wciąż się zdarzały, a śledztwo umarzane było niezmiennie jako bezowocne i niedorzeczne. Może tym razem stało się akurat nieco inaczej i w końcu do domu zapuka jakiś urzędnik, ale raczej nie należało się spodziewać czegoś budzącego zaniepokojenie. Zresztą byłem oczywiście gotów w każdej chwili wziąć na siebie ponowne uwięzienie w twierdzy za przekonania.

Mimo to musiałem przyznać, że i mnie ogarnęła pewna ciekawość, gdy wyruszałem w drogę do sali konferencyjnej. Mogła ona wynikać z tego, że zmierzali tam nie tylko pan Sawatzki czy dama Bellini, lecz że ogólnie na korytarzach dało się wyczuć nieokreśloną nerwowość czy też napięcie. Współpracownicy stali w małych grupkach w otwartych drzwiach, rozmawiali ściszonymi głosami i zerkali na mnie, wzrokiem pytającym albo niepewnym. Postanowiłem pójść okrężną drogą i udałem się do firmowej kafeterii, by poprosić o trochę cukru gronowego. Cokolwiek by się działo w owej sali konferencyjnej, ja postanowiłem wyeksponować nieco swoją pozycję, każąc towarzystwu czekać na siebie.

– No, pan to ma nerwy – powiedziała pani Schmackes, zajmująca się kafeterią.

– Wiem – odpowiedziałem pogodnie. – Dlatego tylko mnie udało się wkroczyć do Nadrenii.

– Niech pan nie przesadza, ja też już tam kiedyś byłam – powiedziała pani Schmackes. – Ale ja także nie cierpię tych kolończyków. Co podać?

– Poproszę opakowanie tego pani cukru gronowego.

– To poproszę od pana osiemdziesiąt centów. – Niemal konspiratorsko przechyliła się w moim kierunku: – Wie pan, że wcześniej przyjechał już specjalnie ten Kärrner? Już tam jest, słyszałam, że siedzi w sali konferencyjnej.

– Ach tak... A kto to jest?

– No, powiem tak: to jest szef tego wszystkiego – wyjaśniła pani Schmackes. – Normalnie go nie widać, bo na co dzień to pani Bellini pilnuje interesu, a jakby mnie pan pytał, to ona i tak zna się na tym lepiej. Ale w razie większej katastrofy zjawia się sam Kärrner. – Podsunęła mi przez ladę dwadzieścia centów reszty. – Z okazji wielkich sukcesów naturalnie też. Ale muszą być naprawdę spore. Flashlight prosperuje całkiem nieźle...

Odwinąłem starannie z papierka kawałek cukru gronowego i wsunąłem sobie do ust.

– Nie powinien pan powoli ruszać?

– Zimą tysiąc dziewięćset czterdziestego pierwszego roku też wszyscy tak mówili. – Machnąłem ręką, potem jednak, nie spiesząc się, poszedłem we właściwym kierunku. Wszak należało też unikać wrażenia, że to wydarzenie wzbudziło we mnie lęk i dlatego jestem nieobecny.

Tymczasem grupki na korytarzach stały się jeszcze liczniejsze. Pracownicy utworzyli jakby szpaler, wzdłuż którego kroczyłem niby podczas odbierania jakiejś parady. Uśmiechnąłem się życzliwie do kilku młodych dam, co jakiś czas odginałem do tyłu prawe ramię w geście pozdrowienia, niekiedy słyszałem chichot, ale także słowa: „Poradzi pan sobie!”.

Oczywiście. Pytanie tylko z czym.

Drzwi do sali konferencyjnej były jeszcze otwarte, stał w nich Sawatzki. Już z daleka dostrzegł, że nadchodzę, i ruchem ręki dawał mi jednoznacznie do zrozumienia, abym się pospieszył. Było zupełnie jasne, że nie chciał mnie strofować – jego optymistyczny wyraz twarzy sygnalizował mi raczej od razu, że pilnie, strasznie pilnie chciał się dowiedzieć, o co tu chodzi. Jeszcze raz zredukowałem odrobinę szybkość swoich kroków, robiąc jakby mimochodem komplement jakiejś młodej damie z powodu jej naprawdę bardzo ładnej letniej sukienki. Moja prędkość przypomniała mi prawie paradoks Achillesa i żółwia, którego tamten nigdy nie może dogonić.

– Dzień dobry panu – odezwałem się mocnym głosem. – Czy myśmy się już dziś w ogóle widzieli?

– Niech pan już wchodzi – naciskał Sawatzki cicho. – Szybko. Umieram z ciekawości.

– Już jest – powiedział w środku Sensenbrink. – Nareszcie!

W pomieszczeniu wokół stołu konferencyjnego siedziało jeszcze więcej panów. Więcej niż za pierwszym razem, a bezpośrednio obok damy Bellini zajął miejsce ktoś, kto musiał być najwyraźniej owym Kärrnerem, lekko otyła, zapewne dawniej wysportowana postać, licząca około czterdziestu lat.

– Pana Hitlera wszyscy państwo naturalnie znają – odezwał się do zgromadzonych ciągle jeszcze kredowobiały, ale przynajmniej już nie tak spocony Sensenbrink. – Odwrotnie, mimo jego dłuższej już współpracy z nami, nie zawsze tak jest. A ponieważ tutaj wokół stołu siedzą, jeśli mogę się tak wyrazić, top decydenci naszej firmy, chciałbym ich krótko przedstawić.

Po tym Sensenbrink zaraportował szereg nazwisk i stanowisk, barwny zestaw następujących po sobie Senior i Vice

Account Managing Executives i jak to się tam jeszcze dziś nazywa. Tytuły i twarze wszystkie bez wyjątku tak się nie różniły od siebie, że od razu wiadomo było, iż jedynym godnym zapamiętania nazwiskiem jest Kärrner, którego też jako jedynego obdarzyłem stosownym, dyskretnym skinieniem głowy.

– Świetnie – odezwał się Kärrner. – Skoro już wszyscy wiemy, kto jest kim, to może moglibyśmy powoli wyjaśnić to całe zamieszanie? Zaraz po tym mam jeszcze jeden meeting.

– Oczywiście – powiedział Sensenbrink.

Uzmysłowiłem sobie, że wciąż jeszcze nie wskazano mi mojego miejsca. Z drugiej strony nie przygotowano także niczego w rodzaju scenki prób, jak podczas mojej pierwszej wizyty w firmie. Można było chyba założyć, że nie oczekuje się tu ode mnie przedstawienia, a moja pozycja jest niekwestionowana. Popatrzyłem na Sawatzkiego – zacisnął prawą rękę w pięść, podniósł ją do ust i kostkami wykonywał nieustanne, falisto-gniotące ruchy.

– To jeszcze nie jest oficjalna wiadomość – oznajmił Sensenbrink – ale wiem to z absolutnie pewnych źródeł. To w związku z programem specjalnym o NPD, który puściliśmy tuż po sukcesie z „Bildem".

– A co ma z tym być? – spytał niecierpliwie Kärrner.

– Pan Hitler otrzymuje telewizyjną nagrodę Grimmego.

W pomieszczeniu zapadła śmiertelna cisza.

Potem głos zabrał Kärrner.

– I to jest pewne?

– Na bank – zapewnił Sensenbrink i zwrócił się do mnie.

– Myślałem, że termin zgłaszania już minął, ale ktoś nominował pana dodatkowo. Powiedziano mi, że opanował pan pole bitwy od tyłu. Raz padło słowo „jak tsunami".

– Blitz-zwycięstwo! – krzyknął Sawatzki podekscytowany.

– Czyżbyśmy stali się obecnie stacją kulturalną? – usłyszałem półuchem jednego z niezliczonych Executives, reszta utonęła wśród burzliwego aplauzu. Kärrner podniósł się z krzesła, niemal jednocześnie powstała dama Bellini, a potem już całe zgromadzenie. Otworzyły się szklane drzwi, do środka wkroczyły dwie damy pod wodzą sekretarki Sensenbrinka, Helli Lauterbach, z kilkoma butelkami kwaśnego wina musującego. Nie musiałem się nawet upewniać, żeby wiedzieć, że Sawatzki zapewne w tych sekundach wydawał zamówienie na ten owocowy napój Bellini. Z zewnątrz tłoczyli się różni ludzie, maszynistki, asystenci, praktykanci i pracownice personelu pomocniczego. Słowa: „nagroda Grimmego" słyszało się bez przerwy, na zmianę z „serio?" i „obłęd!". Zobaczyłem Kärrnera, który przeciskał się z trudem przez tłum w moim kierunku, z wyciągniętą ręką i osobliwym wyrazem twarzy.

– Wiedziałem! – wykrzyknął podekscytowany, spoglądając na zmianę na mnie i na Sensenbrinka. – Wiedziałem. Potrafimy więcej niż tylko Comedy-Trash! Możemy o wiele więcej!

– Pierwsza liga! – odkrzyknął Sensenbrink głosem przechodzącym w falset i ponownie, jeszcze głośniej: – Pierwsza liga! – To mi pomogło zrozumieć tyle, że ta nagroda, jak mogłem wywnioskować, najwidoczniej oznaczała uznany znak jakości dla radiofonii i telewizji.

– Jest pan po prostu dobry – odezwał się łagodny kobiecy głos tuż obok mnie. Odwróciłem się. W pobliżu, w innej grupce rozmawiających, dostrzegłem plecy damy Bellini.

– Mogę tylko odwzajemnić komplement – rzuciłem, nie odwracając się do niej bardziej zauważalnie, niż to konieczne.

– Myślał pan kiedyś o filmie? – szepnęła.

– Już od dawna nie – odpowiedziałem przez ramię. – Kto raz pracował z Riefenstahl...

– Przemowa! Przemowa! – zagrzmiało z tłumu.

– Musi pan coś powiedzieć! – naciskał Sensenbrink. I chociaż raczej nie zwykłem przemawiać przy okazji takich towarzyskich spotkań, to jednak w tej sytuacji było to chyba nie do uniknięcia. Tłum cofnął się nieco, tylko Sawatzki wcisnął się jeszcze na chwilę, by podać mi kieliszek z tym napojem Bellini. Przyjąłem go z podziękowaniem i przez chwilę mierzyłem publiczność wzrokiem. Niczego niestety nie przygotowałem, toteż należało sięgnąć po sprawdzone wzory.

– Towarzyszki i towarzysze narodowi!
Zwracam się do Was,
aby
w tej godzinie triumfu
wyjaśnić dwie rzeczy:
Ten triumf bez wątpienia raduje,
jest zasłużony,
od dawna zasłużony. Zmusiliśmy do odwrotu
większe produkcje,
droższe,
także międzynarodowe!
Ale ten sukces
pozostaje jedynie etapem
w drodze
ku ostatecznemu zwycięstwu.

Zawdzięczamy to zwycięstwo przede wszystkim Waszej zaangażowanej pracy!
Waszemu bezwarunkowemu, fanatycznemu wsparciu.
Jednakże w tej godzinie
chcemy też wspomnieć ofiary,
które przelały krew dla naszej sprawy...

– Pardon – wtrącił się raptem Kärrner – ale nic mi o tym nie wiadomo.

Dopiero tu zdałem sobie sprawę, że widocznie w roztargnieniu nazbyt się zagalopowałem w standardowy model pierwszych przemówień po sukcesach blitzkriegu. Możliwe, że w tej sytuacji wydało się to odrobinę niestosowne. Zastanowiłem się, czy nie powinienem ewentualnie wygłosić jakichś przeprosin czy czegoś w tym rodzaju, ale przeszkodził mi w tym czyjś głos:

– Że też w takim momencie jeszcze pan o tym pamięta – odezwała się jakaś nieznana mi pracowniczka z nieskończenie wzruszoną twarzą. – Pani Klement z wydziału płac ledwie w zeszłym tygodniu... To takie... – A potem wzruszona siąknęła w chusteczkę.

– Pani Klement, naturalnie! Jak mogłem zapomnieć – przytaknął natychmiast Kärrner z lekko poczerwieniałą twarzą. – Proszę wybaczyć, niech pan mówi dalej. To dla mnie bardzo przykre.

Podziękowałem Kärrnerowi skinieniem głowy i spróbowałem z powrotem podjąć wątek.

– Ja sam wzruszony jestem świadomością
wyznaczonego mi przez opatrzność zadania,

by przywrócić firmie Flashlight
wolność i honor.
Hańba, która dwadzieścia dwa lata temu wzięła swój początek w lesie Compiègne,
została znów w tym samym miejscu,
przepraszam, w Berlinie, zmazana.
Chcę teraz zakończyć wspomnieniem
owych bezimiennych, którzy w nie mniejszym stopniu wypełniali swoje obowiązki,
którzy po milionkroć narażali swe życie i zdrowie
i w każdej godzinie gotowi byli
jako dzielni niemieccy oficerowie i żołnierze...

Tu wskutek paru zirytowanych spojrzeń musiałem dokonać niewielkiej korekty:

– a także jako dzielni reżyserzy i kamerzyści oraz asystenci kamerzystów,
jako oświetleniowcy i pracownicy charakteryzacji
ponieść dla swej firmy ostatnią ofiarę, jaką...
ma do spełnienia reżyser i oświetleniowiec.
Wielu z nich spoczywa obecnie z boku grobów,
w których już spoczywają ich ojcowie z wielkiej wo...
z o wiele większych produkcji telewizyjnych.
Są oni świadkami cichego bohaterstwa tych wszystkich –

teraz zrobiło się już trochę trudno

– którzy jak pani Klement z działu księgowości
wystąpili w obronie wolności i przyszłości

i wiecznej chwały wielkoniemieckiej...
wielkiej niemieckiej firmy Flashlight! Sieg...

I naprawdę w moim kierunku jak ongiś w Reichstagu rozbrzmiało:

– Heil!

– Sieg!

– Heil!!

– Sieg!

– Heil!!!

29

Wyruszyłem wcześnie w drogę. Postanowiłem delektować się tym dniem. Jest bowiem czymś wielkim, czymś szczególnym, gdy po odniesieniu ogromnego triumfu wkracza się do jakiegoś cichego miejsca. To może być biuro, zanim jeszcze rozpocznie się w nim codzienna krzątanina, opustoszały po wyjściu upojonej publiczności stadion, po którym wieje jeszcze wiatr zwycięzcy, albo też, powiedzmy, zdobyty Paryż o piątej rano.

Szedłem piechotą, chciałem mieć miasto dla siebie. Słońce rozświetlało już przejrzysty wiosenny poranek, powietrze było przyjemnie chłodne i czyściejsze niż choćby w porze południowej. Na skwerach odziani niedbale Berlińczycy po raz pierwszy tego dnia wyprowadzali na dwór swoje psy, znane mi już z widzenia, pomylone kobiety jak zwykle zbierały do swoich torebek ich ekskrementy. Jakaś roztargniona, zapewne kompletnie niewyspana palaczka ku memu cichemu rozbawieniu podniosła wręcz do ust torebkę, aby po chwili schylić rękę z papierosem po to, co pozostawił jej doprawdy maleńki piesek. Potrząsnęła głową, przetarła sobie oczy i naprawiła pomyłkę.

Ptaki zaintonowały swe poranne trele, po raz kolejny uderzyło mnie, o ileż cichsze jest jednak miasto bez grzmotu dział przeciwlotniczych. W ogóle panował nadzwyczaj pogodny nastrój, temperatura była już teraz bardzo przyjemna. Nadłożyłem nieco drogi, by zajrzeć do kiosku sprzedawcy gazet, ale nawet tam panowała jeszcze całkowita cisza. Odetchnąłem głęboko i kroczyłem szparko, aż dotarłem do budynku firmy. Otworzyłem drzwi wejściowe, zadowolony stwierdziłem, że nawet portiernia jest jeszcze pusta. Poprzedniego wieczoru portier naciągnął na aparat telefoniczny ochronny futerał, i jak już nieraz, z radością dostrzegłem w tym kolejną oznakę jego nadzwyczaj sumiennego stosunku do pracy. Przed jego pokoikiem stały wielkie paki z gazetami, które musiał później rozdzielać. Bormannowi by się to nie podobało, ale ja niestety nie należę do tych, którzy w błahostkach koniecznie zwracają uwagę na hierarchie, toteż nie miałem żadnych skrupułów, by pobrać sobie po prostu samemu poranną lekturę. Wziąłem długopis, przymocowany do lady na długim łańcuszku, i zanotowałem na jednym z kwitów dostawy: „Pobrałem już swoje gazety. Dziękuję", i podpisałem „A. Hitler". „Bild"-Zeitung, co z zadowoleniem przyjąłem do wiadomości, znowu ogłosiła mnie zwycięzcą dnia w jakiejś tam dziedzinie. Ponowne zglajchszaltowanie prasy niemieckiej stawało się coraz mniej konieczne.

Następnie, z gazetami pod pachą, zamyślony przemierzałem korytarz. Przez górne okna wpadał słoneczny blask, za zamkniętymi szklanymi drzwiami widać było kilka mrugających aparatów telefonicznych, ale nie słyszałem żadnego dźwięku. Krzesła w pomieszczeniach do pracy stały przy biurkach, czułem się tak, jakbym odbierał paradę mebli. Skręciłem w korytarz prowadzący do mojego biura i dostrzegłem tam przez drzwi promień światła. Z wahaniem podszedłem bliżej.

Drzwi stały otworem. W głębi, za swym biurkiem, siedziała panna Krömeier i wstukiwała coś w swój komputer.

– Dzień dobry – powiedziałem.

– Muszę panu zaraz coś... mój w... – rzekła nieco sztywno. – Nie mogę już pana tak pozdrawiać i nie mogę tu już pracować. Nie mogę już robić tego wszystkiego. – Potem siąknęła nosem i schyliła się po swój plecak. Wzięła go na kolana, otworzyła zamek błyskawiczny, z powrotem go zamknęła, niczego nie wyjąwszy. Wstała, otworzyła szufladę w biurku, zajrzała do niej, potem znów ją zamknęła, usiadła i dalej coś pisała.

– Panno Krömeier, ja...

– Mnie też jest przykro, ale już nie mogę – oznajmiła, stukając w klawisze. – Niech to szlag! – Potem uniosła wzrok ku mnie i krzyknęła: – Dlaczego nie może pan robić takich rzeczy jak inni? Jak choćby ten, co odstawia listonosza i tak zawsze wrzeszczy? Albo ten pajac z Bawarii ze swoimi wygłupami? Dlaczego nie może pan tak jakoś poskakać na scenie, i jeśli o mnie chodzi, to mógłby pan jeszcze zrobić do tego jakiś dialekt. Tu było tak dobrze! Naprawdę fajnie mi się pracowało!

Popatrzyłem na pannę Krömeier i spytałem odrobinę bezradnie:

– Ja miałbym podskakiwać?

– Tak! Albo po prostu obrażać ludzi! To nawet nie musi być wcale dowcipne! Dlaczego zawsze musi pan być tym Hitlerem?

– Człowiek sobie tego nie wybiera – powiedziałem. – To opatrzność stawia nas na naszym posterunku i tam spełniamy potem nasz obowiązek!

Potrząsnęła głową.

– Jeszcze tylko napiszę ogłoszenie na wewnętrzny konkurs na moje stanowisko – siąknęła – a potem dostanie pan od razu zastępstwo. To pójdzie szybko, zobaczy pan, na pewno zjawi się cały tłum takich, co by chcieli wskoczyć do tego pociągu.

Zniżyłem głos i powiedziałem cicho, ale stanowczo:

– Niech pani zaraz przerwie pisanie i powie mi, o co chodzi. Natychmiast!

– No, nie mogę już tu pracować! – odparła hardo.

– Ach tak, nie może pani. A to dlaczego?

– Bo wczoraj byłam u mojej babci!

– Chyba nie rozumiem.

Panna Krömeier zaczerpnęła głęboko powietrza.

– Lubię swoją babcię. Mieszkałam u niej prawie rok, kiedy moja mama długo chorowała. A wczoraj znów u niej byłam. A ona mnie pyta, co porabiam, i wtedy jej opowiedziałam, że pracuję u takiej prawdziwej gwiazdy. Byłam taka dumna. A potem ona mnie pyta, kto to jest, a ja jeszcze każę jej zgadywać, i ona nie może zgadnąć, no to jej powiedziałam, że u pana. A babcia na to tak się wkurzyła, po prostu się wściekła. I jeszcze zaczęła płakać, i mówi, że to nie jest śmieszne, co pan robi. Że to wcale nie jest zabawne. Że nie wolno po prostu chodzić w takich ciuchach jak pan. A ja jej powiedziałam, że to wszystko to satyra. Że pan to robi dlatego, żeby to się już nie powtórzyło. Ale ona mówi, że pan mówi po prostu to samo co wcześniej ten Hitler. I że ludzie wcześniej też się śmiali. A ja siedzę tam i myślę sobie, człowieku, to po prostu stara kobieta, i ona przesadza. Babcia jeszcze nigdy nie opowiadała nic o wojnie, jest tylko zła, bo na pewno dużo przeżyła. A potem poszła do swojego biureczka i wyciągnęła kopertę, i wyjęła z niej zdjęcie.

Przerwała na chwilę i patrzyła na mnie nagląco.

– Szkoda, że pan nie widział, jak ona wyciągała to zdjęcie. Jakby było warte milion euro. Jakby to było ostatnie zdjęcie na świecie. Zrobiłam sobie ksero. Musiałam ją pół godziny przekonywać, żeby wypuściła to zdjęcie z rąk i dała mi do skserowania.

Znowu się schyliła, wyjęła z plecaka kserokopię zdjęcia i podsunęła mi. Obejrzałem zdjęcie. Był na nim sfotografowany mężczyzna, kobieta i dwóch chłopaczków wśród zieleni, mogli przebywać gdzieś nad jeziorem, w każdym razie leżeli na kocu czy dużym ręczniku plażowym. Można się było domyślić, że chodzi zapewne o rodzinę. Mężczyzna w kąpielówkach mógł mieć może trochę ponad trzydzieści lat, krótkie, ciemne włosy, sprawiał wrażenie wysportowanego, jasnowłosa kobieta wyglądała całkiem atrakcyjnie. Chłopaczki miały na głowach papierowe czapki, pewnie zrobione z codziennej gazety, a w rękach drewniane miecze, z którymi pozowali ze śmiechem. A z jeziorem to słusznie się domyślałem, ktoś ciemną kredką podpisał u dołu zdjęcia „Wannsee, lato 1943". W sumie wydawało się, że była to wzorowa rodzina.

– Co to za zdjęcie? – zapytałem.

– To jest rodzina mojej babci. Jej tata, jej mama i dwóch braci.

To nie było tak, że przez sześć lat prowadziłem wojnę, nie domyślając się tragedii, jakie ona powoduje. Ran, które niewczesna śmierć zadaje duszy.

– Kto tu umarł? – spytałem.

– Wszyscy. Sześć tygodni później.

Spojrzałem na mężczyznę, na kobietę, a zwłaszcza na dwóch chłopaczków, i musiałem odchrząknąć. Od Führera Rzeszy Niemieckiej wolno wymagać bezwzględnej surowości wobec siebie samego, a także wobec jego narodu, a ja wciąż jeszcze jestem pierwszym, który stawia sobie takie wymagania. Z pewnością okazałbym też żelazną twardość i niezłomność, gdyby chodziło o zdjęcie z późniejszych czasów, powiedzmy o zdjęcie żołnierza owego nowego Wehrmachtu, nawet gdyby w trakcie tej dziwacznej operacji afgańskiej padł on ofiarą nieudolnej polityki. Jednakże to zdjęcie, które w tak widoczny sposób pochodziło z czasów ciągle mi bliskich, to zdjęcie poruszyło moje serce.

Z pewnością nie można mi zarzucić, że na frontach, czy to na Wschodzie, czy na Zachodzie, w każdej chwili i bez wahania nie byłem gotów poświęcać setek tysięcy, by ratować miliony. Posyłać na śmierć mężczyzn, którzy sięgnęli po broń, ufając, że narażam ich życie dla dobra Narodu Niemieckiego i w razie potrzeby sam bym je także poświęcił. I może nawet był wśród nich ten mężczyzna, całkiem możliwe, że właśnie przebywał na urlopie z frontu. Ale ta kobieta. Chłopaczki. Tak, w ogóle ludność cywilna... Wciąż jeszcze dławiła mnie ta bezsiła, że nie udało mi się chronić lepiej narodu w ojczyźnie. Że ten pijus Churchill nie wstydził się tego, że najniewinniejszym z niewinnych kazał sczeznąć marnie w ognistej nawałnicy jak żywym pochodniom swej trawiącej wszystko nienawiści.

Cały gniew i złość owych lat znów we mnie wezbrały i ze zwilgotniałymi oczami powiedziałem do panny Krömeier:

– Jest mi naprawdę przykro. Uczynię, przyrzekam pani: uczynię wszystko, by nigdy więcej żaden angielski bombowiec nawet nie ważył się zbliżyć do naszych granic i do naszych miast. Nic nie zostanie zapomniane, a pewnego dnia na każdą bombę odpowiemy tysiącem bomb.

– Proszę – powiedziała panna Krömeier, zacinając się. – Proszę, niech pan na chwilę przestanie. Tylko na j e d n ą chwilę. Pan w ogóle nie wie, o czym pan mówi.

To oczywiście kwestia przyzwyczajenia, ciągle jeszcze. Zdarzyło się raz, dawno temu, że zganiono Führera, do tego jeszcze zganiono go niesłusznie, zwykle Führer stoi zbyt wysoko w hierarchii wspólnoty narodowej, by wolno go było karcić. Zresztą Führera w ogóle nie powinno się ganić, należy mu zaufać, tak więc każde zganienie przełożonego, a już szczególnie mnie, jest właśnie nieuzasadnione, niemniej jednak panna Krömeier wydawała mi się szczerze zatroskana i dlatego przełknąłem jej wygłoszony zapewne w gniewie komentarz, gdyż oczywiście ten zarzut to całkowita brednia. Akurat w tym względzie mało kto wie lepiej, o czym mówi, niż ja.

Przez chwilę zatem milczałem.

– Jeśli chce pani dostać wolny dzień – odezwałem się następnie – myślę, że sytuacja jest dla pani trudna. Chciałbym tylko, żeby pani wiedziała, że nadzwyczaj cenię sobie pani współpracę. A jeśli pani szanowna babcia nie jest z tego zadowolona, to może pomogłoby, gdyby ją pani powiadomiła, że jej gniew spada na niewłaściwą osobę. Wojna na bomby to był pomysł Churchilla...

– To wcale nie spada na osobę niewłaściwą, i to jest właśnie straszne! – krzyknęła panna Krömeier. – Kto tu mówi o jakiejś wojnie na bomby? Ci ludzie nie zginęli w żadnej wojnie na bomby. Zostali zagazowani!

Znieruchomiałem i jeszcze raz popatrzyłem na zdjęcie. Mężczyzna, kobieta, chłopcy nie wyglądali na kryminalistów, na Cyganów, i ani trochę na Żydów. Chociaż w ich rysach twarzy, jak się uważniej przyjrzeć – nie, to mogło być też urojenie.

– Gdzie tu jest pani babcia? – spytałem, ale odpowiedzi mogłem się natychmiast domyślić.

– Ona robiła zdjęcie – wyjaśniła panna Krömeier głosem przywodzącym na myśl całkiem surowe, nieheblowane drewno. Patrzyła nieruchomo na ścianę naprzeciwko. – To jedyne zdjęcie rodziny, jakie jej zostało. I w dodatku jej samej nawet na nim nie ma. – Po jej twarzy spłynęła czarna od tuszu do rzęs łza.

Wyciągnąłem do niej chusteczkę. Najpierw nie zareagowała, a potem wzięła ją i rozsmarowała sobie cały tusz po twarzy.

– Może to była pomyłka? – powiedziałem. – Mam na myśli, że ci ludzie w ogóle nie wyglądają jak...

– Co to za argument? – spytała panna Krömeier zimno. – A jeśli zabili ich przez pomyłkę, to wszystko jest pewnie w najlepszym porządku, czy jak? Nie, tą pomyłką jest to, że ktoś w ogóle wpadł na pomysł, że trzeba zabić Żydów! I Cyganów! I gejów! I wszystkich, którzy mu nie pasują. Coś panu zdradzę; to działa w ten sposób: jak nie zabija się nikogo, to nie zabija się też ludzi przez pomyłkę. Takie to proste!

Stałem nieco bezradny na środku pokoju i byłem dosyć zaskoczony tym wybuchem, choć człowiek jest przygotowany na znacznie bardziej subtelny świat uczuć kobiety.

– Zatem to była pomyłka... – stwierdziłem, ale nawet nie zdążyłem skończyć, bo ona natychmiast zerwała się z krzesła i wrzasnęła:

– Nie! To nie była żadna pomyłka. To byli Żydzi! Zagazowali ich zupełnie legalnie! Już choćby tylko za to, że nie nosili gwiazdy. Ukryli się i odczepili gwiazdy, bo mieli nadzieję, że nie rozpoznają ich jako Żydów. Ale niestety ktoś dał cynk policji! Więc to byli nie tylko Żydzi, ale do tego jeszcze nielegalni Żydzi! Jest pan teraz zadowolony?

W rzeczy samej. To było zaiste zdumiewające, ja sam bym tych ludzi prawdopodobnie nawet nie zaaresztował, wyglądali przecież jak Niemcy. Byłem taki zaskoczony, w pierwszym odruchu pomyślałem wręcz, że muszę jeszcze raz wyrazić swoje uznanie Himmlerowi za jego rzetelną, sumienną pracę. W tym akurat momencie wyjątkowo nie wydawało mi się jednak wskazane, by odpowiedzieć wprost i zgodnie z prawdą.

– Przepraszam – rzuciła nagle ona w środek panującej ciszy. – To przecież nie pana wina. Zresztą nieważne. Nie mogę zrobić tego mojej babci i dalej dla pana pracować. To ją zabije. Tylko jedno... Czy nie może pan po prostu powiedzieć: „Przykro mi z powodu rodziny pani babci, to był jakiś straszny obłęd wtedy"? Jak by zrobił każdy normalny człowiek? Albo żeby pan zrobił coś, żeby ludziom rozjaśniło się w głowach, jakie wtedy robili świństwa. Żeby pan ze mną, żebyśmy tu wszyscy pracowali nad tym, żeby coś takiego się nie powtórzyło. – A potem dodała jeszcze niemal błagalnie: – Bo przecież my właśnie to chyba tutaj robimy, nie? Niech pan to po prostu powie! Dla mnie.

Przyszła mi na myśl olimpiada 1936 roku. Może nie całkiem przypadkowo, gdyż jasnowłosa kobieta na zdjęciu przypominała mi tę Żydówkę od fechtunku, Helene Mayer. W kraju trwają zawody olimpijskie, jest świetna okazja, by uprawiać najlepszą, tak, pierwszorzędną propagandę. Można wywrzeć pozytywne wrażenie na zagranicy, można zyskać czas na zbrojenia, jeśli się jeszcze nie jest dość silnym. A tu trzeba decydować, czy podczas tego wszystkiego jednocześnie dalej prześladować Żydów i unicestwić wszystkie tamte korzyści. W takiej chwili należy ustalić wyraźne priorytety. Pozwala się zatem uczestniczyć tej Helene Mayer, nawet jeśli potem zdobywa tylko srebrny medal. Trzeba też sobie powiedzieć: zgoda, przez dwa tygodnie nie prześladuję żadnych Żydów. Albo nawet, proszę bardzo, przez trzy tygodnie. I jak ongiś, teraz też chodziło o zyskanie na czasie. Owszem, miałem już pewne poparcie w narodzie, odniosłem pewien sukces. Ale czy miałem już za sobą Ruch? Potrzebowałem panny Krömeier i lubiłem ją. A jeśli panna Krömeier najwidoczniej miała w żyłach jakąś nierozpoznaną cząstkę żydowskiej krwi, to należało sobie z tym poradzić.

Nie, żeby mi to przeszkadzało. Jeśli pozostała część materiału genetycznego była dostatecznie dobra, to organizm może znieść pewien określony pierwiastek żydowski i nie odbije się to na charakterze i cechach rasowych. Ile razy Himmler temu zaprzeczał, tyle razy wskazywałem na mojego zacnego Emila Maurice'a. Żydowski pradziadek nie przeszkodził mu w tym, by został moim najlepszym człowiekiem w dziesiątkach bijatyk w salach zebrań partyjnych, zawsze wiernie u mego boku, w najpierwszej linii frontu przeciwko bolszewickiej hołocie. Sam się za nim wstawiłem, by mógł zostać w mojej SS, gdyż fanatyczne, granitowe przekonania potrafią wszystko, mogą nawet wywrzeć wpływ na cechy dziedziczne. Sam zresztą widziałem, jak Maurice z czasem i z żelazną wolą zabijał w sobie coraz więcej składników żydowskich. Niejako mentalne samopoprawianie rasy, żeby stała się bardziej nordycka – fenomenalne! Jednak wierna, no bardzo przecież młodziutka panna Krömeier tak daleko jeszcze nie zaszła. Świadomość tej niewielkiej żydowskiej cząstki sprawiała, że jej determinacja była chwiejna, i temu należało przeciwdziałać. W dużej mierze także poprzez korzystny wpływ na pana Sawatzkiego i odwrotnie. Olimpiada 1936 roku. Kamuflaż własnych celów aż się prosił.

Z drugiej strony bolała mnie krytyka dzieła mojego życia, dokonana przez pannę Krömeier. W każdym razie dzieła dotychczasowego życia. Postanowiłem pójść prostą drogą. Drogą wiecznej, niezafałszowanej prawdy. Uczciwą drogą prawdziwego Niemca. My Niemcy i tak nie potrafimy kłamać. A przynajmniej nie za dobrze.

– O jakich świństwach pani mówi? – spytałem spokojnie.

– No przecież o tych nazistowskich!

– Panno Krömeier – zacząłem. – Zapewne nie będzie pani miło to słyszeć, ale myli się pani, i to w wielu sprawach. To nie jest pani wina, niemniej jest to niesłuszne. Dziś tak się to przedstawia, jakby wtedy paru zdeklarowanych, zdecydowanych na wszystko narodowych socjalistów otumaniło cały naród. I nie jest to tak całkiem fałszywe, faktycznie zdarzyła się taka próba, w dwudziestym czwartym roku w Monachium. Jednakże zakończyła się niepowodzeniem wśród krwawych ofiar. Jej skutkiem było obranie innej drogi. W trzydziestym trzecim roku żadnego narodu nie zniewolono akcją propagandową. Wybrany został

Führer, w sposób, który nawet w dzisiejszym sensie musi zostać uznany za demokratyczny. Został wybrany Führer, który z niezbitą jasnością objawił swoje plany. Niemcy go wybrali. Tak, nawet Żydzi. A może nawet rodzice pani szanownej babci. Do partii już wtedy należały cztery miliony Niemców. I to tylko dlatego, że od trzydziestego czwartego roku nie przyjmowano żadnych nowych członków. W roku trzydziestym czwartym mogłoby ich być nawet osiem, dwanaście milionów. Nie sądzę, żeby któraś z dzisiejszych partii choćby w przybliżeniu mogła cieszyć się takim poparciem.

– I co pan chce mi przez to powiedzieć?

– Że albo istniał cały naród świń, albo to, co się wydarzyło, nie było żadnym świńskim czynem, lecz wolą narodu.

Panna Krömeier patrzyła na mnie wielkimi, nierozumiejącymi oczami.

– Nie, nie może pan tak mówić! To przecież nie była wola ludzi, żeby umarła rodzina mojej babci! To był pomysł tych, których tam oskarżyli. W tej, no, w Norymberdze!

– Panno Krömeier, ja panią bardzo proszę! To widowisko w Norymberdze to przecież nie było nic innego jak jawne oszukiwanie całego narodu. Jeśli szuka pani osób odpowiedzialnych, to ma pani ostatecznie tylko dwie możliwości. Albo podąża pani za linią NSDAP, a to znaczy, że odpowiedzialność ponosi ten, kto w państwie wodzowskim właśnie ponosi odpowiedzialność, a jest to wódz, Führer, i nikt inny. Albo musi pani skazać tych, którzy wybrali tego Führera czy też go nie usunęli. A to byli całkiem zwyczajni ludzie, którzy zdecydowali się wybrać nadzwyczajnego człowieka i powierzyć mu los swego kraju. Czy chciałaby pani zakazać wyborów, panno Krömeier?

Patrzyła na mnie zbita z tropu.

– Może ja nie rozumiem z tego tyle co pan, pan pewnie to wszystko studiował i przeczytał. Ale... ale pan przecież też to chyba uważa za złe, nie? To, co się stało! Pan też przecież chce przeszkodzić, żeby jeszcze raz...

– Jest pani kobietą – powiedziałem wyrozumiale – a kobiety są w sprawach uczuciowych zawsze bardzo impulsywne. Tak chciała natura. Mężczyźni są bardziej rzeczowi, my nie myślimy w kategoriach zły – nie zły, i tym podobne. Nam chodzi o to, by wykonywać zadania, by rozpoznawać, stawiać i realizować cele. Tu jednak nie ma miejsca na żadne sentymenty! Chodzi o najważniejsze kwestie naszej przyszłości. To może zabrzmieć brutalnie, ale nie wolno nam, lamentując, oglądać się w przeszłość, lecz ucząc się, musimy działać. To, co się stało, już się nie odstanie. Błędy nie są od tego, żeby ich żałować, lecz żeby ich ponownie nie popełniać. Po pożarze ja nigdy nie będę tym, który tygodniami albo miesiącami płacze po starym domu! Jestem tym, który zbuduje nowy dom. Lepszy, solidniejszy, piękniejszy. Jednakże mogę przy tym odgrywać jedynie tę niewielką rolę, jaką wyznacza mi opatrzność. Mogę być dla tego domu tylko nieznaczącym, skromnym architektem. Inwestorem, droga panno Krömeier, inwestorem jest i musi na zawsze pozostać naród niemiecki.

– A on nigdy nie może zapomnieć... – powiedziała panna Krömeier z napominającym wyrazem twarzy.

– Dokładnie tak! Nie może nigdy zapomnieć, jaka siła w nim drzemie. Jakie ma możliwości! Naród niemiecki może zmieniać świat!

– Tak – wtrąciła. – Ale tylko w dobrym kierunku! Nie może znów być tak, że naród niemiecki robi coś złego!

To była ta chwila, w której uzmysłowiłem sobie, jak bardzo jednak ceniłem pannę Krömeier. Bo to jednak jest zadziwiające, jak niektóre kobiety swymi krętymi ścieżkami na koniec trafiają do właściwych miejsc docelowych. Panna Krömeier rozpoznała to dobrze. Historię piszą zwycięzcy. A pozytywna ocena niemieckich czynów zakłada naturalnie niemieckie zwycięstwa.

– Tak, właśnie to musi być naszym celem – pochwaliłem. – I my to osiągniemy. Jeśli narodowi niemieckiemu uda się odnieść sukces, to za sto, dwieście i trzysta lat pani i ja przeczytamy w podręcznikach historii tylko hymny pochwalne!

Nikły uśmiech przemknął po jej twarzy.

– Za dwieście lat to już kto inny będzie to musiał czytać. Wtedy ani pan, ani ja nie będziemy już żyć.

– No tak – rzekłem w zadumie. – Tak przynajmniej należałoby sądzić.

– Przykro mi – powiedziała po chwili i wcisnęła jakiś guzik na klawiaturze. Do tej pory zdążyłem już poznać ten dźwięk, to był odgłos, z jakim panna Krömeier polecała drukować dokumenty na wspólnym aparacie na korytarzu. – Naprawdę chętnie bym tu dalej pracowała.

– A jeśli zataimy to przed pani szanowną babcią?

Odpowiedź ucieszyła mnie tak samo, jak zabolała.

– Nie. Nie mogę okłamywać swojej babci.

Ale ja mógłbym ją bardzo sprawnie poddać specjalnemu traktowaniu, pomyślałem spontanicznie, aczkolwiek tylko przez chwilę. Patrząc realistycznie, nie można nikogo poddać specjalnemu traktowaniu, jeśli się nie dysponuje Gestapo. I Heinrichem Müllerem na jej czele.

– Niech pani nie robi niczego pochopnie – poprosiłem. – Rozumiem pani położenie, ale proszę, niech pani też zrozumie, że dobrych współpracowniczek nie dostanę taniej, jak wezmę je hurtem. Gdyby nie miała pani nic przeciwko temu, mógłbym się wstawić za panią u pani szanownej babci.

Spojrzała na mnie.

– No sama nie wiem...

– Zobaczy pani, że potrafię rozwiać wszelkie wątpliwości starszej damy – zapewniłem ją. Z twarzy panny Krömeier można było wprost wyczytać ulgę.

Wielu ludzi odradzałoby mi to przedsięwzięcie. Osobiście nigdy jeszcze nie wątpiłem w siłę swojej perswazji. I to nie tylko dlatego, że wiem, iż za moimi plecami przebąkiwano, że za każdym razem, kiedy przebywam w pobliżu pani Goebbels, słychać, jak jej jajniki szczękają albo terkoczą, albo wydają jakikolwiek inny dźwięk, który dosadny żołnierski dowcip uważa za stosowny. Nie, takie kpiny mnie nie dotykają. Tu chodzi o pewną siebie charyzmę zwycięzcy, tego, kto właśnie nigdy n i e w ą t p i. Właściwie użyta, działa ona wszak u najmłodszych kobiet tak samo jak u najstarszych. Żydówki nie stanowią tu żadnego wyjątku, wręcz przeciwnie, w swym pędzie do asymilacji, do normalności, są wedle mojego doświadczenia nawet szczególnie podatne. Helene Mayer, nasza Żydówka od fechtunku z olimpiady, przyjęła nawet swój srebrny medal z Niemieckim Pozdrowieniem. Albo kiedy pomyślę o tych dziesiątkach tysięcy, którzy uwierzyli, że mogą się poczuć Niemcami tylko dlatego, że odbębnili swoje dekowanie się na froncie podczas poprzedniej wojny, a niekiedy udawało im się przechytrzyć wszystkich i wyłudzić Krzyż Żelazny.

Kto robi takie rzeczy, podczas gdy pobratymców własnej rasy już biją, podczas gdy ich sklepy są bojkotowane i demolowane, ten sześćdziesiąt lat później tym bardziej zasługuje na to, by go okpić, zwłaszcza – i mówię to bez fałszywej próżności, lecz dlatego, że po prostu odpowiada to najczystszej prawdzie – gdy robi to wytrawny znawca słabych i mocnych stron tej rasy.

I wszystkich tych romantyków, tych, co wierzą w stereotypy i spodziewają się tu jakiejś nadzwyczajnej elokwencji, która równać się może z rzekomo wyższą inteligencją owych podstępnych pasożytów, tych muszę „niestety" rozczarować. W końcu twierdzenie, że komora gazowa to łaźnia z natryskami, już wtedy niekoniecznie było szczytem wyrafinowania. A w obecnym przypadku wystarczyła zwykła miara grzecznego zainteresowania w połączeniu z równie szczerą, jak egzaltowaną pochwałą doskonałej pracy jej zdolnej wnuczki. W zasadzie powiedziałem tylko, jak niezbędna jest mi w mojej pracy panna Krömeier, a blask w oczach tej starej baryły zdradził mi, że nie będę musiał szukać nowej prawej ręki. Co się zaś tyczyło jakichś obiekcji w sprawach światopoglądowych, to od tego momentu dama i tak już słyszała tylko to, co chciała słyszeć.

Naturalnie swoją rolę odegrało też to, że owej wizyty nie odbyłem w mundurze.

30

Byłem zdenerwowany, ale tylko odrobinę. Uważam, że takie lekkie zdenerwowanie działa uspokajająco, pokazuje, że jestem skoncentrowany. Pracowaliśmy na to przez cztery i pół miesiąca: jak ongiś z piwiarni Hofbräukeller, tak teraz wyrosłem z programu owego Szpasdemira, jak ongiś do Zirkus Krone, tak dziś wprowadziłem się do nowego studia, które służyło na potrzeby mojej audycji. Słyszało się, że wpływy z reklam niemieckiego przemysłu znowu osiągnęły poziom porównywalny ze środkami na wsparcie tuż przed przejęciem władzy w 1933 roku. Ogarnęła mnie radość, z jaką wyczekuje się nadchodzących wydarzeń, mimo to zachowałem żelazną koncentrację. Skontrolowałem jeszcze szybko moje odbicie w lustrze. Nienaganne.

Na ekranie w studiu puścili czołówkę. Wyszła dobrze, mój szacunek dla niegdysiejszego człowieka od rezerwacji hotelu, Sawatzkiego, rósł coraz bardziej. Poprzedziła ją prosta basowa sekwencja dźwięków melodii tytułowej, widać mnie było w starych ujęciach, jak odbieram przemarsz SA w Norymberdze. Następnie krótkie wstawki Riefenstahl, z *Triumfu woli*. A nad tym wszystkim całkiem przyjemny, szlagierowy głos śpiewał:

„On wrócił tu, do miasta, on wrócił tu".

Teraz pokazano kilka nagrań z kampanii polskiej. Stukasy nad Warszawą. Wystrzelone pociski. Pędzące czołgi Guderiana. Potem kilka bardzo ładnych ujęć ze mną podczas wizytacji oddziałów na froncie.

„On wrócił tu, do miasta, on wrócił tu – śpiewał miły kobiecy głos. – Tak mówią mi".

Następnie pojawiły się nagrania nowszej daty. Ukazywały mnie podczas przechadzki po nowym placu Poczdamskim. Jak u kobiety w piekarni kupuję kilka bułeczek i – te ujęcia szczególnie mi się spodobały – jak na placu zabaw głaszczę po główkach dwoje małych dzieci, chłopaczka i małe dziewczątko. Młodzież jest po prostu naszą przyszłością.

„Że jeszcze nie był u mnie – skarżył się głos, co zrozumiałe – tego nie mogę zrozumieć, i pytam siebie, co też się mogło stać".

To zdanie wydało mi się naprawdę poruszające, gdy w trakcie dyskusji nad wyborem melodii tytułowej po raz pierwszy usłyszałem ten szlagier, bo faktycznie nie potrafiłem dokładnie powiedzieć, co się stało. Obrazy ukazywały mnie teraz w głębi czarnego maybacha podczas jazdy do miejsca nagrań, czyli opuszczonego kina. I gdy po przybyciu tam wysiadałem, wkraczałem do kina, a kamera za mną kierowała się w górę, na ciąg kinowych liter, który stanowił tytuł programu *Führer mówi*, dama śpiewała zmontowany zręcznie koniec swej piosenki:

„On wrócił tu, do miasta – on wróóócił tuuu".

Mógłbym oglądać tę czołówkę bez końca, ale najpóźniej przy scenie z bułeczkami musiałem udać się za kulisy, aby bezpośrednio po ostatnich słowach piosenki móc zasiąść przy biurku i z poważną miną przyjmować powitalne oklaski. W sumie było to nieco bardziej swobodne niż, powiedzmy, w Pałacu Sportu, ale dzięki takiemu wstępowi mimo wszystko całkiem uroczyste.

Zbudowali mi piękne studio, żadnego porównania z tym prostym podium dla mówców u Szpasdemira. Wzorowano je na Wilczym Szańcu, rozwiązanie kompromisowe. Początkowo zaproponowałem Obersalzberg, dama Bellini stwierdziła, że to wygląda zbyt pogodnie i milutko, i zgłosiła bunkier Führera – ostatecznie zgodziliśmy się na Wilczy Szaniec. Pojechałem tam nawet z kompanią produkcyjną, właściwie bardziej z ciekawości, gdyż naturalnie mógłbym im we wszystkich szczegółach odmalować z pamięci całą konstrukcję tego kompleksu, z zewnątrz i w środku, wraz z personelem strażniczym. Jednakże dama Bellini, nie całkiem bez racji, nalegała na to, by team produkcyjny wyrobił sobie własny obraz na miejscu.

Rzecz jasna założyłem, że Rosjanie zburzyli wszystko, co się znalazło w strefie ich władzy, a co dawało świadectwo naszej przeszłości, ale w starciu z żelazobetonem Organizacji Todt, która to budowała, nie mieli oczywiście żadnych szans. Musieli nawet pozostawić wieże obrony przeciwlotniczej w Wiedniu, gdyż trudno je było po prostu wysadzić w powietrze. Naturalnie można je było nafaszerować po dach trotylem, ale ten zuch Tamms, szatan, nie człowiek, miał genialny pomysł, żeby postawić wieże w samym środku terenów mieszkalnych. I teraz wciąż jeszcze tam stoją, pomniki niemieckiej sztuki budowania fortec, imponujące i posępne.

Polacy natomiast utworzyli z Wilczego Szańca coś w rodzaju parku rekreacyjnego. Człowieka niemal serce boli w obliczu tej obojętnej naiwności, z jaką dziś nieświadoma niczego ostatnia łajza człapie po tym terenie. Brak tu po prostu koniecznej powagi, to już ostatecznie wolę te centra dokumentacji, jakie teraz wszędzie budują. Naturalnie naród jest w nich indoktrynowany ideologicznie, ale ogólnie rzecz biorąc powaga Ruchu, a także jego cel, są w znacznym stopniu przedstawione prawidłowo, łącznie nawet z problematyką żydowską. Oczywiście zabarwioną nieco przez tych naprawiaczy świata, ale jednak nie do tego stopnia, by dla pewności nie musieli jeszcze wszędzie pisać, jaka to niby „nieludzka" była nasza polityka, w jakiej to niby „głębokiej pogardzie" miała ludzi. Mój Goebbels by im to natychmiast wykreślił: „Jeśli musi to pan dodatkowo wpisywać, to znaczy, że tekst jest do niczego. Dobry tekst musi być taki, żeby czytelnik od razu pomyślał tylko jedno: «To było naprawdę nieludzkie». Wtedy – i tylko wtedy – wierzy on mianowicie, że sam na to wpadł!".

Mój poczciwy Goebbels. Tak lubiłem jego dzieci, były dla mnie zawsze czymś najmilszym w bunkrze Führera!

Wilczy Szaniec, no cóż... Mają tam teraz hotel, w kantynie każdego dnia serwują dania kuchni mazurskiej, a w pobliżu jest strzelnica, gdzie można strzelać z wiatrówki, w sumie żałosne widowisko. Gdyby to mnie powierzono kierowanie tym, to użyłbym naszej oryginalnej broni, karabin 43, pistolet 35, luger, pistolet wojskowy Walthera albo też PPK, chociaż PPK to może nie, bo na myśl o starym, dobrym PPK za każdym razem zaczyna boleć mnie głowa. Może powinienem skonsultować się z jakimś lekarzem, ale w ostatnim czasie mam z tym kłopot. To było bardzo praktyczne, wtedy, z moim lekarzem Theo Morellem zawsze pod ręką.

Göring go nie lubił, ale też Göring nie w każdej dziedzinie był orłem.

Poczekałem, aż oklaski całkowicie ustaną, co zazwyczaj było regularną próbą nerwów między nadawcą, publicznością i mną, gdyż ja chciałem mieć absolutną ciszę. A mnie zawsze udawało się uciszyć każdą publiczność.

– Towarzyszki i
towarzysze
narodowi!
Wiemy:
Każdy naród
żyje
ze
swojej ziemi.
Jego ziemia
to
jego
przestrzeń życiowa. Jednakże
w jakim
stanie
znajduje się
ta ziemia
dziś?
Owa „kanclerka"
twierdzi:
W znakomitym.
No tak.
Wcześniej w tym kraju
za

najwyższą pochwałę
uchodziło,
gdy się powiedziało: tu
można jeść z ziemi.
Gdzie, pytam tę
„kanclerkę”,
chciałaby pani najchętniej jeść z ziemi?
Na odpowiedź czekam do dziś, gdyż
także „kanclerka” wie:
niemiecka ziemia jest zatruta
trucizną wielkiego kapitału,
międzynarodowej finansjery!
Niemiecka ziemia pełna jest śmieci,
niemieckie dziecko potrzebuje podwyższonego krzesła,
aby siedzieć zdrowo,
niemiecki mężczyzna, niemiecka kobieta,
niemiecka rodzina uciekają jak najdalej,
do wieżowców,
mały niemiecki piesek,
nazywa się Puszek
albo może też Pikuś,
następuje
swą
delikatną łapką
na kapsel,
albo liże dioksynę i umiera
w męczarniach
i w drgawkach!
Biedny, biedny
Pikuś.

I to
jest ta ziemia, z której nasza
„kanclerka"
chciałaby jeść.
No to smacznego!
Naszym dzisiejszym gościem jest ekspertka od niemieckiej ziemi.
Zielona pani polityk
Renate Künast.

Wprowadził ją wyrośnięty ordynans w mundurze SS; nazywał się Werner, miał jasne włosy, znakomite maniery, i nawet jeśli po damie poznać było wyraźną niechęć do jego uniformu, to jednak w równym stopniu w jej mimice dało się dostrzec pewne uznanie dla jego zalet cielesnych. Kobieta pozostaje kobietą.

Także pomysł na Wernera pochodził od Sawatzkiego. W szeregach Flashlight panowała opinia, że potrzebuję asystenta.

– To ważne – powiedział wtedy Sensenbrink. – Daje to panu możliwość trzeciej przemowy. Jeśli gość jest kiepski, kiedy ludzie nie załapują jakiejś kwestii, to nie siedzi pan sam z publicznością.

– To znaczy, że mogę zrzucić winę na kogoś innego?

– W pewnym sensie.

– Tego nie zrobię. Führer deleguje czynności, ale nie odpowiedzialność.

– Ale Führer nie otwiera też sam drzwi, jak ktoś zadzwoni – wtrąciła dama Bellini. – A gości będzie pan miał aż nadto.

Tu faktycznie miała rację.

– Wtedy też pan miał przecież jakiegoś asystenta? Kto panu otwierał wtedy drzwi? – Zamilkła na chwilę, a potem dodała: – To znaczy, nie pan. Tylko ten Hitler.

– Już dobrze. – Dałem spokój. – Drzwi? To chyba był Junge. Albo, pod sam koniec, ktoś od Schädlego.

– O rany – westchnął Sensenbrink. – Tych gości nikt przecież nie zna.

– A co pan sobie myślał? Że Himmler we własnej osobie prasował mi rano mundur?

– Tego przynajmniej ludzie by znali.

– Nie komplikujmy sprawy – pohamowała nas dama Bellini. – Teraz też pan nie wymienił jakiegoś mało ważnego esesmana, ale... Schäuble się nazywał?

– Schädle.

– No właśnie. W zastępstwie. To pójdźmy szczebelek wyżej. To w końcu czysto symboliczne.

– No dobrze – powiedziałem. – To chyba padnie na Bormanna.

– Kogo? – spytał Sensenbrink.

– Bormanna! Martina! Reichsleitera!

– W życiu nie słyszałem.

Już miałem mu powiedzieć coś porządnie do słuchu, gdy dama Bellini powstrzymała mnie.

– Pana wiedza na ten temat jest fantastyczna – zaszczebiotała. – To świetnie, że zna pan te wszystkie szczegóły, tego nikt poza panem tu nie wie. Ale jeśli chcemy dotrzeć do mas, mieć maksymalną oglądalność – tu całkiem zręcznie zrobiła małą przerwę – to możemy panu dobrać asystenta z jakiegoś niewielkiego grona. Niech pan spojrzy na to realistycznie: możemy wziąć Goebbelsa, Göringa, Himmlera, może jeszcze Hessa...

– Tylko nie Hessa – wtrącił Sensenbrink. – Przy nim od razu pojawia się też jakiś czynnik współczucia. Biedny stary człowiek, uwięziony na wieczność przez złych Ruskich.

– Tak, słusznie, też tak to widzę – kontynuowała dama Bellini. – Ale to byliby już wszyscy kandydaci, jakich mamy. Przy kimś innym po trzydziestu sekundach programu każdy widz będzie się pytać, kto to jest ten dziwny typ obok Führera. Taka irytacja wcale nie jest dobra. Już pan sam jest dostatecznie irytujący.

– Goebbels nigdy by mi nie otwierał drzwi, jakby ktoś dzwonił – powiedziałem trochę krnąbrnie, ale wiedziałem naturalnie, że miała rację. I oczywiście Goebbels otworzyłby mi drzwi. Goebbels zrobiłby dla mnie wszystko. Trochę tak jak mój Foksik w okopie. Ale było też dla mnie jasne: to w żadnym razie nie mógł być Goebbels. Zrobiliby z niego jakiegoś Quasimoda, jak garbatego Fritza w tej sensacyjnej ekranizacji *Frankensteina* z Borisem Karloffem. Ulepiliby z niego jakąś groteskową kreaturę i wystawiali za każdym razem na drwiny, gdy tylko zacząłby kuśtykać po scenie. Goebbels na to nie zasłużył. Natomiast Göring i Himmler... Owszem, mieli swoje zasługi, ale sprawiedliwy gniew z powodu ich zdrady ciągle jeszcze się tlił. Z drugiej strony odciągaliby uwagę ode mnie. Widziałem przecież, co się stało ze Szpasdemirem.

– A gdybyśmy wzięli nieznanego żołnierza? – padło z ust człowieka od rezerwacji hotelu, Sawatzkiego.

– Co pan ma na myśli? – spytała dama Bellini.

Sawatzki wyprostował się na krześle.

– Wysokiego, superblond – powiedział. – Taki w typie SS.

– Niezły pomysł – oceniła dama Bellini.

– Göring byłby bardziej zabawny – wtrącił Sensenbrink.

– Nie chcemy tanich wesołków – powiedziałem w tym samym momencie co Bellini.

Spojrzeliśmy na siebie. Z każdym spotkaniem podobała mi się coraz bardziej.

– Cieszymy się, że możemy gościć panią w naszym programie – powitałem panią Künast i wskazałem jej miejsce. Usiadła swobodnie, jak ktoś obyty z kamerami.

– Tak, ja też się cieszę – odparła kpiąco. – W pewnym sensie.

– Pewnie się pani zastanawia, dlaczego panią zaprosiłem.

– Bo wszyscy inni odmówili...?

– Ach nie, mogliśmy mieć także pani koleżankę, tę panią Roth. Coś mi się przypomniało... Może mi pani uczynić grzeczność?

– To zależy.

– Bardzo panią proszę, niech ją pani usunie z waszej partii. Jak można współpracować z partią, która udziela gościny komuś tak okropnemu?

– No więc, jak do tej pory nie przeszkadzało to ani SPD, ani CDU.

– Prawda, że panią też to zdziwiło?

Przez krótką chwilę wyglądała na zirytowaną.

– Chciałabym ustalić jedną rzecz. Claudia Roth wykonuje znakomitą pracę i...

– Ma pani oczywiście rację, może wystarczy, jak się ją będzie trzymać z dala od kamer, w piwnicy bez okien, dźwiękoszczelnej, ale oto jesteśmy już przy naszym temacie. Zaprosiłem panią, bo naturalnie mam obowiązek planować dla przyszłości, a jeśli oceniam rzecz właściwie, to do przejęcia władzy potrzebna jest większość parlamentarna.

– Większość parlamentarna?

– Oczywiście, tak jak w roku tysiąc dziewięćset trzydziestym trzecim, wtedy potrzebowałem jeszcze tych niemieckich narodowców z DNVP w koalicji. W niedalekiej przyszłości mogłoby to przebiegać podobnie. Ale niestety DNVP już nie istnieje, no i pomyślałem teraz, że muszę sprawdzić, kto wchodziłby w rachubę w celu stworzenia nowego frontu harzburskiego.

– I zamiast tej DNVP pomyślał pan akurat o Zielonych?

– A dlaczegóż by nie?

– Nie widzę tu zbyt wielu możliwości. – Zmarszczyła czoło.

– Pani skromność jest dla mnie zaszczytem, ale niech pani nie ukrywa swoich zalet. Pani partia jest bardziej przydatna, niż pani sądzi.

– Zaciekawia mnie pan.

– Zakładam, że nasze wizje przyszłości dadzą się pogodzić. Proszę mi zdradzić: gdzie widzi pani Niemcy za pięćset lat?

– Za pięćset?

– Albo za trzysta?

– Nie jestem jasnowidzem, trzymam się raczej realiów.

– Ale ma pani chyba jakąś koncepcję dla Niemiec?

– Ale przecież nie na trzysta lat naprzód. Nikt nie wie, co się zdarzy za trzysta lat.

– Ja wiem.

– Ach tak? Co wobec tego będzie za trzysta lat?

– No proszę, Zieloni w swych koncepcjach przyszłości szukają rady u Führera Rzeszy Niemieckiej. Mówiłem pani przecież, że nasza kooperacja wcale nie jest taka trudna do wyobrażenia.

– Niech pan te rady zachowa dla siebie – wycofała się spiesznie pani Künast. – Zieloni poradzą sobie całkiem dobrze bez pana...

– No więc dobrze, ile lat w przyszłość sięgają w ogóle wasze plany? Sto?

– To przecież brednie.

– Pięćdziesiąt? Czterdzieści? Trzydzieści? Dwadzieścia? Wie pani co? Będę liczył wstecz, a pani po prostu w którymś momencie powie „stop!".

– Żaden człowiek nie może na serio twierdzić, że jest w stanie oszacować przyszłe procesy w dłuższym przedziale niż, powiedzmy, dziesięć lat.

– Dziesięć?

– ...No, może piętnaście.

– Więc dobrze: jak pani widzi Niemcy za kwadrans?

Künast westchnęła.

– Jeśli chce pan to koniecznie wiedzieć: widzę Niemcy przyszłości jako państwo przyjazne środowisku, rozwijające się w sposób zrównoważony pod względem polityki energetycznej, jako kraj wysoko rozwiniętej technologii, zwłaszcza w dziedzinie techniki przyjaznej środowisku, osadzony w pokojowej Europie pod dachem Unii Europejskiej i ONZ...

– Zanotował pan, Werner? – spytałem ordynansa.

– ...osadzony w pokojowej Europie pod dachem Unii Europejskiej i ONZ – notował gorliwie Werner.

– Ale jest pani pewna, że Unia Europejska będzie do tego czasu istniała? – zapytałem.

– Oczywiście.

– A czy Grecy będą w niej jeszcze? Hiszpanie? Włosi? Irlandczycy? Portugalczycy?

Künast westchnęła.

– A któż to dziś może przewidzieć?

– W polityce energetycznej potrafi to pani! Niech więc pani pomyśli w moich kategoriach! Import niewielki lub w ogóle żaden, całkowita autarkia w produkcji energii z surowców odnawialnych, z wody, wiatru, to jest bezpieczeństwo w polityce energetycznej także za sto, dwieście, tysiąc lat. Umie pani przecież wejrzeć nieco w przyszłość. I co tu dużo mówić – to jest to, czego i ja zawsze się domagałem...

– Chwileczkę! Ale z całkowicie fałszywych motywów!

– A co mają wspólnego motywy ze zrównoważoną gospodarką energetyczną? Są dobre wiatraki i są złe wiatraki?

Patrzyła na mnie, zła.

– Jeśli panią dobrze rozumiem – dopytywałem się – to w zgodnej z zasadami gatunku hodowli delfinów wolno stosować tylko dobrą, zdrową energię słoneczną, ale jeżeli zasiedli się pola ukraińskie germańskimi chłopami-żołnierzami, to ci dostaną tylko prąd wytworzony z węgla brunatnego? Albo pochodzący z energii atomowej?

– Nie – zaprotestowała Künast. – W takim wypadku zasiedli się je Ukraińcami. Jeśli się je w ogóle zasiedli!

– Ale czy wtedy Ukraińcy będą mogli używać energii wiatrowej? Czy również w tej kwestii ma pani jakieś obostrzenia? Czy ma pani właściwie spis rodzajów energii i jej poprawnego zastosowania?

Odchyliła się do tyłu.

– Wie pan dobrze, że to nie jest tak. Jak się słucha pana argumentów, to równie dobrze mógłby pan od razu spytać, czy wymordowanie milionów Żydów przy użyciu energii słonecznej byłoby lepsze...

– Interesujące – przyznałem – ale temat „Żydzi" nie jest zabawny.

Przez chwilę w studiu panowała kompletna cisza.

– Cisza w telewizji to zawsze marnotrawstwo cennych częstotliwości narodowych – powiedziałem. – Dajmy lepiej w tym czasie trochę reklam.

Światło nieco przygasło. Zjawiło się kilku pracowników charakteryzacji i odświeżyło nam twarze. Künast zakryła ręką swój mikrofon.

– To, co pan tu robi, jest naprawdę absolutnie na granicy! – syknęła ściszonym głosem.

– Znana jest mi drażliwość pani partii w pewnych kwestiach – zauważyłem – ale musi pani przyznać, że to nie ja zacząłem o Żydach.

Zastanawiała się chwilę. Potem znów zapaliło się światło. Odczekałem, aż skończą się oklaski, po czym spytałem:

– Mogę panią prosić o podejście ze mną do stołu z mapami?

Po prawej stronie studia, z boku, zbudowaliśmy stół, wzorowany na starym stole z mapami z Wilczego Szańca. Zamówiłem piękną plastyczną mapę świata.

– Dlaczego – spytałem, gdy do niej podchodziliśmy – pani partia w ostatnim czasie rezygnuje właściwie z doświadczenia i wiedzy takiego człowieka jak były minister wojny Fischer?

– Joschka Fischer nigdy nie był ministrem obrony – odrzekła Künast szorstko.

– Ma pani rację – zgodziłem się z nią. – Ja też go nigdy nie widziałem na stanowisku ministra obrony. Bronić można tylko terytorium Rzeszy, a Kosowo niekoniecznie się do niego zalicza. Aneksja z uwagi na odległość też nie miałaby żadnego sensu. Czy może ocenia to pani inaczej?

– Przecież aneksja Kosowa nigdy nie była przedmiotem dyskusji! Chodziło o czystki etniczne. Chyba nie muszę panu teraz tłumaczyć powodów interwencji w Kosowie. Tam nie można było po prostu udawać, że nic się nie dzieje!

– Nikt nie rozumie tego lepiej niż ja – zapewniłem ją z powagą. – Ma pani całkowitą rację, nie było tam żadnej alternatywy, znam to jeszcze z czterdziestego pierwszego roku. A co właściwie porabia dziś ten Fischer?

W jej wzroku widać było wahanie się między aktualną kondycją pana Fischera a rozważaniami porównawczymi nad polityką bałkańską ostatnich siedemdziesięciu lat. Zdecydowała się na to pierwsze.

– Ważne jest to, że Zieloni nie muszą się martwić o talenty we własnych szeregach. Joschka Fischer był i jest ważną postacią w dziejach ruchu Zielonych, jednakże teraz przyszła kolej na innych.

– Jak na przykład pani?

– Jak, między innymi, także ja.

Tymczasem doszliśmy do stołu z mapami. Kazałem zaznaczyć miejsce operacji „Bundeswehry” chorągiewkami.

– Czy wolno spytać, jak Zieloni chcieliby zakończyć zwycięsko operację w Afganistanie?

– Co to znaczy „zakończyć zwycięsko"? Operację wojskową należy zakończyć możliwie szybko. To prowadzi tylko do eskalacji przemocy.

– W Afganistanie nie mamy nic do wygrania, patrzę na to podobnie. Czego my tam szukamy?

– Chwileczkę – powiedziała – ale...

– Tylko teraz proszę nie mówić, że znowu ma pani zastrzeżenia z powodu moich intencji. Proszę nie mówić, że tylko pani wolno się wycofać z Afganistanu, a ja musiałbym tam zostać!

– Nie jestem pewna, czy w ogóle jeszcze coś powiem – rzuciła, błądząc wzrokiem po studiu. Jej spojrzenie zatrzymało się pod stołem z mapami.

– Tam stoi jeszcze jakaś teczka – powiedziała Künast lekceważąco. – Tak miało być?

– Ktoś jej chyba zapomniał – odparłem z roztargnieniem. – A gdzie właściwie jest Stauffenberg?

Sprawa z teczką pod stołem z mapami to znowu był mój pomysł. Rzeczywiście, podczas wizyty w Wilczym Szańcu tak na dobre znów mi się to przypomniało. I potem zaproponowałem, żeby to wykorzystać w programie jako stały element. Obok przechadzki do stołu z mapami. Uznałem, że teczkę należy chować na nowo w każdym programie dla każdego gościa.

– Skoro już oboje jesteśmy zgodni w kwestii wycofania się z Afganistanu – rzekłem, pochylony nad stołem – to niech nam pani na koniec zdradzi jedną rzecz: kiedy Zieloni zdobędą władzę w tym kraju, które państwo zaanektują jako pierwsze?

– Ta teczka tyka – powiedziała Künast zaskoczona.

To był pomysł Sensenbrinka. Wpadł na niego chwilę przede mną.

– Niech pani nie będzie dziecinna – zawstydziłem ją. – Teczka nie tyka. Teczka to nie budzik. Który kraj, powiedziała pani?

– Wyleci z niej konfetti? Albo mąka? Sadza? Farba?

– Mój Boże, to niech pani do niej zajrzy!

– Chciałby pan. Jeszcze nie zwariowałam!

– To pewnie nigdy się pani tego nie dowie – odpowiedziałem. – My natomiast dowiedzieliśmy się paru interesujących rzeczy na temat pani bardzo sympatycznej partii. Dziękujemy bardzo za wizytę u nas, naszym gościem była pani Renate Künast!

Wśród oklasków zerknąłem za kulisy. Stali tam Sensenbrink i dama Bellini. Na zmianę klaskali i wyciągali w moim kierunku pięści z wysuniętym w górę kciukiem.

To było dobre uczucie.

31

Najważniejsze, czego się nauczyłem w mojej karierze polityka, to właściwa ocena obowiązków reprezentacyjnych. W gruncie rzeczy zawsze gardziłem tym, że jest się zdanym na protektorów, niemniej z uwagi na przyszłość kraju polityk musi pod tym względem nierzadko przezwyciężyć samego siebie. Możliwe, że publiczne uściski dłoni, głęboki szacunek elit społeczeństwa dla owej kasty odgrywającej polityków stanowi podnietę dla ludzi, którzy mylą życie wystawiane na widok publiczny z życiem poświęconym sprawom publicznym, życiem dla narodu, dla prostego człowieka, który odejmuje sobie od ust chleb i odzienie. A kto poświęca choćby piętnaście minut wiadomościom w telewizorze, ten z absolutną pewnością zobaczy co najmniej pół tuzina gnących się w ukłonach oślizłych typów, którzy płaszczą się przed jakimiś ważnymi personami. Zawsze patrzyłem na to ze wstrętem i z musu brałem na siebie różne grzecznościowe wizyty, jedynie dla dobra sprawy i ze względu na partię, by uczynić coś dla narodu niemieckiego, zachowania rasy czy nowego mercedesa.

No dobrze, również dla czterystumetrowego mieszkania na Prinzregentanplatz.

A niech tam, ostatecznie też dla Obersalzbergu.

Ale to wszystko były nabytki, które koniec końców wraz ze wzrostem atrakcyjności Führera wzmacniały też atrakcyjność partii i tym samym Ruchu. Kiedy pomyślę o samych tylko tłumach odwiedzających Berghof, to nikt nie może twierdzić, że miało to cokolwiek wspólnego z odpoczynkiem! Albo wizyta Mussoliniego, koszmarna! Führerowi nie wolno po prostu wycofać się z życia publicznego, a jeśli już, to tylko na krótki czas. Jeśli jego stolica leży w gruzach, to ostatecznie może sobie na dłużej zejść do bunkra Führera. Ale poza tym Führer ma być ze swoim narodem. Z którego to powodu bardzo się ucieszyłem z zaproszenia, jakie przyszło z Monachium.

Już pod koniec sierpnia napisał do mnie pewien znany magazyn z życia sfer, redaktorka kierująca poprosiła mnie, bym złożył jej pismu wizytę z okazji wielkoniemieckiego święta ludowego, z powrotem przechrzczonego na „Oktoberfest". We Flashlight wszyscy radzili mi jechać, ja z początku nieco się wahałem. W pierwszym etapie mojej kariery nigdy tam nie byłem, jednakowoż czasy się zmieniły i tym samym znaczenie tego prawie dwutygodniowego, tradycyjnego święta. Jak mnie wielokrotnie zapewniano, z Oktoberfestu zrobił się tymczasem festyn ludowy, który obywał się bez nazbyt licznego uczestnictwa miejscowej ludności. Kto chciałby posiedzieć w jednym z wielu namiotów i coś tam zjeść, musiał wiele miesięcy, jeśli nie lat, wcześniej zarezerwować miejsce albo też przesunąć wizytę na taką porę dnia, o jakiej przyzwoity Niemiec nigdy by tam nie poszedł.

Tylko że oczywiście żaden zdrowy na umyśle człowiek nie będzie planował miesiące albo lata naprzód czegoś tak niewinnego jak odwiedziny na święcie ludowym. Skutek tego, jak się dowiedziałem, był taki, że przedpołudniami i wczesnym popołudniem kręcili się tam głównie nieprzyzwoici Niemcy i przyciągnięci aurą słynnego święta turyści oraz cudzoziemcy, którzy już w południe zapamiętale próbowali zamienić dzień w wieczór. W tych godzinach, radziła mi zarówno dama Bellini, jak i pan Sensenbrink, nie zaleca się tam pojawiać, gdyż pojawienie się o takich porach świadczyłoby o tym, że jest się osobą nieważną, ba, zbyteczną. Wieczory natomiast również nie należały do miejscowej ludności, lecz do koncernów wszelkich gałęzi przemysłu. Niemal każda jako tako renomowana firma czuła się w obowiązku, by organizować dla swych klientów albo dla prasy tak zwane odwiedziny Oktoberfest, jednakże niektóre organy prasowe, niezadowolone z imprez firmowych albo zapraszanych na nie gości, same zaczęły zapraszać własnych gości na Oktoberfest – postępowanie, jak oceniłem, nadzwyczaj mądre, właściwie całkiem w duchu Goebbelsa. Niektóre z tych spotkań, jak mnie zapewniano, mogły się tymczasem absolutnie równać znaczeniem z balem w operze. I właśnie do takich prestiżowo bardzo wysoko cenionych spotkań zaliczało się to organizowane przez ów magazyn. Przyjęcie zaproszenia okazało się ponadto nader skuteczne pod względem propagandowym, gdyż z uwagi na moją wcześniejszą nieobecność na święcie kilka bulwarówek naraz napisało na stronach tytułowych: *Hitler po raz pierwszy na Oktoberfest.* W obliczu tak pomyślnego rozwoju sytuacji, myślałem nie bez satysfakcji, ponowne uruchomienie gazety „Völkischer Beobachter" odsuwało się coraz bardziej i na coraz dalszy plan.

Przyjechałem do miasta około południa i wykorzystałem czas, by odwiedzić niektóre ukochane przeze mnie miejsca.

Zatrzymałem się chwilę przed Feldherrnhalle, by uczcić pamięć krwi przelanej przez wiernych towarzyszy, z rzewnymi wspomnieniami przespacerowałem się obok piwiarni Hofbräukeller, następnie z pewną obawą udałem się na Königsplatz. Jakże jednak uradowało się moje serce, gdy ujrzałem tam wszystkie te wspaniałe budowle w stanie nienaruszonym: Propyleje! Gliptoteka! Zbiory Sztuki Antycznej! Nawet – prawie nie śmiałem żywić takiej nadziei – gmach Führera i gmach administracji stały tam w dalszym ciągu i do tego były jeszcze używane! To, że Königsplatz dopiero dzięki tym dwóm natchnionym budowlom uzyskał swój skończony kształt, dostrzegli nawet ci demokratyczni sędziowie od osądzania poglądów. Radośnie przechadzałem się chwilę po Schwabingu i nogi jakby same zaprowadziły mnie na ulicę Schellinga, a tam doszło do niespodziewanego spotkania po latach. Trudno sobie wyobrazić moją ogromną radość, gdy powitał mnie tam szyld Osterii Italiana, za którym kryło się nic innego jak mój ulubiony lokal, Osteria Bavaria. Nazbyt chętnie bym tam wstąpił, by spożyć jakąś drobnostkę, świeżą wodę mineralną, ale pora zrobiła się już późna i trzeba było wracać do hotelu, skąd wieczorem miała mnie zabrać taxi.

Przybycie na Theresienwiese, gdzie odbywał się Oktoberfest, było rozczarowujące. Policja odgrodziła cały teren, ale nie dbała wcale o bezpieczeństwo ani o porządek. Ledwie wysiadłem z auta, a już jakieś skrajnie podpite postacie, zataczając się, podeszły do niego i przecisnąwszy się obok mnie, opadły na tylne siedzenie.

– Ulica Brrralleeiiiin! – wymamrotał jeden z nich, podczas gdy drugi zdawał się zapaść już w półsen. Szofer, krzepki mężczyzna, usunął najpierw obu pijaków ze swego pojazdu ze słowami: „Wynocha, to nie taksówka!”, zanim mógł mnie zaprowadzić na miejsce imprezy.

– Proszę wybaczyć – rzekł do mnie. – To już tak zawsze jest z tym pieprzonym Oktoberfestem.

Przeszliśmy tych kilka metrów przez ulicę na teren festynu. Moje wrażenie: trudno pojąć, że ktoś mógł wpaść na pomysł, by w takim miejscu zaaranżować spotkanie społecznej wagi. Wokół ogrodzonych części terenu stali, chwiejąc się, pijani ludzie, bez przerwy oddający mocz na drugą stronę płotu. Na niektóre z tych postaci czekały kobiety w podobnie niepewnym stanie, które najwyraźniej chętnie zrobiłyby to samo, ale kierując się zapewne podświadomie resztkami przyzwoitości, nie miały odwagi. Jakaś parka próbowała wymieniać czułości, oparta o słup ogłoszeniowy. On najwyraźniej zamierzał wepchnąć jej do ust język, nie mógł jednak trafić, gdyż ona obsunęła się w dół, wobec tego zadowolił się jej nosem. Ona, odwzajemniając jego natarczywość, otworzyła usta i bezładnie poruszała w powietrzu językiem. Potem oboje najpierw wolno, a później coraz szybciej, dopasowując się do zaokrąglenia słupa, opadli na ziemię. Ona śmiała się przy tym piskliwie i usiłowała coś powiedzieć, jednak z braku spółgłosek nie potrafiła wyrazić się zrozumiale. On znalazł się pod nią, wygrzebał się, usiadł na chwilę, a potem bez słowa zanurzył rękę w jej dekolcie. Nie było pewne, czy ona sama to zauważyła, natomiast trzej Włosi w pobliżu patrzyli na tę scenę z zainteresowaniem i postanowili ją obejrzeć z bliższej odległości. Te niegodne zapasy nie wywołały większego poruszenia także, i zwłaszcza, u policji, zajętej zbieraniem osób bez przytomności, których tu nie brakowało.

Łąka Teresy – wbrew swej nazwie – posiada niewiele zieleni, a może i wcale, jedynie przy otaczających ją wokół drzewach jest kilka skrawków trawy, od mojego pierwszego pobytu nic się tu nie zmieniło. Na każdym praktycznie kawałeczku tej łąki, o ile mogłem zaobserwować, znajdował się jakiś upity do nieprzytomności człowiek, a gdzie jeszcze nie było żadnego, tam wzrok bez większego trudu dostrzegał kogoś, kto zmierzał w kierunku trawy, gdzie następnie natychmiast padał albo wymiotował, albo jedno i drugie.

– Czy tak jest zawsze? – spytałem szofera.

– W piątki jest gorzej – odpowiedział obojętnie. – Pieprzony Oktoberfest!

Nie potrafię tego wytłumaczyć, ale z uczuciem nieznośnego gorąca przyszła mi nagle do głowy przyczyna tego ludzkiego upadku. W rachubę wchodziła jedynie decyzja NSDAP z roku 1933, która naturalnie w zamyśle miała na celu jeszcze bardziej zwiększyć sympatię narodu wobec partii – ustanowiono wtedy stałą cenę piwa. Zdaje się jednak, że od tego czasu inne partie też chciały sobie w ten sposób zapewnić większą popularność.

– To podobne do tych idiotów! – wybuchnąłem. – Czy oni nie podwyższyli cen piwa? Dziewięćdziesiąt fenigów za litrowy kufel to przecież dzisiaj jakiś żart!

– Jakie dziewięćdziesiąt fenigów? – zdziwił się szofer. – Kufel kosztuje dziewięć euro! Z napiwkiem dziesięć.

Przechodząc obok, widziałem zdumiewające zwały postaci upitych do nieprzytomności piwem. Jakimś cudem te partie, przy całej niegospodarności, musiały jednak doprowadzić do niespodziewanego dobrobytu. No cóż, nieprowadzenie żadnej wojny zaoszczędziło naturalnie jeden czy drugi wydatek. Z drugiej strony, gdy człowiek widział stan, w jakim znajduje się naród, to nawet najbardziej zaślepiony musiał przyznać, że Niemcy w roku 1942 czy 1944, ba, nawet podczas najkrwawszych nocy nalotów bombowych, byli w lepszej kondycji niż tego wrześniowego wieczoru na początku trzeciego tysiąclecia.

Przynajmniej fizycznie.

Potrząsając głową, podążałem za szoferem, który przy wejściu do biesiadnego namiotu przekazał mnie jakiejś młodej jasnowłosej damie, a potem wrócił do swego pojazdu. Dama miała wokół głowy kable, przy ustach mikrofon i uśmiechając się, powiedziała:

– Hej, jestem Dżill, a pan jest...?

– Szmul Rozencwajg – odparłem, już znowu nieco poirytowany. Czy tak trudno mnie rozpoznać?

– Dziękuję, Rozencwajg... Rozencwajg... – powtarzała. – Nie mam takiego na liście.

Co za idiotka, pomyślałem zirytowany, a głośno powiedziałem:

– Czy ja wyglądam na jakiegoś Rozencwajga? Hitler! Adolf!

– Proszę tak mówić od razu – poskarżyła się takim drżącym głosem, że niemal pożałowałem swojej uwagi. – Jak pan myśli, ilu ludzi się tu przewija? Przecież nie mogę ich wszystkich znać! A jeszcze jak każdy podaje fałszywe nazwisko. Wcześniej pomyliłam żonę tego tenisisty Beckera z jego ostatnią przyjaciółką! Objechał mnie równo.

Współczucie nie jest mi obce. Prawdziwy Führer współodczuwa z każdym towarzyszem narodowym jak z własnym dzieckiem. Ale współczucie jeszcze nikomu nie pomogło.

– A teraz niech się pani weźmie w garść! – poleciłem ostro. – Stoi pani na tym posterunku, bo pani oficer przełożony polega na pani! Niech pani da z siebie wszystko, wtedy on też nie odmówi pani swego poparcia!

Spojrzała na mnie nieco zbita z tropu, ale – jak nierzadko zdarza się to w okopach – właśnie wskutek tej szorstkiej przemowy nabrała odwagi, skinęła głową i wprowadziła mnie na imprezę na górnym poziomie namiotu, gdzie bezzwłocznie zostałem doprowadzony do redaktorki. Była to dojrzała, jasnowłosa dama w ludowej bawarskiej sukience, z błyszczącymi, niebieskimi oczami, sprawiająca wrażenie osoby bystrej, toteż w każdej chwili mogłem ją sobie wyobrazić jako kierowniczkę biura w partyjnej centrali. Gazetę niekoniecznie bym jej powierzył, chociaż jakieś plotkarskie pisemko z poradami na temat zdrowia i wzorami ściegów na drutach, czemu nie, do tego by się akurat jeszcze nadawała. Na dodatek przypuszczalnie zależało jej na nawiązaniu kontaktu, wyglądała tak, jakby odchowała już czworo lub pięcioro dzieci i z czasem zapewne czuła się w domu nader samotnie.

– Ach – rozpromieniła się. – Pan Hitler! – Kąciki jej oczu zamigotały szelmowsko, jakby zrobiła jakiś wyborny żart.

– Zgadza się – rzekłem.

– Ach, to świetnie, że pan przyszedł.

– Tak, ja też się nadzwyczaj cieszę, łaskawa pani – odparłem, i zanim zdążyłem powiedzieć coś więcej, przywołała na twarz jeszcze bardziej promienny uśmiech i odwróciła się bokiem, z czego wywnioskowałem, że właśnie robione jest obowiązkowe zdjęcie. Spojrzałem poważnie w tym samym kierunku, potem był błysk i moja audiencja się skończyła. Błyskawicznie opracowałem mały plan czteroletni, przewidujący, że redaktorka już w następnym roku będzie tu ze mną gawędzić co najmniej pięć minut, a w kolejnym dwadzieścia, rzecz jasna tylko teoretycznie, gdyż do tego czasu planowałem, że będę już potrzebował jej zaproszeń. Wtedy będzie musiała się zadowolić kimś takim jak Göring.

– Na pewno zobaczymy się jeszcze później – zaświergotała redaktorka. – Mam nadzieję, że znajdzie pan trochę czasu dla nas. – Po czym jakaś młoda kobieta w ludowej sukience pociągnęła mnie dalej do kilku kobiet w takich samych strojach.

To w ogóle był jeden z najokropniejszych zwyczajów, na jakie natrafiłem: nie tylko redaktorka czuła się zobowiązana wcisnąć się w sukienkę, która usiłowała naśladować strój ludności wiejskiej, dirndl, ale już na pierwszy rzut oka okazywała się szkaradną wprost imitacją. Nie, żeby w Związku Dziewcząt Niemieckich nie zmierzano w porównywalnym kierunku w kwestii ubioru, jednakowoż, jak mówi już sama nazwa, tam chodziło o dziewczęta. Tu natomiast, w przeważającej większości, zebrały się damy, które wiek dziewczęcy miały za sobą przynajmniej jedną dekadę temu, jeśli nie więcej. Poprowadzono mnie do stołu piwnego, gdzie siedziało już kilka osób.

– Co podać? – spytała kelnerka, której ludowy dirndl przynajmniej miał autentyczność uczciwej odzieży roboczej. – Litr?

– Wodę bez gazu – poprosiłem.

– Oho, zawodowiec – odezwał się jakiś otyły kolorowy na końcu stołu, siedzący obok bladej blondynki. – Ale ty musieć zamawiać litr w kufel! To lepiej wygląda dla fotografów.

Wierz mi, ja to robię już od pięćdziesiąt lat. – Szczerzył się przy tym niewiarygodnie szeroko, prezentując niepojętą mnogość zębów. – No bo jak to wygląda: na Oktoberfest ze szklanka wody?

– Ach, co też, cicha woda brzegi rwie – powiedziała w moim kierunku jakaś wyglądająca na nieco zużytą nosicielka dirndla, która, jak doszło później do moich uszu, zarabiała na utrzymanie w którymś z tych kleconych niechlujnie seriali. To znaczy, jeśli akurat nie współpracowała w innej audycji, polegającej, jeśli dobrze słyszałem, na tym, że wraz z innymi, podobnie trzeciorzędnymi indywiduami udawała się do dżungli i pozwalała obserwować przy tym, jak babrze się w robactwie i ekskrementach.

– Robi pan takie zabawne rzeczy, widziałam już kilka programów z panem – powiedziała, upiła łyk ze swego kufla i pochyliła się do przodu, aby umożliwić mi wgląd w swój dekolt.

– Bardzo się cieszę – odrzekłem. – Ja też widziałem już jedną czy dwie pani rzeczy.

– Czy ja powinienem pana znać? – zapytał jakiś młody mężczyzna o blond włosach, siedzący naprzeciwko mnie po skosie.

– No pewnie – powiedział Murzyn od litrowego kufla, grubym mazakiem sygnując innemu młodemu mężczyźnie zdjęcie. – To jest ten Hitler od Szpasdemira. W piątki na MyTV! A nie, teraz ma własny program. Musisz zobaczyć, można paść ze śmiechu.

– Ale zupełnie inny niż reszta, to jest też jakoś polityczne – powiedział zwiędły dekolt. – To prawie jak Harald Schmidt w swoim show!

– Za wiele mi to nie mówi – powiedział blondyn i zwrócił się do mnie: – Sorry, to nie jest osobiście do pana, ale ta polityka, uważam, że chyba raczej nic tu nie zmienimy. Te całe partie i reszta, to wszystko to przecież jedno szambo.

– Z ust mi to pan wyjął – przytaknąłem, podczas gdy kelnerka stawiała przede mną wodę mineralną. Upiłem łyk i spojrzałem ponad stołem w dół na główną salę namiotu, by popatrzeć na miejscowy zwyczaj kołysania się na ławach. Nikt się nie kołysał. Wszyscy stali na piwnych stołach i ławach, z wyjątkiem tych, którzy właśnie spadli. Krzyczeli, żeby przyszedł jakiś Anton z Tyrolu. Usiłowałem sobie przypomnieć, czy Göring po swoich odwiedzinach na tym święcie kiedykolwiek relacjonował o takim zdemoralizowaniu mas, ale w pamięci nie odnalazłem niczego, co by o tym świadczyło.

– Skąd pan pochodzi? – spytała zwiędła dama. – Jest pan z południowych Niemiec, nieprawdaż? – Dekolt został mi znowu podsunięty jak woreczek na datki.

– Z Austrii – odparłem.

– Jak ten prawdziwy! – ucieszył się dekolt.

Skinąłem głową i błądziłem wzrokiem po sali. Słychać było jakiś pisk, potem kilka dam w swoich idiotycznych sukienkach też usiłowało stanąć na ławach i skłonić innych, żeby je naśladowali. To nie było zbyt zachęcające, te damy w ich obowiązkowo dobrych humorach, z których jednocześnie biło coś okropnie rozpaczliwego. Ale może pozory myliły, a to wrażenie częstokroć brało się jedynie z nabrzmiałych mocno warg, które na przekór wszelkim wysiłkom nadawały okolicom ust wyraz nadąsany, a nawet lekko obrażony. Mimochodem przyjrzałem się ustom zwiędłego dekoltu vis-à-vis. Przynajmniej wyglądały normalnie.

– Ja też nie lubię takiego szprycowania – odezwał się dekolt.

– Słucham?

– Patrzył pan przecież na moje usta, prawda? – Wypiła łyk z kufla. – Nie dopuszczam do siebie żadnego lekarza. Chociaż czasami myślę, że miałabym wtedy łatwiej. Człowiek nie robi się młodszy.

– Lekarza? Jest pani chora?

– Jaki pan słodki – powiedział dekolt i pochylił się nad stołem tak, że miało się ochotę złapać jego zawartość. Chwyciła moje ramię i wykręciła je, więc teraz oboje patrzyliśmy w jednym kierunku. Pachniała wyraźnie piwem, choć jeszcze nie w stopniu nieprzyjemnym. Potem lekko chwiejącym się palcem wskazującym prawej ręki od lewa do prawa zaczęła podsumowywać najróżniejsze damy: – Doktor Mang. Doktor Gubisch. Mang. Praga. Nie wiem. Mang. Doktor Mühlbauer, już dość dawno temu. Nie wiem. Mang. Mühlbauer. Czechy. Mang. Mang. Jakiś partacz, potem Mang, a naprawę zapłacił RTL 2 albo Pro Sieben, albo firma produkcyjna, dla jakiegoś tam reportażu. – Potem opadła z powrotem na siedzenie i popatrzyła na mnie. – Pan też sobie coś zrobił, prawda?

– Co niby miałem sobie zrobić?

– No nie, proszę pana, to podobieństwo! Cała branża zachodzi w głowę, kto tak świetnie to zrobił. Chociaż – tu upiła kolejny spory łyk piwa – jeśli pan mnie pyta: faceta należałoby oskarżyć.

– Łaskawa pani, nie mam pojęcia, o czym pani mówi.

– O operacjach! – powiedziała zirytowana. – I niech pan nie udaje, że nie było żadnych. To przecież śmieszne!

– Oczywiście, że były operacje – powiedziałem rozdrażniony. Na swój sposób nie była niesympatyczna. – Lew morski, Barbarossa, Cytadela...

– W życiu nie słyszałam. Był pan zadowolony?

Na dole w sali grali piosenkę Hansa Albersa *Lotniku, pozdrów ode mnie słońce.* To mnie nastroiło życzliwie i nostalgicznie. Westchnąłem.

– Z początku wszystko szło dobrze, ale potem pojawiły się komplikacje. Nie to, żeby Anglicy byli lepsi. Albo Rosjanie. Ale mimo wszystko...

Przyglądała mi się.

– Nie widać żadnych blizn – powiedziała tonem znawcy.

– Nie chcę się uskarżać – powiedziałem. – Najgłębsze rany los zadaje naszym sercom.

– Tu ma pan rację – przyznała z uśmiechem i wyciągnęła ku mnie kufel z piwem. Odwzajemniłem jej gest swoją wodą mineralną.

Nadal usiłowałem przejrzeć to osobliwe towarzystwo. Generalnie młodzież nie była tu prawie reprezentowana, ale trzeba się było zachowywać tak, jakby miało się ledwie dwadzieścia lat. Stąd brała się chyba ta parada dekoltów, ale też zachowanie poszczególnych osób. To było dziwne. Wrażenie to dopadło mnie i już nie opuszczało. Ci wszyscy mężczyźni, którzy nie potrafili znosić po męsku fizycznej degradacji i zrekompensować jej pracą duchową albo chociaż pewną dojrzałością. Te wszystkie kobiety, które po odhodowaniu swoich dzieci dla narodu nie spoczęły zadowolone w fotelu, lecz zachowywały się tak, jakby teraz i tylko teraz miały niepowtarzalną okazję, by na kilka godzin żądać zwrotu swej przekwitłej młodości. Chciałoby się każdą z tych osób złapać za kołnierz i wrzasnąć na nią: „Niech się pani weźmie w garść! A pan jest hańbą dla siebie i swojej ojczyzny!". Takie rzeczy chodziły mi po głowie, gdy ktoś podszedł do stołu i knykciami postukał w blat.

– Bry wieczór – powiedział w tym rozpoznawalnym od pierwszego dźwięku, cudownie miękkim dialekcie norymberskim, który za każdym razem przypominał mi to przecudne miasto Streichera. Miał długie, ciemne włosy, około czterdziestu pięciu lat albo więcej i był, zdaje się, ze swoją córką.

– Lothar! – Zwiędły dekolt posunął się nieco na ławie. – Siadaj tu!

– No – powiedział Lothar – jestem tu dylko na chwilkę. Ale chciałem bowiedzieć, że to, co tam działasz, to jest super. Widziałem numer w ostatni biątek, to nabrawdę śmieszne, ale to jest też wszystko brawda, co ty tam gadasz. To z Europą i te wszystkie rzeczy! A barę dygodni temu te socjalne gawałki...

– Socjalne pasożyty – uzupełniłem.

– ...dogładnie – przytaknął. – No i to z dzieciakami. Dzieci to nabrawdę nasza brzyszłość. Super to wyrażasz. To ci tylko chciałem bowiedzieć.

– Dziękuję – rzekłem. – Cieszę się. Nasz Ruch potrzebuje każdego wsparcia. Cieszyłbym się, gdybym mógł zaliczyć także tę panienkę, pańską córkę, do osób popierających nas.

W pierwszej chwili wydał się zły, potem roześmiał się dźwięcznie i odwrócił do córki:

– Jak zawrze on. I zawrze tak brzywali jak kijem! Dogładnie tam, gdzie najbardziej zaboli. – Potem postukał jeszcze raz kostkami palców o stół: – Ciał, zobaczymy się jeszcze!

– Ale pan wie, że to nie jest jego córka, prawda? – spytał dekolt, kiedy piłkarz już sobie poszedł.

– Tak przypuszczałem – odrzekłem. – Naturalnie nie w sensie biologicznym, z czysto rasowego punktu widzenia to niemożliwe, przypuszczam, że adoptował dziewczynkę. Zawsze to popierałem, żeby takie biedne stworzonko nie wyrastało bez rodziców w domu sierot.

Dekolt przewracał oczami.

– Czy mógłby pan choć raz powiedzieć coś normalnie? – Westchnęła. – Muszę się oddalić na momencik! Tylko niech pan nie ucieknie! Może i jest pan straszny, ale przynajmniej nie jest pan nudny.

Upiłem łyk wody. Zastanawiałem się, jak mam ocenić ten wieczór, gdy poczułem z tyłu spore zamieszanie – jakaś dama z gromadą fotoreporterów. Dama zdawała się stanowić jedną z głównych atrakcji wieczoru, gdyż praktycznie nieprzerwanie przyciągała fotografów i kamery telewizyjne. Miała południową karnację, co sprawiało, że jej dirndl wyglądał szczególnie dziwnie, a dekolt był wypełniony niemalże groteskowo. Jeśli jednak ogólne wrażenie można było jeszcze potraktować jako imponujące w nader wulgarnym sensie, to bladło ono natychmiast, gdy tylko otworzyła usta. Mówiła tonem bardzo wysokim, powyżej wszystkich znanych mi rodzajów piły tarczowej. Ponieważ na zdjęciach tego nie słychać, więc fotoreporterom było to naturalnie obojętne. Właśnie zamierzała zapiszczeć coś do kamery, gdy jakiś fotograf dojrzał mnie w tle za nią i przyholował damę do mojego stołu, zapewne po to, by zrobić nam wspólne zdjęcie. Dama chyba nie była zachwycona.

Znam ten wyraz twarzy. Widać było, jak za niby to śmiejącymi się oczami bezlitosna maszyna licząca kalkuluje, czy to zdjęcie przyniesie jej jakąś korzyść, czy nie. To, co pomogło mi ją przejrzeć, to fakt, że w mojej głowie dokonywała się identyczna kalkulacja, aczkolwiek znacznie szybciej, do tego wynik był negatywny. Ona natomiast zdawała się nie dojść jeszcze do żadnego wyniku, czuło się to po jej wahaniu. Skutki wydawały się jej niepewne, stąd obarczone ryzykiem, od którego wolałaby się wymigać jakimś żartem. Jednakże w tym momencie jeden z fotografów, który doszedł do nas, rzucił hasło „Piękna i Bestia", i sfora fotoreporterów była już nie do powstrzymania. Tak więc egzotyczna maszyna licząca podjęła ucieczkę do przodu i z piskliwym śmiechem rzuciła się na mnie.

Ten typ kobiety to nic nowego, istniał on już siedemdziesiąt lat wcześniej, aczkolwiek nie w tak prominentnym wydaniu. I wówczas, i teraz to kobiety o chorobliwej ambicji i znikomym poczuciu własnej wartości, które chciałyby ukoić, próbując gorliwie ukryć wszystkie swoje domniemane mankamenty. Z niepojętych powodów ów typ kobiet za właściwy uznaje jeden jedyny na to sposób: próbuje ośmieszyć wszystko, co napotyka na swojej drodze. To najniebezpieczniejszy typ kobiety, na jaki może trafić polityk.

– Człowieku, hej – zapiszczała i spróbowała rzucić mi się na szyję. – To superek! Mogę ci mówić Adi?

– Może pani zwracać się do mnie „pan Hitler" – odpowiedziałem sucho.

Niekiedy to wystarcza, żeby przepłoszyć ludzi. Ona jednak zamiast tego usadowiła mi się na kolanach i powiedziała:

– Hej, to fajnie, panie Hitler! No to co teraz zrobimy razem dla tych śmiesznych fotografów? Hmmm... tyyyy?

W sytuacjach jak ta ma się wszystko do stracenia i nic do zyskania. I dziewięćdziesięciu dziewięciu mężczyzn na stu straciłoby w tym momencie nerwy i przystąpiło do odwrotu, pod pretekstem: „Wyprostowanie linii frontu" albo „Przegrupowanie wojsk". Miałem okazję obserwować to dostatecznie często, wtedy podczas rosyjskiej zimy 1941 roku, która tak niespodziewanie spadła na moich żołnierzy z temperaturami minus trzydzieści, minus pięćdziesiąt stopni. Wtedy też nie brakowało ludzi, którzy mówili: „Odwrót, odwrót!". Ja jeden trzymałem nerwy na wodzy i powiedziałem: Nic z tego, nie cofać się ani o metr! Kto ustąpi, będzie rozstrzelany. Napoleon zawiódł, ale ja jeden utrzymałem front, a wiosną pogoniliśmy te krzywonogie krwawe syberyjskie psy jak zające, za Don, do Rostowa, aż hen do Stalingradu i dalej, nie chcę się teraz wdawać niepotrzebnie w szczegóły.

W każdym razie odwrót ani wtedy, ani teraz, w tej nieprzyjemnej sytuacji w namiocie piwnym, nie wchodził w rachubę. Położenie nigdy nie jest bez wyjścia, jeśli ma się fanatyczną wolę zwycięstwa. Wystarczy tylko przypomnieć cud na dworze Brandenburgii w roku 1762. Caryca Elżbieta umiera, jej syn Piotr zawiera pokój, Fryderyk Wielki jest uratowany. Gdyby Fryderyk wcześniej skapitulował, to nie byłoby cudu, nie byłoby królestwa Prus, nie byłoby w ogóle niczego, tylko martwa caryca. Wielu powiada, że nie należy liczyć na cuda. A ja mówię: a właśnie że tak! Trzeba tylko czekać tak długo, aż się pojawią. A do tego czasu należy trwać na pozycji. Godzinę, rok, dziesięć lat.

– A więc, łaskawa pani – rzekłem, by zyskać na czasie – tak się cieszę, że znów tu jestem, tu, w pięknym Monachium, w stolicy mojego Ruchu. Wiedziała to pani?

– Nie, jakie to ciekawe – zapiszczała bezradnie i podniosła już ramiona, by przejechać mi ręką po fryzurze. Takim niewiastom mało co przychodzi z większą łatwością niż poniżanie autorytetów przez defasonowanie im powierzchowności. Uznałem, że jeśli opatrzność w swoich planach trzymała w zanadrzu jakiś cud, to powinien on nastąpić teraz.

Nagle któryś z gromady fotografów podetknął mi pod nos gruby czarny pisak.

– Niech pan się podpisze na sukience – powiedział.

– Na sukience?

– No tak!

– Tak! Super! – To ostatnie zabrzmiało w szeregach jego kolegów.

Najniższe instynkty ludzi są najpewniejszymi sprzymierzeńcami, zwłaszcza gdy poza tym nie ma się żadnych. Rzecz jasna ta podejrzana kobieta nie była zainteresowana podpisaniem jej sukienki. Jednakże fotografowie naciskali, gdyż wietrzyli w tym jakąś odmianę dla tradycyjnego, nieobyczajnego ujęcia dekoltu. A z ich żądaniem mogła walczyć tylko w bardzo ograniczonym zakresie. Kto mieczem wojuje, ten od miecza ginie, nawet jeśli tym mieczem jest tylko aparat fotograficzny. Kiwnęła więc głową z piskliwym „Super!". Pomyślałem, że w każdym razie jest to jakaś możliwość, by zwodzić wroga, a może nawet sprowadzić świeże posiłki.

– Łaskawa pani pozwoli?

– Ale tylko na materiale – zapiszczała z wahaniem. – I nie za duże litery.

– Oczywiście – zgodziłem się i zabrałem do dzieła. Każda sekunda zyskana na czasie liczyła się podwójnie, zatem uzupełniłem jeszcze swój podpis kilkoma ozdobnymi elementami. Sam już uważałem, że to idiotyczne, musiałem to wreszcie zakończyć, inaczej wyglądałoby to jak u tych dziewcząteк, które malują sobie obrazki w albumie poezji.

– Gotowe – stwierdziłem z żalem.

Któryś fotograf powiedział: „Ajajaj!", i dama podążyła za jego wzrokiem.

Zaskoczony ujrzałem, jak oczy rozszerzyły się jej z przerażenia.

– Proszę wybaczyć – zacząłem. – Kąty wyszły może trochę nierówne. Na kartonie to by się naturalnie nie zdarzyło. Wie pani, że niegdyś chciałem zostać malarzem...

– Oszalał pan? – zapiszczała i zeskoczyła z moich kolan. Ledwie mogłem w to uwierzyć. Cud na Oktoberfest.

– Proszę wybaczyć, łaskawa pani – powiedziałem – nie za bardzo rozumiem?

– Nie mogę przecież chodzić tutaj ze swastyką na biuście!

– Ależ oczywiście, że może pani – uspokoiłem ją. – Nie jesteśmy przecież w roku tysiąc dziewięćset dwudziestym czwartym. W tym kraju może nie ma rozsądnego rządu, ale z wolnością słowa te parlamentarne gaduły nic nie mogą zrobić i...

Ona już w ogóle przestała mnie słuchać i złorzecząc, tak gwałtownie wycierała dekolt, że wyglądało to niemal frywolnie. I chociaż nie mogłem tak do końca pojąć jej rozpaczy, to sytuacja zdawała się uratowana. Na zdjęciach to ona wyszła niekorzystnie. Relacje telewizyjne okazały się, ściśle biorąc, jeszcze lepsze, widać było dobrze, jak zerwała się na nogi i z nieładnie wykrzywioną twarzą, pomstując, nie sprawiała już ani trochę radosnego wrażenia. Większość relacji kończyła się zresztą sceną, gdy kilka minut później oburzona odjechała taksówką, miotając zdumiewające przekleństwa.

W sumie wolałbym oczywiście nieco bardziej godny występ. Niemniej rezultat w danych warunkach był więcej niż zadowalający, straty własne wydawały mi się w każdym razie mniejsze niż wroga. Naród wciąż jeszcze kocha walecznego zwycięzcę, który potrafi się bronić, który przegania taką osobę z wysiłkiem nie większym niż potrzeba dla natrętnej muchy.

Właśnie chciałem zamówić następną butelkę wody mineralnej, gdy już postawiono mi ją na stole.

– Z pięknym pozdrowieniem od tamtego pana – powiedziała kelnerka i wyciągnęła rękę, wskazując kierunek. Popatrzyłem przez gęstwę ludzi i przy jednym z dalszych stołów ujrzałem jakąś jasnowłosą postać z twarzą koloru brojlera serwowanego na Oktoberfest. Zmarszczki na twarzy nadawały tej postaci wygląd bardzo już wiekowego aktora z filmów alpejskich, Luisa Trenknera, a wszystkie razem tworzyły coś jakby dziwny uśmiech. Gdy ów pan pochwycił mój wzrok, uniósł ramię z zamiarem pomachania mi, ale gest ten zakończył się zaciśnięciem pięści z wyprostowanym kciukiem, do tego równie rozpaczliwie, co daremnie, pan ten usiłował sprawić, by jego skórzany uśmiech zrobił się jeszcze szerszy. Dopiero później dowiedziałem się, że był to Dieter Bohlen.

Przetarłem oczy i postanowiłem jak najszybciej opuścić to miejsce. Niewykluczone, że coś tu dodawano do napojów – tuż obok tego pana siedziała dokładna kopia owej kobiety, która ze swastyką na biuście przed chwilą wszak wyszła z namiotu.

32

To zdumiewające, jakie drogi znajduje opatrzność, by osiągnąć swój cel. Dba ona o to, by jeden padł w okopach, drugi natomiast przeżył. Kieruje krokami prostego kaprala na zebranie niewielkiej partyjki, aby ta później, pod jego wodzą, mogła osiągnąć miliony członków. Dba o to, by ktoś, wyznaczony do wyższych celów, w samym środku swej pracy skazany został na, powiedzmy, rok twierdzy, aby mógł tam wreszcie znaleźć spokój do napisania wspaniałej książki. Dba ona też o to, by niezastąpiony Führer trafił do programu jakiegoś tureckiego gnoma, aby następnie tak go przerosnąć, żeby wprost wciskali mu jego własny program. I dlatego jestem pewny, że to opatrzność zrządziła, iż panna Krömeier nie zna się na żyletkach.

Kolejny bowiem raz los nakazywał mi zatrzymać się na chwilę. Wprawdzie zawsze wierzyłem w to, że mój powrót miał jakiś sens, jednak pod naporem aktualnych wydarzeń odnajdywanie owego właściwego sensu chwilowo ustępowało na dalszy plan. A na razie nie rysowało się ono jako coś bardzo naglącego, w końcu obecnie naród zdawał się wolny od większych trosk i upokorzeń. Teraz jednak los postanowił, jak już niegdyś w Wiedniu, po raz drugi otworzyć mi oczy.

Do tej pory nader rzadko mogłem się zetknąć z codziennym życiem, drobne sprawunki załatwiała dla mnie panna Krömeier. Dopiero z czasem, gdy postanowiłem sam zakupić kilka rzeczy, okazało się, jak bardzo to i owo się zmieniło. Właśnie w ostatnich dniach szczególnie dotkliwie odczuwałem brak mojej starej, dobrej maszynki do golenia. Do tej pory musiałem od biedy radzić sobie z jedną z tych maszynek ze sztucznego tworzywa, których zaleta polegała na tym, że były one kombinacją kilku niedoskonałych ostrzy, żeby od razu wielokrotnie skrobać niemile skórę. Jak mogłem się dowiedzieć z opakowania, uważano to za niesłychany postęp, przede wszystkim w porównaniu ze starszą wersją, która zawierała jedno ostrze mniej. Ja jednak ciągle jeszcze nie mogłem dostrzec żadnej przewagi w stosunku do porządnej, starej pojedynczej żyletki. Na próżno usiłowałem opisać pannie Krömeier, jak powinna ona wyglądać i działać. Toteż z konieczności sam wybrałem się do sklepu.

Ostatni raz robiłem prawdziwe zakupy gdzieś w 1924 albo 1925 roku. Wtedy chodziło się do handlarza towarów łokciowych albo do mydlarni. Dziś w tym celu trzeba było iść do drogerii, do której drogę opisała mi panna Krömeier. Doszedłszy tam, musiałem stwierdzić, że wygląd drogerii jednak bardzo się zmienił. Wcześniej była w niej lada, a za nią znajdowały się towary. Dziś lada też była, ale przesunęła się ona w pobliże wyjścia. Za nią nie było w ogóle nic poza wewnętrzną stroną witryny wystawowej. Właściwe towary, dostępne dla każdego, spoczywały na niekończących się rzędach regałów. Z początku sądziłem, że są tu dziesiątki sprzedawców, którzy zjawili się wszyscy w swobodnych ubiorach. Okazało się, że byli to klienci. Klient sam sobie wszystko brał, a potem biegł z tym do kasy. To było nader dziwne. Rzadko kiedy wcześniej czułem się potraktowany tak niegrzecznie, jakby od razu przy wejściu ktoś dał mi do zrozumienia, żebym sobie łaskawie sam poszukał swoich nędznych żyletek, bo panowie drogiści mają coś lepszego do roboty.

Dopiero stopniowo istota tego rozwiązania stała się dla mnie zrozumiała: pod względem ekonomicznym miało ono sporo zalet. Po pierwsze, drogista mógł udostępnić duże części swego magazynu i uzyskał przez to większą powierzchnię sprzedaży. Ponadto, stu klientów naturalnie mogło szybciej obsłużyć się samodzielnie, niż przy pomocy dziesięciu, ba, nawet dwudziestu sprzedawców. A wreszcie, zaoszczędzono też na tych sprzedawcach. Korzyści były oczywiste: przy powszechnym wprowadzeniu tej zasady, jak szacowałem w przybliżeniu, w ojczyźnie można by natychmiast uwolnić około stu–dwustu tysięcy sił operacyjnych na potrzeby frontu. To było tak imponujące, że z miejsca chciałem pogratulować genialnemu drogiście. Podbiegłem to jednej z lad i zapytałem o pana Rossmanna.

– Którego pana Rossmanna?

– No, tego, do którego należy ta drogeria!

– Tu go nie ma.

Wielka szkoda. Z drugiej strony gratulacje stały się zbyteczne, gdyż szybko stwierdziłem, że mądry pan Rossmann nie sprzedawał niestety moich żyletek. Zostałem posłany do innego sklepu, sklepu pana Müllera.

Aby rzecz ująć krótko: także pan Müller zrealizował już genialny pomysł pana Rossmanna. Ale podobnie jak tamten nie miał żyletek, co odnosiło się także do pana Schleckera, którego sklep, sprawiający wrażenie nader zaniedbanego, prowadzony był według jeszcze dalej idącej zasady: tam nawet kasa nie była obsadzona. Co było w sumie logiczne, bo i tam brakowało żyletek. Ostatecznie owo doświadczenie dało się streścić w przybliżeniu tak, że w Niemczech coraz mniej liczni sprzedawcy nie sprzedawali żyletek. Nie było to pocieszające, ale przynajmniej racjonalne.

Bezradny przechadzałem się dalej po pasażach handlowych. Po raz kolejny okazało się, że postąpiłem słusznie, decydując się na zwykły, codzienny garnitur, dzięki czemu z bliska i bezpośrednio ponownie ujrzałem prawdziwą, niezafałszowaną sytuację ludności, jej lęki, troski i kłopoty z żyletkami. A kiedy już raz zwróciłem na to uwagę, wyszło na jaw, że wedle tej zadziwiającej zasady pracy zorganizowani byli nie tylko drogiści, ale całe społeczeństwo. Każdy sklep odzieżowy, każda księgarnia, każdy sklep obuwniczy, każdy dom towarowy, a zwłaszcza sklepiki spożywcze, nawet restauracje, wszystko było praktycznie pozbawione personelu. Pieniądze, jak się okazało, nie znajdowały się już w banku, ale w automatach. Tak samo rzecz się miała z biletami, znaczkami, tu już doszło do tego, że zamknięto wszystkie bez wyjątku urzędy pocztowe. Także paczki wsuwano do automatu, z którego odbiorca miał je sobie łaskawie sam odebrać. W obliczu tej sytuacji nowy Wehrmacht musiałby mieć do dyspozycji ponadmilionową armię. W rzeczywistości jednak Wehrmacht z wielkim trudem osiągał ledwie podwójną liczebność ustaloną w haniebnym traktacie wersalskim. To było zagadkowe.

Gdzie się podziewali wszyscy ci ludzie?

Z początku przypuszczałem, że zapewne budują autostrady, osuszają bagna i wykonują inne podobne zajęcia. Tak jednakowoż nie było. Bagna w ostatnim czasie uchodziły za wielką rzadkość i jeszcze je nawadniano, a nie osuszano. Autostrady natomiast jak zawsze budowali polscy, białoruscy, ukraińscy i inni cudzoziemscy robotnicy, za wynagrodzenie, którego wypłata dla Rzeszy była bardziej opłacalna niż wszelkie wojny. Gdybym wówczas wiedział, jak tanio można mieć Polaka, to równie dobrze mógłbym przeskoczyć ten kraj.

Człowiek cały czas się uczy.

Na krótko przyszła mi do głowy myśl, że może po prostu naród niemiecki w ostatnich latach tak się skurczył, że wszyscy ci zaoszczędzeni ludzie w sposób zupełnie naturalny już nie żyją. Statystyki głosiły jednak, że wciąż jeszcze jest osiemdziesiąt jeden milionów Niemców. Można się też w tym miejscu zapewne zdziwić, dlaczego myśl o bezrobociu nie przyszła mi wcześniej do głowy. Przyczyna jest taka, że w mojej pamięci zachował się inny obraz bezrobotnego.

Bezrobotny, jakiego znałem z dawniejszych czasów, zawieszał sobie na szyi tabliczkę z napisem: „Szukam jakiejkolwiek pracy", i szedł z tym na ulicę. Jeśli dostatecznie długo biegał bezskutecznie z tą tabliczką, to zdejmował ją, brał do ręki czerwony sztandar, który wcisnął mu wałkoniący się bolszewik, i szedł z tym sztandarem na ulicę. Milionowa armia bezrobotnych była idealnym uzasadnieniem dla każdej radykalnej partii, a najbardziej radykalną ze wszystkich szczęśliwie miałem ja. Ale na ulicach tej nowej współczesności nie widziałem żadnych bezrobotnych. Tu nikt nie protestował. Także nasuwające się przypuszczenie, że skoncentrowano tych ludzi w Służbie Pracy albo w czymś w rodzaju obozu pracy, nie potwierdziło się. Zamiast tego, jak ustaliłem, wybrano oryginalne rozwiązanie niejakiego pana Hartza.

Otóż pan ten odkrył, że przychylności robotników nie zdobywa się jedynie wyższymi płacami czy podobnymi rzeczami, lecz także tym, że ich przedstawicielom podsyła się pieniądze i brazylijskie kochanki. Ta prawda została teraz licznymi ustawami rozszerzona na osoby bez pracy, rzecz jasna na znacznie niższym poziomie. Zamiast wielu milionów była mniejsza kwota, zamiast prawdziwych Brazylijek były węgierskie albo rumuńskie służebnice miłości per Internec, co wymagało jedynie tego, by każdy człowiek bez pracy posiadał co najmniej jeden komputer. Tak więc panowie Rossmann i Müller mogli sobie dalej napychać kieszenie w swej pozbawionej sprzedawców i żyletek działalności, nie musząc się bać, że bezrobotny rozbije im kamieniem szyby. Całość opłacano z podatków prostego człowieka z fabryki szrapneli. I oczywiście dla doświadczonego narodowego socjalisty wszystko to wskazywało na spisek kapitału, żydowskiej finansjery: pieniędzmi biednych jeszcze biedniejsi obłaskawiani byli dla dobra bogaczy w taki sposób, że ci całkiem spokojnie mogli bogacić się na prowadzeniu wojen. Zresztą lewicowi politycy nie ustawali w wysiłkach wskazywania na taki stan rzeczy, chociaż naturalnie przy pominięciu roli elementu żydowskiego. Jednakże w rzeczy samej to wyjaśnienie nie uwzględniało wszystkiego. Tutaj należało się uciec nie tylko do żydowskiej finansjery, ale także do światowego żydostwa – tylko wtedy odsłaniała się prawdziwa perfidia całego tego spisku. I to, uświadomiłem sobie z nagłą jasnością, było zadaniem, jakie postawiła mi opatrzność. W końcu tylko ja potrafiłem w tym tak zaślepionym przez mieszczański liberalizm świecie pozorów odkryć i ujawnić prawdę.

Na pozór bowiem panu Hartzowi i jego socjaldemokratycznym pomagierom jak najbardziej można było poświadczyć urzeczywistnianie ich rzekomych celów. Bo czyż komputer i białoruska kobieta z telewizji, ciepłe, suche mieszkanie i wystarczające wyżywienie, czyż to wszystko nie było redystrybucją w sensie socjalistycznym?

Nie, rzeczywistość potrafił rozpoznać jedynie ten, kto znał Żyda, kto wiedział, że tu nie ma lewicy ani prawicy, że obie strony odwiecznie i bez wytchnienia pracowały ręka w rękę, wprawdzie w sposób zawoalowany, ale niezmienny. I tylko przenikliwy, przeszywający wszelkie zasłony umysł potrafił poznać, że jeśli chodzi o cel zlikwidowania rasy aryjskiej, nic się nie zmieniło. Finalna walka o niewystarczające zasoby naturalne ziemi nadejdzie, znacznie później niż to prorokowałem, ale nadejdzie. A cel był tak wyraźnie widoczny, że tylko głupiec mógłby mu zaprzeczać. Żydowskie hordy niezmiennie planowały zalanie Rzeszy nawałą swych wstrętnych mas. Wystarczyło tylko wyciągnąć naukę z ostatniej wojny. Ponieważ świadome były swej słabości w stosunku do niemieckiego żołnierza, postanowiły osłabić jego przydatność bojową, umniejszyć ją, zniszczyć. Toteż w dniu decydującego rozstrzygnięcia naprzeciwko azjatyckich milionów staną jedynie lebiegi na zasiłkach pana Hartza, wymachujące bezradnie swymi mysimi aparacikami i urządzeniami do gier telewizyjnych.

Zmroziło mnie z przerażenia. I zrozumiałem, na czym polega moja misja.

Należało z determinacją kroczyć obraną drogą. Na początek postanowiłem poszukać nowej bazy. To już nie hotel miał być moim domem. Potrzebowałem prawdziwej ojczystej siedziby.

33

Marzyło mi się coś takiego jak wtedy, na Prinzregentenplatz w Monachium. Mieszkanie, dostatecznie duże dla mnie, dla gości, służby, w miarę możności zajmujące całe oddzielne piętro, ale nie w osobnym domu. Willa z ogrodem, może jeszcze do tego z gęstymi zaroślami – coś takiego przeciwnik polityczny mógłby nazbyt łatwo obserwować albo też zaatakować. Nie, jakiś duży budynek, blisko miasta, w ożywionej, przypominającej centrum okolicy, to zawsze miało swoje zalety. A jeśli bezpośrednio obok znajdowałby się jeszcze teatr, to by mi nie przeszkadzało.

– Chyba już się panu u nas nie podoba? – spytała pozdrawiająca mnie wreszcie poprawnie i bez żadnych zahamowań współpracownica mojego hotelu, z żartobliwą nutką w głosie, ale zarazem z wyraźnie odczuwalnym, szczerym żalem.

– Myślałem o tym, żeby panią zabrać ze sobą – odpowiedziałem. – Wcześniej gospodarstwo prowadziła mi siostra, ale niestety zmarła. Gdybym mógł płacić pani pensję hotelową, to chętnie bym pani zaproponował to zajęcie.

– Dziękuję – odparła. – Lubię tutejsze urozmaicenie. Ale mimo wszystko szkoda.

Dawniej ktoś by się zatroszczył o znalezienie dla mnie mieszkania, teraz musiałem wziąć sprawę w swoje ręce.

Z jednej strony było to ciekawe, gdyż ponownie zbliżało mnie do współczesnego życia, i to jeszcze bardziej. Z drugiej była ta wstrętna zgraja agentów nieruchomości.

Szybko się okazało, że bez pośrednictwa agenta niemożliwe jest znalezienie choćby jako tako reprezentacyjnego mieszkania o powierzchni czterystu do czterystu pięćdziesięciu metrów kwadratowych. Dłużej trwało, nim się zorientowałem, że także z tą bandą agentów było to wątpliwe. To wręcz wstrząsające, jak niewiele wiedzieli ci wysłannicy piekła czynszów o oferowanych przez siebie mieszkaniach. Ja nawet po sześćdziesięciu latach nieobecności na aktualnym rynku nieruchomości w każdej chwili byłem w stanie odkryć skrzynkę z bezpiecznikami w jednej trzeciej tego czasu, jakiego potrzebował ten oddelegowany „specjalista". Po doświadczeniach z trzecią firmą zacząłem się domagać przysłania tak zwanych doświadczonych kolegów, gdyż inaczej dostawałem tylko jakichś szesnastolatków w za dużych garniturach. Ci nieszczęśnicy wyglądali tak, jakby wyrwano ich prosto ze szkolnej ławy do pospolitego ruszenia agentów nieruchomości.

W czwartym podejściu wreszcie zaoferowano mi pasujący obiekt na północnym krańcu dzielnicy Schöneberg. Dłuższy spacer stamtąd doprowadziłby mnie do dzielnicy rządowej, to także przemawiało za tą ofertą – nigdy nie wiadomo, jak szybko jej bliskość okaże się przydatna.

– Mam wrażenie, że skądś pana znam – rzekł starszy agent nieruchomości, pokazując mi pokój dla służby w pobliżu kuchni.

– Hitler, Adolf – przedstawiłem się krótko, i przeprowadziłem fachową inspekcję paru pustych szaf.

– Racja – skinął. – Teraz, kiedy mi to pan mówi! Bez munduru, musi mi pan wybaczyć. Poza tym zawsze myślałem, że odczepia pan wąsy.

– A to dlaczego?

– No, tak tylko. Ja też w domu pierwsze, co robię, to zdejmuję buty.

– A ja niby zdejmuję swoje wąsy?

– Tak mi się zdawało, tak...

– Aha. Jest tu pomieszczenie do ćwiczeń sportowych?

– Pomieszczenie do fitness? Ostatni lokatorzy nie mieli, ale wcześniej mieszkał tu członek jury jakiegoś programu castingowego i używał tamtego pomieszczenia.

– Jest jeszcze coś, o czym powinienem wiedzieć?

– Co na przykład?

– Bolszewiccy sąsiedzi?

– Coś takiego zdarzało się może w latach trzydziestych. Ale potem to się ich... to pan ich przecież... jak by to powiedzieć...

– Wiem, o czym pan myśli – przerwałem mu. – A poza tym?

– No cóż, poza tym...

Pomyślałem ze smutkiem o mojej siostrzenicy Geli.

– Nie chciałbym mieć już żadnych mieszkań po samobójcach – oświadczyłem zdecydowanie.

– Od kiedy zarządzamy tym obiektem, nikt się tu nie zabił. Przedtem też nie – zadeklarował pospiesznie agent nieruchomości. – W każdym razie nic mi o tym nie wiadomo.

– Mieszkanie jest dobre – stwierdziłem sucho. – Cena jest nie do zaakceptowania. Zejdzie pan o trzysta euro w dół, to ubijemy interes. – A potem odwróciłem się do wyjścia.

Dochodziło wpół do ósmej. Dama Bellini po udanej premierze mojego programu sprawiła mi niespodziankę biletami do opery: wystawiano *Śpiewaków norymberskich*, a ona natychmiast pomyślała o mnie. Nawet obiecała, że obejrzy tę operę ze mną – by mi zrobić przyjemność, jak podkreśliła, gdyż generalnie nie uznaje Wagnera.

Agent nieruchomości obiecał, że porozumie się w sprawie wynajmu.

– Rabatu właściwie nigdy nie udzielamy – zauważył sceptycznie.

– Takie rzeczy zawsze da się zmienić, jeśli do swoich klientów można zaliczyć kogoś takiego jak Hitler – oznajmiłem z wiarą w sukces, zanim ruszyłem w drogę.

Jak na późny listopad na dworze było zadziwiająco przyjemnie. Niebo już od dawna było ciemne, wokół mnie huczało i szumiało wielkie miasto. Przez krótką chwilę owładnął mną dawny gorączkowy niepokój, lęk przed azjatyckimi hordami, naglące pragnienie podwyższenia budżetu na zbrojenia. Potem niepokój ustąpił miejsca kojącemu poczuciu, że w ostatnich sześćdziesięciu latach ta katastrofa nie spadła na nas, że opatrzność jednak niezawodnie wybrała właściwy moment, by wezwać mnie do czynu, i że z pewnością nie pozostawiłaby mi tak mało czasu, bym nawet nie mógł pójść do opery na Wagnera.

Rozpiąłem płaszcz i odprężony szedłem ulicami. Niektóre sklepy sprowadziły duże ilości gałązek świerkowych i jodłowych. Gdy miejska wrzawa zbyt mnie zmęczyła, skręciłem w boczne uliczki. Mijając niespiesznie oświetlone centrum sportowe, zastanawiałem się nad udoskonaleniem kilku szczegółów mojego programu. Spora część narodu znajdowała się w znakomitej formie fizycznej, jednakże nazbyt często były to kobiety. Wprawdzie wysportowane ciało ułatwia nierzadko poród, podwyższa odporność i zabezpiecza zdrowie matki, ale ostatecznie nie chodzi przecież o hodowanie setek tysięcy herod-bab. Tak sobie rozmyślałem, gdy drogę zastąpiło mi dwóch mężczyzn.

– Ty żydowska świnio! – rzucił jeden.

– Myślisz, że będziemy się bezczynnie przyglądać, jak obrażasz Niemcy? – spytał drugi.

Powoli zdjąłem kapelusz i pokazałem im twarz w świetle latarni ulicznej.

– Do szeregu, kanalie – zakomenderowałem niewzruszony. – Albo skończycie jak Röhm!

Przez chwilę nikt nic nie mówił. A potem ten drugi wysyczał z zaciśniętymi zębami:

– Co z ciebie musi być za chora świnia! Najpierw każesz sobie zoperować twarz, żeby wyglądać na uczciwego Niemca, a potem wbijasz Niemcom nóż w plecy!

– Chora, niegodna żyć świnia – dodał pierwszy. W tym momencie w jego dłoni coś błysnęło. Ze zdumiewającą szybkością jego pięść poszybowała w kierunku mojej głowy. Próbowałem zachować postawę i dumę, nie uchylałem się przed ciosem.

To było jak trafienie kulą. Nie czułem bólu, tylko prędkość, tylko potężne uderzenie, a potem z cichym szumem zbliżyła się do mnie ściana domu. Szukałem oparcia, coś uderzyło mnie mocno w potylicę. Dom przesunął się koło mnie w górę, macając, sięgnąłem do kieszeni płaszcza, ująłem bilety na *Śpiewaków norymberskich* i wyciągnąłem je, podczas gdy ciosy wokół mnie przybierały na sile. Anglicy mieli zapewne nowe pociski, huraganowy ogień, zrobiło się tak ciemno, jak też udawało im się tak precyzyjnie celować, nasz okop, jak koniec świata, nie wiedziałem nawet, gdzie jest mój hełm, i mój wierny pies, mój Foksik, mój Foksik, mój Foksik...

34

Pierwsze, co zobaczyłem, to jaskrawe światło neonówki. Pierwsza myśl: mam nadzieję, że przez ten czas ktoś się zatroszczył o spieszącą na odsiecz Armię Wencka. Potem rozejrzałem się po pomieszczeniu, a znajdująca się w nim aparatura szybko mi uzmysłowiła, że aktualnie Armia Wencka chyba nie jest najpilniejszą sprawą.

Obok mnie stało coś jakby wieszak, na którym umieszczono kilka worków z tworzywa sztucznego. Ich zawartość kapała powoli do tego mojego ramienia, które nie znajdowało się w sztywnej powłoce z gipsu. Stwierdzenie tego nie było takie łatwe, gdyż nie mogłem otworzyć oka po niezagipsowanej stronie. Ten fakt wprawił mnie w konsternację, wszystko to wyglądało na bardzo bolesne, ja jednak nie odczuwałem żadnych bólów, wyjąwszy ciągły szum w głowie. Przewróciłem ją na bok, by ogarnąć nieco lepiej moje położenie, a potem uniosłem ostrożnie, co pociągnęło za sobą natychmiastowy kłujący ból w klatce piersiowej.

Usłyszałem, jak z drugiej strony mojej twarzy otworzyły się drzwi. Postanowiłem nie sprawdzać, co się tam dzieje. Zza grzbietu mojego nosa wyłoniła się ostrożnie głowa pielęgniarki.

– Nie śpi pan?

– ... – rzekłem. Miało to być pytanie o aktualną datę, ale z moich ust wydobyło się jedynie coś pomiędzy chrząkaniem a trzaskiem.

– Świetnie – powiedziała. – Proszę nie zasypiać znowu, zaraz zawołam lekarza.

– ... – zatrzeszczałem w odpowiedzi. Jednakże można już było poznać, że raczej nie zachodził tu przypadek trwałego uszkodzenia, jedynie pewne zastanie się muskulatury mowy, widocznie wskutek dłuższego nieużywania. Obróciłem sprawne oko nieco dalej. W moim polu widzenia znalazł się mały stolik, na którym stał telefon i bukiet kwiatów. Widziałem urządzenie kontrolujące chyba mój puls. Spróbowałem poruszyć nogami, ale wkrótce dałem temu spokój – można było przewidzieć, że będzie się to wiązało z bólem. Zamiast tego przerzuciłem się na małe ćwiczenia mowy, mogłem wszak założyć, że będę chciał skierować do zajmującego się mną doktora jedno czy drugie pytanie.

W rzeczywistości przez dłuższy czas nic się nie działo. Zapomniałem, jak to jest zwykle w szpitalach, gdy się akurat nie jest Führerem i kanclerzem Rzeszy. Pacjent ma odpoczywać, ale w istocie nie robi nic innego poza czekaniem. Czeka na siostry, na zabiegi, na lekarzy, wszystko rzekomo będzie „niebawem" albo „zaraz", tylko że „zaraz" znaczy naprawdę tyle co „za pół godziny do trzech kwadransów", a „niebawem" należy rozumieć jako „za godzinę lub później".

Dała mi się we znaki pilna potrzeba, i od razu poczułem, że i w tym względzie poczyniono zapobiegliwie pewne starania. Teraz chętnie bym sobie popatrzył w telewizor, tylko że obsługa tegoż była dla mnie równie zagadkowa, jak fizycznie niemożliwa. Tak więc wpatrywałem się bez ruchu w ścianę naprzeciwko i próbowałem zrekonstruować ostatnie wydarzenia. Przypomniałem sobie moment w ambulansie do przewożenia chorych, krzyczącą pannę Krömeier, a ku mojej irytacji w głowie co rusz rozbłyskiwało owo nagranie filmowe, na którym uczciłem kapitulację Francji spontanicznymi podrygami czy podskokami radości. Jednakże nie miałem na sobie munduru, lecz turkusową spódniczkę baletnicy. Potem podszedł do mnie Göring, prowadzący za uzdę dwa osiodłane renifery, i powiedział: „Mój wodzu, kiedy będzie pan w Polsce, niech mi pan przyniesie stamtąd trochę sera, to przyrządzę dla nas dziś wieczór coś wykwintnego!". Popatrzyłem po sobie, powiedziałem: „Co za dureń! Widzi pan przecież, że nie mam żadnych kieszeni!". Na to Göring wybuchnął płaczem, a ktoś potrząsnął mnie za ramię.

– Pan Hitler? Pan Hitler?

Poderwałem się przerażony, w każdym razie na tyle, na ile zdołałem.

– Właśnie przyszedł ordynator!

Młody lekarz w białym fartuchu wyciągnął do mnie rękę, którą z trudem uścisnąłem.

– No, jednak się udało – powiedział. – Jestem doktor Radulescu.

– Jak na takie nazwisko zdumiewający brak akcentu – wychrypiałem.

– Jak na pański stan zdumiewająca gadatliwość – powiedział doktor z importu. – Wie pan, jak udało mi się z tym akcentem?

Potrząsnąłem słabo głową.

– Trzynaście lat szkoły, dziewięć semestrów studiów medycznych, dwa lata praktyki zagranicznej, a potem poślubiłem moją żonę i przyjąłem jej nazwisko.

Kiwnąłem głową. Potem zakaszlałem, i natychmiast z powodu bólu próbowałem powstrzymać kaszel, zarazem jednak emanować z siebie niejaką siłę i zdolność przywódczą, z takim skutkiem, że nie wykaszlałem z nosa paru niełądnych drobinek. Ogólnie czułem się niewesoło.

– Na początek jedna rzecz: jeśli chodzi o stan zdrowia, to jest on o wiele mniej zły, niż na to wygląda. Nie ma pan nic, czego nie dałoby się naprawić albo z czasem doprowadzić do porządku.

– A mó-ój głos...? – stęknąłem.

– Z głosem nie dzieje się w ogóle nic, wyszedł tylko z wprawy, no i do tego ma pan wysuszone gardło. Musi pan w każdym razie pić, pić, pić. Jeśli dobrze widzę – zerknął na brzeg mojego łóżka – to nawet nie musi się pan w tej chwili martwić o odprowadzenie. Zobaczmy, co tam jeszcze jest? Ma pan nieładne złamanie kości jarzmowej, ciężkie wstrząśnienie mózgu, liczne stłuczenia w okolicach szczęki, że ona sama nie jest złamana, to w ogóle największy cud. Koledzy z izby przyjęć od razu typowali kastet, jeśli to prawda, to może pan od razu hurtowo podziękować swojemu Panu Bogu. Zapuchnięte oko wprawdzie nie wygląda ładnie, ale będzie z powrotem sprawne. Poniżej mamy złamany obojczyk, złamane ramię – złamanie zupełnie gładkie, idealnie – pięć złamanych żeber, no i musieliśmy pana otworzyć, żeby poradzić sobie z pękniętą wątrobą. Przy okazji mogę pana zapewnić: ma pan jedną z najładniejszych wątrób, jakie tu kiedykolwiek widzieliśmy. Nie pije pan, zgadza się?

Skinąłem słabo głową:

– I wegetarianin.

– Bardzo piękne wskaźniki, naprawdę. Z takimi może pan dożyć stu dwudziestu lat.

– Nie wystarczy – powiedziałem nieobecnym głosem.

– No, no – zaśmiał się – ma pan jeszcze dużo przed sobą. Nie widzę tu żadnych problemów, musi pan tylko trochę poczekać.

– Powinien pan to chyba zgłosić na policji – powiedziała siostra.

– Tylko na to czekają! – Ile Röhm dałby za to, żebym złożył na niego doniesienie.

– Nie jestem pana adwokatem – powiedział doktor z rumuńskim nazwiskiem – ale przy takich obrażeniach...

– Oddam cios na swój sposób – zapowiedziałem, kaszląc, a przez głowę przemknęło mi przy tym, że rzadko kiedy wypowiadam puste groźby. – Proszę mi lepiej powiedzieć, jak długo jeszcze chce mnie pan tu zatrzymać?

– Tydzień lub dwa, jeśli nie pojawią się żadne komplikacje, może nawet nieco dłużej. Resztę będzie pan mógł tak na dobre wykurować w domu. A teraz niech pan się trochę prześpi. I zastanowi nad zgłoszeniem sprawy na policję, siostra ma tu absolutną rację. W Piśmie Świętym każą wprawdzie nadstawiać drugi policzek, ale to wciąż jeszcze nie powód, żeby tak walić.

– I niech pan pomyśli o jadłospisie. – To była siostra, która podsunęła mi plan posiłków. – Musimy wiedzieć, co chciałby pan jeść podczas pobytu u nas.

Odsunąłem plan.

– Żadnego specjalnego traktowania. Proste żołnierskie jedzenie. Wegetariańskie. Jak starożytni Grecy.

Popatrzyła na mnie, potem westchnęła, zrobiła z dziesięć krzyżyków i podsunęła mi jadłospis z powrotem. – Podpisać musi już pan sam.

Osłabły, podpisałem się ręką, którą mogłem poruszać. Potem znów odpłynąłem.

Stałem na przystanku autobusowym na Ukrainie, w rękach trzymałem ogromną miskę z twarogiem.

Göringa nie było, i pamiętam jeszcze dokładnie, jak bardzo się złościłem.

35

W rzeczywistości myśl o zgłoszeniu sprawy na policję przyszła mi na krótko do głowy, ale odrzuciłem ją równie zdecydowanie, co nieodwołalnie. Przeczyło to wszystkim moim zasadom. Führer nie pasuje do roli ofiary. Nie uzależnia się od wstawiennictwa czy pomocy tak żałosnych postaci jak prokuratorzy lub funkcjonariusze policji, nie chowa się za nimi, on bierze prawo we własne ręce. Albo raczej wkłada je w rozpalone dłonie SS, a ta chwyta je potem w swe niezliczone pięści. Gdybym miał moją SS, wtedy zadbałbym o to, by ta podejrzana „Centrala partyjna" jeszcze następnej nocy stanęła w płomieniach, a każdy z jej tchórzliwych członków przed upływem tygodnia mógł sobie w kałuży własnej krwi podumać nad prawdziwymi zasadami myślenia narodowego. Ale od kogo mogłem tego żądać w tych pokojowych, odwykłych od wojny czasach? Sawatzki miał siłę refleksu, ale nie uderzenia, pracował głową, nie pięścią. Tak więc pozostało mi tylko odłożenie problemu na czas nieokreślony i zadanie, by przez jedną czy drugą zmianę szpitalnych sal zadbać o to, by nie przedostali się do mnie żadni fotoreporterzy w celu wykonania jakiegoś niekorzystnego zdjęcia. Mimo to incydent ów sam w sobie był trudny do zatajenia i już po paru dniach można było przeczytać w gazetach, że padłem ofiarą „przemocy prawicowych ekstremistów" – oczywiście był to typowy niekompetentny gazetowy wybryk, żeby jeszcze niezasłużenie nobilitować tych przygłupiastych mięczaków jako „prawicowych ekstremistów". A jednak nie ma tego złego, co by nie wyszło przynajmniej czemuś na dobre. W przeciągu niewielu dni, a nawet godzin, odbyłem kilka zadziwiających rozmów telefonicznych z ludźmi, którym panna Krömeier z inspiracji i z błogosławieństwem pana Sawatzkiego dała numer mojego przenośnego telefonu.

Pierwszą rozmowę, która nie ograniczała się do życzeń powrotu do zdrowia od współpracowników firmy, odbyłem z panią Künast: „z całego serca" życzyła mi poprawy, wypytywała o moje samopoczucie i chciała wiedzieć, czy właściwie jestem w jakiejś partii.

– Tak jest – odpowiedziałem. – W mojej własnej.

Künast roześmiała się i zauważyła, że NSDAP znajduje się chwilowo jakby w stanie uśpienia czy spoczynku, i zanim się z powrotem przebudzi, powinienem się jednak zastanowić, czy zielona partia nie mogłaby mnie, człowiekowi, który wszak jako artysta w oczywisty sposób ciałem i duszą występuje przeciwko prawicowej przemocy, zaoferować schronienia, „przynajmniej na jakiś czas", jak ze śmiechem jeszcze raz zaproponowała.

Przyjąłem tę rozmowę do wiadomości, kręcąc głową, i pewnie bym ją wkrótce zapomniał jako kolejny wytwór parlamentarno-demokratycznych mrzonek, gdyby nie to, że już następnego dnia odbyła się kolejna rozmowa telefoniczna, przypominająca w wielu szczegółach tę pierwszą. Przy telefonie miałem jakiegoś pana, który, jak sobie niejasno przypominałem, albo właśnie terminował jako minister zdrowia, albo dopiero co ukończył naukę zawodu. Jego nazwiska nawet po dłuższym zastanowieniu nie mogłem sobie przypomnieć, w przypadku tej partii w ogóle definitywnie zaniechałem wysiłków, by uzyskać jakąś orientację. W stosownych kanałach kolportuje się wszak, że jedyny pozostały tam jeszcze starszy pan z owego stowarzyszenia to niepohamowany opój. Sądzę, że wyrządza się temu człowiekowi krzywdę, i raczej przypuszczam, że jest prawie niemożliwe, by uczestniczyć choćby jedną godzinę w tym dziwacznym korowodzie, nie sprawiając wrażenia kompletnie pijanego.

Terminator od zdrowia powiedział mi, jak bardzo jest mu przykro z powodu tego napadu, właśnie ktoś taki jak ja, kto kruszy kopie dla sprawy jak najszerszej i największej wolności słowa, potrzebuje w tym trudnym okresie wszelkiego wsparcia. Ledwie udało mi się podkreślić, że jak wiadomo, silny jest najsilniejszy, gdy jest sam, gdyż terminator wciąż upierał się przy tym, że uczyni wszystko, by umożliwić mi szybki powrót na ekran telewizora, i przez chwilę obawiałem się, że to on sam przejmie moje leczenie w swe notorycznie niekompetentne ręce z flakowatymi palcami. Zamiast tego, niby mimochodem, spytał o moją przynależność partyjną, a ja odpowiedziałem mu zgodnie z prawdą.

Terminator roześmiał się dźwięcznie, po chłopięcemu. Następnie powiedział mi, że jestem świetny, a skoro wszak NSDAP spoczywa obecnie na cmentarzysku dziejów, to może sobie doskonale wyobrazić, że to FDP mogłaby stać się dla mnie nową polityczną ojczyzną. Powiedziałem mu, że on i jego koledzy powinni wreszcie przestać obrażać moją partię i że w żadnej mierze nie jestem zainteresowany tym zgromadzeniem liberalnych politycznych czerwi. Terminator ponownie się zaśmiał, stwierdził, że z takim podejściem mu się podobam i że już wkrótce z powrotem będę całkiem jak dawniej, a kończąc rozmowę, niepytany obiecał, że przyśle mi formularz przyjęcia do partii. Telefon, pomyślałem sobie w tym momencie, nie jest po prostu właściwym środkiem porozumienia dla ludzi bez uszu. I ledwie go odłożyłem, a już ponownie zadzwonił.

Okazało się, że terminator w branży zdrowia i zielona Künast bynajmniej nie byli jedynymi, którzy z mojej złożonej bez wahania daniny krwi postanowili wyczytać to, co im akurat pasowało. Kilku dzwoniących z różnych partii gratulowało mi mojego stanowczego wystąpienia w obronie niestosowania przemocy, które wedle ich obserwacji polegało na mojej demonstracyjnej rezygnacji z samoobrony, pośród nich znalazło się też jedno jedyne ugrupowanie, któremu już z racji nazwy mogłem okazać sympatię: z tym panem z Partii Obrońców Zwierząt odbyłem bardzo miłą rozmowę, w trakcie której zwrócił mi uprzejmie uwagę na niesłychane okrucieństwa wobec bezpańskich rumuńskich psów. Postanowiłem w najbliższej przyszłości zwrócić baczniejszą uwagę na te oburzające przypadki w tamtym kraju.

Jednakże w oczach „zawodowych" polityków najnowsze wydarzenia dawały się także interpretować całkiem odmiennie. „Ruch Obywatelski Solidarność" ogłosił mnie towarzyszem niedoli prześladowanego jakoś tam założyciela partii Larouche'a. Dziwaczna Partia Cudzoziemców o nazwie BIG zapewniała mnie, że w kraju, w którym nie wolno bić cudzoziemców, oczywiście nie powinno się także bić Niemców, na co ja natychmiast odparłem z naciskiem, że nie chciałbym żyć w takim kraju, w którym nie wolno już bić obcokrajowców. Po tych słowach na drugim końcu linii nie wiedzieć czemu ponownie zabrzmiał serdeczny śmiech. Dla innych znowu nie uchodziłem za symbol wolności słowa, lecz jej braku, w każdym razie wolności dla fałszywych przekonań, przedstawiany byłem nie tylko jako bojownik przeciwko przemocy, ale także wielokrotnie jako bojownik w jej obronie (CSU, dwa związki strzeleckie, producent ręcznej broni palnej), a raz jako ofiara przemocy skierowanej przeciwko osobom starszym (Partia Rodzin). Szczególnym dyletantyzmem wyróżniło się wezwanie Partii Piratów, która w moim zachowaniu, a zwłaszcza w mojej rezygnacji ze złożenia doniesienia, dopatrywała się protestu przeciwko państwu policyjnemu oraz szczególnego dystansu do państwa, jak również dostrzegła w nim „totalne myślenie w duchu Piratów". Najbliższe prawdy okazało się ugrupowanie o nazwie „Fioletowi", usiłujące dojrzeć we mnie świadka rzeczywistości wolnej od wyłącznie materialnego aspektu, świadka, który „z największą cierpliwością swój powrót pod sztandarem absolutnej rezygnacji z przemocy wystawił na najcięższe próby". Śmiałem się tak głośno, że z powodu moich żeber musiałem prosić o więcej środków przeciwbólowych.

Panna Krömeier przyniosła mi z biura nową pocztę. Do niej także telefonowano wielokrotnie, na ogół chodziło o inne osoby z tych samych partii i ugrupowań, nowe były zgłoszenia rozmaitych zrzeszeń komunistycznych, ich uzasadnienie chwilowo wyleciało mi z głowy, zapewne koniec końców nie było zbyt dalekie od tego, co głosił Stalin przy zawieraniu z nami swojego paktu w 1939 roku. Wszystkim tym dzwoniącym i piszącym wspólne było jedno: zamierzali mnie namówić do członkostwa w ich związku.

W zasadzie nie zgłosiły się tylko dwie partie. Naiwniacy węszyliby w tym przypuszczalnie brak zainteresowania, ale ja wiedziałem swoje. Dlatego też po upływie połowy kolejnego dnia, gdy na moim telefonie wyświetlił się jakiś nieznany mi berliński numer, na chybił trafił wykrzyknąłem do słuchawki:

– Halo? Czy to SPD?

– Ee, tak, czy mówię z panem Hitlerem? – odezwał się głos na drugim końcu przewodu.

– Ależ tak! – wykrzyknąłem. – Czekałem na pana!

– Na mnie?

– Nie na pana osobiście. Ale na kogoś z SPD. A kto mówi?

– Gabriel, Sigmar Gabriel. To wspaniale, że można już z panem znów rozmawiać przez telefon, słyszałem i czytałem najgorsze rzeczy. Pana głos brzmi już naprawdę dobrze.

– To tylko dzięki pana telefonowi.

– Och! Bo tak pana ucieszył?

– Nie, bo dzwoni tak późno. W czasie, jaki upłynie, zanim niemieckiej socjaldemokracji przyjdzie wreszcie do głowy jakiś pomysł, można by wyleczyć ze dwie ciężkie gruźlice.

– Ha, ha! – usłyszałem, i zabrzmiało to zdumiewająco naturalnie. – Niekiedy ma pan rację. Widzi pan, i właśnie dlatego dzwonię...

– Wiem. Ponieważ moja partia akurat znajduje się w stanie spoczynku.

– Która partia?

– Rozczarowuje mnie pan, panie Gabriel! No j a k się nazywa moja partia?

– Ee...

– No!

– Musi mi pan wybaczyć, zdaje się, że mam zakłócenia na łączach...

– N.S.D.A. ...?

– P?

– P. Tak jest. Właśnie jest w stanie spoczynku. A pan chciałby wiedzieć, czy przypadkiem nie poszukuję nowego schronienia. W pańskiej partii!

– W istocie, chciałem coś takiego...

– Niech pan przyśle spokojnie swoje papiery do mojego biura – zaproponowałem niefrasobliwym tonem.

– Proszę powiedzieć, wziął pan akurat środki przeciwbólowe? Albo kilka tabletek nasennych za dużo?

– Nie – odparłem i o mały włos nie dodałem, że jedna akurat właśnie zadzwoniła. Ale potem przyszło mi do głowy, że może Gabriel ma rację. Nigdy nie wiadomo, co ci medycy aplikują człowiekowi przez te wszystkie worki z rurkami. Pomyślałem też, że ta SPD w swej obecnej postaci naprawdę nie jest partią, którą trzeba by zamykać w obozie koncentracyjnym. W swej ociężałości mogłaby nawet jeszcze do czegoś się przydać. Wskazałem zatem natychmiast na zażycie pewnych medykamentów i ostatecznie pożegnałem się z nim całkiem przyjaźnie.

Oparłem się na poduszce, zastanawiając się, kto też zadzwoni w następnej kolejności. Brakowało właściwie tylko telefonu od wyborczego stowarzyszenia kanclerki. Kto to mógłby być? Kluchowata matrona we własnej osobie naturalnie odpadała, ale ta minister pracy by mnie ucieszyła. Chętnie bym się dowiedział, czemu po urodzeniu siódemki dzieci zaprzestała reprodukcji, ledwie jedno dziecko dzieliło ją od Krzyża Matek w złocie. Tamten Guttenberg też mógłby być interesujący, człowiek, który – choć wywodzący się z sięgającego stuleci arystokratycznego kazirodztwa – zdolny był myśleć w szerokich perspektywach, nie przejmując się małostkowymi skrupułami profesorków. Ale okres rozkwitu w polityce miał on, moim zdaniem, już za sobą. Kto pozostawał? Ten ekologiczny chłopczyna w okularkach? To zero, przewodniczący frakcji? Silący się na poczciwość facet od finansów ze Szwabii, na wózku?

Faktycznie znowu rozległ się *Galop Walkirii*. Numer był mi nieznany, ale kierunkowy pochodził z Berlina. Zdecydowałem się na partyjnego głuptasa, Pofallę.

– Dzień dobry, panie Pofalla – odezwałem się.

– Jak proszę? – To był niezaprzeczalnie głos jakiejś damy. Oceniłem ją na osobę starszej daty, jakieś pięćdziesiąt pięć lat.

– Przepraszam, kto mówi?

– Moje nazwisko Golz, Beate Golz. – I wymieniła nazwę dobrze znanego czysto niemieckiego wydawnictwa. – A ja z kim mówię?

– Hitler. – Odchrząknąłem. – Przepraszam, spodziewałem się kogoś innego.

– Dzwonię nie w porę? W pana biurze powiedziano mi, że bez problemu mogę po południu...

– Nie, nie – zaprzeczyłem. – Wszystko się zgadza. Tylko, proszę, żadnych pytań o moje samopoczucie.

– Ciągle jeszcze czuje się pan tak źle?

– Nie, ale mimo to niekiedy człowiek się czuje jak jakaś stara płyta gramofonowa.

– Panie Hitler... dzwonię do pana, gdyż chciałabym zapytać, czy nie zechciałby pan napisać książki?

– Już napisałem, nawet dwie.

– Wiem. Ponad dziesięć milionów egzemplarzy. Jesteśmy pod wrażeniem. Ale ktoś z takim potencjałem nie ma prawa robić sobie osiemdziesięciu lat przerwy.

– No cóż, widzi pani, to nie leżało tak całkiem w mojej mocy.

– Naturalnie, ma pan rację, rozumiem oczywiście, że jak człowiekowi przejeżdża nad bunkrem czołg...

– W rzeczy samej – rzekłem. Sam nie mógłbym tego wyrazić lepiej. Byłem mile zaskoczony tą jawną zdolnością do empatii owej pani Golz.

– Ale teraz przecież Rosjanina już nie ma. I jakkolwiek wszyscy bardzo doceniamy pana cotygodniowy bilans w telewizji, to sądzę, że nadeszła pora, by Führer znowu przedłożył obszerne świadectwo swojej wizji świata. Czy też, zanim zrobię tu z siebie kompletną idiotkę, ma pan już od dawna jakieś inne zobowiązania?

– No cóż, zazwyczaj publikuję w wydawnictwie Franz-Eher-Verlag – powiedziałem, ale potem przypomniałem sobie, że aktualnie znajduje się ono w stanie spoczynku.

– Przypuszczam, że już od dłuższego czasu nie miał pan żadnych wiadomości o swym wydawcy, czy też...?

– Właściwie to się zgadza – odparłem. – Zastanawiam się, kto w tej chwili kasuje moje tantiemy.

– Kraj związkowy Bawaria, o ile jestem dobrze poinformowana – powiedziała pani Golz.

– Bezczelność!

– Naturalnie może to pan zaskarżyć, ale wie pan przecież, jak to jest z sądami...

– Komu to pani mówi!

– Ucieszyłabym się jednak, gdyby zamiast tego obrał pan nieco łatwiejszą drogę.

– A jak miałaby ona wyglądać?

– Pisze pan nową książkę. W nowym świecie. My chętnie byśmy to wydali. A ponieważ rozmawiamy jak zawodowcy, mogę panu zaproponować następującą rzecz. – Po tym, oprócz rozlicznych posunięć reklamowych na większą skalę, wymieniła także wypłacenie zaliczki w wysokości, która nawet w tej wątpliwej walucie europejskiej znalazła u mnie niemałe uznanie, co jednak, oczywiście, na razie zachowałem dla siebie. Do tego mógłbym sam sobie dobrać współpracowników, wydawnictwo opłaciłoby również ich honoraria.

– Nasz jedyny warunek: w książce musi być prawda.

Przewróciłem oczyma.

– Pewnie chce pani też wiedzieć, jak się nazywam.

– Nie, nie. Oczywiście nazywa się pan Adolf Hitler. A jakie niby inne nazwisko mielibyśmy umieścić na książce? Mosze Halbgewachs?

Roześmiałem się.

– Albo Szmul Rozencwajg. Pani mi się podoba.

– Mam na myśli: to nie ma być książka humorystyczna. Zakładam, że jest to także zgodne z pana wyobrażeniami. Führer nie stroi sobie żartów, prawda?

Zdumiewające, jak łatwo rozmawiało się z tą damą. Po prostu wiedziała, o czym mówi. I z kim.

– Zastanowi się pan nad tą propozycją? – spytała.

– Proszę mi dać trochę czasu – odparłem. – Odezwę się.

Odczekałem dokładnie pięć minut. A potem oddzwoniłem. Zażądałem znacznie wyższej sumy. Patrząc na to wstecz, mogę przypuszczać, że się z tym liczyła.

– No to: *Sieg heil* – powiedziała.

– Czy mogę to potraktować jako zgodę? – dopytywałem się.

– Może pan. – Zaśmiała się.

Na co odparłem:

– Pani także!

36

To zdumiewające. Po raz pierwszy od dłuższego czasu nie przeszkadza mi śnieg, chociaż spadł tak wcześnie. Gęste płatki opadają za oknem, jeszcze w roku 1943 doprowadzało mnie to do szaleństwa. Teraz, gdy wiem, że wszystko ma głębszy sens, że opatrzność nie oczekuje ode mnie, bym wygrał wojnę światową od razu za pierwszym czy drugim podejściem, że przydziela mi czas i pokłada we mnie zaufanie, teraz po latach trudów znów mogę tak naprawdę cieszyć się tym łagodnym, przedgwiazdkowym spokojem. I cieszę się nim prawie tak jak wtedy, gdy byłem jeszcze dzieckiem i zaszywałem się w przytulnym kąciku w dużym pokoju z *Wojną trojańską* Homera. Co mi jeszcze przeszkadza, to bóle w klatce piersiowej, ale z drugiej strony otuchą napawa mnie obserwowanie, jak ustępują.

Wydawnictwo dostarczyło mi dyktafon. Sawatzki chciał, żebym użył swojego telefonu komórkowego, ale ostatecznie dyktafon jest jednak dużo łatwiejszy w obsłudze. Wciskam guzik – nagrywa, wciskam jeszcze raz – przestaje. I nikt w tym czasie na niego nie dzwoni. Zasadniczo jestem, jak wiadomo, wielkim przeciwnikiem tego nieustannego mieszania zadań. Radio musi jeszcze odtwarzać te srebrne płytki, maszynka do golenia musi działać na mokro i na sucho, pracownik stacji benzynowej musi sprzedawać artykuły spożywcze, telefon musi być telefonem i dodatkowo kalendarzem, i jeszcze aparatem fotograficznym, i w ogóle wszystkim naraz. To niebezpieczna głupota, prowadząca tylko do tego, że nasi młodzi na ulicy nieustannie gapią się w swoje aparaty telefoniczne i tysiącami wpadają pod samochody. To będzie jednym z moich pierwszych zamierzeń: zakazać tych telefonów, względnie dopuścić tylko dla pozostałych jeszcze resztek rasowo poślednich elementów albo wręcz nakazać im ich posiadanie jako obowiązkowe. Jeśli o mnie chodzi, niech sobie potem leżą całymi dniami na głównych arteriach Berlina jak przejechane jeże, wtedy będzie to miało praktyczną korzyść. Ale poza tym: to nonsens! Naturalnie dla finansów państwa byłoby lepiej, gdyby Luftwaffe obok swej właściwej działalności mogła przejąć także zadania wywozu śmieci. Ale co to by wtedy była za Luftwaffe?

Dobry pomysł. Podyktuję go od razu do mojego aparatu.

Na zewnątrz, na korytarzu, ustawili imponującą dekorację świąteczną. Gwiazdy, gałązki jedliny i inne rzeczy. W niedziele adwentowe jest grzane wino, ostatnio wyprodukowano także bardzo przyjemny wariant bezalkoholowy, aczkolwiek mam wątpliwości, czy taka rzecz kiedykolwiek zostanie zaakceptowana w armii. No cóż, żołnierz pozostaje żołnierzem. W sumie jednak nie mogę powiedzieć, że dekoracje bożonarodzeniowe stały się gustowniejsze. W tej dziedzinie zagościła nader przykra industrializacja. Nie chodzi mi o kicz czy nie kicz, gdyż w każdym kiczu tkwi jakaś resztka odczucia prostego człowieka, i dlatego dana jest tu zawsze jeszcze możliwość rozwinięcia się w prawdziwą, wielką sztukę. Nie, tym, co mi ogromnie przeszkadza, jest fakt, że

Mikołaj zyskał nieproporcjonalnie na znaczeniu, niewątpliwie wskutek angloamerykańskiej infiltracji w dziedzinie kultury, świeczka natomiast wyraźnie straciła.

Niewykluczone, że tak mi się tylko wydaje, gdyż tu w szpitalu świeczki są zakazane z przyczyn bezpieczeństwa przeciwpożarowego. I jakkolwiek doceniam pieczołowite obchodzenie się z własnością ludu, to nie przypominam sobie, by pod moimi rządami, mimo nieograniczonego stosowania świeczek, uszkodzona została jakaś istotna liczba budynków. Ale przyznaję: od roku 1943 odnośna statystyka z powodu ogólnie postępującego braku budynków ma też słabnącą wymowę. Mimo to takie Boże Narodzenie ma swój niepowtarzalny czar. Wolny od brzemienia nieuniknionej na dalszą metę odpowiedzialności za rządzenie, należy się tym cieszyć, jak długo się da.

Mogę powiedzieć, że personel wyjątkowo się o mnie troszczy. Dużo z ludźmi rozmawiam, o ich warunkach pracy, o systemie socjalnym, który – jak coraz więcej się dowiaduję – znajduje się w takim stanie, że człowiek się dziwi, iż ludzie jeszcze w ogóle są leczeni. Często przychodzą do mnie także medycy. Zdejmują wtedy fartuchy i opowiadają mi o najnowszych wyczynach, na jakie sobie pozwala obecny nieudolny odtwórca roli ministra zdrowia. Mówią, że o jego poprzedniku mogliby opowiedzieć równie straszne absurdy, a o jego następcy z pewnością także. Powinienem to wyraźnie poruszyć w swoim programie, coś się musi koniecznie zmienić, koniecznie! Obiecuję im, że niebawem zaangażuję się w to ze wszystkich sił. Niekiedy mówię im, że wiele pomogłoby już chociażby to, gdyby na oddziałach leczono mniej cudzoziemców. Wtedy się śmieją i mówią, że naturalnie można na to spojrzeć i w ten sposób, zaraz potem dodają: „ale żarty na bok" i opowiadają mi o kolejnych potwornościach. Tych, zdaje się, nigdy nie brakuje.

Poza tym jest tu też całkiem urocza siostra, ognista osóbka, bystra, wesoła, nazywa się siostra Irmgard, żeby być dokładnym, ale muszę tu wyraźnie oszczędzać siły. Może gdybym był dwadzieścia lat młodszy...

Dopiero co odwiedzili mnie pan Sawatzki z panną Krömeier, to znaczy dawną panną Krömeier, naturalnie, ciągle jeszcze nie mogę się do tego tak całkiem przyzwyczaić: pani Sawatzki. Z powodu oczekującego ich radosnego wydarzenia jest już całkiem okrąglutka. Mówi, że jeszcze czuje się w miarę dobrze, ale już niedługo brzuch zacznie jej nieźle ciążyć. Nabrała trochę kolorków, albo trochę straciła, ciągle jeszcze mam kłopot, by się w tym połapać. Muszę jednak powiedzieć, że oboje cudownie do siebie pasują, a kiedy na siebie patrzą, to wiem, że za dziewiętnaście, dwadzieścia lat wyrośnie tam gromadka krzepkich grenadierów, nienaganny materiał genetyczny dla Waffen-SS i później dla partii. Spytali mnie, gdzie spędzam święta, i zaprosili do siebie, co mnie nadzwyczaj cieszy, ale nie zamierzam się im naprzykrzać. Boże Narodzenie to święta rodzinne.

– Ale pan przecież należy praktycznie do rodziny! – powiedziała panna... pani Sawatzki.

– Aktualnie – odparłem, gdyż w tym momencie do sali weszła siostra Irmgard – aktualnie moją rodziną jest siostra Irmgard.

Siostra Irmgard roześmiała się.

– Co za pomysł! Wpadłam tylko na chwilkę sprawdzić, czy u naszego pacjenta wszystko w porządku.

– W jak najlepszym. – Uśmiechnąłem się, a siostra Irmgard roześmiała się tak serdecznie, że niemal zacząłem się zastanawiać, czyby nie odsunąć na plan dalszy mojej przyszłej kariery politycznej.

– Pani Bellini i pan Sensenbrink przesyłają najlepsze życzenia zdrowia – powiedział Sawatzki. – Pani Bellini wpadnie jutro lub pojutrze z wynikami rozmów na temat nowej pory emisji, nowego studia.

– Już pan je pewnie widział – domyśliłem się. – I jakie jest pana wrażenie?

– Nie będzie pan zawiedziony. Wpakowano w to naprawdę kupę forsy! Tylko niech pan nie zdradzi, że wie to pan ode mnie: budżet jeszcze wcale nie jest wyczerpany. Jeszcze do tego daleko!

– Już wystarczy – pohamowała go obecna pani Sawatzki. – Musimy jeszcze pójść kupić wózek dla dziecka, zanim całkiem przestanę się ruszać.

– No dobrze – odpowiedział Sawatzki. – Ale niech się pan zastanowi nad moją propozycją.

Potem oboje poszli. A ja mógłbym przysiąc, że usłyszałem, jak on, wychodząc, zwrócił się do niej jakoś tak: „Powiedziałaś mu już właściwie, jak będzie się nazywał mały?". Ale mogłem się też przesłyszeć.

Ta jego propozycja: Ma całkowitą rację, to posunięcie jest absolutnie logiczne. Kiedy kilka partii pyta człowieka, czy chciałby zostać ich członkiem, to rozsądne byłoby, żeby nie trwonić swojej wartości na inne cele niż własne. W roku 1919 w jakiejś innej partii po prostu bym zginął. Zamiast tego przejąłem maleńką, nic nieznaczącą partyjkę i uformowałem ją wedle własnych wyobrażeń, co było znacznie bardziej efektywne. W tym wypadku mógłbym oto, wykorzystując efekt publikacji książki i startującego w tym samym czasie nowego programu, uruchomić ofensywę propagandową, a następnie założyć nowy ruch. Przesłał mi już na mój przenośny aparat kilka projektów na plakat. Podobają mi się, naprawdę bardzo mi się podobają.

Widać na nich mnie, a stylem nawiązują do moich starych plakatów. Dzięki temu bardziej rzucają się w oczy niż inne z tymi wszystkimi niby nowymi czcionkami, mówi Sawatzki, i ma rację. Dostarczył mi też nowe hasło wyborcze. Wybija się na wszystkich plakatach jako element łączący. Przypomina dawne zasługi, dawne wątpliwości, a do tego ma jeszcze element humorystyczno-pojednawczy, z którym można by przeciągnąć na swoją stronę elektorat tych Piratów i innych młodych. Slogan brzmi:

„Nie wszystko było złe".

Z takim hasłem na początek można już coś zdziałać.

Przekład: Eliza Borg
Redakcja: Krystyna Borowiecka-Strug
Korekta: Katarzyna Pawłowska, Beata Wójcik

Projekt okładki: © Johannes Wiebel / punchdesign, Munich
Adaptacja projektu Johannesa Wiebela i strony tytułowe:
Sandra Dudek
Zdjęcie autora: © MissBehavior

Skład i łamanie: Tekst – Małgorzata Krzywicka
Druk i oprawa: www.cpi-moravia.com

Grupa Wydawnicza Foksal Sp. z o.o.
00-372 Warszawa, ul. Foksal 17
tel./fax (22) 646 05 10, 828 98 08
biuro@gwfoksal.pl

ISBN 978-83-7747-977-3